Hugues de Queyssac

Le Chevalier noir et la Dame blanche

La Danse du Loup

Roman

EDITIONS DU PIERREGORD

Collection Pierrefeu

À suivre dans la trilogie

Le Chevalier noir et la Dame blanche

La Marque du Temple

Le Tribunal de l'Ombre

Maquette et composition : Bréa.

ISBN : 2-35291-000-5

Intentions

Au père Marcel Audras, s.j. qui, lors de mes humanités, m'a vivement encouragé dans la voie de l'écriture.
À mes parents, Jacques et Jacqueline, qui m'ont permis de suivre l'enseignement que les bons pères ont tenté de me dispenser. Pendant huit ans.
Et à mes beaux-parents, Jean et Hélène, qui n'ont jamais cessé de nous aider, mon épouse et moi, lors de notre traversée du désert.

Notes

Ce roman, bien que fondé sur des faits et des événements historiques, est une œuvre de fiction. Toute ressemblance homonymique avec des patronymes existants ne serait que fortuite.

Conseils aux lecteurs

L'usage et l'orthographe de quelques mots empruntés à l'ancien français en vigueur au XIVe siècle peuvent surprendre les lecteurs. Si leur sens, inscrits dans le contexte du roman, ne leur apparaît pas évident, l'éditeur les invite à consulter le glossaire alphabétique situé page 373.

PRÉFACE

À une époque qui manque singulièrement de repères, l'Histoire est à la mode. Nourriture indispensable à notre culture, elle donne à chacun de nous des « lettres de noblesse », un passé prestigieux ; son aiguille bien aimantée indique le sens de notre vie. Le roman historique est ainsi devenu l'incontournable compagnon de nos soirées.

Nouveau venu en littérature, Hugues de Queyssac ne manque pas d'ambitions en proposant à notre appétit de lecture une trilogie médiévale : « Le Chevalier noir et la Dame blanche » dont vous tenez le premier tome entre les mains. Disons le tout net, l'auteur ne s'embarrasse pas de fioritures et nous plonge directement dans l'action sur un rythme trépidant.

Son héros, Bertrand Brachet de Born, premier écuyer du baron de Beynac, se retrouve accusé d'un meurtre qu'il n'a pas commis. Il s'ensuit une série d'aventures, de combats, de crimes épouvantables, de jugement de Dieu, de tempête et de chasse aux trésors temporels et spirituels. Le fil conducteur de ce roman picaresque est la quête de l'amour, en l'occurrence des beaux yeux de la gente damoiselle Isabeau de Guirande.

Si nous suivons avec autant de plaisirs les aventures de ce jeune écuyer, un peu Perceval, un peu don Quichotte, épris d'idéal et prêt à dévorer la vie à belles dents, c'est pour mieux nous plonger dans la violence, la passion d'une époque où l'homme pense avec son instinct, sa sensibilité, sa sensualité, voire son animalité, bien plus qu'avec son cerveau.

Féru d'histoire médiévale, Hugues de Queyssac nous fait revivre les débuts de la guerre de Cent Ans en Périgord (où elle débuta effectivement), avant de nous embarquer pour Chypre et ses parfums d'Orient. En refermant la dernière page de « La Danse du Loup », le lecteur, émerveillé et sous le charme, n'aura qu'une hâte : connaître la suite et la fin de cette enquête palpitante dans les deux volumes à paraître : « La Marque du Temple » et « Le Tribunal de l'Ombre ».

Jean-Luc AUBARBIER
Libraire-Écrivain

Auteur de :

Essais

Les sites Templiers de France, *éditions Ouest-France*
Le pays Cathare, *éditions Ouest-France*
Chemins de la préhistoire en Périgord, *éditions Ouest-France*
Aimer le Périgord, *éditions Ouest-France*
Sarlat, histoire et légendes, *éditions Alan Sutton*

Romans

Les Démons de sœur Philomène, *éditions JC Lattès*
L'Honneur des Hautefort, *éditions JC Lattès*

Propter opacitatem memorum

« En souvenir de l'opacité des lieux[1]*»*

PROLOGUE

Abbaye d'Obazine, en l'an de grâce MCCCLXXXI, le jour des nones de janvier, jour de l'Épiphanie, à l'heure des vêpres[2].

Dans la cheminée des cuisines, de grosses bûches de chêne sec rugissaient, se fendaient, crépitaient, aspiraient goulûment l'air pour diffuser une douce chaleur. Les flammes jaunes, orangées et bleutées léchaient le bois avant de se précipiter vers l'orifice noir et glauque du conduit qui les aspirait. Elles virevoltaient plus vite que des théophores, fumaient parfois et singeaient toujours les diables rouges. Un feu d'enfer.

Les grandes voûtes d'arêtes séparées par un doubleau, reposaient sur des consoles composées de quatre quarts-de-rond superposés. De rares figurines ciselées encadraient les consoles, humaient les relents de soupe au lard et aux fèves, galbaient les structures et transformaient les visages angéliques en fantômes tantôt monstrueux, tantôt béats et souriants. Les anges grimaçants du bien et du mal se livraient un combat sans merci, un combat de titans, dans un jeu d'ombres et de lumière.

1. D'où le nom des lieux donnés à l'abbaye d'Obazine et au village
2. Le 5 janvier 1381, vers 6 heures du soir

Une porte donnait sur le réfectoire. Elle était fermée. Par l'autre porte entrebâillée, un courant d'air tiède filtrait avant d'être happé par l'escalier qui conduisait à la grande cave située sous les cuisines et le réfectoire des moines. Dans cette petite pièce qui jouxtait les cuisines, voûtée d'arêtes comme elle, une main fine, à l'ossature prononcée, à la peau parcheminée, grattait une feuille sur un modeste lutrin.

La plume plongeait régulièrement dans un petit encrier en étain, biffait une lettre, cerclait un mot, en soulignait un autre. Des rouleaux de parchemin jonchaient le sol, recroquevillés sur eux-mêmes en cette nuit glaciale de l'Épiphanie. Dans un coffre, quelques anciens traités des chiffres et des manières secrètes d'écrire jonchaient le sol après avoir été consultés.

Vêpres venaient de sonner sur le clocher octogonal de la chapelle dont les angles coïncidaient avec l'axe de la nef et du transept. Pour appeler à la prière les quelques moines qui survivaient encore dans ce pays meurtri par la guerre.

Sur le document, un récit étrange prenait vie. Il surgissait, tel Jonas recraché par la baleine. Un récit incroyable que son auteur avait cru bon de masquer sous un système complexe qui exigeait de se reporter à des chiffres et à des lettres. Un système qui s'inspirait de la méthode de chiffrement utilisée par Jules César pour acheminer ses messages diplomatiques ou militaires les plus confidentiels. Pour que personne ne puisse en prendre connaissance. Sauf un initié au plus haut degré.

La main qui tenait la plume, ce soir-là, était élue. Après avoir été sur le point d'abandonner à plusieurs reprises, elle était enfin parvenue, après neuf jours de recherches approfondies, à découvrir les clefs de cette mécanique complexe pour traduire le document en langage clair. Un texte surprenant prenait vie sous sa plume.

En ces temps-là, dans les sombres forêts qui s'étendaient tout alentour en contrebas de l'abbaye, un loup entendit hurler à la mort. Il leva sa gueule d'abord vers l'abbaye, puis plus loin, vers le nord. Une brume épaisse le cernait de toutes parts. Le jour se levait. Sans pénétrer pour autant la trame noire et inexorable qui tissait son destin.

Non loin de là, la mort hurlait. Comme une louve à l'agonie. Sa voix plaintive déchirait l'air, se propageait de branche en branche, toujours plus lugubre, plus implorante. De plus en plus faible, de plus en plus rauque. Le déchirant appel de la mère à son enfant, au seuil de la mort. Depuis que les mâchoires d'acier s'étaient refermées sur l'une de ses pattes. La douleur était terrible. Ses chairs meurtries. Ses os, brisés. En partie. En partie seulement.

Devait-elle, au prix de souffrances insurmontables, tenter de s'arracher de ce piège diabolique ? Après une vie passée à dévorer brebis égarées, à saigner coqs, poulets et lapins de garenne, à se rouler dans le sang et à se complaire dans la fange la plus fétide, dans quelle chair pourrait-elle désormais planter ses crocs ? Affamée, famélique, claudiquant sur trois pattes, ne risquait-elle pas de devenir une proie facile pour d'autres prédateurs plus agiles, à l'affût de la moindre faiblesse ?

Tête relevée, les oreilles dressées, les pavillons aux aguets, la truffe frémissante, le loup s'immobilisa. Une patte en arrêt, les autres posées sur un tapis de feuilles mortes, il tentait de situer par le bruit et l'odeur, l'endroit où gisait sa mère.

Ne risquait-il pas lui-même de choir dans quelque piège tendu par l'homme ? Que pourrait-il faire alors pour la sauver ? La survie de sa génitrice justifiait-elle pareille tentative ? Aussi folle ? Aussi risquée ? À quoi bon d'ailleurs ? Si des mâchoires s'étaient refermées sur elle, il serait impuissant à la délivrer.

Non, il n'irait pas lui porter secours ! Sa vie en dépendait. Il était encore jeune ! Pourquoi se sacrifier pour un animal à l'agonie ? Sa mère n'avait-elle pas prouvé, sa vie durant, que seul le plaisir de dominer sa meute l'eût entraîné lui-même, au gré de ses fantaisies, dans de folles et insensées expéditions ?

N'avait-il pas risqué sa vie dans le passé, à moult occasions, pour assouvir la soif de jouissance, de vengeance, de luxure et de fornication de la belle louve ? Ne l'avait-il pas déjà protégée de bien des embûches ? Sauvée un beau jour d'une mort horrible ?

Non. Cette fois, c'en était trop ! Il resterait indifférent à sa supplique. Il l'abandonnerait à son sort. D'ailleurs, la plainte se faisait de plus en plus lointaine, de plus en plus sporadique. La fin était proche, se dit-il. La délivrance aussi.

Le jeune loup, pivota avec élégance sur lui-même et s'éloigna au pas, tête baissée, le cœur gros. Pour regagner sa tanière. Ses beaux yeux clairs, ses beaux yeux cruels et féroces étaient fendus comme deux amandes.

Il ne savait pas qu'un autre loup le guettait à une lieue de là. Peut-être l'avait-il pressenti ? Cet autre loup n'avait point de crocs acérés. Ni de babines. Son pelage virait au gris. Il n'était point grand. Il n'était point beau. Il était de petite taille et encore plus court sur pattes. Il était même d'une laideur repoussante. D'une laideur mortelle.

Sitôt qu'il apparaissait, les meutes se refendaient, abandonnant leurs tanières, leurs femelles, leurs petiots. Les loups se dispersaient comme fleurs de peneaux au vent. Enfin, ceux qui pouvaient s'enfuir. La plupart jonchaient le sol, le crâne ouvert, le corps ensanglanté.

Ce loup était doté par la nature d'une force considérable. Il se nourrissait du sang de ses ennemis. Les autres loups ne l'intimidaient point. Au contraire, il les traquait avec sa propre meute, les guettait au coin des routes, fuyait le contact, les attirait dans des pièges sournois. Avant de se jeter sur eux comme un essaim de frelons. Avant de planter son dard dans le corps de ses victimes.

Fourbe, rusé, vaillant, il attaquait de front, se jetait dans la mêlée, mordait, saignait, se repaissait du sang qu'il avait versé avant de s'évanouir comme un félin. Il se terrait alors dans les étangs, dans les marais. Il ressurgissait soudain dix lieues plus loin, à l'endroit et au moment où on l'attendait le moins. Il ensanglantait tout sur son passage. Avant de disparaître à nouveau avec sa meute. Il se cachait dans les bois, se tapissait comme une taupe à la lisière des forêts. Il guettait ses proies, infatigable, sans prendre de repos, galopait ici et là, fondait sur elles avant même qu'elles le vissent. Il entraînait sa meute en hurlant à la mort, massacrait, achevait ses victimes, indifférent aux suppliques.

Ce loup était toutefois d'une espèce rare, très rare, presque surnaturelle. Il maniait l'épée mieux que quiquionques et la hache de guerre comme d'aucuns. Il affectionnait la hache de guerre. Son jouet préféré. Toujours affûté comme les lames de rasoir des barbiers. Pour trancher et tailler en pièces les loups anglais et leurs consorts gascons.

S'ils étaient inféodés à la mauvaise cause. À la cause du roi d'Angleterre. Il aimait le sang. Lorsqu'il était de la couleur de ses ennemis. Il pleurait celui de ses amis.

Il était de petite noblesse bretonne. Il ne savait ni lire ni écrire. Trop parmi ses compains, en le duché de Bretagne, avaient rallié la mauvaise cause. C'était son déchirement. Lui, restait fidèle à un seul roi. Envers et contre tous.

À son approche, les plus sages ouvraient les portes des villes, abaissaient le pont-levis des forteresses les plus inexpugnables ou baillaient rançon sans livrer bataille. Les plus téméraires, les plus rebelles étaient passés au fil de l'épée, après l'assaut, sans vergogne. Ou décolés à la hache.

Son nom à lui seul faisait trembler ses ennemis ou ses amis d'antan. À en pisser dans les chausses. Il se nommait Du Guesclin. Bertrand Du Guesclin.

« Bon Dieu ! Par Saint-Yves ! Que vois-je là-bas ! »

Ce matin-là, une bannière fleurdelisée claquait sur le château de la Rolphie qui dominait la bonne ville de Pierreguys. Du haut de son donjon, messire Du Guesclin venait d'apercevoir flottant à l'est, au soleil levant, une bannière anglaise.

« Auriez-vous pour voisins les Anglais ? s'exclama-t-il.

— Hélas oui ! répondit messire de Talleyrand, frère du comte de Pierregord. Maudit soit celui qui les y attira ! Voilà bientôt un an que les Anglais en ont chassé les moines pour s'y retrancher et je ne puis les en défaire. Je crains même qu'on ne puisse jamais reprendre l'abbaye : la place est forte et la

garnison des plus résolues ! Ils y jouissent, en outre, de vivres abondants !

— Qu'à Dieu ne plaise ! Par Notre-Dame Guesclin, je ne partirai point avant d'avoir repris cette abbaye ! J'y souperai avant ce soir et y remettrai l'abbé et ses moines. Comment se nomme cette abbaye ?

— Chancelade, messire Du Guesclin. L'abbaye de Chancelade.

— Chancelade avez-vous dit ? Je crois savoir qu'un ignoble félon s'y est réfugié ! J'ai des lettres de cachet du Parlement de Paris contresignées par le roi lui-même pour faire mainmise sur sa personne ! Il a été jugé pour mauvaise fierté et condamné au supplice de la roue, avant d'être éviscéré, écartelé, puis pendu au gibet de Montfaucon. Par Saint-Yves, voilà une raison de plus pour ne point tarder ! »

Aussitôt dit, Bertrand Du Gesclin planta là le frère du comte de Pierregord, dévala quatre à quatre les marches du donjon et fit appeler son héraut. Il lui ordonna de parcourir séance tenante les abords de la ville :

« Partout où tu trouveras de mes gens, dis-leur que nous allons assaillir l'abbaye voisine !

— Une abbaye ? C'est là grand sacrilège ! balbutia le héraut.

— Cesse de m'embufer et obéis aux ordres incontinent ! hurla Du Guesclin. Nous allons bouter les Anglais et y rétablir le couvent, imbécile ! Rassemble tout mon monde ! Et que d'aucuns ne manquent ! Tu en réponds sur ta vie, à la parfin ! » crut-il bon d'ajouter, le visage déformé par un rictus monstrueux, en brandissant sa hache.

Parvenu dans la basse-cour du château, Du Guesclin fit sonner de la trompette. Tout le monde courut aux armes. Il ordonna aux bourgeois de la cité de lui remettre plus d'une centaine d'échelles d'assaut ou de béliers pour enfoncer portes et fenêtres.

Il envoya dans le même temps une petite troupe pour cerner l'abbaye et surveiller les alentours. En leur recommandant grande prudence, grande discrétion et non point grande vaillance. Il craignait que le félon ne s'échappât par quelque voie souterraine pour se soustraire au sort qui l'attendait.

En voyant les dispositions prises par Bertrand Du Guesclin, Talleyrand de Pierregord et les siens se mirent à sa suite, en bon ordre de bataille. Ils conduisaient avec eux les pièces de trois pierrières, des engins de jet dont ils croyaient qu'on aurait grand besoin.

« Nous n'en voulons pas ! s'écria Du Guesclin. Avant qu'ils ne fussent dressés, nous boirons largement du vin de nos ennemis ! » La cause était entendue.

En ce jour de septembre de l'an de grâce 1370, Bertrand Du Guesclin n'avait pas encore été élevé à la dignité de connétable de France. Mais, depuis près de vingt ans déjà, il boutait les loups godons hors d'Aquitaine, hors du royaume de France.

Il s'apprêtait à serrer dans les mailles de son filet un loup félon, un grand criminel, le plus grand que la terre ait connu. Un traître à la cause. La seule cause qui compta pour lui. Celle du roi, celui à qui il avait fait allégeance et juré fidélité jusqu'à la mort : le roi de France, Charles de Valois, cinquième du nom.

Un homme venait de dresser un piège diabolique. Les mâchoires de ce piège, d'une autre nature, étaient plus tranchantes que celles qui retenaient la louve, la mère du jeune loup. Mais le loup ne le savait pas. Enfin, pas encore.

Comment aurait-il pu seulement l'imaginer ?

PREMIÈRE PARTIE

Les racines du Mal

Périgord
hiver 1345 - été 1346

J'en ai cru mes yeux,
Ils m'ont engagé dans une voie
Dont jamais je ne sortirai,
Où jamais je n'ai renoncé.

Chrétien de Troyes, Le Chevalier de la Charrette
encore appelé « Le roman de Lancelot »

Chapitre 1

À Beynac, à XIII jours des calendes d'avril, de l'an de grâce MCCCXLV. Et quelques mois plus tôt, dans une combe aux environs de la Beune, en plein hiver, à V jours des ides de janvier[1].

En cette fin d'après-midi, à treize jours des calendes d'avril, tout se passait bien. Nous avions mis la dernière main aux préparatifs de la guerre qui s'annonçait : entraînements intensifs aux armes de main et aux armes de jet, au tir à l'arbalète sur cibles mouvantes, corvées de guet, bref, plus de servitudes qu'en temps de paix.

Les bûcherons, le maître charpentier, le maître ferronnier et leurs apprentis travaillaient d'arrache-pied pour couper, tailler, dégauchir les pièces de chêne et assembler à force tenons, mortaises, chevilles et pièces de métal forgées, les nombreux éléments qui composaient les engins de jet dont le baron avait ordonné la construction : une mortelle arbalète à tour, deux simples pierrières, un mangonneau à roue de carrier et deux gros

1. Le 18 mars et le 8 janvier 1345

couillards à la précision spectaculaire “par Sainte-Barbe !” à en croire Georges Laguionie, le maître des engins.

Les tisserands, les tanneurs, les équarrisseurs tordaient, torsadaient les nerfs de bœuf, le chanvre, le lin ou le crin qui devaient servir à la traction et au tir des projectiles. Michel de Ferregaye, notre capitaine d'armes et second-maître après Dieu, venait avec ses hommes de mettre en branle entre le bâtiment du Présidial et la tour du Couvent, pour en contrôler le passage, une terrible baliste.

Elle pouvait projeter à chaque tir, dix-huit carreaux d'arbalète de trois pieds de long répartis sur trois rangées, superposés et guidés par des fûts dont l'orientation avait été calculée pour repousser un groupe d'assaillants sur une largeur de douze pieds à une distance de plus de trois cents coudées.

Les carriers et les tailleurs de pierre confectionnaient moult boulets de quarante à deux cent cinquante livres, selon l'engin auquel ils étaient destinés. Leurs compains en fabriquaient d'autres à base de gravier concassé, de sable et de chaux élaborés en plusieurs couches successives et cuits au four. Même les enfants du village prêtaient la main pour malaxer des pâtons qu'on laissait ensuite sécher et durcir au soleil.

Des artisans et des arbalétriers éminçaient et polissaient le bois des flèches et des carreaux d'arbalète. Ils incisaient l'une des extrémités pour y insérer les trois empennages en plume d'oie et munissaient les carreaux, à leur pointe, de viretons de forme pyramidale dont les ailettes forgées étaient capables de perforer les armures les plus résistantes.

Tous les corps de métiers avaient été mobilisés pour les préparatifs de la guerre. On avait hâte de se frotter aux envahisseurs godons et à leurs alliés gascons, dont chacun savait qu'ils étaient Anglais à demi. Pour les tailler en pièces.

Le matin même, ma lance mal pointée ou mal contrôlée, avait glissé, s'était brisée et m'avait coûté une magistrale volée de l'aspersoir d'eau bénite au poteau de quintaine.

Je pansai mes plaies, seul dans la chambre que je partageais avec Arnaud. Je me prélassai délicieusement dans le bain chaud et fumant que Jeanne, une forte femme préposée à la lingerie, m'avait fort délicatement préparé. Il fleurait bon le thym et le romarin : j'y avais versé quelques gouttes de la décoction que je conservais dans un flacon opaque. Notre barbier me l'avait remise un jour avec moult précautions comme s'il s'agissait de la pierre philosophale.

Il était un peu alchimiste à ses moments perdus. Par ce geste, il m'avait félicité, à sa manière, pour les progrès que j'avais accomplis en lui donnant la réplique lors d'une conversation. En latin. Il adorait le latin.

Alors que je me prélassais dans mon bain, un cor sonna à l'extérieur des murailles de la forteresse de Beynac. Un appel rauque et prolongé pour solliciter l'ouverture de la herse. Quelqu'un devait s'annoncer à l'une des portes et demander l'accès à la première enceinte.

Par simple curiosité, je me hissai hors du baquet, ceignis pudiquement un linge autour de la taille et m'approchai du fenestrou à meneaux resté entrouvert, marquant chacun de mes pas d'une empreinte humide parfumée au thym et au romarin.

J'en écartai la tenture. Un cavalier avait dû se présenter à la porte Veuve, la porte de Boines étant condamnée pour cause de travaux. Ce soir, le ciel était gris, plombé comme l'étoile du matin. Un mauvais jour. Je tendis l'oreille, la main droite en cornet pour mieux rabattre le son. J'entendis alors, non sans effroi, le portefaix s'écrier :

« Au nom du Roi, je suis le prévôt du sénéchal du Pierregord et je requiers du seigneur de Beynac la permission de questionner l'un de ses écuyers, Bertrand Brachet de Born. »

J'eus une sorte de vertigine. Bigre, que me reprochait-on ? Je tendis l'oreille, au point de la décoller. Michel de Ferraye, le capitaine d'armes, l'avait entendu et lui posait une ultime question avant de le laisser pénétrer dans l'enceinte :

« Pour quelle cause, messire prévôt ?

— Au nom du Roi ! » Décidément, il se répétait, pensais-je. J'avais tort. Je n'aurais pas dû prendre l'affaire à la légère.

« Au nom du sénéchal du Pierregord, messire de Verderac et de monseigneur de Royard, évêque de Sarlat. J'enquête sur un crime de sang.

— Ah ! Par Saint-Christophe, un crime ? Quel crime ?

— Un crime commis sur la personne de messire Gilles de Sainte-Croix, chevalier de l'Ordre de l'Hôpital de Saint-Jean de Jérusalem. Il a été occis par traîtrise. Assassiné avec lâcheté !

— Quel rapport avec l'écuyer Brachet, messire prévôt ? questionna Michel, le capitaine d'armes de la place, soit pour en savoir plus, soit pour gagner du temps.

— L'écuyer Brachet est soupçonné de ce crime. Laissez passer, nous devons faire mainmise sur sa personne pour le soumettre à la question ! »

Je crus avoir une hallucination. La décoction du barbier devait contenir des herbes folles. La question ? Personne ne résistait à la question dans la chambre de torture. Ni à Sarlat, ni dans aucune autre prison des royaumes de France ou de Navarre.

Je me vis claquemuré en basse-fosse avant d'être torturé, roué, écartelé ou conduit sur le bûcher. Comme Jacques de Molay, le grand maître de l'Ordre du Temple, l'avait été sur l'ordre du roi Philippe dit le Bel, quatrième du nom, en l'an de grâce 1314 à treize jours des calendes d'avril, le 19 mars, jour pour jour. Une date anniversaire en somme.

Tout avait commencé un certain soir, à cinq jours des ides de janvier, moins de trois mois plus tôt. Quelque part dans une combe aux environs de Beynac.

Ce soir-là, je n'étais ni calme, ni serein, mais inquiet. Parti chasser en solitaire, par une belle journée de janvier, je m'étais laissé entraîner au fil du temps sur des terres qui m'étaient inconnues, alors que je connaissais bien la région pour la parcourir à cheval depuis ma plus tendre enfance.

Le crépuscule approchait. La brume s'épaississait et m'empêchait de voir à plus d'une portée d'arc. Le jour déclinait. Les sabots de ma jument grise crissaient sur le sol givré et craquaient quelques branchages d'un pas devenu de plus en plus lourd et incertain. Nous étions aussi harassés l'un que l'autre.

Si un manant m'avait aperçu alors, il serait parti en courant, saisi d'effroi en lâchant tous ses outils. Car il n'aurait vu qu'un cavalier chevauchant le brouillard à près de six pieds du sol, lance couchée, telle une fagilhère sur un balai, comme nous nommions une sorcière en notre langue d'oc, tant la couleur de la robe grise de mon destrier se confondait avec le brouillard qui s'étendait à présent.

Le problème ne se posait pas. De manant, il n'y en avait pas, pas plus que de chevalier ou d'écuyer. Tous les gens raisonnables s'étaient réfugiés chez eux dans la salle de vie, près du cantou où un bon feu de bois devait ronfler allègrement.

La chasse avait été décevante. J'avais couru un cerf, sans réussir à le tirer. J'avais chargé un sanglier avec ma lance de chasse de huit pieds équipée d'un arrêt de main léger, sans parvenir à le piquer. Le sanglier avait fait front. Ses défenses acérées, bien en évidence sur des babines retroussées, m'avaient dissuadé de lui donner l'assaut.

Il avait finalement rejoint les taillis et je n'avais eu aucune envie de le tirer à pied dans un corps à corps incertain. Courageux, mais pas téméraire. Dans ces occasions-là, il était plus prudent d'être accompagné, m'avait conseillé le maître des chasses.

Or, Arnaud, le second écuyer de notre maître, le tout puissant baron Fulbert Pons de Beynac, avait préféré faire la cour à sa nouvelle mie, Blanche, fille d'un consul du Mont-de-Domme.

Ses appâts, à l'en croire, lui étaient apparus plus tentants que les charmes d'une partie de chasse avec moi, son compain et meilleur ami. Je souris à cette pensée : il avait été bien avisé.

Je sentis une faim de loup me tirailler le ventre. Je n'avais point dîné et n'avais pour tout souper qu'un lapin de garenne que j'avais tiré d'une flèche bien placée. Coup de chance. Et quelques tranches de lard que j'avais dérobées en passant par la cuisine, sous l'œil complice de Louise qui avait eu le tort d'étaler sur la table les victuailles du prochain repas.

Le lapin, je devais encore le dépecer et le rôtir à la broche sur de bonnes braises. À cette pensée, l'eau me vint à la bouche.

Pour l'instant, il dodelinait de la tête en battant de son pauvre corps inerte le flanc de ma selle.

Je rêvai aussi d'une bonne flambée. Je commençai en effet à grelotter sous le simple haubert de mailles que j'avais enfilé par-dessus mon gambeson de laine. Le court mantel en peau de renard jeté sur mes épaules ne parvenait pas à me protéger du froid qui me dardait de mille aiguilles. J'étais transi.

Les anneaux entrelacés de mon haubert rouillaient à vue d'œil. Il est vrai qu'il n'était pas de la première jeunesse et un peu juste pour moi. Plusieurs anciens écuyers, mes prédécesseurs, l'avaient déjà porté.

Quelle idée aussi d'être parti à la chasse en cotte de mailles : en ces temps, les Anglais étaient plus souvent chez eux, de l'autre côté de la Manche, que chez nous sur cette rive de la Dourdonne : point de chevauchées ennemies, point besoin d'armure !

J'avais tout de même pris la précaution de rembourrer l'intérieur de mes heuses de chasse par de la paille fraîche. Elles aussi, elles devaient dater de l'époque de Robert Courteheuse, deuxième du nom et fils de Guillaume le Conquérant, qui devait sûrement les avoir chaussées lors du pèlerinage de la Croix.

Peine perdue, le froid mordait mes doigts de pied et mes mains engourdies gelaient sous le cuir craquelé de mes gants. Le vieux casque normand à nasal tout bosselé dont je m'étais coiffé était d'usage, il y a plus de deux cents ans. Bien que rembourré de cuir à l'intérieur, il laissait pénétrer l'air glacé qui me piquait les oreilles. Le nasal, mal réglé, m'écrasait le nez qui coulait.

Encore plus bêtement, j'avais préféré ceindre mon épée longue à une main et demie plutôt que mon épée d'estoc, plus légère. Elle me battait le flanc, inutilement ; la sangle à laquelle était fixé le fourreau, de plus en plus pesant, m'entamait les chairs.

Les mailles du haubert gravaient dans ma peau à travers le gambeson, le sceau du maître haubergier qui l'avait forgé en des temps immémoriaux. Mais en ces temps-là, les sceaux étaient rares. Je ne porterai donc vraisemblablement pas les stigmates d'anneaux de fer chauffés à blanc par le froid.

L'humidité, puis le givre avaient durci les rênes. Elles me filaient entre les mains chaque fois que ma jument arrachait voracement quelques branches ou quelques orties sur notre passage. Elle raffolait des orties.

La semelle de mes bottes de chasse glissait sur mes étriers. Je déchaussai. Une des étrivières manifestait d'ailleurs une usure inquiétante due au frottement de quelques mailles de mes jambières dont les anneaux s'étaient partiellement désassemblés.

Je n'avais pas pris la peine de vérifier l'état de la sellerie avant mon départ pour la chasse. À mon retour, si je réussissais à revenir de cette expédition misérable et à regagner la forteresse de Beynac, je passerais un savon qui n'aurait rien de mol, au palefrenier qui avait sellé mon cheval et au maître haubergier qui avait entretenu nos hauberts. Avant que le baron ne me le passât, à moi.

Incapable de retrouver mon chemin dans l'obscurité naissante avec, de surcroît, une visibilité qui se réduisait à présent à une cinquantaine de coudées, il était temps de trouver un refuge pour la nuit, une masure, une écurie, une étable ou une bergerie, une caverne à défaut. Je jetai un regard alentour. Aucun feu, aucune lueur, aucune trace de vie, aucun espoir de présence amie.

J'avisai un pech, à la recherche d'une grotte pour y trouver refuge. Il y en avait de nombreuses dans la région où nos ancêtres des temps très anciens s'abritaient et se protégeaient des bêtes et de gens de mauvais aloi. Naturellement, je n'en aperçus aucune.

J'avais, en outre, une envie d'oriner qui me prenait à la gorge, mais si je descendais de cheval, je craignais de ne pas avoir le courage de me remettre en selle. Ah ! Il était fier, Bertrand Brachet, le premier écuyer du baron de Beynac !

Je mis ma jument au trot, histoire de nous réchauffer un peu, en longeant les rochers où j'espérais découvrir un abri, préparer un feu, lui donner une ration d'avoine que j'avais heureusement pris la précaution d'emporter dans un bissac.

Il me sembla cependant, dans cette combe où les arbres se confondaient avec les pechs et les pechs avec le ciel, reconnaître la vallée de la Beune que commandait la place forte de Commarque. Peut-être n'était-ce qu'une illusion ? Celle d'un décor féerique et blanc où la mort se teintait de givre.

À présent, quelques flocons de neige tombaient. Il neigeait rarement sous nos contrées. Ce soir il neigeait bien sûr, histoire de pimenter ma retraite. Et je n'avais pas de compain pour déclencher une bataille de boules avec la neige. Ma jument ne savait pas y jouer non plus. Je ne le lui avais pas encore appris. Je tâcherais de m'en souvenir, lors des prochaines séances de dressage si Dieu m'offrait une seconde vie. Après tout, il n'y avait pas que le poteau de quintaine pour s'entraîner.

L'idée saugrenue de construire un bonhomme en neige me traversa l'esprit. Je l'abandonnai aussitôt : j'aurais dû me déshabiller pour le revêtir de ma peau de renard. Il aurait pourtant eu une certaine gueule avec un lapin sur les épaules, négligemment jeté autour du cou sur une peau de renard d'une couleur fauve.

Du plus bel effet, auraient dit les gentes courtisanes à la cour du roi de France. Mais de cour, il n'y en avait pas, pas plus que de basse-cour. Point d'âme qui vive.

J'aperçus enfin à dix pas, l'entrée d'une cavité dont l'accès me parut suffisamment haut et large pour nous permettre d'y pénétrer et de nous y abriter pour la nuit, ma jument et moi.

Je m'en approchai et descendis de cheval tout en prenant le soin de l'attacher à la branche d'un arbre. La branche se brisa avant même que je n'eusse eu le temps d'y lier les rênes.

J'en choisis une autre, plus robuste, à portée de main. Précaution probablement inutile : ma jument ne manifestait, hélas, aucune intention de rejoindre l'écurie.

Mais si l'envie lui en avait pris, je n'aurais pas été dans le crottin. Pour une telle faute, ce n'aurait pas été un savon mol que m'aurait passé mon maître. J'aurais eu droit à une belle claque et à dix jours de cachot au moins. Il ne badinait pas avec les hommes, encore moins avec les chevaux. Lorsqu'ils rentraient avant leurs cavaliers.

Évidemment pour pisser un coup, je dus enlever mon mantel grossièrement cousu de plusieurs peaux de renard, tenter de relever ma chainse de mailles au-dessus de la taille comme une vilaine qui s'accroupit, enlever mes gants et, en me contorsionnant, délacer les attaches en cuir qui fermaient dans mon dos à hauteur de la ceinture les jambières de mon haubert tout de mailles givrées.

Elles ne comportaient curieusement pas d'ouverture par devant, rien que pour m'embufer. Presque nu, mais toujours coiffé du casque à nasal et du gorgerin de mailles, après avoir dénoué les aiguillettes de mes braies, je grelottai et les claques que je m'administrai sur les épaules et sur les côtes ne me réchauffèrent pas.

Mes lourdes jambières en maille en profitèrent sournoisement pour glisser sur mes talons. Il faudrait que j'en touchasse encore un mot au maître haubergier. Il aurait dû prévoir une coquille à certain endroit judicieusement sélectionné.

Le jet chaud et puissant que j'expulsai avec un soupir de soulagement fumait agréablement dans l'air ambiant. Sans me réchauffer pour autant. Un peu plus et il aurait gelé en touchant le sol, formant un arc de glace qui serait remonté jusqu'à l'orifice de mon extrémité la plus intime, me piquant la gargouillette mieux qu'un carreau d'arbalète tiré à douze coudées. Il gelait à pierre fendre.

À cet instant, la cotte de mailles que j'étais parvenu non sans mal, à relever sur ma poitrine, glissa pour reprendre une position plus naturelle. Un peu plus et je me pissais dessus. Le désastre avait été évité de justesse.

Mon esprit soulagé - je l'avais décidément placé bien bas ce soir -, je relevai mes jambières et me contorsionnai à nouveau pour en renouer les aiguillettes dans le dos. J'administrai à ma jument quelques claques sur l'encolure, en évitant toutefois la croupe (elle avait de mauvaises dispositions à cet endroit, sauf pour les étalons) et la dirigeai par la bride vers l'entrée de la grotte.

Elle refusa naturellement d'entrer dans notre abri d'infortune. Elle devait le trouver glauque. Elle n'avait pas tort, mais nous n'avions pas le choix. C'était ça ou crever sur place.

Je sentis la colère monter en moi. Mais la colère est mauvaise conseillère. Je n'insistai pas. Je saisis le bissac d'avoine que j'entrouvris tout en jetant à ma jument un coup d'œil appuyé. Elle hennit et m'aurait suivi dès lors incontinent au bout du monde. Élémentaire, mais efficace. Toujours contourner l'obstacle dans ces cas-là, m'avait appris mon maître. En la matière, c'était quelqu'un : il savait de quoi il parlait, le premier valet d'écurie.

Je dessellai ma jument, relâchai le harnais, sortis le mors de sa bouche sans défaire ni la têtière ni la jugulaire, puis je nouai les rênes autour d'un maigre rocher et lui présentai sa ration d'avoine. En fait de ration, elle faillit bien en avaler deux.

Je retirai le bissac avant qu'elle ne me reprochât, demain matin, de n'avoir rien à se mettre sous la dent. Elle ressemblait plus à présent à un baudet qu'à un destrier. Je fus sur le point d'éclater de rire, mais je ne voulus pas la vexer. Elle avait parfois le caractère ombrageux.

À l'intérieur de la grotte, j'étendis à même le sol la houssure qui la protégeait du froid et l'invitai à se coucher dessus. Elle accepta pour me remercier. Il est vrai que je l'avais bien dressée. En fait, nous nous entendions comme lard et cochon.

À propos de lard et à défaut de cochon, je rassemblai péniblement quelques brindilles parmi les plus sèches que je pus trouver, puis je cassai quelques branches mortes couvertes de mousse brune pour nourrir le feu que je m'apprêtai à affouer, les doigts presque gelés.

Je tâtai les poches de mes étuis pour y saisir le précieux briquet à étoupe et les alumelles souffrées qui me permettraient d'affouer les brindilles. Nenni. J'en vidai frénétiquement le contenu. Les unes après les autres. Toujours rien, ni soufre, ni pierre à feu, seules quelques tranches de lard presque gelées tombèrent sur le sol verglacé. Quel niquedouille étais-je ! Je répugnais à manger de la viande crue. L'idée même me souleva le cœur que je commençai à avoir gros, et me donna la nausée.

On m'avait bien dit un jour qu'il était possible de faire jaillir une étincelle en frottant vivement deux silex, l'un contre l'autre. Point de silex. Ou encore, d'affouer une tige de bois sec en la posant sur un galet et en lui donnant un mouvement de rotation rapide entre les deux paumes de la main.

Des galets, il y en avait. Des tiges de bois aussi. J'en saisis une. Elle cassa. Une autre. Elle se brisa aussi. Le bois était gorgé d'humidité. À la septième tentative, plus exactement au septième échec, je renonçai à redécouvrir l'art du feu.

Ma jument hissa sa puissante encolure de sa litière de fortune et me regarda pour me reprocher mon manque de prévoyance.

Je lui flattai les naseaux et lui caressai les ganaches. Elle se calma et reposa sa tête. De toute façon, elle s'en foutait copieusement. Elle avait bouffé. Mais elle n'avait pas encore bu et mon outre de cuir ne contenait plus assez d'eau pour que je pusse la désaltérer.

Sans feu, je ne pus point non plus faire fondre quelques poignées de neige dans son écuelle pour l'abreuver. Boire glacé, à supposer qu'elle l'acceptât, aurait pu lui apporter du malheur. Or chez nous, les animaux étaient souvent mieux traités que les hommes. Sans parler des dames. Question de priorité. Ou d'us et de coutumes.

Dehors, la neige tombait à présent mollement à gros flocons et recouvrait le sol d'une couche de plus en plus épaisse qui devait s'écraser profondément sous la semelle des bottes. C'était certainement beau, mais peu m'importait. Je n'étais plus en état de jouir de cette beauté-là. Car cette fois, j'étais vraiment très mal barré, aurait dit le baron, toujours aussi friand de termes de marine depuis sa participation à la triste bataille de l'Écluse.

Moi, j'aurais bien mis les voiles, même à jeun, si j'avais su retrouver mon chemin. Mais de chemin, il n'y en avait plus. Ma vue, et elle était bonne, portait à dix pas sur un monde blanc. Uniformément blanc. Blanc et silencieux. Pas même un renard, pas même un simple écureuil.

Mon courage faiblit, ma volonté s'engourdit, ma vue se brouilla. Je n'avais que seize ans et je pensai au père et à la mère que je n'avais pas connus. Le seigneur de Beynac m'avait recueilli alors que j'étais orphelin, m'avait élevé comme son fils, avec une générosité grande et froide. C'était sans doute sa façon d'aimer un fils qu'il n'avait pas eu.

Outre le maniement de l'épée, de la hache de guerre et de la masse d'armes que m'avait enseigné Michel de Ferregaye, le capitaine d'armes, le baron m'avait appris lui-même l'art équestre, tant en tournoi que lors d'une charge lance couchée.

Au lancer du javelot, au tir à l'arc bourguignon ou à l'arbalète à étrier, je ne brillais pas à en croire Étienne Desparssac, notre brillant maître des arbalétriers, qui m'initiait à leur apprentissage. Il me déconcentrait souvent par ses moqueries au moment même où je m'apprêtais à décocher une flèche ou un carreau sur une cible située à deux cents pieds, sous prétexte qu'à la guerre pour atteindre sa cible, il fallait se concentrer et oublier les bruits du champ de bataille. Et les injures de l'ennemi. Il n'avait peut-être pas tort. Mais il m'irritait. Et pourtant, je l'aimais bien.

Le baron de Beynac, mon maître et compère de baptême, je n'oserai dire mon père, m'avait fait apprendre à lire et à écrire le français et le latin par les chapelains de son église, dès ma tendre enfance. J'avais aussi appris l'art mathématique, la géométrie et le jeu des échecs par l'un de ses amis, un ingénieur arménien expert en fortification castrale.

La librairie du logis seigneurial m'avait souvent été ouverte en présence uniquement du baron lui-même (il portait toujours sur lui l'énorme clef qui ouvre la serrure de la porte d'accès). J'y avais dévoré tous les splendides ouvrages qu'il avait offerts à ma curiosité tout en me recommandant moult précautions.

Les parchemins étaient fragiles et les enluminures d'une beauté flamboyante. J'avais toujours dû passer par le cabinet de commodité pour m'y laver les mains avant d'avoir le droit de consulter les précieux documents. J'y avais appris de belles et grandes choses et m'exaltai à l'idée de conduire ma vie selon le bel et vertueux esprit de chevalerie.

Mais à quoi bon, ce jour d'hui ? De moi, il ne resterait avant laudes, qu'une statue de glace. Avant que mon corps ne se décomposât avec le redoux et n'empuantît l'air au point que seuls les charognards y trouveraient leur compte.

Quelques perles glissèrent sur mes joues. Quelques larmes que j'écrasai gauchement, mortifié par cet instant de faiblesse. Mais je pensai aussi à ma jument : qu'allait-elle devenir si je mourais dans la nuit, transi de froid, sans feu pour me chauffer, la faim au ventre, sans quiquionques pour lui servir quelque dernière ration d'avoine ?

Je n'eus plus qu'un seul recours : prier et invoquer la Vierge Marie. Je m'agenouillai, joignis les mains, récitai une prière qui lui était consacrée, évoquai la Vierge de Roc-Amadour, la suppliai de venir à mon secours et m'assoupis, terrassé par le froid, la fatigue et les ténèbres de mon désespoir. Dans les brumes du sommeil fatal vers lequel je glissai irrésistiblement, je crus alors entendre un marteau frapper une cloche. Celle qui veillait sur les malheureux en détresse. Dans la chapelle de la Vierge, à Roc-Amadour ? Puis, ce qui ressemblait au hennissement d'un cheval, suivi du bruit métallique de fers qui glissaient sur le roc.

Je soulevai mes paupières engourdies par le froid glacial d'une mort proche, me dressai séant. En fait, ma jument s'était levée aussi en me bousculant. Elle hennit de plus en plus fort. Ses sabots ferrés raclèrent le sol de la caverne l'un après l'autre.

Ses naseaux fumèrent, sa puissante encolure oscilla dans un mouvement de balancier, autant de manifestations d'un violent émeuvement. Je tentai de porter la main à la garde mon épée. Devant moi se dressait une forme, plus exactement une silhouette blanche : un loup dressé sur ses pattes arrière ?

À travers le rideau de neige, je n'en distinguai point les contours. Je devais dégainer mon épée sur le champ. D'épée, point. Je l'avais posée quelque part. Trop loin pour m'en saisir.

En reculant prudemment, je réussis cependant à mettre la main sur le fourreau et tentai d'en extraire la lame. Je bandai mes muscles. Peine perdue. En gelant, le cuir s'était rétracté et bloquait mon espoir de survie à l'intérieur de la gaine.

Mon arc ? Ma lancegaye ? Dans notre caverne dont l'obscurité était d'une épaisseur humide et palpable, je n'y voyais goutte. Mon carquois ? Il avait rampé sournoisement vers quelque anfractuosité du rocher qui nous avait abrités pour permettre à l'intrus de m'achever sans que je pusse nous défendre. Notre fin était proche. Je ne parvins plus à contrôler la terreur qui paralysait mon corps et envahissait mon esprit. J'étais rendu à merci.

Dans un dernier sursaut, avant de subir ce que je pressentis déjà comme une douloureuse agonie, étripé et dévoré par une bête féroce, je me redressai, desforai le braquemart qui ne me quittait jamais et m'avançai, prêt à livrer un ultime combat auquel je savais ne point être préparé. Pour défendre chèrement ma vie et celle de ma jument.

Mais tout aussi soudainement qu'elle s'était agitée, ma jument s'apazima, chassa bruyamment l'air de ses naseaux et inclina son encolure. En signe de soumission.

C'est alors que je la vis. Sous le capuchon blanc couvert de neige, des cheveux d'une couleur de bouton d'or et des yeux gris me sourirent timidement. La dague que je tenais fermement en main m'échappa, heurta et rebondit sur le sol avec un bruit métallique. Le capuchon s'avança vers moi. Qu'il était beau son regard.

Pas gris. Vert, de la couleur de l'émeraude la plus pure. Des émeraudes, je n'en avais jamais vu en vérité ; seulement sur des dessins aux tons un peu délavés. Vierge Marie, que c'était beau des yeux d'une eau aussi pure !

Des pommettes rosies par le froid, un nez fin et une bouche charnue, sans excès, un cou long et mince, autant que je pusse en juger en raison de l'épaisseur du lainage qui la protégeait. Un visage d'un charme infini et d'une grâce exquise. Je gravai ses traits dans ma mémoire.

Blèze, je bafouillai quelques mots :

« Qui, qui êtes vous, belle damoiselle ?

— Une étrangère de simple passage, gentil damoiseau.

— Par ce froid, par ce temps de gueux, que... que faites-vous là, céans ?

— Je suis venue vous apporter des alumelles soufrées… et un briquet à étoupe.

— Des alumelles ? Un briquet ? Mais, de grâce, d'où venez-vous, belle damoiselle ?

— De loin, seigneur. De Guirande.

— De Guirande ? Diable, où est-ce ?

— Loin, très loin.

— Comment vous nommez-vous ?

— Isabeau, murmura-t-elle d'une voix douce et cristalline. Et vous messire ?

— Brachet, Bertrand Brachet de Born, premier écuyer du baron de Beynac, pour vous servir », éructai-je assez stupidement en me redressant, tel un coq sur ses ergots.

Ma réponse était d'une banalité affligeante en ces circonstances : à quoi pouvais-je bien lui servir dans l'état d'infortune misérable qui était le mien ? Emporté dans mon élan, je déclarai :

« Dieu, que vous êtes émerveillable ; soyez la bienvenue dans ma demeure, beauté de mon cœur. » Ma demeure ? Quelle demeure ? Cette sinistre caverne ? Je perdais la tête !

Ses joues se colorèrent, plus rouges que des peneaux. Elle baissa pudiquement les yeux, puis se rapprocha timidement de moi. Je ne pus détacher mon regard de sa bouche, de ses lèvres plus finement ourlées que deux pétales de rose à la vesprée.

Redressant la tête, elle me sourit à nouveau, comme si elle partageait ma timidité, ma surprise et me pardonnait mon manque d'à-propos.

Je lui en sus gré et dès cet instant, je sentis une vague de chaleur enflammer mon cœur, inonder mon corps. Les alumelles, le briquet à étoupe que j'avais implorés dans ma détresse, étaient devenus des choses d'un dérisoire à faire pleurer.

D'ailleurs, je pleurai, sans sanglot, doucement, calmement. La peur, l'angoisse se dissipèrent miraculeusement et mon esprit, encore peu rompu à l'adversité, s'abandonna à l'ivresse que m'apportait cette délicieuse présence d'une beauté inoubliable.

Une main fine, à la peau lisse et plus blanche que la cape qui la recouvrait, me le tendit ce nécessaire pour affouer les brindilles. Les doigts étaient comme transparents, les ongles discrètement vernis. Les alumelles tremblèrent légèrement au bout de la main tendue à dextre, mais elles se rapprochèrent de moi, non sans une certaine hésitation.

Cette fois, je ne pus contrôler quelques sanglots qui s'étranglèrent dans ma gorge. Elle en était émue et avança sa main à senestre pour me caresser la joue. Mais elle retint son geste au dernier instant. Peut-être pour respecter mon émotion et me montrer la tendresse dont elle était capable ?

J'eus juste le temps d'apercevoir une chevalière à ses armes, *d'argent et de sable, écartelé en sautoir, le chef et la pointe partis*, probablement la première de ces trois représentations, mais je n'étais pas très averti de la science des blasons armoriés.

Je fondis en larmes, tombai à genoux en même temps qu'elle. Mes chausses se déchirèrent dans un crissement qui ressembla plus à un pet sorti de l'anus qu'à un cri d'amour sorti de ma bouche. Nous nous esbouffâmes au même moment et nous jetâmes, ivres de joie, dans les bras l'un de l'autre.

C'est à cet instant précis que le cri que je dus lancer dans mon sommeil me réveilla en sursaut. J'étais recroquevillé, grelottant sur le lit à courtines de la chambrette que je partageai avec mon compain l'écuyer Arnaud de la Vigerie, près du logis seigneurial, dans une tour située entre la haute et la basse-cour.

Pendant mon sommeil agité, j'avais malencontreusement rejeté les couvertures en peaux de bête en me tournant et me retournant pendant mon sommeil.

J'écartai promptement les tentures de toile censées me protéger pendant la nuit des vents coulis, me dressai séant, passai une main dans mes cheveux courts et ébouriffés, regardai désespérément autour de moi. Je quêtai la damoiselle blanche, la petite fée aux alumelles. Point de dame blanche.

Avant de poser mes pieds sur le ventre d'Arnaud qui, en sa qualité de second écuyer du baron de Beynac, dormait dans le lit à tiroir situé sous le mien, je me penchai : Arnaud n'appréciait point d'être pris pour un marche-pied et me menaçait toujours en ces occasions d'occuper le lit du dessus.

Mais le tiroir à roulettes dans lequel était enchâssé son châlit était presque fermé. Seule une partie de la paillasse avait glissé sur le sol, manifestation d'une précipitation inhabituelle de sa part. Arnaud, mon compain et meilleur ami, était connu de tous pour sa coquetterie et un sens du désordre qui étalait son insouciance aux yeux des lingères. Point d'Arnaud. Il avait découché. Moi aussi, mais autrement.

Les couvertures de ma couche avaient glissé. Le drap du dessus s'était répandu sur le sol, comme un suaire blanc sur le corps d'un défunt. Les peaux de bête jonchaient le plancher. Le feu, dans la cheminée, s'était éteint faute de mains et de bois pour en entretenir la combustion.

Les grandes chandelles s'apprêtaient à rendre leur dernier soupir. À leur lumière vacillante, j'aperçus quelques alumelles soufrées et un briquet à étoupe sur les lattis du plancher.

J'étais presque nu comme un ver et grelottai sous ma chemise de nuit, le corps tremblant et ruisselant, couvert de sueurs froides de la nuque aux pieds. La dame de mon cœur, la gente fée aux alumelles avait disparu. Mon rêve devint cauchemar.

Impétueux comme je l'étais, mon sang ne fit qu'un tour. Je décidai de partir incontinent à sa recherche. J'ouvris précipitamment les volets intérieurs du fenestrou de la chambrette, basculai le loquet pour ouvrir les vitraux sertis de plomb et jetai un regard au dehors. Un air glacial s'y engouffra, me mordit le visage et me fouetta le corps de mille vergettes.

Dans cette nuit de pleine lune, la basse-cour était recouverte d'une fine pellicule blanche qui s'épaississait d'instant en instant. Il neigeait. De légers tourbillons se formaient sous un vent venu du nord.

J'enfilai mes braies, oubliai mes ablutions matinales, laçai mes chausses, choisis mon meilleur pourpoint, le plus chaud, le plus épais, attrapai dans le coffre mon surcot le plus ample. Un peu élimé, certes, mais il ferait l'affaire.

Je plongeai mes pieds dans des bottes fourrées (un don du tanneur de Castelnaud à qui j'avais rendu un menu service), sans lacer mes éperons. Je ceignis mon épée d'estoc cette fois, sans oublier de rengainer le braquemart dans son nouveau fourreau, attrapai au vol un mantel en peau de loutre que le baron de Beynac m'avait offert un jour de bonté et glissai ma bague au doigt (je la posai toujours sur la table pendant la nuit).

J'ouvris la porte de la chambrette et dévalai quatre à quatre les marches de l'escalier. Toujours à jeun, mais le sang chaud et le cœur bouillonnant.

Sitôt parvenu près des écuries, à l'angle d'un passage, une main ferme s'abattit sur mon épaule. Je sursautai vivement, portai la main à la garde de mon épée et me retournai pour me retrouver soudain nez à nez face au tout puissant seigneur des lieux.

Mon maître, le baron Fulbert Pons de Beynac, se dressait devant moi, revêtu d'un long mantel de martre zibeline de couleur sable, d'un noir d'autant plus inquiétant qu'il était moucheté de blanc par quelques flocons de neige, ici et là.

La clarté forte et jaune d'une torchère fixée sur un support à l'angle du mur accentuait les ombres et les reliefs de son visage. Alors même que le jour n'était pas levé, il était déjà là. Insomnie ? Inspection matinale ? Il était matinal mais point frileux. Il était vrai que revêtu d'un mantel aussi chaud et aussi prestigieux !

L'œil pétillant (c'était sa façon de sourire), le baron m'apostropha par mon patronyme et non par mon prénom. Mauvais signe :

« Or donc, Brachet, où étais-tu cette nuit ?

— Cette nuit ? Couché sur mon châlit, messire.

— Couché sur ton châlit ? Vraiment ?

— Oui, messire, vraiment.

— Où vas-tu donc sitôt matin dans cette livrée et avec cette précipitation alors que prime n'a pas encore sonné ?

— À l'écurie, messire.

— Pourquoi cette hâte ? Pour soigner et étriller les chevaux ? Tu es bien prompt ce jour d'hui pour assurer tes corvées. Revêtu d'un aussi beau mantel ? Bien, Bertrand, bien. »

Je le regardai, légèrement interloqué et inquiet :

« Non, pour seller mon cheval, messire !

— Le maréchal-ferrant est en train de s'en occuper : ta jument a perdu un fer. Cette nuit.

— Cette nuit ?
— Oui, Bertrand, cette nuit.
— J'étais dans mon lit !
— Peut-être, mais elle, elle n'était pas dans sa stalle.
— Mais, mais... Ce n'est pas possible !
— C'est non seulement possible, mais c'est ainsi ! » trancha le seigneur de Beynac, d'une voix sans appel.

Je faillis en tomber sur le cul. Ça aurait fait mauvais effet. Je bredouillai :

« Hier, j'ai vérifié la ferrure de ma jument : elle n'avait déchaussé aucun fer et leur usure était de peu.
— Hier, peut-être. Pas ce matin. »

En un éclair, je me revis chevauchant pendant la nuit, sous la neige, perdu dans une combe inconnue, puis réfugié dans une sinistre caverne. Non, pas possible. Ce ne pouvait être moi. Ce n'était qu'un rêve, aussi prégnant qu'il fût.

Je soupçonnai aussitôt Arnaud d'être à l'origine de ce coup fourré. S'il s'était tenu devant moi, je crois que j'aurais été capable de l'étrangler de mes mains. Devant notre maître. Je n'en fis rien, Arnaud n'était pas là. Mais le baron n'était pas dupe :

« Peut-être a-t-on emprunté ta jument hier soir ? Je l'ai aperçue franchir la barbacane du châtelet et galoper vers une direction qui ressemblait, à s'y méprendre, à celle de notre bastide royale...
— Vers le Mont-de-Domme ?
— Hum... Ce ne serait pas impossible. »

Je serrai les dents et murmurai tout bas : "le petit vaunéant !" Mon maître dut l'entendre. Il me provoquait pour voir si je serais capable de dénoncer mon meilleur ami. Il avait, entre autres qualités, l'ouïe fine :

« Plaît-il, Bertrand ?
— Euh..., rien, messire.
— Règle tes comptes directement avec Arnaud, je te prie.
— Je ne demande que ça, messire, mais je crains de ne point l'avoir vu sur l'heure. » Il connaissait le coupable... Heureusement, je n'étais pas tombé dans le piège qu'il m'avait tendu ! Mal m'aurait pris de le dénoncer. Je détournai la conversation :

« Messire, m'autoriseriez-vous à seller le cheval d'Arnaud, en attendant que le maréchal-ferrant ait terminé son ouvrage ?

— Pour vaquer où, Bertrand ? Tu n'as pris ni bouclier, ni lancegaye, ni revêtu de haubert.

— Là où je vais, messire, sauf votre respect, je n'ai pas besoin de revêtir le grand harnois. Je pars quérir la dame de mon cœur.

— Depuis combien de temps as-tu une dame dans ta vie ?

— Depuis cette nuit, répondis-je trop hâtivement.

— Je ne me souviens pas t'avoir donné la permission d'accueillir quiquionques dans ton logis. »

Le seigneur de Beynac prenait visiblement plaisir à me retarder et à me soumettre à des questions malignes. Pour me laisser m'enliser dans des explications scabreuses. Je rougis violemment sous la torchère.

Comment lui expliquer que je partais à la conquête du Graal ? Sans prendre le temps de réfléchir, je lui répondis tout de gob, pour masquer ma confusion :

« Je n'ai couché avec personne d'autre que moi. J'ai simplement fait un rêve qui m'a *écartelé en sautoir.*

— … Qui t'a *écartelé en sautoir* ? N'était-ce pas plutôt un cauchemar ? »

J'avais à peine prononcé cette réponse que je me mordis les lèvres. Aux mots “écartelé en sautoir”, le baron avait froncé les sourcils, mais il ne broncha pas. J'osai mentir effrontément et tentai de rattraper ma réponse en enchaînant aussitôt :

« Messire, rêve ou cauchemar, je souhaitais simplement galoper sur la neige, pour me changer les idées. Le puis-je, messire ? Je ne suis point de service ce jour d'hui. »

Après un instant d'hésitation, le baron m'accorda la permission de quitter la forteresse. Mais il n'était pas dupe :

« Cours jouer les troubadours et les poètes ; prends garde toutefois à ne pas te laisser écarteler par *quelque sautoir* que ce soit. Prends aussi quelques munitions », dit-il en me baillant une petite bourse, dont je me saisis avec une nonchalance affectée, sans pouvoir réprimer l'envie d'en faire sonner les sols et les deniers.

J'avais tenté le tout pour le tout. Mes réponses avaient été folles, insensées. Elles avaient frisé l'insolence. J'étais trop haut à la main. Mais le baron savait parfois se montrer indulgent à mon endroit. Surtout s'il pensait que mes intentions demeuraient courtoises.

Sa seigneurie m'avait donné l'autorisation de quitter le château. Elle me recommanda toutefois de rentrer dans les murs de la forteresse avant vêpres. Prime venait de sonner à la cloche de la chapelle située à l'intérieur de la deuxième enceinte.

Je ne me le fis pas dire deux fois, le remerciai de sa générosité et me précipitai vers les écuries. Arnaud, mon compain d'armes, ne perdait rien pour attendre. Compain d'armes, mais pas compain de chambrée. Ni de chasse.

Mais où diable s'était-il caché après son escapade, cet animal lubrique ? Le baron devait le savoir. Je me gardais bien toutefois de revenir sur mes pas pour l'interroger à ce sujet, sellai la jument d'Arnaud, ajustai la hauteur des étriers et sautai en selle.

J'ordonnai aux sergents de garde de m'ouvrir séance tenante la porte de Boines qui donnait sur la campagne et sur la nuit blanche et froide, d'une voix forte que je tentai de ponctuer d'accents martiaux. Sans grand résultat.

Naturellement, je ne pouvais pas voir le baron de Beynac, quelques pas plus loin, lever la main, leur faisant signe d'obéir à mes injonctions. Faute d'éperons, je talonnai des deux et, au mépris de toute règle, lançai le cheval d'Arnaud au galop dès que j'eus franchi le tablier du guichet.

Arnaud n'était plus au centre de mes préoccupations. Nous réglerions nos comptes plus tard. Ce soir. Lorsque j'aurai retrouvé la dame de mon cœur. Isabeau de Guirande, l'amour de ma vie. Une voix, la voix d'un de mes illustres ancêtres, le chevalier Bertrand de Born, troubadour et guerrier, fredonnait à mes oreilles :

Celui qui n'a vu l'amour en songe,
Que sait-il, sans la vision de l'âme,
De la vérité et du mensonge ?
Il nommera chimère l'image de cette Dame.

Moi, comme une apparition mystique,
J'ai vu en rêve la Dame de ma vie,
Envoûtante, telle une lointaine musique,
Elle était aussi belle que la Vierge Marie.

Elle me délivre de la sombre mort
En m'offrant le feu de sa lumière.
Mais, ne pouvoir toucher ni voir son corps
Est un mal qui me plonge en enfer.

Ô Toi, entends ma voix, ô mon Dieu,
Apaise mes souffrances, calme mes douleurs,
Sèche ces larmes noires qui coulent de mes yeux,
En me guidant vers mon âme sœur.

Je me berçai d'illusions. Dans mon immense naïveté, je rêvais d'amour, de courtoisie, de générosité, de bravoure et d'esprit chevaleresque.

Ma quête se révélerait semée d'embûches. Le chemin serait jalonné de complots, de trahisons, de moult morts, de félonie, de crimes et de sang.
Le sang de pauvres ou de nobles gens lâchement occis.

Que Dieu ait pitié de nos âmes !

Mais pour les lâches, les incrédules, les abominables, les meurtriers,
les impudiques, les enchanteurs, les idolâtres, et tous les menteurs,
leur part sera dans l'étang ardent de feu et de soufre,
ce qui est la seconde mort.

Apocalypse de Saint-Jean, 21 : 8

Chapitre 2

À Castelnaud-la-Chapelle, à Cénac, au Mont-de-Domme et aux Mirandes à la fin de l'hiver de l'an de grâce MCCCXLV, à II jours des nones de mars[1].

Après avoir quitté la forteresse de Beynac par la porte Veuve, tôt ce matin-là et au petit trot sur nos destriers harnachés dans leur houssure, nous recherchions, Arnaud et moi, un endroit où franchir la rivière Dourdonne à gué.

Avec notre maigre solde journalière de cinq sols et six deniers, pas question de prendre le bac : le passeur aurait soulagé nos bourses d'une somme d'autant plus excessive que nous étions à cheval, en armure et que nos destriers pesaient un bon poids eux aussi, en sols et en deniers.

Or nous avions décidé de dépenser nos sous dans une taverne fort réputée de Castelnaud-la-Chapelle plutôt que d'engraisser le passeur. Arnaud avait approuvé ma proposition chaleureusement, mais un peu vite. Je le soupçonnai d'avoir une idée derrière la tête, le petit coquardeau.

1. Le 5 mars 1345

La veille, le baron de Beynac nous avait chargés d'entreprendre le lendemain, Arnaud et moi, une vaste tournée de renseignements du côté de Castelnaud-la-Chapelle, du Mont-de-Domme et plus en aval, du côté des Mirandes. Notre mission consistait à procéder à une inspection des environs et détecter d'éventuels mouvements de bannières ennemies.

Nous ne nous étions pas fait prier : Arnaud avait la ferme intention de profiter de l'alibi que je lui donnais pour aller conter fleurette à Blanche au Mont-de-Domme, la fille du consul dont il se déclarait énamouré.

Quant à moi, je savais pouvoir profiter de l'alibi que me donnait Arnaud pour poursuivre mes recherches sur l'improbable existence de la belle et douce Isabeau de Guirande, la gente fée aux allumelles que j'avais entrevue dans un rêve hallucinant de vérité.

Depuis la chandeleur, nous avions effectué des accumulations forcées. Rares avaient été les occasions de dépenser notre solde hors l'enceinte du château où nous avions été consignés. Toute une série de corvées nous avait retenus pendant l'hiver, sans compter les épuisantes journées d'entraînement dans le champ voisin. Le baron de Beynac exigeait de ses gens d'armes une forme physique parfaite.

Les chevaliers et les écuyers s'entraînaient à tour de rôle au poteau de quintaine au cours de ces exercices quotidiens. Arnaud, dont c'étaient les premières expériences du genre, avait plusieurs fois raté sa cible. En fait, il contrôlait mal la position de sa lance pour la maintenir dirigée vers le centre de la cible dès qu'il passait du pas au galop. Sa lance heurtait le mannequin de bois trop à dextre. Elle glissait en provoquant sous le choc une vive rotation du poteau sur son axe vertical.

La cible ne le loupait pas. Le fléau d'armes qui pendait inerte l'instant d'avant était attaché par une chaîne souple à l'extrémité d'un bras, lui-même fixé perpendiculairement au corps du poteau, à senestre. Le fléau se tendait violemment à l'horizontale sous l'effet de la force centrifuge et le frappait à toute volée à l'épaule ou à la tête au point de le désarçonner.

Arnaud s'étalait la plupart du temps dans l'hilarité générale. Il se relevait péniblement avec bosses, contusions et quelques plaies et baillait une santé le soir même, selon la coutume. Mais au fil des jours, il était devenu de plus en plus accort. Finalement, seuls son amour-propre et sa bourse en avaient pris un sacré coup.

Les arbalétriers et les archers se perfectionnaient au tir pendant que d'autres exerçaient leur adresse tantôt à cheval, tantôt à pied, à la hache de guerre, à la masse d'armes, à l'épée à une main, une main et demie ou à deux mains et au maniement de l'aspersoir d'eau bénite.

Ce terrible fléau d'armes était équipé à son extrémité de pointes étoilées forgées autour d'une grosse bille d'acier reliée au manche par une courte et forte chaîne. D'où le nom qu'on lui donnait aussi d'étoile du matin (*Morgenstern*, comme la nommaient, paraît-il, les chevaliers de l'Ordre de Sainte-Marie des Teutoniques). Il était beaucoup plus lourd et dangereux que celui qui équipait le bras du mannequin au poteau de quintaine.

En effet, des rumeurs persistantes laissaient penser que la trêve passée par notre roi Philippe, sixième du nom, avec Édouard, troisième du nom, roi d'Angleterre et duc de Guyenne, allait être rompue. Nous ici, nous ne disions pas Guyenne, mais Aquitaine. Nous étions Francs. Du collier et des origines.

Nous détestions les Godons. Ce n'était pas un péché, nous avaient confirmé nos curés lors du prêche dominical : les Godons étaient des Anglais. Pire, ils recrutaient souvent des archers gallois qui, nous ne le savions pas encore, allaient décimer nos rangs à Crécy, un an plus tard. Une fois à terre, nos chevaliers et nos écuyers seraient incapables de se relever sous le poids de leur armure. La piétaille les achèverait lâchement d'un coup de miséricorde fiché au défaut de la cuirasse.

Tout ça pour dire que la trêve risquait d'être rompue. Nos espions annonçaient même l'imminence d'un débarquement anglais quelque part sur la côte d'Aquitaine.

Nous avions dû renforcer les défenses de la forteresse et nous préparer à soutenir un siège qui pouvait s'avérer long et pénible.

Lorsqu'au début du mois de janvier, j'étais parti précipitamment à l'aurore, à travers la campagne après cette nuit agitée et mémorable, au fil d'une chevauchée aussi spontanée que juvénile, j'avais interrogé plusieurs chevaliers. Ceux qui habitaient des maisons fortes sur la rive située à la dextre de la rivière Dourdonne entre les villages de la Roque-Gageac, de Carsac et d'Aillac. Mon expédition s'était traduite par un échec complet.

J'avais beau avoir fait de sa personne une description aussi précise que possible, nenni : personne n'avait reconnu l'amour de mon cœur. Les rustres, ils ne savaient pas ce que l'amour pouvait commander à un cœur enflammé. Je m'étais bien gardé d'évoquer les circonstances dans lesquelles j'avais fait sa connaissance.

La plupart de mes interlocuteurs m'avaient, au mieux, poliment éconduit. Au pire, ils m'avaient claqué la porte au nez. Ceux-là ne devaient pas porter le baron de Beynac dans leur cœur. Ni son premier écuyer.

Arnaud, de son côté, avait tenté plusieurs fois de me dissuader de poursuivre une chimère, mais j'étais fol d'amour, terriblement fol et refusais de renoncer à le lui déclarer. Le cœur a ses raisons que la raison ignore. Des raisons qu'Arnaud ne pouvait pas comprendre. Comme moi, je ne pouvais comprendre sa passion pour Blanche. Il ne me l'avait jamais présentée.

Quand il clabaudait quelques sornettes pour emburlucoquer quelque garce, Arnaud ne faisait aucune différence d'âge ou de naissance : manante, artisane, servante, fille de cuisine ou dame de la plus haute noblesse, peu lui importait.

Il n'était point regardant. Ni sensible au rang. Dès qu'il tentait de séduire une drolette, une gente damoiselle ou quelque dame d'âge plus mûr, ses yeux noisette s'allongeaient en amande et son regard se faisait charmeur.

Car il les avait grands et beaux, ses yeux. Deux noisettes sur un lit d'automne. Un petit peu plus petit que moi, plus mince mais bien taillé, les cheveux châtain clair, coupés à mi-longueur et naturellement ondulés, Arnaud avait les traits fins et gracieux. Les femmes n'y étaient pas insensibles. Elles se pâmaient toutes. Enfin, il le prétendait avec grande assurance. Il pouvait se révéler devenir un dangereux rival.

Dieu, qu'il était beau, qu'il était séduisant. Un peu efféminé, peut-être. Je ne lui connaissais de penchants que pour les femelles. J'étais bien placé pour en parler : il ne m'avait jamais fait de proposition déplacée. À moins que je ne fusse pas d'un genre à lui convenir ?

Je respirais trop souvent l'odeur forte et sauvage des chausses qu'il remisait à côté de mon lit, dans le lit du dessous, pour savoir qu'il y dormait seul. Qui aurait bien pu supporter un tel parfum ? Ni homme, ni damoiselle ne partageaient sa couche. Ordre formel du baron. Il était pourtant coquet, le bel Arnaud.

Désordonné mais coquet. Très désordonné. Très coquet aussi. Moins friand d'ablutions matinales, mais le corps frictionné d'essences de musc ou de fougère entêtantes.

Son charme faisait le reste. Et, à l'en accroire, le reste était généralement couronné de succès : sa proie, en pâmoison, se livrait tout entière pour s'abandonner à ses fantasmes les plus brûlants. Enfin, je n'en savais rien, mais je le supputais fortement avec une pointe de jalousie. Dans sa vie, il n'y avait pas que Blanche. Dans la mienne, il n'y avait qu'Isabeau. C'est tout dire.

Ce jour d'hui, je pris prétexte de la tournée que nous avait confiée le baron de Beynac pour suggérer à Arnaud de chevaucher en ma compagnie. S'il voulait que je ferme les yeux sur la visite qu'il ne manquerait pas de rendre à Blanche au Mont-de-Domme, il devait obtempérer.

N'étais-je pas son supérieur dans la modeste hiérarchie des écuyers ? En fait, je ne l'étais pas car nous relevions directement, l'un et l'autre, des ordres du baron et de ceux des trois chevaliers de la place. J'avais seulement pris rang d'écuyer avant lui.

Il avait accepté le compromis. Peut-être un peu trop facilement. Pas tant en raison du dîner copieux et bien arrosé que nous avions envisagé. Encore moins pour m'aider dans mes recherches. Arnaud restait mon meilleur ami et au fond, j'aimais mieux le savoir amoureux à Domme qu'à le voir faire un jour les yeux doux à ma douce mie.

Le temps était splendide depuis la fête de Saint-Mathias l'Apôtre, l'air encore froid mais sec et le cours de la rivière Dourdonne n'était pas trop haut. Les neiges avaient fondu bien avant la fin janvier, avant la Chandeleur.

Pour traverser la rivière, j'avais repéré lors de mon inutile expédition matinale, début janvier, l'existence possible d'un passage à gué en amont du château de Castelnaud. J'en fis part à mon compain et nous nous rendîmes à cet endroit.

Jambes serrées, rênes souples et main avancée, par un léger déplacement des fesses sur la selle, nous commandâmes le trot, puis le galop sans avoir besoin d'éperonner. Un galop rassemblé et non une allure de charge. Nous devions économiser nos montures. Notre chevauchée levait une légère bise qui nous chatouillait agréablement les yeux et nous piquait le nez.

Nous croisâmes plusieurs paysans, de robustes gaillards à la hure hirsute, aux yeux écartés, au nez parfois aplati encadré par de fortes narines qui tombaient sur une épaisse lippe rouge, hersée de dents jaunes ou de quelques chicots.

Des bouviers excitaient les bœufs qui tiraient de lourds et encombrants trains d'attelage en ligne, le joug fixé sur leurs cornes. À l'arrière, le laboureur se cramponnait aux mancherons pour maintenir le soc de la charrue le long d'un sillon droit et peu profond sur une terre encore recouverte par endroits d'une fine couche de givre.

Ailleurs on défrichait des terres restées en jachère après la fin d'une période d'assolement triennal pour préparer les semences d'avoine, d'orge ou de blé de printemps. Au loin, des troupeaux communaux paissaient sur des terrains en jachères, sous la surveillance d'un vacher au regard indifférent.

Profitant de ce temps clément, certains vilains, manches de chemises retroussées jusqu'au bras ou torse nu fendaient de grosses bûches. D'autres aiguisaient les lames de leurs cotels sur la pierre d'une meule à bras.

Les femmes qui ne vaquaient pas à des travaux culinaires ou à l'entretien de leur maisonnée, préparaient des fagots de bois mort qu'elles liaient à l'aide de fines tiges d'osier adroitement torsadées.

De certaines masures construites en pierre, en torchis ou en bois, un mince panache de fumée s'élevait de la cheminée, de cet inévitable cantou où l'on préparait les repas dans une grosse marmite suspendue à une forte crémaillère à l'intérieur même du foyer.

Les reliefs des ripailles, lorsqu'ils n'étaient pas jetés aux porcs, alimentaient régulièrement le fond de soupe ou de tourin. Ils constituaient la plupart du temps, avec quelques tranches de lard, de pain de seigle, des œufs et un fromage, l'essentiel du dîner quotidien des paysans. Accompagnés de cervoise et plus souvent d'un vin aigre, coupé d'eau, provenant des vignes alentour. Avant que le vin ne tourne au vinaigre.

Il n'en allait pas de même en période de fêtes. Et les fêtes ne manquaient point : près de cinquante jours par an, sauf lors des périodes de disette ou de famine ! Volailles, gibier d'eau, poissons de rivière, goujons, tanches, brochets, anguilles, boudins, rillettes, lapins accompagnaient la mique.

Ils ouvraient l'appétit sur des mets plus consistants : les porcs à demi sauvages, d'un noir d'ébène, aux soies longues et hérissées, aux dents proéminentes comme un boutoir de sanglier, étaient particulièrement appréciés lorsqu'ils étaient rôtis à la broche.

Dévorant dans les enclos communaux, faînes, glands et châtaignes sous la lointaine surveillance d'un porcher, leur chair était particulièrement succulente et leur nombre suffisant pour nourrir le personnel du château et les manants qui relevaient de la seigneurie. Sans compter les braconniers qui chassaient la bête à plume, le lièvre ou le chevreuil, au mépris du gibet.

Tous ces gens, et bien d'autres encore dépendaient de notre baronnie. La plupart étaient des hommes libres, d'anciens serfs affranchis par les seigneurs des lieux lors des ordonnances promulguées par notre saint roi Louis le neuvième et confirmées par son petit-fils Philippe le Bel.

S'ils nous saluaient au passage d'un geste de la main à hauteur du chapeau, nous le leur rendions en inclinant nos lances sur lesquelles flottait un fanion aux armes des Beynac.

Nous étions parvenus au gué. La rivière s'étalait là sur une grande largeur et nous caressions l'idée de pouvoir la franchir à cheval, sans trop de difficultés en cette époque de l'année.

Effectivement, le courant nous parut faible et l'eau suffisamment claire pour en évaluer la profondeur avant de nous y engager. Nous quittâmes la rive à dextre pour pénétrer prudemment dans le lit de la rivière.

Avec le poids de notre armure et la chaude houssure aux armes des Beynac qui recouvrait nos destriers de l'encolure à la croupe, il n'était pas question qu'ils pénètrent dans l'eau plus haut que les genoux.

Nous avançâmes prudemment, scrutant la profondeur devant nous. Leurs sabots glissèrent d'abord sur les galets que recouvrait par endroits, une fine couche d'herbes gluantes, mais ils s'y habituèrent rapidement et ils prirent de l'assurance lorsqu'ils sentirent que la hauteur de l'eau était raisonnable. Ils avaient compris que nous ne les engagions pas dans le gouffre de Padirac.

Je fredonnai quelques vers. Étais-je à la hauteur d'un de mes lointains ancêtres, Bertran de Born, poète et guerrier à la vie tumultueuse ? J'en doutais, bien que je fusse bercé par les légendes des lieux et les mélodies des nombreux troubadours de passage à qui l'entrée du château restait toujours ouverte.

Si par hasard, je pense à toi,
Mon corps est parcouru de frissons,
Car dans ton cœur, braises et tisons
S'enflamment dans l'attente d'un roi.

Où que tu sois,
Où que j'aille,
Rien qui vaille
D'être vécu
Si loin de toi.
Mais le sais-tu ?

Par soir de lune claire,
Ta lumière m'éclaire
Dans la peine et la joie
Si tu restes près de moi.
Car il n'est plus douce soie
Que le velours de ta voix.

Une fois la rivière franchie, nous nous dirigeâmes au pas vers le château de Castelnaud où nous devions porter au seigneur, les salutations du baron de Beynac qui entretenait avec lui des relations distantes mais courtoises. Arnaud de Lautrec, le précédent sire des lieux, avait en effet renoncé à ses sympathies anglaises pour faire hommage, trois ans plus tôt, au comte de Pierregord allié au roi de France, pour le château de Castelnaud et la châtellenie qui en relevait depuis un trois quarts de siècle.

L'esprit toujours pris dans mes chimères, j'avais l'intention de sauter sur l'occasion pour interroger le seigneur de Castelnaud au sujet des armoiries d'Isabeau de Guirande. Je m'étais laissé dire qu'il était aussi savant en matière de blasons qu'un certain seigneur du Mont-de-Domme dont j'avais vaguement entendu parler, sans connaître ni son rang, ni sa science.

J'avais bien l'intention d'entreprendre quelques recherches par là-bas, après le dîner, pendant qu'Arnaud se livrerait à un déduit en muguetant avec sa mie avant de tenter certainement quelques chatteries. Avant que nous ne nous rendions ensemble aux Mirandes.

Peut-être ne serait-ce qu'un coup d'épée dans l'eau, puisque pour l'instant je ne savais pas en fait à qui m'adresser précisément. À cette seule idée, mon esprit s'assombrit. Je me confortai en me disant que je devais poursuivre mon enquête, pas à pas et sans relâche.

Au cours des deux mois qui avaient suivi ce rêve qui obsédait mes pensées, j'avais compris que la vague description d'une silhouette ne me permettrait jamais d'identifier la petite fée aux alumelles : je devais procéder avec méthode. Si l'amour de mon cœur existait vraiment ici-bas, je devais le retrouver. Mon amour était vertueux, mais le cercle était vicieux.

Plus que jamais, et je ne savais pas expliquer pourquoi, je la voyais vivante, de jour comme de nuit, en chair et en os. Une obsession envoûtante. Mais je devais, à mon corps défendant, procéder calmement et avec méthode : identifier en premier lieu, le blason armorié à ses armes que le baron de Beynac, interrogé par mes soins, avait feint d'ignorer.

Il me fallait donc rechercher les meilleurs hérauts que connaissait le pays du Pierregord et au-delà. Car eux seuls me permettraient de connaître la famille dont elle était issue. Et la situer. Mais aujourd'hui, le moral était bon et je me sentais près du but.

Fantasme ? Chimère ? Peu m'importait. Un feu brûlait mon âme, enflammait mon corps et mon esprit. J'étais sûr, dans la naïveté de mon adolescence, qu'elle vivait quelque part et probablement beaucoup plus près de moi que je n'osais même l'imaginer.

Or donc, après avoir franchi la rivière Dourdonne à gué et escaladé péniblement au pas un chemin situé au sud qui traversait la rue principale du village, nous étions parvenus devant le château de Castelnaud.

Une belle forteresse, plus petite et moins impressionnante que celle de Beynac ; une belle forteresse néanmoins. Accroché à l'extrémité méridionale d'une arête rocheuse, le château de Castelnaud dominait les vallées de la Dourdonne et du Céou, lieu de passage naturel entre les villes de Cahors et de Pierreguys, entre Quercy et Pierregord. Il se dressait au détour d'un cingle à trois quarts de lieue du château de Beynac, sis sur l'autre rive de la rivière.

Je m'aperçus que sa situation le rendait cependant vulnérable. Surplombant un petit village, le château était dominé au nord par un éperon rocheux sur la pointe duquel il reposait. Cette faiblesse déterminait tout le système de défense.

Les remparts, à l'ouest, faisaient face au village et à la colline au nord pour protéger le donjon surmonté de mâchicoulis et le logis seigneurial à l'est, à l'aplomb de la rivière Dourdonne. Le chemin de ronde et le donjon étaient reliés aux deux tiers de la hauteur d'icelui par des hourds. J'en fis la remarque à Arnaud qui bougonna quelques mots incompréhensibles.

Face à l'entrée du château, devant la barbacane, nous avions belle prestance, Arnaud et moi, nos lances à l'arrêt, avec nos cottes aux armes des Beynac passées sur le haubert qui nous enchâssait de la tête où nous portions un camail, jusqu'aux pieds que nous avions un peu gelés.

La journée était belle, mais le froid vif. Le fer ne tient pas vraiment chaud. Nous étions cependant confortablement protégés par nos gambesons rembourrés, enfilés par-dessus nos chainses sous le haubert.

La main en porte-voix pour mieux me faire ouïr, je criai :

« Holà, du guet ! Ouvrez la porte !

— Qui va là ?

— Deux écuyers du baron de Beynac, Brachet de Born et La Vigerie ! » hurlai-je.

La herse ne se leva pas pour autant. Derrière elle, un sergent de garde cria à l'adresse d'un officier, d'une voie éraillée de coquelet :

« Deux cavaliers en grand harnois se présentent à la porte.

— Quelles armes ? » interrogea une voix lointaine aux consonances rocailleuses.

J'annonçai les couleurs :

« Burelé d'or et de gueules de dix pièces.

— Quoi ?

— Bu-re-lé d'or et de gueu-les de dix p...

— C'est bon, laissez entrer », finit par dire l'autre.

Nos chevaux piaffaient. Ils sentaient l'odeur de l'avoine. La suite devait nous montrer qu'ils en seraient pour leurs frais. Le foin et l'avoine n'étaient pas destinés aux importuns. À moins que le sire de Castelnaud ne fût enclin à la gripperie. Ou peu hospitalier.

Pourtant, dans nos contrées, on soignait souvent mieux les animaux que les hommes. Quant aux femmes, je n'en parlerai pas. Arnaud s'en occupait. L'esprit de chevalerie et l'amour courtois n'étaient pas partagés par tous. Je commençai à regretter l'entrevue que je venais de solliciter. Un mauvais pressentiment m'assaillit.

Après avoir franchi la porte principale, nous fûmes conduits par un couloir étroit à la grande salle située au deuxième niveau du donjon. Un gentilhomme de taille moyenne, sec et droit comme un piquet, au cheveu rare, au regard gris et froid, sanglé dans un pourpoint bistre garni de vair et ajusté au corps, nous y attendait, les pouces glissés sous la ceinture.

Dans un coin, près d'une cheminée monumentale, une dame lisait un rouleau de parchemin à la lumière d'un chandelier à cinq branches, entourée de deux dames de compagnie. L'une d'elles filait en actionnant un rouet, l'autre glissait une aiguille dans la trame d'une tapisserie tendue sur un chevalet articulé.

Arnaud devait déjà lorgner vers elles et tenter d'attirer leur attention. Mais il était trop loin pour qu'elles tombent sous le charme irrésistible de ses yeux noisette fendus en amande. D'ailleurs, après nous avoir jeté un regard furtif, ces dames reprirent leurs travaux avec un mépris indifférent.

Je pressentais cependant qu'elles devaient tendre l'oreille pour ouïr notre conversation. Les distractions au château ne devaient pas être enivrantes.

Le sire de Castelnaud, à qui je nous présentai, casque à la main et camail sur la tête, ordonna à l'un de ses serviteurs de nous servir du vin chaud, du bout des lèvres, sans nous inviter à nous asseoir sur le banc dont le dossier était ciselé de monstres plus grotesques et épouvantables les uns que les autres.

Bien qu'Arnaud se tînt à deux pieds derrière moi (la coutume l'exigeait pour un second écuyer), le seigneur de Castelnaud l'avait peut-être vu s'épincher vers icelles.

Il dut en prendre ombrage, car il pria sa dame et sa suite de de bien vouloir se retirer. Il n'était apparemment pas sensible aux charmes du second écuyer du baron de Beynac. Arnaud en fut pour ses frais. Sitôt apparues, sitôt disparues. Puis, se tournant vers nous, un peu sèchement :

« Messires écuyers, que me vaut votre visite ? »

Je transmis au sire de Castelnaud les salutations de son cousin, le baron de Beynac. Il m'en remercia sans aucune chaleur, par simple courtoisie et me pria de lui transmettre les siennes en retour.

Je l'interrogeai ensuite sur d'éventuelles chevauchées ou sur des mouvements de troupes ennemies que ses guetteurs ou ses espions auraient pu observer récemment.

Avant de me répondre, il réfléchit un instant. Puis, une moue sur les lèvres, il nous fit comprendre qu'il n'en était rien. La mission officielle dont nous avait chargés le baron s'arrêtait là. La mienne commençait.

Toujours debout, nous goûtâmes poliment, Arnaud et moi un vin tiédasse, servi dans des gobelets en étain frappés aux armes des Castelnaud de Beynac. Celles-là, je les connaissais, instruit de la science du baron. Et pour cause. Une vieille histoire de famille et d'alliances matrimoniales.

Le vin, de la pisse de chat, était à peine buvable. Arnaud s'en étrangla et faillit le raquer.

Le seigneur de Castelnaud, hautain (quel honneur, messire nous faites-vous d'avoir accepté de nous recevoir), ne daigna pas faire une santé avec nous. Et pour cause, il ne devait pas apprécier la pisse de chat. Un homme de goût, au fond ? Avant qu'il ne nous congédiât, je pris sur moi :

« Messire, j'aurai une question personnelle à vous soumettre. Une seule question, messire.

— Ne tournez pas autour du pot. Je n'ai pas de temps à perdre. Parlez, messire Brachet.

— Je sais votre science des blasons. Pourriez-vous identifier ces armes ? » répondis-je mortifié, en lui posant malgré tout la question qui me brûlait les lèvres et en lui tendant d'une main un peu hésitante une reproduction des armes d'Isabeau de Guirande.

Il y jeta un coup d'œil attentif. Je frétillai, tel un gardon fraîchement pêché. Après un silence qui me parut plus long que l'éternité, il prononça l'évidence :

« *D'argent et de sable, écartelé en sautoir, le chef et la pointe partis* ? Cela évoque pour moi un vague souvenir », dit-il rapidement, les yeux fuyants. Il reprit d'un ton cassant :

« Je regrette, je ne connais pas ces armes. Votre maître ne les reconnaît-il pas ?

— Non, messire », suffoquai-je, le souffle coupé, le corps tendu comme un arc bien bandé. Le gardon ne frétillait plus.

« Dans ce cas, adressez-vous au chevalier de Sainte-Croix, à Cénac. Peut-être pourra-t-il les identifier, lui. »

Au ton de sa réponse, je compris que sa décision était prise. S'il connaissait ces armoiries, il ne me le dirait pas.

« Au fait, en quoi cette affaire vous intéresse-t-elle (il devenait un peu trop curieux à mon goût) ?

« Je souhaite retrouver la trace de quelqu'un qui est cher à mon cœur, avouai-je. »

Je n'avais pas plutôt prononcé ces paroles en rougissant que son attitude, déjà peu amène, changea brusquement. D'un ton sec et peu avenant :

« Je regrette, je ne connais pas ces fantaisies, bava-t-il avant d'enchaîner d'un air méprisant :

— Sans doute ces armes sont-elles de petite noblesse ou celles de quelque manant… Depuis qu'on leur a permis d'armorier des enseignes à leur couleur ! Les temps ont bien changé.

— Merci, messire, nous n'abuserons pas plus longtemps de votre hospitalité », dis-je sans aménité, en inclinant brièvement la tête sans condescendance, comme on me l'avait appris. Mais le feu aux joues.

Arnaud n'avait pas fini sa coupe de vin. Moi non plus. Après avoir fixé le seigneur de Castelnaud droit dans les yeux, tournant les talons, je lançai à Arnaud :

« Messire Arnaud, nous partons. Remerciez notre hôte, le seigneur de Castelnaud pour la qualité de son accueil. »

Le sire de Castelnaud m'apostropha aussitôt :

« Brachet, c'est bien votre nom ? Épargnez-vous des recherches inutiles. Demandez donc plutôt aux manants du village ; ils en savent certainement plus que des gens de bien sur les écus fantaisistes des gueux et des gueuses ! Par les temps qui courent, on voit de tout. »

Je fis volte-face. Je mis la main sur la poignée de mon épée. J'étais à deux doigts de desforer pour demander réparation de l'insulte. Arnaud intervint fort adroitement sur le champ. Il me prit fermement le bras pour me guider vers la sortie.

Décidément, mes premiers rapports avec le seigneur de Castelnaud commençaient mal. Pour seul résultat, un affront qu'il m'avait infligé. Je n'avais recueilli aucune information sur la famille d'Isabeau ; mon orgueil ravalé me restait en travers de la gorge, mais mon corps avait probablement été sauvé grâce à la présence d'esprit d'Arnaud.

Il m'avait peut-être évité le pilori ; en ces temps-là, on ne badinait pas avec l'insolence devant un grand seigneur, tout baron qu'il ne fut pas.

Entre Castelnaud et Brachet, c'était la guerre. La guerre froide. Mais la guerre allait bientôt se révéler chaude. Très chaude. Pour lui. Quelques mois plus tard, lors de la bataille dans les faubourgs de la Madeleine, en notre ville de Bergerac.

J'ajustai brutalement mon casque sur le camail, suivi en cela par mon fidèle ami et nous regagnâmes incontinent la cour du château, aussi roides que deux poteaux de quintaine.

Un valet nous tendit nos lances alors qu'un autre nous présentait nos chevaux par la bride. Le maître n'était pas à la hauteur de ses domestiques. J'invitai ostensiblement Arnaud à vérifier sa sangle avant de se remettre en selle. Je fis de même. La maison n'était pas sûre.

Après être remonté en selle en prenant appui du pied à senestre sur une borne de pierre, en bon soldat que je n'étais pas encore, par dépit et pour faire tomber ma colère, je profitai de l'occasion pour relever en règle les points faibles dans les défenses du château en chevauchant ostensiblement, au pas, à portée d'arbalète.

Ici une muraille trop mince, là des courtines inachevées. Les mâchicoulis du donjon surplombaient les hourds et en réduisaient l'usage défensif. Les hourds eux-mêmes dominaient en partie une échauguette flanquée à mi-hauteur du donjon. Elle était sensée défendre l'accès à une petite porte dérobée qui donnait sur la base talutée du donjon.

Je recueillis ainsi moult autres détails. Au moins, je n'aurai pas perdu la matinée. Ce genre de renseignements pouvait toujours servir un jour.

Nous nous apprêtions à quitter ces lieux sinistres pour nous diriger vers la taverne, située un peu en contrebas lorsque, alerté par le martèlement caractéristique des sabots d'un cheval au galop, j'aperçus le dos d'un cavalier.

Enveloppé dans un grand mantel à capuchon, il franchit la porte principale du château et s'évanouit au détour de la rue principale du village. Sexte venait de sonner.

Un feu d'enfer crépitait dans l'âtre de la taverne de Castelnaud-la-Chapelle. Il projetait quelques brûlons enflammés hors du cantou. L'un d'eux me piqua la joue tel un feu grégeois. Je le balayai d'un revers de la main.

Le brandon, après avoir décrit un cercle parfait, s'écrasa sur le sol en terre battue. Il rougit une dernière fois avant de noircir, de se consumer et répandre un petit tas de cendres grises. Le châtaignier est déconseillé pour entretenir un feu ; mieux vaut utiliser du charme ou du chêne. Mais la flambée était belle.

Nous n'étions pas encore passés à table. Nous réchauffions nos extrémités avec délectation, assis côte à côte sur un banc, nos pieds de fer vêtus posés à même la margelle de la cheminée, sans pouvoir en écarter les doigts pour cause de mailles.

Le fer chauffé à blanc me brûlait délicieusement les orteils. Une légère buée s'en échappait. Mes mains engourdies se réchauffaient plus délicatement : nos gantelets de fer reposaient sagement sur la table où le vin coulait à flot.

La taverne était décorée avec un goût simple et rustique. Il y régnait une impression champêtre et chaleureuse. Une batterie de casseroles accrochées à un râtelier sur une poutre reflétait dans des tons jaunes et cuivrés la lumière qui pénétrait par les fenêtres. Plusieurs enseignes sculptées aux formes et couleurs de différents métiers ornaient une partie des murs. Des tresses d'ail rose, suspendues ici et là, nous invitaient à chasser les maléfices qui, selon la légende, brouillaient nos pensées.

« Tiens donc, mais ne serait-ce pas Étienne, notre joyeux maître des arbalétriers ? »

Étienne Desparssac venait d'entrer sans armes, enveloppé d'une grande cape à capuchon qui ressemblait à s'y méprendre à une robe de bure. Il ne manquait que le cordon.

J'aperçus juste, à travers le mantel entr'ouvert, dans un étui accroché à la ceinture de son surcot, un robuste coutelas de chasse au manche en corne de cerf muni d'une garde à quillons courts et droits qui ressemblait étrangement à celui qu'Arnaud venait de poser sur la table.

« Par Saint-Christophe ! Alors c'est comme ça qu'on mène sa tournée d'inspection ? Arnaud inspecte les jupons et Bertrand lui sert de chaperon ! Bravo les écuyers ! » Il riait à gueule bec en se tenant les côtes.

Quelques clients présents dans la salle clabaudaient entre eux. Ils interrompirent leur conversation, se tournèrent vers nous, puis s'esbouffèrent. Nous rîmes aussi. Pour faire bonne figure. Un peu jaune tout de même. M'adressant à Étienne :

« N'êtez-vous pas consigné au château, ce jour ?

— Non, le chevalier de Montfort, qui assure la garde m'a rendu la liberté pour la journée. Pourquoi ? Vous tremblez dans vos chausses, jeune écuyer ? »

Foulques de Montfort était l'un des trois chevaliers qui résidaient en permanence au château avec leur famille. Il avait rang de chevalier banneret, mais n'était point marié. C'était aussi le moins accommodant des trois.

Il partageait la tour dite du Couvent, située en face du Présidial avec Guillaume de Saint-Maur, un autre chevalier et sa famille. Un nouveau chevalier bachelier que le baron de Beynac venait d'engager à son service, Raymond de Carsac, y logeait aussi. En sa qualité de *pauvre homme,* ainsi nommions-nous les chevaliers bacheliers sans grande fortune, il était encore jeune et célibataire.

Étienne nous observait, un sourire malicieux sur les lèvres. Arnaud se fendait la pêche. Mais les pêches n'étaient pas mûres.

« Prenez place séant, Étienne, et trinquons à la santé de nos femmes, de nos chevaux et de ceux qui les montent ! » glapit Arnaud, en s'esclaffant. Étienne saisit un gobelet et le vida cul sec, avant d'interpeller notre hôte :

« Holà, tavernier ! À nous, trois pichets de cet excellent vin de Cahors ! » Le vin mettait en joie, mais je ne perdais pas de vue ma quête personnelle : je posai à Arnaud la question qui m'escagaçait depuis notre visite au sinistre sire de Castelnaud. M'adressant à lui, de la voix que prennent les tourmenteurs avant de travailler leurs patients, je l'interpellai vivement :

« Dis donc, Arnaud, pourquoi ne m'as-tu jamais parlé de ce chevalier de… de Sainte... Rappelle-moi son nom, veux-tu bien (je fis semblant de chercher le nom qu'avait lâché le sire de Castelnaud, bien qu'il fut gravé dans ma mémoire) ?

— Sainte-Croix ? Si je ne t'en ai point parlé, c'est simplement parce que tu ne me l'as jamais demandé. Aurais-tu la mémoire plus courte que la longueur de ton épée ?

— Te moques-tu de moi ?

— Non, bien sûr que non ! En réalité, je n'avais pas pensé qu'il puisse t'aider à résoudre tes chimères. Mais à la réflexion, tu as raison, ce n'est pas impossible : en sa qualité de physicien, il pourrait peut-être soigner un cerveau dérangé.

— Merci. Alors, le connais-tu ? Parle, parle ! lui ordonnai-je sans relever la saillie.

— Non, je ne peux pas dire que je le connaisse vraiment. Ma mie Blanche me l'a seulement présenté un jour. C'est le chevalier Gilles de Sainte-Croix, membre de l'Ordre de l'Hôpital de Saint-Jean de Jérusalem.

— Un frère ?

— Un soldat aussi.

— Je ne savais pas que les Hospitaliers possédaient une commanderie au Mont-de-Domme ?

— Les Hospitaliers n'y ont point de commanderie mais ils possèdent une simple maison forte, à une ou deux lieues d'ici, à côté de l'église de Cénac.

« Te souviens-tu que les Hospitaliers ont hérité d'une partie des biens des Templiers depuis la condamnation d'iceux par feu notre roi Philippe le Bel ?

— Je n'étais pas né, mais oui, je sais ! répondis-je sèchement.

— Blanche m'a dit que le chevalier de Sainte-Croix était chargé par Hélion de Villeneuve, le grand maître de l'Ordre des Hospitaliers qui réside à Rhodes, d'organiser la gestion des biens qui leur ont été dévolus en Aquitaine.

« Blanche a beaucoup d'admiration pour lui. C'est un grand savant, paraît-il. Et un grand physicien. Il soigne aussi des lépreux, avec beaucoup de charité. C'était leur vocation initiale du temps des pèlerinages de la Croix. »

J'envisageai aussitôt de planter là Arnaud et Étienne, pour rendre visite incontinent à ce grand savant, lorsque je remarquai qu'Étienne, l'air de rien, ne pipait mot. Il ne perdait pas un mot de notre conversation :

« Alors Étienne, vous vous passionnez pour les frères à présent ? Il est vrai que le temps de carême-prenant commence la semaine prochaine ! N'oubliez pas d'aller à confesse avant Pâques, mécréant !

— Vous êtes maladroit, Brachet, maugréa-t-il en me jetant un regard noir. Avez-vous déjà ouï le son des crécelles ?

— Euh..., non. Pourquoi ?

— Si vous l'aviez déjà entendu, vous sauriez ce que signifie la musique qui accompagne les déplacements des lépreux : j'ai un parent qui habite la maladrerie située à un jet de pierre de l'enceinte de Pierreguys », me répliqua-t-il sèchement.

Étienne s'était soudain embufé. Sa jovialité avait brusquement cédé la place à une grande tristesse. Son visage s'était refermé comme une huître.

Arnaud ne bronchait pas. Il restait muet comme une carpe.

« Pardonnez-moi, Étienne, je ne pouvais savoir… balbutiai-je, fortement déconforté.

— Bien sûr, bien sûr. Laissez tomber. À présent, je vais devoir vous quitter.

— Ne voulez-vous pas rester séant et casser la croûte avec nous ?

— Non, merci. À demain ! » lança-t-il en se levant et en quittant la taverne après avoir réglé son écot.

« Bertrand, tu l'as vexé, tu es un âne mal bâté, se crut obligé de surenchérir Arnaud.

— *Asinus asinum fricat*, les ânes ne fréquentent que leurs congénères », déclarai-je bêtement en imitant notre barbier. J'étais gêné, contrarié et je m'enlisai incongrûment dans mes propos.

« Comment voulais-tu que je sache ?

— Tu ne surveilles pas assez tes paroles. Trop prompt à plaisanter d'un rien, trop prompt à tirer l'épée, me répondit-il d'un air narquois en me jetant un coup d'œil appuyé. Tu blesses tes interlocuteurs par ignorance », ajouta-t-il pour me picanier.

Je ne relevai pas son sermon : s'il y avait un âne, dans cette pièce, c'était bien moi. Il n'avait pas tout à fait tort. Un seul point positif : j'étais convaincu que le chevalier de Sainte-Croix était le gentilhomme qu'il me fallait visiter pour mettre enfin un nom sur ce fantôme au visage angélique dont je rêvais toutes les nuits et auquel je pensais douloureusement tous les jours.

Bien mangé. Bien bu. Merci petit Jésus. Nos destriers aussi, à ouïr la somme que nous avions dû bailler lorsque notre tenancier, à l'embonpoint prononcé, nous l'avait joyeusement annoncée : nos bourses pesaient désormais trois fois moins lourd.

Quand nous sortîmes de la taverne, le soleil s'inclinait sensiblement à l'ouest. Nous avions encore entre quatre et cinq lieues à parcourir. Nous n'avions plus le temps d'aller et aux Mirandes et au Mont-de-Domme ensemble.

Dépité, j'en fis part à Arnaud, qui me proposa aussitôt d'alterner. Ou bien renoncer à la visite que nous devions faire au forgeron des Mirandes (il savait que c'était impossible) ou séparer nos chemins : j'irai seul aux Mirandes, pendant que lui se rendrait à la maison des Hospitaliers à Cénac et au Mont-de-Domme. Nous nous rejoindrions ensuite devant l'entrée de la forteresse à l'heure où sonneraient les vêpres, pour franchir la porte en bon ordre.

Le petit fétôt. Il m'avait piégé. Je compris trop tard pourquoi il avait fait traîner le repas en longueur. Il connaissait mon goût pour la bonne ripaille et le bon vin : tourin, mique, goujons frits, pâté de foie et autres cochonnailles, civet de lièvre aux graines de séné, salade de mâche à l'ail (Arnaud n'aimait pas l'ail), assortiment de cabécou, de fromages de brebis et tourtous de seigle au miel. Un repas léger en somme.

Je n'avais plus le choix. Il m'avait mis devant un fait accompli, pour avoir les mains libres, le petit coquardeau. Car Arnaud était rusé comme un renard. Il avait bien préparé son coup. J'irai donc aux Mirandes de mon côté, et lui au Mont-de-Domme. Il y avait certes une autre possibilité : inverser les rôles.

Je réfléchis un bref instant. Si je la lui proposai, il me tirerait une gueule de six pieds de long jusqu'à sa prochaine virée. Et puis, il était le seul fil qui me reliât à Gilles de Sainte-Croix, ce moine soldat, physicien de surcroît.

Je lui fis alors jurer de prendre langue avec le chevalier de Sainte-Croix. S'il était disponible, il devait lui soumettre les armes dont je cherchais à identifier la famille.

Dans le cas contraire, il devait s'enquérir sur l'heure et le jour où il serait à même de m'accorder une audience pour mettre sa science des blasons au service de la question qui me hantait jour et nuit.

Il me promit d'entreprendre cette démarche incontinent, le regard un peu trop fuyant à mon goût, mit le pied à l'étrier, se coiffa du casque et du gorgerin, saisit sa lance et lança sa monture au trot, puis au galop.

En chevauchant en direction du village des Mirandes, je profitai de l'occasion pour rendre une visite au tanneur de Castelnaud-la-Chapelle, dont la masure bordait la rive de la rivière Dourdonne, à senestre.

Aujourd'hui, il ne me gratifia pas d'une nouvelle paire de bottes fourrées. Il est vrai que le temps était sec et qu'il n'avait pas besoin de mon destrier pour sortir son charroi, comme en décembre dernier, de l'ornière bourbeuse dans laquelle il l'avait enlisé jusqu'aux moyeux.

Le tanneur était de ces gens simples pour lesquels la vie était dure, mais qui savaient garder joie de vivre et sens de l'accueil. Il m'arrivait souvent de préférer leur compagnie à celle de ci-devant nobles, un peu trop arrogants, un peu trop imbus d'eux-mêmes parce que la naissance leur avait conféré des privilèges qu'ils ne méritaient pas toujours.

Le forgeron des Mirandes à qui je rendis ensuite visite, était un petit homme trapu, bedonnant et jovial. Il me proposa de me servir lui-même un verre de vin chaud, un excellent cru, me dit-il, qui provenait d'un tonnel dont lui avait fait cadeau le seigneur de Castelnaud. Encore meilleur, si on y trempait une cuiller de miel.

Apparemment, il ne l'avait pas encore goûté. J'attendrai qu'il joue les taste-vin. Je déclinai poliment la proposition. Les braises qui rougissaient sous l'énorme soufflet de la forge suffisaient amplement à me réchauffer, lui affirmai-je en détournant la tête pour qu'il ne lise pas sur les plis de ma bouche, le dégoût que m'inspirait ce breuvage.

Sur les raisons militaires de ma venue, il m'affirma avec force gestes et mimiques n'avoir observé aucun mouvement inhabituel. Dans un langage cru avec moult jurons, truffé d'insultes à l'endroit des Godons.

Je l'informai en outre que le baron le priait de se rendre au château avant huitaine pour y prendre commande de certains travaux. Eu égard à l'importance des préparatifs de guerre et d'un siège éventuel, son confrère de Beynac ne pouvait satisfaire seul aux exigences du baron.

Je pris ensuite congé et le remerciai du bout des lèvres pour le vin chaud. Le soir tombait. Je piaffai d'impatience en attendant le résultat de la visite qu'Arnaud avait dû rendre à Gilles de Sainte-Croix, chevalier de l'Ordre de l'Hôpital. Je ne tarderai pas à être fixé.

Pour éviter un détour et eu égard à l'heure avancée, je trouvai par chance un autre passage de la rivière à gué, en amont des Mirandes, dans un autre cingle, vers Saint-Vincent-de-Cosse. Une fois parvenu sur la bonne rive, j'abattis la bride au triple galop vers l'ouest. Mon destrier ne se fit pas prier. Il sentait l'odeur de l'écurie. Nous contournâmes le château par le nord et parvînmes à la porte Veuve avant vêpres.

Lorsque vêpres sonnèrent, Arnaud n'était naturellement pas sur les lieux dont nous étions convenus. J'enrageai. J'abandonnai mon destrier aux soins d'un valet d'écurie, j'ôtai mes gantelets de maille, m'aperçus que je ne portais pas ma bague en or sur l'annulaire de la main, à dextre.

Sur le coup, j'en fus très vivement contrit. Le baron me l'avait offerte. Un véritable travail d'orfèvrerie gravé à mes armes. Je l'enlevai souvent la nuit. Je fus incapable de me souvenir si je l'avais enfilée ce matin ou pas. Sans doute était-elle restée dans ma chambre à la place où j'avais l'habitude de la poser. Je vérifierai.

Je mandai Foulques de Montfort. On m'apprit qu'il n'était plus de garde. Il avait été remplacé par Raymond de Carsac. Tant mieux. Je me présentai audit chevalier et lui annonçai l'arrivée prochaine du second écuyer, prétextant qu'il avait été retardé, son cheval ayant fait un mauvais pas.

Je requis son indulgence et le priai de ne point en faire état au baron. Arnaud devrait me rendre des comptes avant, pensai-je en mon for intérieur. Raymond de Carsac était nouveau dans la maison. Il m'avait pris en amitié. Il me promit de faire son possible pour passer l'incident d'icelui sous silence. Il tint parole.

En revanche, le crime dont le chevalier Gilles de Sainte-Croix fut victime ce jour-là, à deux jours des nones de mars, en l'église hospitalière de Cénac, ne pourrait onques être étouffé.

Il serait impossible au seigneur de Beynac, mon protecteur, quelle que fût sa puissance de premier baron du Pierregord, de passer sous silence cet assassinat épouvantable.

Or donc, de ce crime monstrueux, je fus accusé plusieurs semaines plus tard, exactement le treizième jour des calendes d'avril, le 19 du mois, ainsi que je l'ai conté plus haut. L'enquête *ad dolorem* que la prévôté de Sarlat avait instruite, diligentée par le juge-procureur du Tribunal ecclésiastique, avait été rondement menée. Elle m'avait benoîtement désigné comme coupable.

Ma vie basculait. Les mâchoires d'un piège diabolique venaient de s'ouvrir pour me plonger dans les ténèbres après une exécution ignoble. J'étais perdu. Corps et âme.

Adieu, la vie.
Adieu, ma Mie, ma douce Mie.
Priez pour le repos de mon âme.

In nomine Patris et Filii et Spiritus sancti.

Et s'il y a nul compain,
Gracieux et de bon renom,
Qui te veuille d'armes requérir,
Octroie-lui, car c'est raison.
Ainsi pourras honneur conquérir.

Cent ballades, auteur anonyme

Chapitre 3

À Beynac, dans l'antichambre de la librairie, à V jours des calendes d'avril, jusqu'à la veille du jour de l'Ascension de Notre-Seigneur Jésus-Christ[1].

Depuis ce jour funeste du mois de mars, où le prévôt du sénéchal de Pierregord s'était présenté à l'entrée du château pour mettre la main sur ma personne, je tournais en rond et croupissais dans l'antichambre de la vie et de la mort.

Ce jour-là, après être sorti de mon bain au parfum d'alchimie dont m'avait gratifié notre barbier, l'acte d'accusation qui pesait sur moi me restait en travers du gosier que j'avais sec.

Le corps tremblant et les jambes flageolantes, je revêtis la première chemise et le premier pourpoint qui me tombèrent sous la main sans prendre le temps de m'essuyer. Pour éviter d'être traîné nu comme un ver jusqu'à la chambre de torture de la prison de Sarlat. Une pudeur bien dérisoire.

Mes chausses me donnèrent du fil à retordre : elles collaient à la peau, sur mes jambes mouillées et refusaient de se laisser

1. Le 27 mars 1345

enfiler plus haut que les genoux. Dans le combat sans merci que nous nous livrâmes, elles cédèrent finalement. À la hauteur du postérieur. De sorte que j'eus une partie du cul à l'air. Je n'étais pas d'humeur à en rire.

Dehors, j'entendais plusieurs sabots marteler les dalles de pierre de la basse-cour : la herse avait été levée pour laisser passer le prévôt et son escorte. Quatre gens d'armes à cheval pour moi tout seul. En d'autres circonstances, j'en aurais éprouvé quelque fierté. Leurs chevaux piaffaient d'impatience. Eux aussi, ils avaient hâte de faire main basse sur ma personne.

Au moment où je m'apprêtai à quitter ma chambre, mes effets personnels et mes souvenirs, pour plonger dans les ténèbres et me rendre à la justice, j'entendis une voix grave que je reconnus aussitôt. Le baron s'était approché et s'enquit :

« Prévôt, que reproche-t-on au juste à l'écuyer Brachet de Born ? »

Je m'approchai à nouveau de la fenêtre à petits pas, le cœur battant la chamade, les mains cramponnées à mes chausses, faute d'avoir pris le temps de les lacer à hauteur de la taille. Pour éviter qu'elles ne glissent sur mes chevilles et ne dévoilent l'autre partie, la partie la plus intime de ma personne.

Je tendis l'oreille, en prenant garde de ne pas me montrer :

« Nous avons ordre de conduire le dénommé Brachet de Born à la prévôté pour le soumettre à la question. Votre écuyer est soupçonné d'un crime infamant : l'assassinat de messire Gilles de Sainte-Croix, chevalier de l'Ordre de l'Hôpital de Saint-Jean de Jérusalem, survenu il y a quinzaine !

— Par Saint-Denis ! s'écria le seigneur de Beynac, manifestement troublé.

— Voici la lettre patente me mandant la mainmise sur sa personne. Ordonnant à chacun d'y prêter main-forte, si nécessaire ! Vous reconnaîtrez les sceaux du sénéchal, messire de Verderac et de l'évêque, monseigneur de Royard », dit-il en brandissant sous le nez du baron un parchemin enroulé, revêtu d'un ou deux cachets de cire.

J'observai du coin de l'œil mon maître se saisir du parchemin, en briser les sceaux et prendre connaissance du document. Les battements de mon cœur s'affolaient. Des sueurs froides me parcouraient la nuque. Mes mains étaient moites. Je retenais ma respiration. J'épiais le comportement du seigneur de Beynac.

Il fit signe à Michel de Ferregaye de s'approcher et lui glissa quelques mots à l'oreille. Ce dernier hocha la tête et s'éloigna, la main sur le pommeau de son épée.

Puis, après un lourd silence, juste troublé par le hennissement de quelque roussin, le baron de Beynac se tourna vers le prévôt et dit d'une voix calme mais d'un ton ferme :

« Messire prévôt, vous savez bien que j'ai droit de haute et basse justice pour tout crime commis sur l'ensemble de la baronnie ? N'auriez-vous pas vu les quatre gibets plantés au pech de la Fière ?

— Certes, messire baron. Mais le crime a été commis à Cénac, dans la maison même des Hospitaliers, qui relève de la justice royale de la bastide de Domme. En conséquence, le sénéchal du Pierregord et l'évêque de Sarlat ont compétence pour faire comparaître le coupable devant leur tribunal. »

Le prévôt reprenait de l'assurance. Il osa même renchérir, d'un air un peu hautain :

« Vous savez de surcroît qu'un crime aussi abominable commis contre un chevalier hospitalier relève de la justice ecclésiastique !

— Morbleu, cela suffit, prévôt, je n'ai pas de leçon de justice seigneuriale sur les us et coutumes en vigueur en notre province d'Aquitaine à recevoir de vous, répondit le baron, un ton plus haut et plus cassant. Vous n'étiez pas né que mon père m'instruisait déjà de ces affaires !

— Oui certes, messire. Je n'en doute point. Mais sur *arrêt* de...

— Non !

— Non ? Et pourquoi non ?

— Messire prévôt, ne dîtes point sur *arrêt* de... Un arrêt émane du roi ou du parlement.

— Ah ? Je disais donc, sur *ordre* de monseigneur de Royard et de messire de Verde...

— Non, non !

— Non ? Vraiment ?

— Oui, vraiment ! Par Saint-Denis, on ne donne point un *ordre* au premier baron du Pierregord, sauf à être roi. Êtes-vous le roi Philippe, messire prévôt ?

— Euh... certes non ; je ne me nomme point Philippe.

— À la bonne heure ! Lorsque vous vous adressez à un grand seigneur ou à l'un de ses vassaux, vous devez seulement le prier de bien vouloir... »

Le prévôt s'escumait à grosses gouttes et son teint rougeaud virait au violet. Il conserva néanmoins son sang-froid et poursuivit :

« Messire de Beynac, *je vous prie* de bien vouloir...

— Non, non, messire prévôt. Décidément non ! Vous semblez ignorer les coutumes de la bienséance. On ne dit point *je vous prie*, mais “Monseigneur de Royard et messire de Verderac m'ont prié de procéder à la mainmise sur la personne de messire Brachet de Born, en vertu de l'ordonnance délivrée par iceux et dont je ne suis que le modeste et dévoué serviteur”, est-ce entendu ou dois-je répéter ?

— Non, messire baron. J'ai parfaitement saisi. Je m'excuse et tiens à porter à la connaissance de votre seigneurie l'ordonnance délivrée par...

— Cela suffit, à la parfin ! Retournez incontinent chez les curés si tant est que vous sachiez lire et écrire. Ils vous enseigneront avec plus grande patience que moi quelques versets de bonne conduite que vous semblez ignorer : lorsque vous adressez la parole à autrui, suggérez-lui quelque formule du genre “Veuillez m'excuser” ou, mieux, dites-lui simplement “messire, je vous prie de me pardonner...”

« En revanche, bannissez de votre langage l'idée de vous excuser *vous-même* d'une faute que *vous* avez commise par ignorance ou maladresse. Voyons, ne le saviez-vous point, messire prévôt ? se lamenta le baron de Beynac en fixant les joues du prévôt qui viraient cette fois à l'écarlate.

— Euh..., non, messire, je vous le confesse.

— Par les cornes du diable, vous n'avez rien à me confesser, messire prévôt ! Je ne suis point habilité à écouter vos balivernes, ni à recevoir vos suppliques. Encore moins à vous administrer l'absolution. C'est peut-être fâcheux, mais c'est ainsi !

« Poursuivez donc ! Poursuivez ! Mais parlez vite et bellement. Nous avons assez perdu de temps céans ! Et tâchez d'éviter dorénavant l'usage de formules alambiquées et ampoulées dont vous ne maîtrisez ni les tenants, ni les aboutissants. À moins que dame Nature ne vous ait doté de quelque talent d'alchimiste ? »

Cette fois, je crus que le prévôt, dont le sang s'était retiré du visage, ne fut saisi par une crise d'épilence. Après avoir dégluti sa salive, il hoqueta :

« Vous m'offensez, messire !

— Que nenni, je ne vous offense point, messire prévôt. Je vous rappelle seulement à vos devoirs. À ceux de votre noble charge. Alors, dites-moi à la parfin, qu'en est-il ? Ne prétendiez-vous pas faire mainmise sur l'un de mes sujets ? »

Visiblement, mon maître prenait un plaisir évident à remettre l'homme d'armes à la modeste place qui était la sienne. Il n'avait pourtant pas pour coutume de se comporter ainsi. Chercherait-il à gagner du temps ? réalisai-je soudain. Dans ce cas, je ne devrais pas tarder à recevoir quelque visite : celle de Michel de Ferregaye, par exemple ?

« Oui, messire baron... Puis-je maintenant me saisir de la personne de votre écuyer ? » C'en était fait de moi. Mes oreilles bourdonnèrent. L'afflux de sang au cerveau.

La sentence allait tomber inexorable, impitoyable. La cloche venait de sonner none. Contre toute attente, j'entendis avec stupéfaction le baron répondre d'une voix calme :

« Non, prévôt, je regrette.

— Plaît-il, messire baron ? Vous refusez de me livrer le criminel ? »

Le prévôt était à deux doigts de s'étrangler. Je n'en croyais pas mes oreilles. Immutable, le baron enchaîna :

« Non, prévôt, je vous aurais livré le coupable présumé, *s'il avait été là* ; mais l'écuyer que vous êtes venu quérir a quitté le château cet après-midi, sur mon ordre, pour se charger d'un pli qu'il doit remettre à monseigneur Duèze, évêque de Cahors. En mains propres.

« Il ne sera pas de retour avant vingtaine, avant la Saint-Georges.

— Ah ? Bigre, c'est fâcheux ! répondit le prévôt dépité.

— C'est peut-être fâcheux, mais c'est ainsi ! trancha le baron avec irritation. Maintenant, je vous prie de quitter le château dès qu'on aura étrillé et nourri vos chevaux et vos hommes… Holà vous autres ! Qu'on serve un verre de vin à ces soldats. Le seigneur de Castelnaud vient de me faire livrer un muid d'un excellent cru. Servez-leur aussi une légère collation. Dans les cuisines ! »

Avant que le prévôt n'ait eu le temps de lui dire qu'il reviendrait tantôt, le baron tourna les talons et disparut, plantant là le prévôt et son escorte de gens d'armes.

Le seigneur de Beynac, premier baron du Pierregord, n'aimait pas être contrarié. Par personne. Encore moins par un simple prévôt qui se croyait gorgé de supériorité : il se vengeait en leur offrant de la pisse de chat ! Et une soupe à la grimace ! Servis dans les cuisines. Et sans miel.

Je respirai enfin. Chambre de torture et gibet s'éloignaient. Pas pour longtemps. Je savais que je ne tarderais pas à recevoir la visite de mon maître. Il venait de me sauver la vie, mais je commençai à me demander s'il n'aurait pas mieux valu, tout compte fait, que je me fusse livré à la justice.

L'interrogatoire auquel il n'allait pas manquer de me soumettre d'un instant à l'autre risquait d'être plus dur que la question qu'on envisageait de m'infliger dans la chambre de torture de la prévôté.

Je récitai en silence les quelques vers de ce poème que je venais de composer :

Ma douce Mie, ma tendre Mie,
Je t'offre ma souffrance
Qui parle en silence,
Dans le vide d'un cœur meurtri.

Accueille-la dans tes mains jointes,
Je n'ai plus beau cadeau à t'offrir.

En attendant que l'aube pointe,
Je sens mon âme qui chavire.

Pardonne au jeune compagnon
Qui rêve de toi le jour, la nuit,
Les mots qu'il pleure sans raison,
Si la folie s'empare de lui.

Tu restes la reine de son cœur,
Veille sur la petite lueur
Qui vacille mais garde l'espoir
D'éclairer un jour ce gouffre noir.

Le baron de Beynac entra brusquement et fit deux pas vers moi. Le fourreau de son épée cogna sur le chambranle de la porte. Je crus qu'il allait m'envoyer une paire de gifles. À toute volée. Et il avait la main leste. Leste et lourde. Plus dure qu'un savon mol. Michel de Ferregaye se tenait discrètement en retrait. Sans aucun doute, il était campé là sur ordre du baron depuis un bon moment. Pour s'assurer que je ne tenterais pas quelque discrète évasion.

Je reculai instinctivement et heurtai la petite table sur laquelle reposait le flacon qui contenait la décoction du barbier. Le flacon tomba sur le plancher et se brisa. Des effluves subtils mais incongrus de thym et de romarin se répandirent aussitôt dans la pièce.

Le baron me fixa de ses yeux bleus. Ils viraient au gris. Ses sourcils en broçailles se relevèrent en accent circonflexe. Ses narines frétillèrent. Elles se délectaient d'une senteur qui lui était peut-être familière.

Mais les effluves agréables qui se dégageaient des lattis du parquet manquaient considérablement d'à-propos. Comment leur expliquer qu'il était plus convenable de regagner l'intérieur du flacon et de refermer le bouchon ?

Sa mâchoire se crispa. Je remarquai pour la première fois une légère protubérance sur l'une de ses joues. Le grain contrastait avec la couleur de sa peau, devenue livide. Il se campa devant moi, la main senestre sur la hanche. Il posa l'autre sur la garde de son épée. Je remarquai que l'extrémité des quillons était trifoliée. C'est fou les nouveaux détails que l'on peut découvrir dans une situation d'émoi extrême ! Mais je notai que s'il avait la main posée à dextre sur la garde de son épée, c'est qu'il n'avait pas l'intention de desforer. Il était gaucher.

Sa puissante stature envahissait l'espace. La porte rétrécissait comme une peau de chagrin. La chambre aussi. Moi aussi.

« Brachet, suis-moi ! »

Il m'interpellait par mon nom de famille. Pas par mon prénom. Mauvais présage. Mon épée, mon ceinturon et mon braquemart étaient posés près de moi dans un angle de la pièce. Je me dirigeai vers eux pour ceindre la tenue du parfait écuyer, lorsque le baron me dit d'une voix blanche :

« Là où je te conduis, tu n'as nul besoin d'armes.

— Où me conduisez-vous messire, je vous prie ?

— Tu le verras bien assez tôt.

— Envisagez-vous de m'écrouer dans un cachot ? Ou de me précipiter du haut de la falaise ? Sans avoir entendu ma défense ? » questionnai-je au mépris du respect que je lui devais.

Contre toute attente, le ton de ma voix ne sembla pas lui déplaire. Il ne réagit pas. Il se contenta de m'ordonner de le suivre incontinent, sans prendre aucun effet personnel, sans lui poser de question. Puis il me tourna le dos et sortit.

L'épée, le braquemart et le ceinturon qui les reliait glissèrent soudain sur le sol dans un fracas métallique. Les esprits qui les habitaient se révoltaient à l'idée de notre séparation.

Nous nous enfonçâmes dans les profondeurs du château, franchîmes un dédale de souterrains dont j'ignorais l'existence, descendîmes et montâmes plusieurs marches que l'humidité ambiante rendait glissantes. Tous les cent pas environ, de rares torchères éclairaient d'une lumière jaunâtre le plafond d'un parcours taillé dans le roc.

Leur flamme vacillait lors de notre passage dégageant une odeur de résine et de poix. Elle projetait sur les murs et sur le sol des ombres variées dont la forme angoissante s'allongeait à mesure que nous nous en éloignions et rétrécissait lorsque nous nous en approchions.

Une fesse toujours à l'air, je suivais à dix pas le surcot tantôt gris, tantôt noir de mon maître. Il ne se retourna pas une seule fois pendant le trajet.

Ayant repris mes esprits, c'est-à-dire mon esprit combatif, j'étais bien décidé à présent, où qu'il me conduisît, à défendre mon innocence et à l'interroger sur les raisons pour lesquelles il avait prétendu m'envoyer en mission et ne m'avait point livré séance tenante aux sergents de la sénéchaussée.

Parvenu en haut d'un escalier dont les contre-marches étaient particulièrement hautes, le baron marqua une pause pour extraire d'une aumônière qu'il portait à sa ceinture une énorme clef qu'il glissa dans la serrure d'une porte en chêne massif bardée de métal.

Lorsqu'il l'ouvrit, la porte grinça sur ses gonds et émit un gémissement digne de celui des âmes qui hantent le purgatoire. Leur entretien laissait à désirer. Un peu de suif ou de graisse d'oie n'auraient pas été de trop. J'ai toujours apprécié les lieux feutrés et les gonds bien graissés. Je n'étais pas disposé à lui en faire la remarque.

Le rythme de mon cœur s'accélérait à nouveau et ce n'était pas en raison des nombreuses marches que nous venions de monter. Nous étions, me sembla-t-il, parvenus au bout du chemin de la destinée que le tout puissant seigneur de Beynac me réservait.

Bien décidé à provoquer une explication avant qu'il ne prît une décision définitive, je puisai dans mon cœur les ressources nécessaires pour écarter le fardeau que des inconnus avaient jeté sur mes épaules. Je savais pourtant ne jamais pouvoir tenter une épreuve de force contre mon seigneur et maître. Ma vie eut-elle dû en dépendre.

Je pensai au vendredi saint et au calvaire du Christ, trahi par les siens, mais ressuscité le troisième jour. Sans prétendre comparer ma sainteté à la Sienne, je n'en étais pas pour autant prêt à accepter l'injustice du sacrifice suprême : je savais qu'il était peu probable que je puisse ressusciter avant le jugement dernier. Autant dire que je n'étais pas encore en état d'attendre une date si lointaine.

La lourde porte s'ouvrit sur l'antichambre de la librairie que je connaissais bien. Le baron m'y avait souvent conduit par des voies de surface.

Deux portes opposées donnaient, l'une sur un couloir, l'autre sur la librairie. Un rapide coup d'œil me confirma qu'elles étaient l'une et l'autre verrouillées à double tour. Celle qui donnait sur le souterrain, le baron venait de la loquer aussi. À double tour.

En guise de mobilier, cette pièce aux dimensions réduites ne disposait que d'une petite table sur laquelle reposait un chandelier dont la bougie était éteinte, d'un banc, d'un tripalium, une sorte de tabouret à trois pieds qui servait autrefois à y installer les patients soumis au travail du bourreau.

Histoire de les tourmenter un peu. Avant qu'ils ne soient allongés sur une forte planche pour y subir l'épreuve du biberon. En réalité, la question. La question de l'eau qu'on déversait par un entonnoir dans leur gorge. Surtout quand ils n'avaient pas soif.

Comparée à l'antichambre, la modeste chambrette que je partageais avec Arnaud ressemblait à la salle des États où le premier baron du Pierregord réunissait ses vassaux, quelques pas plus loin. Côté est, une échauguette à encorbellement, flanquée à même la muraille qui surplombait la falaise, servait de cabinet de commodité. Ça tombait bien, ma vessie me rappelait une envie d'oriner qui me saisissait la gorge.

Deux archères en forme de croix percées dans la muraille pour une raison inconnue (le château était inexpugnable sur ce flanc) laissaient filtrer une lumière blafarde. Le soir tombait.

En fait de mise au secret, j'étais servi. Comme un criminel, par son bourreau. Comme un cerf aux abois l'est par le chasseur qui le sert d'un coup de dague. En plein cœur. Pour qu'il ne souffre plus. Je parvins à me ressaisir. Une volonté jeune mais inébranlable, trempée dans le caractère que mes illustres ancêtres m'avaient sans doute légué en héritage, en avait décidé ainsi.

Dorénavant le chasseur ou le bourreau, ce serait moi. Loin d'avoir renoncé à établir mon innocence et à oublier la voie de ma vie, la voie d'Isabeau de Guirande, ma douce mie, je décidai de prendre le taureau par les cornes, comme on dit plus loin par-delà les Pyrénées, du côté des Espagnols.

Pour traquer le coupable de cette félonie. Pire, de ce meurtre révoltant contre le chevalier de Sainte-Croix dont on m'accusait. Et qui me priverait pour longtemps de tout espoir de revoir un jour ma gente fée aux alumelles.

Je devais à tout prix cerner les causes profondes de ce crime et en pister les voies pour confondre le coupable avant de le remettre à la justice du bras séculier. À moins que je ne l'exécute moi-même. Non, finalement le faire comparaître serait préférable. Sinon on pourrait encore m'accuser de l'avoir occis.

Le baron étudiait mes réactions, sans mot dire. Il était calme, presque détendu. Seuls quelques cernes plus accentués qu'à l'accoutumée témoignaient d'une grande fatigue. Son corps s'était imperceptiblement voûté. Il le redressa, consciemment ou non, et me dit d'une voix ferme, mais non sans lassitude :

« Tu logeras ici. Tu n'en quitteras point les lieux jusqu'à nouvel ordre. La pièce est fraîche. Michel, notre capitaine d'armes, t'apportera un coutil pour la nuit, de nouvelles chandelles, de l'eau et des provisions de bouche. Ne te réjouis pas trop tôt : pour toi, le temps du carême n'est pas fini.

— Seigneur, pourquoi m'avoir sauvé la vie tantôt ?

— Bertrand, je ne t'ai pas encore sauvé la vie. Par Saint-Denis, qu'il me pardonne ; si j'ai menti pour toi, c'est en respect de la promesse que je fis naguère à ton père qui lui, m'a vraiment sauvé la vie en l'an de grâce 1340 pendant la bataille navale dite de l'Écluse, de sinistre mémoire.

« Il t'a confié à moi, avant de trépasser dans mes bras. C'est en souvenir de tes valeureux ancêtres dont l'un fut armé chevalier sur le champ de bataille par notre saint roi Louis.

« S'il s'avérait que tu sois coupable de ce crime, pire que félonie, je ne te livrerais jamais au bourreau. Par Saint-Denis, je jure sur la Vierge Marie que je te trancherais la tête ou que je t'installerais sur la planche du salut, pieds et poings liés.

« Tu finirais inexorablement à choir dans le vide lorsque, ivre de fatigue, tu ne serais plus capable de maintenir ton équilibre. Quelle que soit la manière de t'exécuter, ton bourreau, ce sera moi. Moi seul. Si Dieu me prête vie.

« Pour l'instant, tu es tenu au secret. Tu es en sûreté aussi, me dit-il après un instant d'hésitation. Médite et réfléchis. Nous nous reverrons demain. As-tu compris ?

— Oui, messire. »

Le baron n'était pas toujours magnanime. Il ressemblait à feu notre roi Philippe, quatrième du nom, dit le Bel, lorsqu'il organisait et ordonnait l'arrestation de tous les chevaliers de l'Ordre du Temple, le même jour, à la même heure, sur l'ensemble du territoire de la couronne. Il tenait moins du grand-père d'icelui, qui avait rendu son dernier souffle à Thunes devant la citadelle de Carthage, lors du huitième pèlerinage de la Croix.

Il posa sur moi des yeux bleus emplis de tristesse. Sa colère s'était évanouie. Il ouvrit la porte située en face de la librairie, la referma sur lui, la verrouilla. Je ne le vis pas, mais je sus qu'il se dirigeait vers la chapelle du château. Le silence de la nuit bourdonnait dans ma tête.

Je m'assis sur le banc. Je pris ma tête entre les mains. Les larmes inondèrent aussitôt mon visage. Tant de tension, tant d'incompréhension, tant de questions, tant de doutes ! J'étais épuisé.

Le lendemain matin, à l'heure où sonnaient les laudes, le bruit d'une clef dans une serrure me réveilla en sursaut, les cheveux hirsutes, dressés sur ma tête. Je ne m'étais pas endormi avant minuit, le sommeil agité, peuplé de cauchemars.

Quelqu'un frottait énergiquement une pierre à feu. La lumière blafarde d'une bougie éclaira une silhouette floue. Làs, ce n'était pas la gente damoiselle aux alumelles, ce n'était point Isabeau de Guirande.

Le baron Fulbert Pons de Beynac se tenait devant moi. Il était toujours matinal. Ce jour d'hui plus que jamais. Je me frottai les yeux, l'esprit engourdi et me dressai séant, dans mon pourpoint et mes chausses de la veille, les fesses à même le bois.

« Il est temps que nous prenions langue, Bertrand. »

Le baron avait les traits tirés. Il n'avait pas dû dormir d'un sommeil profond.

« Ah ? Pensez-vous, messire ? » m'entendis-je répondre d'une voix un peu pâteuse, en bâillant et en étirant mes muscles.

Michel, le capitaine d'armes avait pris sur lui, la veille, de me servir un pichet de vin pour accompagner le frugal souper qu'il m'avait livré. Le meilleur vin que je n'eus jamais goûté. Pas de la pisse de chat du sire de Castelnaud. Un excellent vin de Bordeaux. Le baron reprit mon interrogatoire :

« Bertrand, maintenant, conte-moi tout. Par le menu.

— Messire, il n'y a rien que vous ne connaissiez déjà.

— Peu me chaut. Recommence. Dans l'ordre et depuis le début. »

Je répondis de bonne grâce, à défaut de bon cœur dans la situation d'infortune qui était la mienne, à la question que le baron m'infligeait de si bonne heure. Je lui narrai les étapes de la journée que j'avais passée en grande partie en présence d'Arnaud, tout en passant sous silence mon enquête sur les armoiries dont je cherchais désespérément à identifier la famille.

Notre traversée du gué au confluent de la rivière Dourdonne et du Céou, notre visite au sire de Castelnaud, l'anecdote sur la pisse de chat, les failles que j'avais relevées dans la défense du château, notre déjeuner à la taverne de Castelnaud-la-Chapelle où nous avions rencontré fortuitement Étienne, le maître des arbalétriers, l'heure tardive qui nous avait contraints, Arnaud et moi, à séparer nos chemins pour poursuivre notre mission dans les délais impartis, ma visite au forgeron des Mirandes, puis mon retour avant vêpres par le Pech, le Brudou et le Gayre.

Je relatai enfin mon entrevue avec le chevalier Raymond de Carsac, là où j'attendais Foulques de Montfort, lors de mon entrée dans la forteresse (sans préciser qu'Arnaud était absent).

Le baron m'écoutait en silence, debout, sans me quitter des yeux. Je lui racontai tout. Enfin, presque tout. Ma mémoire flanchait parfois, à certains moments, sur certains sujets : le baron n'avait pas semblé apprécier mes recherches pour retrouver la famille à laquelle appartenait le blason *d'argent et de sable, écartelé en sautoir, le chef et la pointe partis*.

Lorsque je l'avais naïvement interrogé à ce sujet, l'hiver dernier, il m'avait répondu, trop vite pour mon goût, que ces armes lui étaient inconnues. Sans autre commentaire. À la différence du sire de Castelnaud (celui-là, je n'étais pas prêt à oublier son allusion aux gueux et aux gueuses). Mais le moment n'était pas vraiment opportun pour soumettre à nouveau mon maître à la question. Ni pour évoquer le sujet.

Il posa son regard sur mes mains. Je les tenais croisées sur les cuisses, dans une position de recueillement. Puis il me posa la question qui me fit rougir :

« Bertrand, pourquoi la bague que je t'ai offerte a-t-elle disparu de ton annulaire ? »

Je suivis son regard et baissai les yeux sur mes mains, moins pour constater l'absence de la bague que je portais habituellement à dextre, à mon annulaire, que pour cacher mon trouble. Il l'avait donc remarqué. Sa question me mortifiait et me touchait profondément. Le seul cadeau de grande valeur qu'il ne m'eût jamais fait. Cet instant d'émoi passé, je le regardai dans les yeux (les siens n'avaient jamais quitté les miens, sauf un bref instant).

Je lui avouai le trouble que j'avais éprouvé en constatant la disparition d'icelle, les reproches que je m'étais faits, le doute qui m'avait assailli lorsque je dus m'avouer mon incapacité à poser la main dessus à l'endroit où je croyais l'avoir oubliée la veille ou l'avant-veille.

Le seigneur de Beynac saisit le seul autre siège de la pièce, le tripalium, et il s'assit. Il m'exposa toutes les circonstances du crime, telles qu'elles lui avaient été rapportées.

Il me déclara d'un air grave que l'anneau avait été retrouvé sur les lieux du crime dans l'une des mains de la victime. Il était l'unique pièce à conviction que détenait le juge-procureur de Sarlat. Mais il justifiait à lui seul les accusations qui pesaient sur moi, à en croire l'ordre de mainmise que le prévôt lui avait présenté la veille.

Les investigations menées par le juge-procureur avaient été rondement menées et avaient très vite permis de me reconnaître, et peu de temps après, de me situer.

J'en fus abasourdi, mais ne pus m'empêcher de penser *in petto* que les inquisiteurs de Sarlat étaient moult fois plus efficaces et plus rapides que moi. Cela faisait prés de trois mois que je tentais de situer la famille d'Isabeau de Guirande, sans aucun succès. Peut-être devrais-je envisager de m'adresser à eux ? Le moment était-il bien choisi pour autant ? Pas sûr !

En vérité, cette nouvelle m'inquiétait terriblement et soulevait de nombreuses questions auxquelles j'étais incapable de répondre.

« Messire, si vous n'avez foi en moi, questionnez Arnaud : nous avons fait route ensemble et ne nous sommes point quittés jusqu'au repas. Lorsque nous nous sommes séparés, je me suis rendu par le chemin le plus court près le forgeron des Mirandes. Ils pourront en témoigner l'un et l'autre !

— Arnaud, c'est déjà fait. Il m'a confirmé tes dires. À quelques nuances près toutefois… Mais nous en reparlerons. En ce qui concerne le forgeron, en revanche, à supposer que tu m'aies dit la vérité, tu sais bien que sa parole ne sera pas reçue par le juge, en la circonstance. Au mieux, il sera entendu mais son témoignage ne sera pas recevable ; sauf à être un homme libre, ce dont je doute.

— Le sien peut-être pas, mais le vôtre suffirait à clamer mon innocence, messire, si vous le questionniez à mon sujet pour vous en convaincre, proposai-je avec désespoir.

— Tu oublies une chose, Bertrand : le meurtre du chevalier de Sainte-Croix a été commis environ une heure après none l'après-midi, d'après les témoignages de ses serviteurs et les indications qu'ils ont relevées sur l'horloge à bougie de la chapelle. Comment peux-tu me prouver que tu ne fusses pas sur les lieux du crime en ce temps ? »

Je restai coi. Comment le prouver en effet ? L'interrogatoire était suspendu à mes lèvres. Mes lèvres étaient muettes.

« Nous nous reverrons plus tard. Tantôt. Réfléchis bien. J'ai confiance en toi. Bon sang ne saurait mentir ! Bien que tu me caches quelque chose… », susurra-t-il en prenant congé.

Il ouvrit la porte qui donnait sur le logis seigneurial, la referma, la loqua à double tour et me laissa seul. Tout seul. Face à moult questions qui se bousculaient dans ma tête.

Mais il venait d'éclairer d'une lumière noire le chemin blanc de ma vie. Il avait aussi entrebâillé une lueur d'espoir sur la voie de mon honneur. D'un honneur injustement bafoué. Il m'avait ouvert une lucarne. La porte de son cœur. Et cette porte n'était pas froide comme la pierre. Dorénavant, je sentis que nous étions deux. Trois. Avec Isabeau de Guirande.

Doutes et interrogations dansaient une folle farandole dans mon crâne. Pour avoir les idées claires et chasser la douleur qui enserrait ma tête comme dans un pilori, je saisis le broc et versai de l'eau sur ma nuque et sur mon visage. L'eau était glaciale. Les ablutions matinales en resteraient là.

Après m'être énergiquement frotté les cheveux, je déplaçai le banc adossé au mur ouest de la pièce et fis les cent pas pour me préparer à la réflexion et dégourdir mes jambes. Tôt le matin, un peu d'exercice ne fait jamais de mal. À défaut de jouter contre un poteau de quintaine. Je comptai quatre pas dans le sens de la largeur et cinq pas dans le sens de la longueur, en longeant les murs. En dix-huit pas, j'avais bouclé le périmètre de la prison dans laquelle j'étais retenu.

À chaque tour, je récitai un “Je vous salue Marie” à voix basse au début. À voix de plus en plus haute à mesure que le nombre de pas que je fis augmentait. Pour la deuxième fois en moins de trois mois, je suppliai la Vierge de Roc-Amadour de venir à mon secours. Et d'éclairer mon esprit.

Après avoir imploré la Vierge cinquante fois, j'étais suffisamment concentré pour réfléchir aux circonstances qui m'avaient conduit à être séquestré dans l'antichambre de la librairie. Le lieu le plus secret du château. Sauf les oubliettes.

Je me devais de faire un point complet sur l'affaire. Je le fis. Sur les faits, sur les coupables possibles, sur l'arme du crime. Et sur la preuve de ma culpabilité présumée.

Je résumai tout d'abord les faits.

Le chevalier de Sainte-Croix avait été lâchement occis le jour même où le baron de Beynac nous avait chargé, Arnaud et moi, d'une mission.

Son meurtre avait été commis à Cénac, dans la maison des Hospitaliers de Saint-Jean de Jérusalem.

D'après le témoignage de ses serviteurs, il était encore une heure après none, soit quatre heures de l'après-midi. Il avait été découvert occis dans la chapelle de la maison forte, environ une heure plus tard, soit vers cinq heures. Selon les indications relevées sur l'horloge à bougie qui éclairait la chapelle. Elle indiquait les heures de la journée avec une grande précision.

Ayant quitté la taverne de Castelnaud-la-Chapelle, au moment où une cloche sonnait none, j'avais pris le chemin des Mirandes par les bords de rive pour rendre visite au tanneur. Puis je m'étais dirigé vers le village des Mirandes, selon les instructions du baron. Compte tenu de la distance qui séparait Castelnaud-la-Chapelle et les Mirandes, soit deux lieues ou deux lieues et demi, j'avais dû chevaucher pendant plus d'une heure.

J'avais quitté le forgeron un peu moins d'une heure après, lorsque le soleil approchait de la ligne de crête des pechs, à l'ouest : il devait être à peu près une heure avant vêpres, vers cinq heures de l'après-midi. Si je parvenais à en établir la preuve, j'étais sauf. Oui, mais comment ?

J'envisageai ensuite les coupables possibles.

Arnaud : impossible, je le connaissais trop bien pour envisager, ne serait-ce que le temps d'un éclair, qu'il fût capable de commettre une telle félonie.

À la réflexion, eu égard à la façon cruelle dont il se moquait de mes sentiments pour Isabeau et à la façon dont il avait tourné bride, je n'excluais pas l'idée qu'Arnaud ne fût pas passé à la maison des Hospitaliers, mais qu'il ait préféré se rendre directement au Mont-de-Domme y mugueter plus longtemps sa mie, Blanche. Les yeux en amande.

En outre, même si l'ombre d'un soupçon avait pu m'effleurer, en sa qualité de fille de l'un des consuls, Blanche pouvait lui avoir fourni un alibi parfait. Ne m'avait-il pas avoué, à rebelute, avoir mignardé ce soir-là plus longtemps qu'il ne l'avait prévu ? De sorte qu'il n'avait franchi la porte Veuve qu'à la tombée de la nuit, bien après vêpres. Bien après l'heure du rendez-vous dont nous avions été convenus.

D'ailleurs à aucun moment, le baron n'avait évoqué la supposition, inimaginable, de la culpabilité possible d'Arnaud. À quel titre, en vertu de quelle raison aurait-il pu, en outre, commettre un tel crime de sang ?

Étienne, le maître des arbalétriers : très improbable. Bien qu'il ait semblé s'intéresser vivement à notre discussion, il n'avait aucune raison de commettre un acte d'une telle ignominie. Ne devait-il pas bien au contraire, être reconnaissant au chevalier de Sainte-Croix de soigner les lépreux alors qu'il avait lui-même un parent atteint de cette maladie ? Non, cette supposition était également à exclure.

Le cavalier inconnu qui était sorti au galop du château de Castelnaud lorsque nous nous apprêtions, Arnaud et moi, à quitter ce village pour nous rendre à la taverne ?

J'y mettais un peu trop de parti pris cependant en raison de la répulsion (le mot est faible) que m'inspirait le sire de Castelnaud. Mais, à la réflexion, plus j'y pensais, plus cette idée me plaisait lorsque je me remémorai le fil de notre conversation. N'avait-elle pas failli dégénérer en duel à la suite des propos insolents qu'il m'avait lancés à la figure ? Mes oreilles en bourdonnaient encore.

Cette supposition n'était donc pas à exclure : était-ce lui, le cavalier inconnu ? Ou l'un de ses gardes ? Le mantel qu'il portait ne m'avait pas permis de l'identifier. Étienne, notre maître des arbalétriers, ne portait-il pas d'ailleurs un mantel très semblable ?

Autre possibilité : l'assassinat du chevalier de Sainte-Croix aurait été commis par l'un de ses serviteurs. Lequel ? Pour quelle raison ? Peu probable.

Il restait une ultime explication : un meurtrier inconnu, un manant ou plus vraisemblablement, un routier de passage en quête de quelque pillage, qui aurait été surpris par le chevalier ?

L'arme du crime appelait quelques précisions.

Elle n'avait pas été retrouvée sur les lieux où il avait été commis : dans la chapelle des Hospitaliers. En présence du Saint-Sacrement. La chapelle avait été profanée par le sang versé et devrait être à nouveau consacrée.

Selon le rapport du chirurgien barbier qui avait procédé à l'analyse des tripes et des boyaux, on savait seulement que le chevalier avait perdu son sang et agonisé après avoir reçu un violent coup qui l'avait éventré de bas en haut, jusqu'à la première cote. L'os avait bloqué la pénétration de la lame, plus haut vers le cœur. Ses doigts s'étaient refermés avec force sur ma bague et un début de rigidité du corps en avait rendu l'extraction difficile. Il avait fallu avoir recours à un instrument de chirurgie pour l'extraire en tranchant l'extrémité des doigts.

Le but du crime, à présent.

Qui pouvait avoir intérêt à occire le chevalier de l'Hôpital ? À première vue, seule la cinquième possibilité, celle d'un routier de passage, résistait à l'analyse.

Et si quelqu'un voulait m'empêcher, au prix d'un crime crapuleux, de prendre langue avec le chevalier de Sainte-Croix ? Dans un seul dessein : couper tout lien entre la famille des Guirande et ses armoiries ? M'interdire avant longtemps de faire sa connaissance ? Mais pour quelles raisons ? Quelle suspicion, quel terrible secret pouvaient bien peser sur icelle ou sur sa famille ? Au point d'assassiner un chevalier aussi généreux, un aussi grand savant ?

Dans de rares moments où j'étais clairvoyant, une petite voix, celle de la raison me disait qu'Isabeau de Guirande n'était que le produit de mon imagination. Aussitôt après, une autre petite voix, celle du cœur, me soufflait le contraire.

Toutes ces supputations aboutissaient à une impasse lorsque je me posai une question, une seule question : qui avait pu subtiliser la bague d'or gravée à mes armes que m'avait offerte le baron de Beynac ? Où ? Quand ? Comment ? Si je continuais à tourner ainsi en rond, claquemuré, je risquais de devenir fol. Au point de m'interroger sur ma propre culpabilité !

Non, non, non et non. Rien ne concordait. Mon enquête débouchait sur un puits plus profond que la citerne du château. Je cherchais désespérément à me souvenir du moment où j'avais égaré ma bague frappée à mes armes. Plus exactement, à quel moment l'avais-je dégagée de mon annulaire ? La veille au soir, avant de m'étendre pour la nuit ?

Comme tous les soirs, je la posai sur la table de ma chambre, car elle me gênait : je croisais souvent les mains derrière la nuque avant de m'endormir. Une habitude qui remontait à mon enfance. L'avais-je oubliée le lendemain matin ? Cela s'était produit une fois ou deux.

Je reconstituai mes moindres faits et gestes à mon lever. J'aboutis à la quasi-certitude que je l'avais enfilée ce matin-là. Personne ne m'avait coupé le doigt - je m'en serais rendu compte non - ? Après le déjeuner, je n'avais pas souvenance de m'être assoupi au point de permettre à quelqu'un de l'extraire de mon doigt à mon insu. Alors ?

Lorsque nous étions parvenus à la taverne, ce jour-là, avant de nous asseoir sur le banc pour nous réchauffer les pieds et les mains, nous avions enlevé nos gantelets de maille.

Et si elle avait simplement glissé de mon doigt céans, à cet instant et était tombée sans que je m'en fusse aperçu ? Réflexion faite, cette explication m'apparaissait comme étant finalement la plus plausible.

Quelqu'un l'avait-il alors remarqué ? À cet instant ou plus tard, lorsque nous avions quitté la taverne ? Un hôte de passage ? Le tavernier ? Il l'aurait conservé ou bien il aurait essayé qu'on lui en baille un bon prix. Elle valait son pesant d'or.

Il n'avait aucune raison de commettre ce meurtre. Un inconnu avait dû la dérober. Mais lequel parmi les suspects dont j'avais dressé la liste ? Nouvelle impasse. Je tournais en rond. Mais la chambre était carrée.

Étienne ? Il n'avait que des raisons de souhaiter longue vie au chevalier. Arnaud, ce n'était point impossible : s'il avait prémédité une telle félonie, il aurait pu en effet me l'emprunter n'importe quelle nuit, sans risquer que je le visse. Mais quel intérêt mon plus fidèle ami aurait-il pu avoir ? Impossible.

Tout compte fait, il me sembla préférable d'orienter ma réflexion vers la recherche d'un alibi plutôt que de tenter d'apporter une explication ou de confondre un coupable, confiné au secret comme je l'étais, sans possibilité d'interroger qui que ce soit. Que dis-je, préférable ? Ou bien je réussissais à prouver mon innocence en justifiant d'un solide alibi à l'heure du crime, ou bien je mourrai.

Entre mon salut et la planche de salut sur laquelle je risquais d'être poussé de force, à moins d'avoir la tête proprement tranchée, il n'y avait qu'une coudée : la largeur de la planche. C'est dire si elle était étroite. Et il n'y avait qu'un pas : celui d'un alibi indiscutable. Il reposait sur la bonne foi du forgeron des Mirandes. Sauf à puiser dans les profondeurs de ma mémoire et dans mon esprit d'observation, un indice évident susceptible de confirmer l'heure de ma présence à la forge.

En tout dernier recours, au pire, j'en serais réduit à solliciter le jugement de Dieu. Si le baron daignait m'accorder une ultime chance de prouver mon innocence. Faute de preuves ou de témoignages convaincants et solidement étayés : après avoir coulé à pic, la probabilité de survivre enfermé, pieds et poings liés dans un sac bien lesté, était plus mince que l'épaisseur d'un cheveu d'ange.

Le soir venu, je n'avais plus aucune notion du temps ou de l'heure, bien que la journée fût rythmée par la cloche de la chapelle Saint-Jacques. Lorsque le baron me rendit une visite que je craignais inquisitoriale, la nuit venait de tomber. Autant que je pus en juger par l'obscurité qui filtrait à travers les deux meurtrières de la pièce.

Sans lui faire part de mes premières réflexions (cela me semblait prématuré), je le priai de bien vouloir me faire livrer quelques plumes d'oie, de l'encre à base de galles de chêne et quelques feuilles de parchemin. Un grattoir et une gomme arabique.

Les peaux de mouton ou de chèvre que les parcheminiers utilisaient étaient chères, mais le baron était pécunieux. Et savant. Il était certes riche, mais il n'aimait pas gaspiller.

Il saisit la clef de la librairie et en ouvrit la porte, sans aucun commentaire. Il me servit lui-même les différents ustensiles qui étaient nécessaires pour fixer ma pensée. *Verba volant, scripta manent*, les paroles passent, les écrits restent, aurait dit le barbier.

Il me remit en outre quatre codex reliés in octavo en me recommandant (ça, je m'y attendais) de me laver les mains avant de les ouvrir, chaque fois que je les consulterais. Pour l'eau, le baron était généreux : Michel, le capitaine d'armes, renouvelait ou remplissait mon broc deux fois par jour.

Je crus, un instant, qu'il s'apprêtait à me faire jurer sur la croix qui ornait la couverture, un aveu qu'il ne m'avait pas encore extorqué, faute de preuves.

« Bertrand, tu ne connais pas ce chef-d'œuvre de la chevalerie courtoise. Prends-en connaissance. Lis, médite et que la paix soit avec toi. Puisse le Seigneur éclairer tes voies », me dit-il en posant les précieux volumes sur la table. Il se saisit du premier et le posa sur le lutrin qu'il venait de transporter de la librairie dans l'antichambre. J'y posai un œil distrait : *Le Chevalier de la Charrette,* d'un certain Chrétien de Troyes. Un chroniqueur qui ne m'était pas inconnu.

À dater de ce soir, je ne revis pas le baron pendant toute la durée de ma réclusion.

Jusqu'au dernier jour. Jusqu'à la veille de l'Ascension de Notre-Seigneur Jésus-Christ.

Ma vie se jouait à pile et croix.

Mens agitat molem.

La force de l'esprit peut soulever des montagnes
Proverbe latin

Chapitre 4

À Beynac, dans l'antichambre de la librairie et dans la haute cour du château, la veille et le jour de l'Ascension de Notre-Seigneur Jésus-Christ, anno Domini MCCCXLV.

Plusieurs jours après mon isolement dans l'antichambre de la librairie du logis seigneurial, Michel de Ferregaye, le capitaine d'armes, me donna quelques explications sur les raisons qui avaient poussé le baron, en ce jour mémorable, à affirmer au prévôt de la sénéchaussée de Sarlat en présence de témoins, qu'il m'avait confié le jour même une mission secrète près monseigneur Duèze, évêque de Cahors.

« Vous comprenez, messire Bertrand, me dit-il, si le baron avait déclaré que vous aviez disparu, le prévôt n'aurait pas manqué de questionner tous les gens du château à votre sujet. Or, il n'aime guère qu'on espinche de trop près ses affaires.

1. En l'an 1345

« Le seigneur aime bien rester maître en sa demeure : chacun dans sa chacunière, comme il aime à le rappeler. Les valets auraient affirmé que votre jument était toujours à l'écurie, qu'aucun cheval ne manquait, que votre selle reposait sur son chevalet, que vous n'aviez emporté aucun vêtement, que vous n'aviez aucune provision de bouche, etc., etc.

« Bref, ils auraient déclaré la vérité : personne ne vous avait vu franchir l'enceinte du château, ni à pied ni à cheval. Soit ils seraient revenus avec une lettre d'inquisition, soit ils seraient partis à votre poursuite. Quelle qu'ait été la décision du juge-procureur, l'affaire était suffisamment grave pour causer moult ennuis à tout le monde.

« En affirmant vous avoir envoyé en mission, haut et fort, il annonçait clairement aux gens du château qu'il ne levait point la main de dessus son écuyer, et aux gens du prévôt qu'ils devraient attendre votre retour pour se saisir de votre personne.

« Aucun de nos serviteurs ou soldats n'aurait dès lors songé à le trahir : leur travail et leur vie en auraient dépendu. N'oubliez pas qu'il a droit de justice dans son domaine, au même titre que l'évêque de Sarlat l'a, pour tout crime commis en la ville du Mont-de-Domme.

« Le prévôt est d'ailleurs revenu depuis. Il a interrogé derechef sur votre présence dans le château et lui a remis une lettre de cachet l'enjoignant de vous livrer dès votre retour. Sous peine de requête près le comte de Pierregord avec menace de félonie et de commise du château et de ses biens !

« Cette fois, l'entrevue fut fort discrète. Les langues se délient, mais tout le monde pense que vous n'êtes pas revenu de missions. Et que vous ne reviendrez probablement jamais. Pour une raison qu'ils soupçonnent, mais qui leur échappe. Ce sont des esprits simples, plus soucieux de survivre que de mener enquête de police.

— Dites-moi, capitaine d'armes, pouvez-vous me rendre grand service ?

— Si cela est en mon pouvoir et n'est point félonie, je vous rendrais volontiers ce service, messire Bertrand. Parlez.

— Pourriez-vous me dire qui était de garde au château le jour de l'assassinat du chevalier de Sainte-Croix. Je souhaiterais vivement vérifier un détail de grande importance dont ma vie ou ma mort pourraient bien dépendre.

— Je consulterai le registre des servitudes et vous le dirai », me confirma-t-il.

Puis, avec un clin d'œil, il posa sur la table une pinte d'un excellent vin de Bordeaux pour accompagner mon frugal repas.

Je n'étais pas dupe pour autant. Je savais que le capitaine d'armes, Michel de Ferregaye, vouait au baron une fidélité à toute épreuve. Si notre maître venait à le lui ordonner, il m'exécuterait incontinent et sans aucun état d'âme.

Le lendemain, Ferregaye m'apprit que Foulques de Montfort s'était fait remplacer ce jour-là par Guillaume de Saint-Maur, en justifiant son absence par une visite courtoise qu'il devait rendre. Il me pria cependant de ne point y faire allusion devant le seigneur de Beynac.

C'est tout ce que je voulais savoir pour l'heure : le chevalier de Montfort ne se serait-il pas rendu du côté du village de Ceynac, ce jour-là ? Pouvais-je le soupçonner d'un crime aussi infamant ? Pour quel mobile ? Trop de questions restaient décidément sans réponse.

Entre-temps, je m'étais replongé dans la lecture du Chevalier de la Charrette, de Chrétien de Troyes. Un roman fantastique. Les aventures d'un grand et noble chevalier au cœur généreux et à l'amour courtois. Un bel exemple pour un pauvre écuyer.

J'interrompais souvent ma lecture pour écrire sur le parchemin le fruit de réflexions aussi savantes que difficilement vérifiables auxquelles me conduisait l'analyse des circonstances du meurtre du chevalier de Sainte-Croix.

Les plumes étaient de bonne qualité et se laissaient tailler aisément, mais les peaux de parchemin, de qualité médiocre, étaient un peu grasses, bien qu'elles aient déjà servi plusieurs fois. Je devais appuyer fortement pour en fixer les mots.

C'est ainsi qu'inspiré par un des versets du roman et par la visite que me rendirent une mésange et un coucou, je parvins un beau jour, à établir l'esquisse de ce qui pouvait devenir mon alibi. Sans me permettre de confondre pour autant le coupable du crime dont on m'accusait. Mais qui me laverait peut-être de tout soupçon.

Il était tôt. Tierce venait de sonner à la cloche de la chapelle. Les deux archères en forme de croix, ouvertes sur l'Orient, projetaient sur la pierre du mur d'en face des tâches blanches d'une lumière vive beaucoup plus large et plus longue que les fentes par lesquelles elles pénétraient, par cette matinée ensoleillée.

Une mésange bleue, symbole d'un ange déchu d'après la légende, comme le nom qu'on lui donnait le rappelait, s'était perchée sur le bord. Elle projetait une ombre démesurée au pied de la croix. Mauvais présage. Elle poussa un petit piaillement puis s'envola dans un bruissement d'ailes.

Le spectacle de ma réclusion manquait d'intérêt : une plume d'oie dans la main, une gomme arabique dans l'autre, des cheveux ébouriffés : elle avait pris mon regard pour celui d'un aigle blond, une espèce plus dangereuse que n'importe quel autre rapace !

Je replongeai dans mes travaux de copiste et sursautai en attendant : "Cô-cou, cô-cou, cô-cou !" Je répondis poliment : "Cou-cou !" en relevant la tête. Le coucou me salua une dernière fois avant de s'envoler. Un heureux présage qui me mit de fort bonne humeur : les anges du bien et du mal avaient pris le temps de me rendre visite, eux.

Dans un éclair de génie, enfin, dans un sursaut de mémoire, je me souvins que les braises rougissaient sous le soufflet du forgeron des Mirandes, lorsque j'étais parvenu jusqu'à lui.

Je l'avais interrogé à ce sujet et il m'avait affirmé "par Vulcain !" que son noiraud de compain allumait la forge à prime, le matin, pour travailler avec lui de tierce à sexte, et qu'ils attisaient tous les après-midi lorsque none venait de sonner. Une heure après environ, lorsque la chaleur qui se dégageait du foyer était suffisante pour chauffer les pièces de métal à blanc, ils forgeaient et martelaient jusqu'à vêpres.

Il m'avait affirmé qu'il ne disposait d'aucune clepsydre, d'aucun cadran solaire, et qu'il n'en avait, “par Vulcain !” aucun besoin. Mieux que du papier à musique, il rythmait son travail au son des cloches, au ronronnement de la forge, à la couleur, au son et à l'odeur du métal. Il tenait son métier de son père qui le tenait de son grand-père, et ainsi de suite, depuis la nuit des temps.

Si ses confrères procédaient autrement, il s'en moquait. Et que ce n'était pas prêt de changer ! Il avait même failli ajouter “par Vulcain !” mais il s'était ravisé pour marteler en cadence avec son compain, dans un bruit d'enfer, une barre de métal rougie par le feu, l'amincir et l'incurver avant de la plonger dans une grande cuve d'eau. Un épais nuage de vapeur en était sorti incontinent.

Je tenais mon alibi, mais je ne tenais pas encore le forgeron. Accepterait-il de témoigner en ma faveur ? Les riches commandes que lui passait le seigneur de Beynac le conduiraient peut-être à réfléchir deux fois avant de se renier. Par Vulcain !

Le crime ayant été commis entre une heure et deux heures après none, soit entre quatre et cinq heures de l'après-midi, selon les affirmations des serviteurs de la maison des Hospitaliers, j'étais présent à la forge des Mirandes vers quatre heures. J'y étais resté près d'une heure.

Il était absolument impossible que je fusse présent sur les lieux du crime, compte tenu de la distance de près de trois lieues et de la qualité médiocre des sentes qui séparaient Cénac et les Mirandes. Même avec le coursier le plus rapide d'Orient ou d'Occident. Seul un centaure ailé l'aurait permis. Et encore.

En réalité, je ne me connaissais pas de don d'ubiquité. La preuve pouvait donc être administrée, sous la réserve que le baron de Beynac daigna interroger le forgeron des Mirandes et que ce dernier confirma l'heure de ma visite. S'il s'en souvenait. Ce qui me semblait tout de même probable.

Encore fallait-il qu'il puisse me reconnaître, car je ne l'avais jamais rencontré auparavant. Vivrait-il assez longtemps pour cela ? Son teint rougeaud et fortement couperosé, sa bedaine prononcée, laissaient penser à bonne chère et bon vin. Je priai le Ciel qu'il fût encore en vie le jour où le baron de Beynac accepterait de le questionner à mon sujet. À jeun, les idées claires. Je redoutai soudain l'effet de la pisse de chat sur son foie.

Je ne pouvais imaginer que ce pauvre homme fût assassiné. J'avais peut-être tort. N'aurais-je pas dû me préoccuper de sa sécurité et prier le baron d'y veiller, plutôt que de jouer au physicien avec son foie ?

Après avoir consigné cet élément de grande importance sur mon palimpseste, je me replongeai dans la lecture du Chevalier de la Charrette.

Le surlendemain, pure coïncidence, Michel de Ferregaye me pria de lui remettre tous les parchemins que j'avais grattés. “Sur ordre du baron”, me dit-il pour tout commentaire.

L'avant-veille de l'Ascension, j'avais la tête un peu lourde et quelques nausées. Aurais-je abusé du vin, la veille ? Michel de Ferregaye n'était pas de garde. Il en profita pour me rendre visite et me tenir au courant des principales nouvelles de la place.

Comme on le craignait, un premier convoi anglais avait bien débarqué en la ville de Bordeaux pendant les fêtes de Pâques, et nos espions confirmaient le débarquement prochain à Bayonne, plus au sud, d'une autre armée, plus considérable, commandée par le duc de Lancastre, comte de Derby en personne.

La trêve était bien rompue. La nouvelle était parvenue en la ville de Bergerac où se trouvait le comte Bertrand de Lisle-Jourdain, qui venait d'être nommé lieutenant général du Limousin, de la Saintonge et du Pierregord pour le roi de France.

Les Anglais arboraient les léopards d'Angleterre et les lys de France, confirmant leur prétention à la couronne de notre beau royaume, quatre fois plus peuplé que le leur, selon les informations qui étaient parvenues jusqu'à nous.

Dès que le comte de Lisle-Jourdain eut ouï ces tristes nouvelles, et avant que les Anglais ne tentent d'assiéger la ville de Bergerac qui commandait le passage vers le Pierregord pour joindre leurs forces avec leurs armées du Nord et marcher sur Paris, il avait levé le ban.

Il avait mandé en son ost les comtes de Comminge, de Valentinois, de Mirande, de Pierregord bien sûr, les vicomtes de Carmaing, de Villemur et de Castelbon, le baron de Beynac et les trois autres barons de Pierregord, les seigneurs de Taride, de la Barde, de Pincornet, de Châteauneuf, de l'Esclun, l'abbé de Saint-Silvier et tous les seigneurs qui se tenaient en l'obéissance du roi de France.

Le baron de Beynac réunissait à son tour, ce soir même dans la salle des États, les seigneurs de Biron, de Bourdeille et de Mareuil (les trois autres barons du Pierregord) et tous leurs vassaux. L'affaire serait chaude, me dit Michel, non sans s'esbouffer : ils se disputaient tous les quatre le titre de premier baron. Ce titre leur conférait des droits de préséance dont ils étaient également fiers et jaloux lorsque leur orgueil entrait en jeu, m'avait-il dit.

Le seigneur de Beynac prétendait avoir le pas sur les trois autres qui le lui contestaient. Il en résultait moult discussions qui dégénéraient souvent en querelles difficiles à apaiser !

Leurs éclats de voix parvenaient parfois jusqu'à la salle des Gardes, située sous la salle des États. C'était dire !

Le soir venu, alors que les seigneurs du Pierregord devaient tenir assemblée pour préparer les ordres de bataille, je reçus la visite aussi inattendue qu'agréable de la plus jolie lingère du château : Marguerite, une petite brune, encore assez fine, dont les yeux avaient la couleur des châtaignes claires.

Marguerite dressa un drap et me servit mon souper, un coq au vin qui fleurait bon. Michel de Ferregaye avait été retenu par ailleurs, m'apprit-elle, les yeux pétillants.

Je dégustais le coq, en rongeais les os à pleine main et dévorais Marguerite des yeux. Après un mois de réclusion, je ne m'en plaignais pas. Ni du coq au vin, qui me sortait de l'ordinaire de ces derniers jours, ni de la présence de cette modeste mais jolie lingère.

Bien au contraire ! Elle m'apportait un brin de fraîcheur, dans une solitude qui me pesait. Je lui proposai de prendre place séant sur le banc, à ma dextre. Aurai-je eu, en qualité de gaucher, quelque arrière-pensée dès cet instant ? Elle ne déclina point mon invitation, mais garda ses distances.

Je lui servis un premier godet de vin, puis un deuxième, puis un troisième. Et d'autres encore. Le pichet devait bien contenir deux pintes. Nous ne cessions de nous porter des santés.

Ce vin de singe échauffait nos joues et nos corps : il nous mettait en gaieté. *Bonum vinum lœtificat cor hominis*, le bon vin réjouit le cœur de l'homme, aurait gloussé le barbier. Je me rapprochai d'elle peu à peu, l'air de rien, un bras posé sur le dossier du banc, près de sa nuque, l'autre en réserve.

Elle était vraiment mignonne, la petite Marguerite. Et loin d'être niquedouille. Je ne pus m'empêcher de poser sur elle un regard gourmand. Ça n'avait pas l'air de lui déplaire. Elle me sourit de ses lèvres pulpeuses, légèrement entrouvertes qu'elle humecta d'un bout de langue rose. J'approchai ma main de son corsage que j'effleurai du bout des doigts. Elle me fixa de ses yeux charmeurs et fétôts.

Ils brillaient maintenant d'un éclat qui n'avait rien de métallique. Un léger frisson parcourut son corps. Elle retint ma main, qu'elle serra dans la sienne. Elle était chaude, et plus douce que je ne l'aurai cru pour une servante qui pratiquait quotidiennement d'ingrats travaux de lingerie.

Je lui en fis la remarque. Elle me répondit, non sans coquetterie et non sans fierté, qu'elle les enduisait tous les soirs d'un baume à base de pétales de rose que lui avait confectionné le barbier. Rien que pour elle.

J'effleurai sa joue. Ce déduit ne me déplaisait pas. Elle me dit non. Son corps me dit oui. Invitation contradictoire et bien féminine à se laisser mignarder. Je dus l'apprendre plus tard. Mais sur l'heure, j'étais encore jeune et plus rompu aux jeux de la guerre qu'à ceux du plaisir charnel. Le comportement de ces personnes m'était moins familier qu'il ne semblait l'être à mon compain d'armes, Arnaud.

J'hésitai un bref instant. Mais l'instinct fut le plus fort. Après tout, combien d'heures me restait-il encore à vivre ? *Carpe diem* ! Profite du jour présent ! pensai-je.

Or donc, je choisis la voie de mes sens en ébullition et posai sur son col, puis sur ses lèvres une poutoune délicate qu'elle me rendît très vite d'une façon agréablement douce, puis de plus en plus appuyée, en inclinant la tête en arrière.

Je retins sa tête de la main, d'abord pour en caresser les cheveux, puis pour écraser nos bouches l'une contre l'autre à mesure que nos corps communiaient à l'unisson, submergés par une onde de plaisir visiblement partagée. Par des vagues de désir successives qui déferlaient sur nous. Je humai le parfum virginal de son jeune corps. Je savourai la douceur de ses lèvres. Je me délectai de sa bouche que je baisai à gueule bec.

De mon autre main, la senestre, que j'avais prudemment gardée en réserve, je dénouai fébrilement les premiers lacets de son corsage. Dans ma hâte de pastisser ses mamelles, je faillis bien réaliser un véritable nœud de chirurgien, aussi beau que celui que notre barbier m'avait enseigné.

Ses paupières se fermèrent à demi, ses narines se dilatèrent, sa bouche s'entrouvrit pour laisser échapper un léger soupir, puis un petit gémissement. Sa poitrine se gonflait au rythme de sa respiration, dardant la pointe des tétines sous son corsage.

Finalement, je réussis, à la chaude, et au moment de parvenir à mes fins, à faire un superbe nœud de voleur avec les lacets à l'instant où sa poitrine se gonfla fortement. Ivre de plaisir, frustré, je tâtonnai désespérément pour saisir le cotel qui était posé sur la table, à portée de main, et que j'utilisais pour tailler mes plumes d'oie.

Je tranchai, d'un geste sec et précis, le cordon qui me résistait malicieusement, écartai tout doucement les deux pans de son corsage et glissais ma senestre à l'intérieur. De sa bouche sortit un léger soupir et son corps fut à nouveau parcouru par un petit frisson.

Encouragé par son silence et par le contact muet et chaud de ses mains dont l'une était posée sur la mienne, l'autre me mignonnant délicieusement le bas du dos, je pénétrai plus avant dans des profondeurs plus intimes pour biscotter et palper avec délicatesse les tétines qu'elle avait dures et biens tendues. La petite Marguerite s'ococoula tout contre moi, avec un petit gémissement.

Certes, ce n'était point là comportement de chevalier courtois. Mais je n'avais pas encore été armé chevalier. Je n'étais qu'un simple écuyer. Jeune et fougueux. Et ces prémices ne semblaient pas lui déplaire. Loin s'en fallait, à en juger par son déportement. À moi non plus, dont c'était la première expérience sur ce champ de bataille qui me procurait des saveurs nouvelles et terriblement excitantes.

L'enivrante et douce Marguerite s'escumait un peu, bien qu'il n'y eut aucune cheminée dans l'antichambre de la librairie où régnait une douceur fraîche. Quelques perles de sueur humectaient aussi mon col et mon front.

Elle s'escambilla peu à peu avec langueur. Était-ce une invitation à pénétrer des plis plus intimes et plus humides de son corps ? Je ne me posai pas longtemps la question. Je glissai une main délicate sous les plis de sa robe.

Sa peau était d'une finesse plus douce que la soie. En partant du genou, je glissai la main sur le voile satiné de sa cuisse. Doucement, très doucement. Je descendis, remontai un peu, descendis, remontai toujours plus haut, avec une patience que je contrôlai à grand-peine.

Lorsque j'eus atteint des gorges plus profondes, je me rendis compte que la mignote ne portait ni... ni..., ne portait rien dessous. J'en eus les sangs en ébullition. Mon corps arda plus que le soleil le plus chaud au mois d'août.

Le sien se cambra à l'instant où j'effleurai du bout des doigts ses lèvres les plus chaudes, au creux de ses cuisses. Elle eut une brusque et violente contraction, mais elle retint ma main pour l'empêcher de pénétrer plus avant. À moins que ce ne fût pour en conserver le contact.

Elle écrasa sa bouche sur la mienne et abandonna son corps à mes caresses, les yeux fermés. Je dus réfréner mes violents fantasmes pour parcourir avec la plus grande retenue possible, des terres qui m'étaient jusqu'alors inconnues, mais ô combien douces et glissantes !

Au moment où je m'apprêtais à la dérober tout à plein, la mignote me souffla dans le creux de l'oreille, non sans grande malice :

« Auriez-vous donc appétit à vous emmistoyer avec moi, messire Bertrand ? Vous savez qu'il y a là grand péché ?

— Je te promets d'aller à confesse dès demain », lui murmurai-je, haletant.

Elle me mordit le lobe de l'oreille et me précisa, en relevant délicatement quelques pans de sa robe d'une main tout en glissant les doigts de son autre main entre les miens :

« Il n'est point besoin de me dérober, messire. Jugez par vous-même ! »

L'affaire devenait torride. J'étais moi-même à la limite de... de... De légers craquements sur les lattes du parquet qui menait à l'antichambre nous parvinrent aux oreilles. Ils clouèrent nos ébats sur le champ. Hélas ! Fort heureusement pour notre virginité respective. Quoique je doutasse quelque peu de la sienne. En tout cas, je ne doutais pas de la mienne. Et j'étais sur le point de la perdre.

À la vitesse de l'éclair, Marguerite rabattit sa robe, rajusta tant bien que mal son corsage, tenta d'en renouer les cordons. Était-ce un simple réflexe de pudeur ou bien le fruit d'une longue expérience ?

Une idée saugrenue m'effleura : Arnaud ne serait-il pas passé par là avant moi ? À cette seule idée, ma personne qui s'était puissamment développée, se dégonfla aussi sec pour rentrer dans sa coquille comme un escargot.

Marguerite saisit le plateau du souper, but une dernière gorgée de vin, écrasa un baiser furtif sur mes lèvres et me laissa planté là, en proie à mes doutes et à mes regrets, l'esprit et le corps bouillonnant d'une brassée d'émotions nouvelles.

De moult regrets surtout : Marguerite était sortie sur la pointe des pieds. Elle avait refermé et verrouillé sans bruit la porte derrière elle. Mais personne n'était entré.

Ce soir-là, je fus incapable de trouver le sommeil et ne pus calmer le feu qui brûlait en moi. N'avais-je pas trompé Isabeau de Guirande, l'amour de mon cœur ? Je manderai confesse, dès demain.

Mon esprit était partagé entre mes remords et l'envie violente de cueillir dès que possible la jolie Marguerite. Avant Arnaud.

S'il ne la déflorait pas avant moi. S'il ne l'avait point déjà fait. Enfin... si je sortais vivant de l'antichambre de la mort.

L'instant d'après, je jurai fidélité à Isabeau. L'instant suivant, je me voyais paillarder avec Marguerite. Finalement, je caressai le fantasme de me paonner avec Isabeau. Mais quand ? Où ? Marguerite présentait l'immense avantage d'être d'un accès facile pour moi. Isabeau n'était-elle pas une chimère, invitée par un esprit dérangé ?

Je ne pus trouver un sommeil fortement agité, car peuplé de rêves érotiques et de cauchemars, qu'après avoir gratté sur un parchemin quelques vers que je considérai d'une beauté grandiose la veille et d'une naïveté désarmante le lendemain.

Tant que le tumulte du corps nous enchaîne,
Il est difficile d'en briser les chaînes.
Si notre cœur accepte de se dépouiller
Du doute lancinant des arrière-pensées
Qui occultent la voie de l'intelligence,
Plus sûrement même que le corps de Vénus
Ne plonge dans des abysses de jouissance
Sens et sentiments par trop fols et envoûtés,
Tentés par la mortelle beauté d'Aconitus,
Il nous chaut de suivre l'étoile du berger.

Michel de Ferregaye, le capitaine d'armes, me confessa plus tard que le baron, qui l'avait appris, lui avait fait moult reproches pour avoir laissé une servante m'apporter mon souper. Passant outre à l'ordre formel qu'il lui avait donné. Il lui avait passé un sacré savon. Un savon dur. Pas mol. Avais-je au moins passé du bon temps, s'était-il enquis, l'œil malicieux ?

La veille de l'Ascension de Notre-Seigneur, le baron de Beynac pénétra dans l'antichambre, en oubliant de refermer la porte derrière lui. Il se dirigea vers moi, d'un pas lent et mesuré. Les semelles de ses bottes crissaient sur le parquet. Elles étaient belles. Moult fois plus belles que celles dont le tanneur de Castelnaud m'avait fait don. Elles étaient neuves. De belles bottes noires en cuir de Hongrie. Il avait dû les bailler cher. Autant que je pus en juger à la rondeur de son aumônière : elle était un peu flasque, ce matin. Elle ne contenait que des clefs et celle de l'antichambre était dans la serrure de la porte, restée entrouverte.

L'heure de la sentence approchait. Sexte n'allait pas tarder à sonner à la cloche de la chapelle. Pour la première fois de ma vie, je scrutai attentivement le visage impassible de mon maître, le puissant seigneur de Beynac, sire de Commarques et d'autres châtellenies, premier baron du Pierregord. Comme pour imprégner ma mémoire de ces détails que seul un condamné voit avec une acuité particulière. Avant d'être cloué au pilori.

Un nez aquilin, légèrement proéminent aux narines prononcées, des yeux bleus normalement écartés, des sourcils en broçailles qui contribuaient à son air sévère, une bouche aux lèvres plus minces que charnues sur un visage sec, aux traits taillés à la serpe, marqué par quelques rides encore peu profondes qu'entouraient des cheveux bruns, assez courts.

Les joues et le menton, rasés de près, laissaient apparaître une balèvre à senestre, cicatrice gagnée lors de la bataille de l'Écluse. Son col était fort mais dégagé sur une carrure impressionnante : un torse et des bras musclés, rompus aux combats ; des mollets fermes et solidement campés. Des pieds presque aussi longs que la tige de ses bottes.

Du haut de ses cinq pieds huit pouces, il dégageait une force tranquille qui en imposait à ses amis comme à ses ennemis. Moi, j'étais plus petit : je toisais cinq pieds six pouces.

Comme à l'accoutumée, le baron était revêtu d'un surcot noir, qui tombait juste au-dessous des genoux, enfilé ce jour sur une chemise de caslin blanc, aux manches longues et bouffantes, serrées autour des poignets. Ses chausses étaient vertes. À sa taille, il avait ceint une épée dont le fourreau de daim noir était rattaché, à dextre, à une double ceinture en cuir repoussé de

Cordoue, noire également. Ses seuls bijoux : un pommeau dont le chef était frappé à ses armes et un sceau aux mêmes sur la face d'un anneau.

La bague en or, sans pierre ni diamant, était glissé depuis longtemps de son annulaire senestre à sa main dextre (celle de la raison et non du cœur, m'avait-il expliqué un jour, lorsque je lui faisais part de mon étonnement). Le signe d'une alliance ancienne avec l'épouse dont il vivait séparé, et dont je ne connaissais même pas le nom.

Sur les deux faces du pommeau de son épée étaient enchâssées en émaux sertis et cloisonnés : *burelé d'or et de gueules de dix pièces*, les mêmes reproduits en plus grand sur le mur nord-ouest et sous la clef de voûte de la salle des États.

Des armes simples. Celles des familles les plus nobles. Les plus puissantes. De ces familles qui ont droit de haute et basse justice sur leurs vassaux et sur leurs serviteurs. Sur leurs écuyers, aussi.

Sexte venait de sonner à la cloche de la chapelle. Le baron de Beynac s'approcha de moi, d'un pas lent et mesuré. Je louchai vers la porte de l'antichambre restée entrebâillée.

Au moment où j'hésitai entre tenter une impossible fuite ou solliciter sa bienveillance pour que me soient accordés les derniers sacrements par un homme d'Église avant de comparaître devant le Tout-Puissant, le baron m'ouvrit les bras et me sourit. Je crus rêver. C'était la première fois que je le voyais sourire. D'un sourire lumineux, léger, qui adoucissait les traits habituellement durs de son visage. Ses yeux avaient pris la couleur de l'azur aux lys d'argent.

« Les deux bras ouverts symbolisent le choix entre le bien et le mal, selon le grand mathématicien grec Pythagore. Tu as choisi la voie du bien. Je te sais à présent colombin, innocent de ce crime », m'affirma-t-il, non sans émotion.

Je ravalai une fois de plus les sanglots qui me montaient à la gorge. Je m'approchai de lui. Mes pieds effleuraient à peine les lattis du parquet. J'avançai sur un nuage de bonheur.

Il me prit en sa brace et nous nous donnâmes la colée, joue contre joue. D'un côté puis de l'autre. Comme les moinillons se la donnent pendant l'office.

Lentement, délicatement, en inclinant légèrement la tête, nos mains posées avec douceur sur les épaules. Dans un esprit de pardon et de soumission mutuels.

Le premier baron du Pierregord venait de me donner le plus beau cadeau qu'il ne m'eut jamais offert. Il venait de me donner le baiser de paix. Pour la première fois. J'en fus tout departi. Il est des gestes qui parlent mieux qu'un long discours.

En début d'après-midi, le jour même de ma libération, le barbier entra dans l'antichambre, muni d'un plat à barbe et d'un coupe-choux à longue lame, pour me raser proprement. À moins que ce ne fût pour me trancher la gorge ? J'eus un geste de recul.

Il me lança un tonitruant : "*Spiritus fiat ubi vult !*" L'esprit souffle où il veut. Je lui répondis en souriant : "*Spiritus promptus est, caro autem infirma !*" L'esprit est prompt, mais la chair est faible !

À son regard étonné, je compris qu'il ne saisissait pas mon allusion à la visite que la jeune Marguerite m'avait rendue. Tant mieux. Elle s'était accoisée. Elle avait su tenir sa langue. Sinon, tout le château aurait été au courant.

Une fois que je fus rasé, sans coupure aucune, lavé et vigoureusement frictionné, le seigneur de Beynac me pria de revêtir le grand harnois qu'il venait de me faire livrer par Michel.

Le même que celui que je portais le jour du meurtre du chevalier de Sainte-Croix. Je m'exécutai sans discuter, sans bien en saisir les raisons. Lui-même n'était revêtu que d'un simple pourpoint brodé. Il n'avait pas ceint son épée.

Puis il me conduisit du logis sud-est, où j'avais été reclus, à la salle des États en passant par la cour intérieure du château. La salle des États communiquait avec la tour de l'Oratoire à l'angle du bâtiment de l'Éperon, dont une porte ouvrait, à l'ouest, sur la planche du salut fixée sur un encorbellement. Au-dessus du précipice. Un léger frisson me parcourut le corps.

Lorsque nous parvînmes dans le castrum, entre la porte de Boines et la porte Veuve, tous les chevaliers et Michel de Ferregaye, le capitaine d'armes, étaient là en grand harnois, de fervêtus comme moi, casque à la main et camail enroulé autour du col, ceinturon bouclé, adossés au mur des maisons seigneuriales. Les uns et les autres chuchotaient entre eux, dansaient d'un pied sur l'autre, bref s'impatientaient.

Sur le coup, je fus surpris à la vue de mes compains alignés comme des oignons et marquai le pas. Le baron qui m'escortait, me rassura :

« Ne t'inquiète pas, j'ai organisé une confrontation avec le forgeron des Mirandes. Je souhaiterais que ton innocence soit reconnue publiquement devant tous. Prends place au milieu d'eux. » Je m'exécutai et pris place entre Arnaud, tout sourire et Raymond de Carsac, droit comme un i, sérieux comme un pape. Arnaud chuchota :

« Tu reviens de loin !

— Non. Pas de loin. De l'antichambre de la librairie, lui répondis-je un peu fraîchement.

— Ah, bon ? Je croyais que le baron t'avait mis au cachot ou précipité dans les oubliettes, me susurra-t-il d'une voie mielleuse, le visage dur et tendu par le pli de ses lèvres en lame de cotel que démentaient ses yeux plissés en amande.

— Et bien, non, vois-tu. Notre maître m'avait simplement mis en sûreté. Pour me protéger et non pour me garder. En attendant que le forgeron des Mirandes m'innocente, lui rétorquai-je en négligeant les risques considérables que j'avais encourus.

— Alors, ta soi-disant innocence ne devrait pas tarder à être reconnue au grand jour… »

Je lui décochai un regard glacial. Cette fois, il poussait le bouchon un peu loin. Il détourna les yeux.

Plus loin, se tenaient Guillaume de Saint-Maur et Étienne Desparssac, le maître des arbalétriers, qui cacardait comme une oie bien gavée. Seuls Gontran Bouyssou, le chef du guet et quelques sergents de garde, à leur poste, le long des créneaux ou aux portes, n'étaient pas présents.

Foulques de Montfort aussi était absent. J'en fis la remarque à mon autre voisin, Raymond de Carsac.

« Il ne devrait pas tarder, m'assura-t-il. Il a été convoqué comme nous tous. »

Quelques instants plus tard, le chevalier marchait effectivement vers nous, la tête haute, d'un pas vif et décidé, la main à senestre, enserrant le pommeau de son épée. Bien que je lui eusse toujours trouvé l'air fendant, je ne pus m'empêcher d'admirer son air déterminé. Il était assez grand, brun, d'un naturel fier et discret, les cheveux coupés courts, contrairement à d'aucuns autres chevaliers de la place.

Foulques n'avait pas pris place parmi nous qu'une hurlade épouvantable et inhumaine nous parvint en provenance de la porte de Boines, suivi d'un fracas d'enfer. Le sol en trembla. Puis plus rien. Silence de mort.

Nous nous précipitâmes sur les lieux en courant, dans un cliquetis de fourreaux qui s'entrechoquaient. Un phénomène étrange nous y attendait : la herse intérieure de la principale barbacane qui commandait le passage entre l'entrée du château et le village, normalement ouverte en permanence, était tombée violemment en mordant le sol. Elle avait défoncé une partie du dallage au point d'impact et fortement émoussé les pieux taillés en biseau dont elle était faite en sa partie inférieure. Tout cela n'était pas bien grave et serait vite réparé.

Arnaud hurla. D'un cri déchirant qui transperça nos oreilles plus sûrement que la mise à feu d'une de ces nouvelles bombardes. Sept têtes levèrent les yeux en même temps pour découvrir un spectacle diabolique : le forgeron des Mirandes pendait à plus de quinze coudées au-dessus de nous. L'une des cordes du treuil qui actionnait la herse avait garrotté son col.

Son chef était bloqué contre l'orifice dans lequel était scellé l'axe d'une des deux poulies qui rouillaient l'ouverture et la fermeture de la herse. Elle formait avec le reste de son corps, un angle droit, les vertèbres probablement brisées à la hauteur du col, le crâne broyé.

Le forgeron, happé par la corde, avait à peine eu le temps de hurler avant de vivre sa mort. Son corps se balançait là-haut, tel un épouvantail désarticulé. Nous étions sidérés, immobiles, consternés par l'effroi et la douleur.

Brusquement, son corps disloqué chut à nos pieds et sa bedaine, que le malheureux homme avait molle, creva en heurtant le sol avec un "pccchit-t-t-t", soulevant une gerbe de poussière, tandis que l'odeur nauséabonde de ses viscères se répandait dans un mélange de pisse et d'excréments. Un ultime spasme agita ses pieds.

Sa tête, décolée, resta un instant suspendue en l'air avant de se détacher de la corde qui la retenait encore, pour s'écraser dans un bruit atroce d'os brisés, à côté du corps auquel elle était reliée quelques instants plutôt. Par une ironie du sort, elle se lova spontanément à la place même qu'elle occupait naguère, de son vivant.

Une flaque de sang s'élargit peu à peu et souilla la tunique de ce pauvre forgeron. La confrontation qui devait m'innocenter publiquement en lui permettant de me reconnaître et de m'identifier officiellement n'aurait pas lieu. Je fis le signe de la Croix, comme les autres. Pas uniquement à cause du défunt : l'alibi que le baron et moi avions si patiemment forgé venait de s'écraser.

Le baron se fit porter un drap blanc. Un drap de sa propre lingerie. Marguerite, ma petite lingère, arriva en courant, le feu aux joues. J'observai Arnaud à la dérobée. Il ne la quittait pas des yeux. De ses yeux plissés en amandes.

Elle me jeta un coup d'œil appuyé, sans porter la moindre attention à Arnaud. Elle portait la même robe que l'autre soir, mais les cordons qui laçaient son corsage n'étaient plus de la même couleur : ils étaient bleus, ce jour… et d'une seule pièce.

Elle tendit au baron le drap blanc brodé d'un gland sur un lit de feuilles de chêne vert, s'inclina respectueusement, puis s'enfuit en courant.

Quelle que fût l'incongruité de la situation, je ne pus empêcher certains muscles de se bander sous ma ceinture. J'en eus honte et fixai mes yeux sur le corps du pauvre défunt pour calmer mon émoi.

Au moment où le seigneur de Beynac recouvrit lui-même le corps disloqué du malheureux forgeron, Arnaud fut pris d'un fou rire nerveux. Il hoquetait et pleurait à la fois.

Le baron, à côté de qui il se tenait, le gratifia d'un revers de la main, d'une gifle à toute volée, à en lui décoler la tête. Sous la violence du choc, Arnaud pivota d'un demi-tour sur lui-même et trébucha. Sa joue vira à l'écarlate comme des cerises bien mûres à mesure que l'empreinte blanche des doigts du baron de Beynac s'effaçait. Ça l'avait visiblement calmé. Il se tint coi et penaud.

« Capitaine d'armes ! Trois coups de fouet et dix jours de cachot pour lui ! Pour apprendre à cet abruti de coquardeau à maîtriser ses sens et son comportement. »

La sentence était tombée tel un couperet. Moins définitive toutefois que lorsque le col se trouve sur le billot. Le seigneur de Beynac n'avait pas le sens de l'humour.

De l'humour noir. Surtout lorsqu'il était rouge. Rouge comme le sang du maître forgeron qui maculait à ses pieds le drap brodé d'un gland sur un lit de feuilles de chêne vert, dont il venait de le couvrir. Au fait, les chênes blancs ont des glands. Mais les chênes verts en ont-ils aussi ? Oui, des glands doux.

Alors que je me posais cette question sans grand intérêt, on sonna du cor devant la porte de Boines. On pouvait toujours donner du cor, pensai-je : la herse était bloquée, le treuil ne pouvant être rouillé depuis la rupture des cordes.

Gontran Bouyssou dit Œil de Lynx, le chef du guet, s'avança vers le baron pour lui dire qu'un chevalier qui portait les armes de son cousin, le sire de Castelnaud de Beynac, demandait le libre passage. Il était accompagné de deux écuyers. Le baron pointa l'index d'un large mouvement du bras, en direction de la porte Veuve, signifiant par là qu'il autorisait leur entrée dans la cour du château.

Le temps était à l'orage. De gros nuages gris et noirs s'amoncelaient au-dessus de nos têtes. Ils risquaient de crever d'un moment à l'autre.

Nous entendîmes bientôt un bruit de sabots marteler les dalles de la cour intérieure, avant de voir un groupe de trois cavaliers se diriger vers nous au petit trot, en grand harnois, mézail relevé sur le bacinet, lance en arrêt sur l'arçon.

« Que me vaut l'heur de votre visite, messires ? s'enquit le baron de Beynac.

— Messire votre cousin, le seigneur de Castelnaud, vous présente ses hommages respectueux », répondit le chevalier, bien campé sur sa selle, sans faire mine de démonter, l'air aussi arrogant que son maître. Michel de Ferregaye avança de trois pas vers iceux et les admonesta :

« Veuillez baisser vos penoncels, messires, déchausser les étriers et mettre pied à terre avant de lui adresser la parole, comme il sied en présence de messire Fulbert Pons de Beynac, premier baron du Pierregord. C'est l'usage et ne pouvez l'ignorer. »

Le chevalier se tourna vers ses deux écuyers et leur fit signe d'obtempérer. Trois palefreniers s'avancèrent, saisirent les chevaux par la bride et récupérèrent les lances en baissant leur pavillon.

« Messires, veuillez aussi vous découvrir le chef et vous incliner. Votre maître ne vous aurait-il point enseigné les us et les convenances ? À moins que vous ne veniez nous porter déclaration de guerre. Et quand bien même. Les règles de la bienséance n'ont point de camp, par le Sang-Dieu ! » s'insurgea le capitaine alors que les hommes d'armes s'avançaient, la main sur la poignée de leur épée.

À voir leur visage congestionné, lorsqu'ils s'exécutèrent de mauvaise grâce, je sentis qu'ils étaient mortifiés par l'affront qu'ils venaient de subir devant les chevaliers de la place.

« Alors, messire, de quel message êtes-vous porteur de la part de mon noble et bien-aimé cousin ? s'impatienta le maître des lieux.

— Messire de Castelnaud de Beynac vous prie avec force insistance de bien vouloir lui livrer incontinent un écuyer du nom de Brachet de Born, Bertrand Brachet de Born qui est de votre maison ! »

À l'annonce de cette stupéfiante requête, je sentis mes jambes se dérober sous moi. J'en restai interdit, la bouche ouverte.

« Ah oui ? Voilà une bien étrange supplique. En vertu de quel office mon cousin entend-il s'arroger le droit de faire mainmise sur la personne d'un de mes écuyers ? s'enquit le baron, d'une voix dangereusement calme.

— Messire Brachet est accusé du meurtre du chevalier Gilles de Sainte-Croix, commandeur de l'Ordre de l'Hôpital de Saint-Jean de Jérusalem, survenu en la chapelle de Cénac qui relève de la juridiction de sa seigneurie de Castelnaud-la-Chapelle, messire baron !

— Entendez-vous vous saisir de mon premier écuyer par la force, messire ?

— Mon maître, le seigneur de Castelnaud est prêt à vous bailler sept deniers pour vous rédimer », déclara l'insolent chevalier en mettant la main à son aumônière. Les deniers que Judas avait reçus des mains du Grand-Prêtre pour qu'il lui livre le roi des Juifs, me dis-je. Au moins, je savais ce que valait ma vie aux yeux de ce triste sire.

Le baron leva les yeux vers le ciel et dit d'une voix intelligible où sourdaient des accents de colère rentrée :

« Je crains qu'il ne pleuve à verse, messires. L'orage gronde et menace. Vous devriez rentrer en votre château tant qu'il est encore temps ! Et faites savoir à mon bien-aimé cousin que je n'entends pas lever la main de dessus quiquionques de mes gens. Qu'à Dieu ne plaise !

« Par le Sang-Dieu, s'il veut faire mainmise sur la personne d'un de mes écuyers, priez-le de me présenter sa requête en personne. Je saurai le recevoir comme il se doit ! Avec de la pisse de chat, balancée par-dessus les murailles. Nous disposons en notre place de six fois plus de machines de guerre que lui. De quoi changer la fade couleur des cottes d'armes de toute sa modeste garnison ! C'est peut-être regrettable, mais c'est ainsi ! Je vous salue, messires !

« Et si prochaine fois vous étiez amené à sonner du cor devant la porte, soyez porteur de moins fâcheuses nouvelles ! » trancha le baron avant d'ordonner qu'on ouvre derechef la porte aux trois chevaucheurs.

Rouges de colère, mais dépités, les ambassadeurs s'inclinèrent. Ils mirent le pied à l'étrier, sans qu'il leur fût proposé la moindre collation. Ils sautèrent en selle et tournèrent bride sans demander leur reste.

En franchissant la porte au galop, les deux écuyers qui suivaient le chevalier oublièrent d'incliner leur lance. La hampe se brisa contre la clef de voûte dans un bruit sec. Les penoncels aux armes du sire de Castelnaud churent sur le sol en un magnifique mouvement tourbillonnant, où ils se couchèrent sagement et mollement.

Les écuyers, désarçonnés, furent à une fesse de vider les arçons. L'un bascula en arrière, fut rejeté par le troussequin et s'écrasa sur le pommeau à s'en faire péter les coillons. L'autre déchaussa, chancela, rétablit l'assiette et parvint à se maintenir en selle. Ils s'enfuirent à brides avalées, comme des voleurs, sans un regard pour nous.

Tous les gens d'armes de la place de Beynac, à l'exception du capitaine d'armes, Michel de Ferragaye, toujours impassible, et du chevalier Foulques de Montfort qui ne se permit qu'un léger sourire, se tenaient les côtes, pliés en deux, les larmes aux yeux, tant la scène était cocasse.

« Voici deux beaux trophées, même s'ils furent conquis sans gloire, messire Michel. Or donc, faites tendre ces bannières en notre salle des États. Notre première prise de guerre ! » ironisa le baron. Puis il se retira, sans un regard pour moi, sans une parole.

Les nuages crevèrent. Ils déversèrent des trombes d'eau diluviennes qui me glacèrent de la tête aux pieds avant que je ne parvinsse à me mettre à l'abri. Mais, glacé, je l'étais déjà jusqu'à la moelle.

Je n'en menais pas large pour d'autres raisons moult fois plus graves : le baron ne risquerait-il pas de revenir sur sa décision et de me livrer aux tourmenteurs de la prévôté de Sarlat, à défaut de m'avoir livré à son cousin ?

Ce soir-là, je craignis à nouveau pour ma vie. J'avais appris qu'aux yeux d'aucuns, elle ne valait que quelques deniers : les sept deniers offerts pour ma capture.

Je fus fixé dès le lendemain matin, le jour de l'Ascension de Notre-Seigneur.

L'œuvre de Jésus sur la terre est terminée. Pendant quarante jours, après sa résurrection, il a enseigné ses disciples, expliquant sa doctrine, l'œuvre de la rédemption, qu'ils doivent à leur tour enseigner au monde. Maintenant, il s'élève dans les airs, par sa puissance divine et monte au ciel.

L'Ascension de Notre-Seigneur
(Double de première classe, blanc)

Chapitre 5

Dans la chapelle de Beynac, le jour de l'Ascension de Notre-Seigneur Jésus-Christ, puis au faubourg de la Madeleine, près Bergerac, trois mois plus tard à VIII jours des calendes d'août et à VIII jours des calendes d'octobre, en l'an de grâce MCCCXLV[1].

L'office se terminait dans la chapelle du château de Beynac. Une foule agitée et colorée de chevaliers, de soldats, d'artisans et de paysans du village et des alentours s'était rassemblée pour fêter l'Ascension de Notre-Seigneur. Certains avaient dû rester à l'extérieur sous une pluie fine, les dimensions de la chapelle ne permettant pas de contenir un nombre aussi important de paroissiens.

Une belle messe, endeuillée cependant par la mort aussi inattendue que surprenante du forgeron des Mirandes, survenue la

1. Entre le 24 et le 27 juillet 1345

veille, à la porte de Boines. Lui aussi était monté au ciel. Un jour plus tôt que le Christ :

Memento etiam, Domine, famulorum, famularumque tuarum, Gillius de Sancta-Crucis et Augustus Taillefer, qui nos præcesserunt cum signo fidei, et dormiunt in somno pacis.
Ipsis, Domine, et omnibus in Christo quiescentibus, locum refrigerii, lucis et pacis, ut indulgeas, deprecamur. Per eumdem Christum Dominum nostrum. Amen.

La dépouille de ce brave artisan, après avoir été éviscérée, avait été recousue tant bien que mal et embaumée par notre barbier. Le jour même, les chevaliers Guillaume de Saint-Maur et Raymond de Carsac, accompagnés d'une escorte de quatre arbalétriers à pied, en grand harnois, sans penoncel, avait déporté le corps du défunt au village des Mirandes pour le remettre à sa veuve avant la mise en bière.

Je savais que le baron avait bourse déliée et prié Guillaume de Saint-Maur de bailler à la famille du défunt, douze écus d'or. Une somme considérable.

Le baron était riche. Il savait se montrer généreux avec les gens qui le servaient bien, même s'ils ne relevaient pas de sa baronnie. Même s'ils n'étaient que de simples forgerons. Il préférait les gens humbles aux grands seigneurs, le roi de France excepté. Et les tristes circonstances du décès du malheureux justifiaient pleinement cette largesse.

Après la communion, le chapelain me fit l'honneur de réciter une petite prière que j'avais écrite la veille et dédiée à la mémoire d'Auguste Taillefer. Il fronça cependant les sourcils et eut une légère hésitation lorsqu'il récita le vers où je faisais allusion au « sermon ». Sans que l'assistance ne semble le remarquer :

Marie, ô Mère de Dieu,
Notre Père dans les Cieux,
Jésus-Christ, Notre-Seigneur,
Accordez-nous grand honneur.
Accueillez en notre nom,

Notre maître-forgeron,
Gent artisan de renom,
Humble serviteur du Roi,
Qui hurla sa Foi,
Lorsqu'il vécut Votre loi.

Oyez-nous tous, serviteurs,
Réunis céans sur l'heure,
Qui, malgré triste malheur,
Entonnons vos louanges
Et implorons les anges
De les garder en leur foi,
À l'heure du grand choix,
Sur le chemin de la Croix.

Accueillez vos compagnons,
Charpentiers et forgerons,
Que chantent vos cathédrales,
En leur quête du Saint-Graal.
Sans prêche et sans sermon,
Ils furent francs ou maçons.

Après la bénédiction, avant que nous ne quittassions la chapelle, le baron signala qu'il avait une communication à faire et ordonna à son clerc notaire d'en faire lecture.Tout le monde tendit l'oreille dans un silence religieux. Dans un silence de circonstance. Le clerc déroula un long parchemin, s'éclaircit la gorge et lut à haute voix :

« Par-devant moi, Jules Faucheux, premier clerc notaire de sa seigneurie messire Fulbert Pons de Beynac, premier baron du Pierregord, sire de Commarque, de Gajac... » Suivait une longue litanie des différents lieux dont le baron était le seigneur.

Ce dernier le pria d'abréger les préambules. Ce que fit le tabellion, de mauvaise grâce. Il reprit, non sans lui avoir jeté un œil réprobateur :

« Pour avoir ouï, en présence de messire Fulbert Pons de Beynac, en présence du chevalier banneret Guillaume de Saint-Maur et du chevalier bachelier Raymond de Carsac, reçus en qualité de témoins et résidant tour du Couvent, à l'intérieur de la deuxième enceinte du château de Beynac…

— Abrégez ! lui intima le baron : nous avons le ventre creux et le gosier sec. »

Des rires éclatèrent dans l'auditoire, suivis de quelques applaudissements. Un tantinet contrarié, le clerc reprit sa lecture, non sans un geste d'agacement :

« … pour avoir ouï du sieur Auguste Taillefer, ancien serf affranchi, comme en attestent les actes reçus de sa main et joints aux présentes, revêtus du sceau authentique d'Arnaud de Lautrec, seigneur de Castelnaud, en l'an de grâce… »

Quelqu'un l'interpella et le tabusta :

« Eh, Jules ! Pour être affranchi, il est affranchi, Auguste ! Il a trépassé ! Faites parler les morts maintenant ? » déchaînant une hilarité générale. Le baron leva la main. Un seul geste et la rumeur cessa aussitôt. Le clerc n'en pouvait plus :

« … pour avoir ouï en l'an de grâce mil trois cent quarante-cinq, à trois jours des calendes de mai... »

Suivit la lecture du témoignage d'Auguste Taillefer, forgeron de son état, sis village des Mirandes-en-Pierregord…. etc.

À partir du moment où le clerc, Jules Faucheux, prononça le nom de l'écuyer Brachet de Born « …accusé par le juge-procureur de Sarlat du meurtre infamant de messire Gilles de Sainte-Croix, chevalier de l'Ordre de l'Hôpital de Saint-Jean de Jérusalem… », tout le monde retint son souffle. Moi aussi.

Le forgeron des Mirandes avait été conduit un soir par le baron de Beynac dans l'antichambre de la librairie, pendant que je dormais profondément (l'effet du vin de Bordeaux ? N'était-ce pas la veille du jour où je m'étais réveillé l'esprit embrumé ? N'aurait-on pas versé quelque narcotique dans la cruche ?)

Ils étaient accompagnés l'un et l'autre des deux témoins cités dans l'acte par le clerc notaire. Auguste Taillefer m'avait aussitôt reconnu, en jurant par Vulcain, que c'était bien moi, et que personne d'autre ne lui avait rendu visite, le jour et à l'heure du crime. Il avait approuvé avec moult précisions tous les détails du récit que j'avais fait. Le seigneur de Castelnaud ne lui avait-il pas fait porter le matin même un tonnel de vin… ? (Sûr que la pisse de chat, on ne risquait pas de l'oublier, une fois qu'on y avait goûté !)

« ... en foi de quoi, l'écuyer Bertrand Brachet de Born n'a jamais quitté l'enceinte du château depuis le mois de janvier, excepté le jour de l'assassinat du chevalier de Sainte-Croix. Jour où il a été requis par messire de Beynac en personne, de chevaucher par delà la rivière pour y déceler d'éventuelles bannières ennemies, avant d'être mis au secret dans l'antichambre de la librairie et confié à la garde de Michel de Ferregaye, capitaine d'armes de la place, le jour même où le prévôt du sénéchal de Pierregord s'est présenté pour faire mainmise sur sa personne... »

Le tabellion phrasait un peu long, mais c'était un bon copiste. Il avait repris à la lettre plusieurs des phrases que j'avais grattées sur les parchemins.

Ainsi, le baron de Beynac, avant d'organiser une confrontation publique, avait fait quérir Auguste Taillefer. Il avait pris toutes dispositions, *de jure*, pour s'en assurer le témoignage. Fort heureusement pour moi. J'étais sauvé. J'étais innocenté de ce meurtre crapuleux. Enfin, presque.

Hélas, personne ne savait pour autant qui avait commis ce crime abominable, ni comment ni pourquoi les doigts du chevalier avaient grippés, puis s'étaient refermés soit avant, soit pendant son agonie, sur la bague à mes armes. Au point de devoir utiliser un instrument de chirurgie pour l'en extraire. En lui brisant les doigts.

Certains, dans l'assistance, me regardaient comme une bête curieuse. D'autres suivaient attentivement la lecture de l'acte. Quelques enfants marquaient leur impatience en tirant la robe de leur mère vers la sortie.

À mon tour, je lorgnai ouvertement mes compains, le regard mâtiné de tristesse : Georges Laguionie, le maître des engins, Gontran Bouyssou, le taciturne chef du guet et Étienne Desparssac, le maître des arbalétriers, souriaient à vingt pas de moi. Arnaud me fit un clin d'œil affectueux. Foulques de Montfort était blanc comme une huître, la mâchoire serrée.

L'assassin du chevalier de Sainte-Croix était-il parmi eux ? Ou alors, était-ce le sire de Castelnaud ? Ou quelqu'un de son entourage ? Ou bien avait-il été occis par un de ses serviteurs ?

Par un routier, un voleur de simple passage ? Le saurions-nous un jour ? Personne ne le saurait probablement avant longtemps.

Pendant que je chevauchais des questions sans réponse, le clerc achevait sa lecture :

«... Fait en l'an de grâce mil trois cent quarante-cinq, à six jours des calendes de mai, pour valoir ce que de droit, en deux exemplaires authentiques, revêtus de mon seing, des seings d'Auguste Taillefer, forgeron affranchi, des seings et des sceaux de messire le baron de Beynac et des chevaliers de sa suite... »

Fin de la lecture de l'acte. Le clerc notaire toussit avant d'apporter une information complémentaire. Une information capitale :

« ... Suite à la remise de l'autre exemplaire de l'acte, dont je viens de faire lecture, au juge-procureur de la prévôté de Sarlat, notre évêque, monseigneur Arnaud de Royard, a signé sur le champ l'acte de sauf alant et venant du premier écuyer du baron de Beynac. »

Un silence lourd et épais tomba comme une chape de plomb sur la chapelle. Un premier, puis un second paroissien applaudirent timidement. Puis tous, à la parfin, claquèrent les mains.

Jules Faucheux, clerc notaire du baron, crut que cet étonnant émeuvement s'adressait à lui. Il inclina la tête, les mains jointes en signe de remerciement. Tous les regards s'étaient portés vers moi. Il en fut un peu dépité. Le baron lui-même m'observait à dix pas, avec affection. Je le saluai en inclinant légèrement la tête. Il me rendit mon salut puis s'approcha de moi :

« Tu m'auras quand même coûté cher, Bertrand : quelques écus au forgeron de Castelnaud, quelques deniers au clerc qui a passé une nuit blanche et un jour entier à rédiger les actes.

« Mais le plus cher et le plus humiliant aura été le rachat de la faute que j'avais commise en déclarant au prévôt, non sans grand mensonge, t'avoir chargé de remettre une lettre de jussion à monseigneur Duèze à Cahors ; puis de t'avoir gardé au secret à Beynac : non seulement, j'avais prétendu t'avoir envoyé en mission aux fins de remettre un pli confidentiel à un défunt, feu notre pape Jean, vingt-deuxième du nom, mais encore, circonstance aggravante, je t'avais gardé au secret à Beynac, bafouant par là même l'autorité dont il était investi en la cause criminelle.

« Bien évidemment, il ne fut pas dupe de ma mauvaise foi. Et notre évêque, toujours prompt à saisir une occasion de renflouer son trésor, a exigé de m'entendre en confession sur le champ avant de m'absoudre de mon double péché. L'absolution la plus coûteuse que je n'eus jamais à payer !

« Quant à mon bien-aimé cousin de Castelnaud de Beynac, je ne sais pour quelles raisons il te poursuit de ses ressentiments. Que lui as-tu dit, quel comportement as-tu eu en sa présence lorsque je vous ai envoyé vers lui, Arnaud et toi, ce triste jour, je ne souhaite pas le savoir. Car en tout état de cause, peu me chaut ce qu'il pense. Je ne l'ai point en grande estime et lui ai fait savoir qu'il pouvait garder sa pisse de chat pour abreuver ses soudoyers. Quand bien même il me baillerait plus de sept deniers pour l'en débarrasser.

— Messire, je vous dois gratitude et obligations. Je ne sais comment vous remercier pour vos bontés à mon égard, ni pour les démarches efficaces que vous avez eu la sagesse de mener si rondement. Avant que ce malheureux forgeron ne rende son âme à Dieu.

— Tu es jeune, tu auras l'occasion de remplir les devoirs de ta charge plus tôt que tu ne penses. Notre beau pays est en guerre à nouveau », me répondit-il pensivement en regardant les pechs au loin, vers l'abbaye de Saint-Cyprien.

Je me gardai bien de lui poser une question qui me chagrinait : le chevalier de Sainte-Croix, aussi savant eut-il été, et justement pour cette raison, n'avait certainement pas manqué de rédiger, de compléter et de conserver quelque code héraldique, somme de connaissances qu'il avait acquises au fil de ses voyages et de ses rencontres, sur les armes des familles nobles.

Ce codex, s'il existait, devait immanquablement reposer sur quelque étagère de la librairie de sa maison forte, ou plus vraisemblablement, en celle des consuls du Mont-de-Domme.

Le seigneur de Beynac referma sa main sur mon bras et nous nous dirigeâmes vers la sortie. La pluie avait cessé. Le soleil pointait au zénith et rehaussait les couleurs vives des pourpoints et des cottes d'armes de mes compains. Ils nous attendaient tous sur le parvis de la chapelle.

« Montjoie, Saint-Denis ! Vive notre sire, le baron de Beynac ! Longue vie à Brachet de Born ! »

Arnaud me regardait depuis quelque temps. Il vint vers moi pour m'accoler. Je le pris dans mes bras. Je le serrai sur mon cœur. Non sans une forte émotion.

Il s'écarta brusquement avec une grimace de douleur qui crispa son beau visage : trois coups de fouet, la veille, avaient déchiré les chairs de son dos. Puis, il me glissa dans le creux de l'oreille, gaillardement :

« Sais-tu que j'ai failli douter de toi ? Surtout lorsque le sire de Castelnaud a dépêché un chevalier pour clamer haut et fort ta culpabilité.

— Toi, mon plus fidèle ami ? Toi, mon frère ? Comment as-tu pu ? Tu n'aurais jamais dû, rétorquai-je.

— Comprends-moi…

— Te comprendre ? Non, je ne puis te comprendre, répondis-je, profondément vexé.

— Et toi, ne t'es-tu jamais posé de questions à mon sujet ? »

Je dus bien m'avouer en toute honnêteté que des doutes comparables m'avaient assailli. Il le lut dans mon regard et ajouta simplement :

« Alors, pardonne-moi. »

Il avait les larmes aux yeux. Je l'étreignis très fort. Nous avions tous vécu des moments pénibles. J'avais toutefois plusieurs questions bien précises à lui poser. Nous en reparlerions.

« Mais, au fait, ne devais-tu pas moisir dans un cachot ?

— Et non ! Le baron a levé cette sanction, en ce jour de l'Ascension... »

L'heure était venue de se rendre à une collation à laquelle le baron avait convié tous ses gens. Un goûter plus léger que celui qu'il avait offert l'an passé. Et pour cause : la fête était endeuillée par la mort inexpliquée de ce pauvre forgeron des Mirandes.

Le maître boulanger qui, un instant plus tôt, l'avait interpellé crûment pendant sa lecture, s'adressa au notaire du seigneur de Beynac :

« Alors Jules, z'êtes fâché ? Buvez donc un coup de ce bon vin de Bordeaux ! Avant que les Godons s'le réservent ! Il paraît qu'ils en sont très amateurs et peu partageurs !

— Merci, maître boulanger. Ce n'est pas de refus. J'ai le gosier encore plus sec que celui du baron !

— Z'avez beaucoup causé, il est vrai. Ça vous r'mettra les idées en place. Après tout, vot'sort est plus enviable que c'lui de c'pôvre Auguste !

— Ah, ce pauvre Auguste ! dit-il en se signant. Vous le connaissiez donc ?

— Savez'ben qu'nous nous connaissons tous ici, à cinq ou six lieues à la ronde ! »

Jules leva son godet, but une santé avec le maître boulanger rubicond, avala cul sec un bon quart de pinte, d'un lever du coude franc et haut. Le vin était capiteux.

Il s'en étrangla, faillit s'étouffer, puis le raqua aussi sec sur la tunique amidonnée du boulanger, la mouchetant de multiples points d'un rouge vineux. Ça aurait été du blanc, passe encore ! Mais du rouge…

Contre toute attente, le boulanger avait l'humeur gaie :

« Ah, çà ! C'est pas une raison pour m'baver d'ssus, Jules ! Z'auriez eu deux pouces de plus, v'là pas que vous m'crachiez à la gueule ! »

Jules Faucheux était de petite taille. Comme tous les clercs notaires du château. Si le maître boulanger était rubicond, lui était devenu plus rouge qu'une pivoine. Il s'excusa, penaud :

« Pardon, pardon, par les cornes du diable, pardonnez ma maladresse !

— N'vous faites point d'souci, Jules. La Marie fera une brassée d'plus au lavoir ! Et n' jurez pas !

— La Marie ? Je croyais que vous étiez veuf ? Et qu'elle s'appelait Berthe ?

— Veuf, oui. La Berthe, elle est partie à la Toussaint. Elle a dû monter direct le ciel, la pôvresse ! Que l'bon Dieu veille sur son repos éternel. Mais qu'voulez-vous, j'ai encore les coillons bien trempés ! J'ai trouvé une p'tite lavandière, la Marie, veuve elle aussi. Elle se cabre et hennit mieux qu'une jument. Lorsque j'la saille ! En levrette. Elle m'en apprend plus qu'la Berthe.

« Que Dieu ait son âme ! Quelle femme, la Marie ! Elle m'tue plus à la tâche dans son lit, qu'la pâte dans l'pétrin ! »

La robe de bure de Jules Faucheux se tendit progressivement. Quelque part, juste en dessous de la ceinture. Le clerc notaire ne portait pas de braies ce jour-là.

Plusieurs semaines passèrent. Trois mois exactement. La décapitation du forgeron des Mirandes, à la porte de Boines, demeurait inexpliquée. Un accident fort curieux et bien étrange pour un homme averti des risques de son métier.

Un routier avait, entre-temps, été saisi par le prévôt de la sénéchaussée de Sarlat. Un homme patibulaire, errant, en proie à des hallucinations. Il avait été soumis à la question dans la chambre de torture. Il avait très vite avoué l'assassinat d'un homme, à Cénac, dont il ignorait le nom et les titres.

Le Mont-de-Domme, bastide royale, était aussi la résidence d'été des évêques de Sarlat. Jugé coupable de ce crime, monseigneur de Royard avait exigé que le routier soit exécuté en cette ville, en mémoire du chevalier de Sainte-Croix. Avant d'avoir pu expliquer en quelles circonstances il s'était saisi de ma bague.

Les affaires criminelles, près le tribunal de Sarlat, ne traînaient point en longueur. La justice était expéditive. Question d'exemple. Peu importaient les questions subsidiaires, en ces temps de guerre. Il fut pendu le jour même où, coïncidence ou décision délibérée, l'on fêtait l'Invention de la Sainte Croix, au gibet situé au lieu dit le Bois des Dames, point culminant de la ville. D'où il aurait pu jouir, en d'autres circonstances, d'une vue magnifique sur la vallée de la Dourdonne. L'affaire était définitivement classée.

Le baron de Beynac, à qui les greffiers du tribunal avaient confié ma chevalière après l'exécution du présumé coupable, me la remit solennellement. Non sans l'avoir fait bénir par l'évêque, pour y effacer le crime de sang dont mes *chiens braques passant et contrepassant* avaient été les témoins passifs et innocents, crut-il bon de me préciser, non sans un soupçon d'ironie. Avant d'ajouter :

« De belles armes ! Des lys de France ! Voilà un honneur exceptionnel et royal. Encore devras-tu les mériter, Bertrand. Comme ton aïeul qui les a conquises sur le champ de bataille : il ne portait que *de l'or aux meubles de sable.* »

Je glissai à mon doigt mes armes *coupé, d'argent à deux chiens braques de sable passant et contrepassant l'un sur l'autre et d'azur à trois lys d'argent.* La bague en or aurait pu m'en conter… Mais elle restait étrangement muette.

J'en fis resserrer l'anneau par un orfèvre de Sarlat afin de ne point l'égarer à l'avenir et jurai que dorénavant, elle ne quitterait plus mon annulaire. De mon vivant. De jour comme de nuit.

La ville de Bergerac avait été rattachée à la couronne de France en l'an de grâce 1337, par le roi Philippe. Les Anglais entendaient bien en prendre possession pour s'assurer leurs arrières et s'ouvrir la route du Nord.

Un corps de garde français avait renforcé la garnison du château de Montcuq, près de la rivière Dourdonne, en amont de la ville de Bergerac. Sa mission était double : surveiller l'ennemi et prévenir la ville de l'approche des Anglais.

À huit jours des calendes d'août, le 24 juillet 1345, la garnison aperçut les bannières déployées de messires Gautier de Mauny et Franque de la Halle, maréchaux de l'ost d'Henri de Lancastre, comte de Derby, à la tête d'un nombre considérable de chevaliers anglais et d'un nombre encore plus impressionnant d'archers montés.

À mesure que les premières lignes de l'ost anglais et gascon s'approchaient, les corps de bataille qui suivaient, au loin, n'étaient pas plus gros que des têtes d'épingle.

L'armée anglaise déferlait sur la plaine, dans la plus grande chaleur du jour. Aussi loin que portait la vue. Suivant l'ordre de bataille qu'elle avait reçu, la garnison de Montcuq abandonna aussitôt le fort pour se replier sur la ville de Bergerac.

À l'intérieur de la ville, nous eûmes grande joie à voir les Godons approcher. Pour les recevoir comme il se devait. Pour les occire sans vergogne. Nous ne savions pas ce qui nous attendait.

La bataille faisait rage, près le faubourg de la Madeleine. Tous les chevaliers, tous les écuyers avaient démonté. Ils combattaient à pied, comme les valets d'arme.

« Arnaud ! Gaaar-deez-vous, à senestre ! » hurla Foulques de Montfort. Les flèches des archers godons sifflaient tout autour de nous. Comme un nuage de frelons prêts à planter leur dard dans nos cottes de mailles dont d'aucunes étaient déjà rougies.

« Par Saint-Denis ! Repliez-vous ! » Dans le tumulte de la bataille qui se livrait sur un pont vermoulu, Foulques s'égosillait. Inutilement. Arnaud ne l'entendait pas. Il ne l'entendait plus. Il ferraillait de taille et d'estoc, en désordre, sans succès, pour tenter de se dégager de l'impasse dans laquelle il s'était fourvoyé.

Étienne Desparssac, qui observait la scène qui se déroulait à quelques dizaines de pas de lui, conserva son calme. Il commanda aux deux arbalétriers qui se tenaient à ses côtés d'être parés à décocher :

« Du calme, mes amis. Attendons d'avoir deux ou trois Godons en enfilade. Là, là ! Ceux qui montent à l'assaut, devant notre écuyer ! Lorsque vous les aurez dans votre ligne de tir, inspirez, puis chassez l'air à demi de la poitrine. Votre tir n'en sera que plus précis. Mais attendez mon ordre. Par Saint-

Christophe, nous pouvons bien en déconfire neuf d'un coup ! »

Les cordes des arbalètes étaient tendues à rompre la noix de la gâchette. Le temps était sec. Les viretons des carreaux, plus affûtés que les lames des rasoirs de notre barbier, brillaient d'une âme mortelle au soleil couchant. Tant elles avaient été aiguisées pour perforer les armures les mieux trempées.

« Attendez. Attendez encore ! Du calme les petits... Reprenez votre souffle... Maintenant ! » hurla Étienne.

Les trois arbalétriers écrasèrent la queue de détente. La noix en corne bascula, libérant sèchement et violemment la corde. Trois traits filèrent en direction d'Arnaud.

Un premier carreau, à dextre, pénétra dans la gorge d'un ennemi, qu'il traversa de part en part, avant de se ficher dans le chapel de fer de celui qui le suivait. Un autre carreau transperça le cœur d'un premier assaillant, l'épaule d'un second, puis s'immobilisa dans le ventre d'un troisième Godon. Leur assaut était brisé net.

Le dernier carreau, tiré à la senestre d'Arnaud, déconfit les plates d'un premier, d'un deuxième, puis d'un troisième attaquant. Il les embrocha comme on embroche le bœuf avant de le saisir sur le gril. Ici, point besoin de gril : la vache anglaise n'était point bonne mangeaille. Étienne avait pris son temps avant de décocher !

« Pied à l'étrier ! Rebandez, vite, vite ! Par Saint-Christophe ! »

Les arbalètes étaient plus puissantes et plus pénétrantes que les flèches décochées par les arcs gallois de ceux d'en face. Mais elles étaient trois à quatre fois plus lentes à manœuvrer.

Les deux soldats s'exécutèrent. Ils mirent le pied à l'étrier, engagèrent la corde dans le crochet qu'ils portaient à la ceinture, bandèrent leurs muscles, redressèrent les reins, cliquèrent et verrouillèrent la corde dans l'encoche de la gâchette. Ils se saisirent d'un autre carreau, le posèrent sur le fût dans la rainure creusée le long de l'arbrier. Ils étaient prêts à tirer.

L'instant d'avant, leur jet avait ouvert une faille dans la défense anglaise. Le sire de Mirepoix combattait sous la bannière de messire Gautier de Mauny. Il avait pénétré en premier dans les faubourgs de Bergerac, à la tête de son échelon. Il fut descharpi incontinent.

Foulques de Montfort se rua en avant. Sa lourde épée, qu'il avait saisie à deux mains, tourbillonnait au-dessus de son bacinet, dans un feulement qu'on entendait d'ici : "F-f-fou, F-f-fou, F-f-fou…" La lame devait bien mesurer près de quatre pieds. De nouveaux assaillants, après un instant d'émoi, s'avançaient à nouveau contre Arnaud, piétinant sans vergogne le corps de leurs compains morts ou agonisants. "Ff-ff-fffou, Fff-fff-ffffou..." Le sifflement de l'épée que Foulques de Montfort brandissait au-dessus de sa tête, brassait l'air de plus en plus vite.

La première tête anglaise fut décolée en moins de temps qu'il n'en faut pour le dire. Il trancha le bras du second et, dans un mouvement incroyablement ample, l'épée tourbillonna et coupa le jarret du troisième.

Son épée n'était pas faite pour l'estoc. Dommage. Un chevalier, aux armes des léopards d'Angleterre et des lys de France se précipita sur lui, mézail relevé, épée pointée, les yeux exorbités, un rictus à la bouche en hurlant : "God'dam !"

Il fut coupé en deux, proprement, sans bavure, à la hauteur de la taille, comme une tranche de *beef*. Comme ce corbin qui avait eu la mauvaise idée de voler par là, au mauvais moment, au mauvais endroit.

Le chevalier de Montfort, qui ne portait sur son surcot que les seules armes du baron de Beynac, lui avait cloué le bec. Définitivement. L'Anglais se sépara en deux.

La partie supérieure de son tronc se planta stupidement sur le pont, droite et figée, fixant son adversaire d'un regard étonné, tandis que ses jambes, séparées du torse, tentaient de rattraper le temps perdu en se précipitant vers son agresseur. Le temps d'un dernier spasme. Avant d'achever leur course dans un bruit de ferraille et de sang.

"À moi, Brachet !" hurla Beynac à oreilles étourdies. Il taillait du Godon pas très loin de là.

"Sauve Montfort ! Sauve Arnaud !"

Arnaud glissait effectivement sur une marre de sang qui engluait le sol. Et sur une gigantesque colonie d'escargots qui avaient eu la malencontreuse idée de venir humer l'odeur de la bataille.

À dater de ce jour, je jurai de ne plus jamais en manger. Même sous la torture. Sous la torture, c'était moins sûr. D'autant plus que j'adorais les escargots du Pierregord. Préparés à l'ail et cuits à la graisse d'oie. Avec du persil. Comme les cuisses de grenouilles. Nous étions rares, en pays d'oc, à goûter l'ail.

Arnaud sentit un de ses pieds se bloquer entre deux des lattes du pont. À terre, au risque de se rompre l'échine, il réussit à éviter la masse d'armes qui visait son crâne pour fermer définitivement ses beaux yeux en amande.

Il se dégagea, puis tenta péniblement de se relever. En abandonnant un soleret qui tomba en contre-bas, dans la rivière Dourdonne, avec un "Plouf-f-f !" prononcé. Il était seul, terriblement isolé à nouveau. Un écuyer anglais s'apprêtait à l'achever. Il s'immobilisa sur place, l'épée en l'air, traversé par un carreau d'arbalète. Étienne ne devait pas être loin !

Resté jusqu'alors en réserve, je me précipitai dans la mêlée pour sauver mon ami de la mauvaise passe dans laquelle il était engagé.

La sueur, par cette chaude journée d'août, ruisselait le long de mes joues et me piquait les yeux. Je relevai le mézail de mon bacinet et aspirai goulûment une bouffée d'air chaud et humide, trempée de sueurs, d'intestins crevés et d'odeurs écœurantes.

Je tentai de m'essuyer les yeux d'un revers de la main. Mal m'en prit. Le nouveau gantelet de fer articulé, auquel je ne n'étais point habitué, me griffa la joue. Je l'arrachai vivement. J'y vis plus clair, sur une situation qui frisait le désespoir.

Dégainant mon épée à la lame d'estoc bien effilée, je claquai le mézail et me lançai dans la mêlée. Arnaud était en mauvaise posture, claudiquant d'un pied sur l'autre. Foulques de Montfort ne claudiquait pas. Mais il était cerné de toutes parts.

Je fonçai, l'épée en l'air. Mon premier ennemi godon, en face de moi, fit de même en se ruant sur moi. Au tout dernier moment, je levai mon écu au-dessus de ma tête pour parer une éventuelle riposte, j'abaissai ma garde, l'épée à l'horizontale, fis un léger écart à senestre et je le piquai d'estoc. Ma lame pénétra silencieusement, mais profondément, au creux de l'aisselle, au défaut des plates. Je la retirai d'un mouvement sec.

Il en fut de même pour tous les Godons qui vinrent en découdre. Ils furent un peu surpris, tantôt, un peu trop tard, par cette nouvelle façon d'escremir. Et pour cause. Les gauchers, pour peu qu'ils aient quelque habileté, jouissent d'un léger avantage sur leurs adversaires. Si ces derniers sont droitiers. Les Godons, qui montaient à l'assaut en face de moi, étaient droitiers. Moi, gaucher. Et je ne m'entraînais pas qu'au poteau de quintaine !

Quel heur ! Je récidivai, au cri de "Saint-Denis ! Beynac !" En face, ils hurlaient : "Saint-George !" Je ne les entendais pas. La réussite décuplait mes forces et me trempait les muscles. Dans l'acier. Avec plus de souplesse.

Je perçus des râles d'agonie, des questions en suspens sur des lèvres exsangues, des cris : *"Sheet !"* Sur le coup, je n'en saisis pas le sens. Mais le ton de leur voix, dans l'ivresse de la bataille, enflamma mes sens plus sûrement que le vin que Marguerite m'avait servi naguère.

Hélas, plus nous trucidions de Godons ou de ces Gascons, plus il en venait. Aussi vite que les anges exterminateurs. Aussi efficacement.

Entre trois estocs et deux parades, je jetai un coup d'œil à dextre et à senestre. À dextre, Arnaud se battait courageusement, mais il commençait à faiblir. Sa défense mollissait. Il reculait en bousculant et en piétinant nos propres gens de pied que harcelaient sans répit les archers godons. À senestre, Foulques de Montfort se battait comme un lion. Le sol, devant lui, était jonché de cadavres. Mais il reculait pied à pied.

La situation n'allait pas tarder à devenir intenable. La bataille était sur le point de basculer. De basculer du côté anglais. Et nous, du côté de la mort.

À l'instant précis où je pensai cela, une flèche siffla pour se planter dans mon bras, pénétrant entre deux plates de ma cotte d'armes. En m'arrachant un cri de douleur, je parvins à l'extirper dans un mélange de chair et de mailles éclatées, en hurlant ma rage. Pour la planter immédiatement dans l'œil du premier Godon qui se rua sur moi. Et… un de moins ! Celui-là ne me regarderait plus en face.

La situation prenait mauvaise tournure. Le comte de Pierregord fit sonner la retraite en hurlant à oreilles étourdies : "Repli ! Repli !" D'autres voix renchérirent : "Repli ! Repli !"

Courageux, non point téméraires. Sans nul doute, c'était mieux ainsi. Trop de braves, d'un camp comme de l'autre, jonchaient le sol. Trop de blessés tentaient tant bien que mal de rallier des lignes plus sûres.

D'aucuns, à bout de force, le corps ensanglanté, réussirent à regagner leurs arrières. D'autres, dont le col était sectionné ou la poitrine entaillée, projetaient au rythme de leur cœur des jets de sang de plus en plus faibles, "pfffuittt-pffuitt-pfuit", puis ils mordaient la poussière pour s'immobiliser définitivement dans la paix de Dieu, face contre terre. Dans une petite flaque rougeâtre et visqueuse.

D'autres encore s'effondraient, les bras en croix, d'horribles rictus à la bouche, les yeux grands ouverts, fixant le ciel. Pour lui reprocher de les accueillir si tôt. Pour implorer une impossible remise. Ou pour implorer un ultime pardon pour leurs fautes. Dans un dernier acte de contrition.

Le lendemain, les Godons tentèrent un nouvel assaut, dès l'aurore. Nous les repoussâmes vaillamment, mais non sans pertes dans nos rangs.

Le comte de Derby changea de tactique. En bon stratège, il fit venir de Bordeaux une soixantaine de gabarres pour attaquer la ville par un de ses côtés les plus faibles, là où elle n'était défendue que par une simple palissade.

Le surlendemain, lorsque le soleil se leva, plusieurs corps d'archers, montés à bord des bateaux, mâts couchés, décochèrent une grêle de flèches sur la palissade composée de troncs d'arbre et de grosses branches. Nous avions eu le tort de n'y poster que des bourgeois, mal entraînés et mal armés.

La palissade fut très vite rompue en plusieurs points et les bourgeois survivants, démoralisés, envisageaient de se rendre, non sans avoir dépêché plusieurs d'entre eux près le comte Bertrand de Lisle-Jourdain, qui commandait en chef le corps de bataille, pour lui exposer la situation :

« Seigneur, regardez ce que vous voulez faire. Nous sommes tous en aventure d'être perdus ! Ne vaudrait-il pas mieux que nous rendions la ville au comte de Derby avant que nous n'ayons plus grand dommage ? »

Le comte se porta par-derrière la palissade avec ses chevaliers et un corps d'archers génois. Les archers y firent merveille. Mais la position, mal protégée, devenait impossible à défendre. Le comte de Lisle-Jourdain eut la sagesse de requérir du comte de Derby une trêve qui lui fut accordée jusqu'au lendemain, au point du jour.

Tous les seigneurs tinrent conseil. Il fut décidé d'abandonner la ville, intenable, et d'en sauver les habitants. À minuit, Arnaud m'aida à me mettre en selle, le bras dextre en écharpe. La blessure que j'avais reçue la veille, était sans gravité. Pour un gaucher…

Arnaud était droitier et pansé de toutes parts. Rien de grave, à part une foulure à la cheville. Et quelques blessures superficielles. Foulques de Montfort avait moult courbatures et moult contusions. Pas une égratignure !

Nous franchîmes les portes de la ville de Bergerac, au nord-est, avec le comte de Pierregord, pour remonter la rivière Dourdonne et nous diriger vers Pierreguys, tandis que les chevaliers de l'ost du comte de l'Isle-Jourdain devaient se diriger vers La Réole. Cette bonne ville de Bergerac, dont la position stratégique était vitale, allait retomber aux mains de nos ennemis.

Nous apprîmes plus tard par quelque chroniqueur qui avait assisté à la bataille, qu'au moment où les Anglais s'apprêtaient à lancer un nouvel assaut au lever du jour, contre la palissade, ils furent tout chagrin de n'y trouver que des bourgeois désarmés et effrayés qui demandaient grâce en criant : « Merci ! Merci ! »

— Qui merci prie, merci doit avoir ! » assura Henri de Lancastre, comte de Derby, après que ces propos lui furent rapportés par les comtes de Penbrock et de Kenfort.

« Dîtes-leur qu'ils ouvrent la ville et nous laissent entrer dedans : nous les assurons de nous et des nôtres ! » Le comte était magnanime. Il était surtout sage et fin diplomate. À l'occasion. Lorsque l'occasion arrangeait son industrie.

Notre ville de Bergerac était tombée et ses bourgeois firent hommage au roi d'Angleterre, à cinq jours des calendes d'août, le 27 juillet, en l'an de disgrâce 1345. Les vicomtes de Bosquentin, de Châteaubon, les sires de Châteauneuf, de l'Esclun et messire Jean de Galard, grand maître des arbalétriers du roi, détaché ès qualités, avaient été capturés par les Godons. *Ainsi que... le sire de Castelnaud de Beynac* !

Lorsque j'appris cette nouvelle, mon sang ne fit qu'un tour ! Sur le coup, je m'en réjouis vivement dans mon for intérieur. Bien que j'eusse préféré le savoir deshachié dans d'atroces souffrances. Ce n'était pas comportement chrétien, tant, pis !

Alors qu'il s'était trouvé dans une mauvaise passe, faubourg de la Madeleine, à moins de vingt pieds de moi, j'avais tenté de lui venir en aide. Il avait refusé tout de gob que je lui portasse secours en huchant à gueule bec :

« Messire Brachet, j'aurai moins grand déplaisir à me rendre à nos ennemis anglais qu'à devoir la vie sauve à un criminel !!!

— Qu'à Dieu ne plaise, messire, vous avez bellement raison : la rançon que vous devrez bailler ne vous ruinera pas ; votre vie ne vaut pas à mes yeux, plus de sept deniers. Les deniers que Judas s'est vu bailler par le Grand-Prêtre du temple de Salomon pour le prix de son reniement. Vous finirez bien par vous pendre comme Judas, à défaut de l'être par la justice de l'évêque ! »

De nombreux autres chevaliers, écuyers, archers, bourgeois et simples valets d'armes avaient payé leur tribut. Pour tenter de sauver la bonne ville de Bergerac. Les plus chanceux étaient blessés ou rançonnés. Les plus malheureux avaient été purement et simplement occis.

Le début d'un immense désastre. Villes et places fortes tombèrent les unes après les autres : Masduran, Lamonzie-Saint-Martin, Paunat, Lalinde, Mauzac. Le comte de Derby ne connut qu'un seul revers de fortune, qu'il nous fit payer chèrement près de la ville d'Auberoche, quelques semaines plus tard.

Il s'était porté devant la cité de Pierreguys et il avait établi son camp à quelques lieues. Deux cents lances françaises montées sur la fleur des coursiers, sorties de la ville vers minuit, se ruèrent sur les Godons au petit matin. Les lanciers firent grand'foison de chevaliers et se saisirent du comte de Kenfort au moment où il s'armait, puis ils réintégrèrent les murs de Pierreguys au triple galop.

La prise du comte de Kenfort permit seulement de négocier la liberté des sires de Bosquentin, de Châteaubon, de l'Esclun et de Châteauneuf qui avaient été capturés au faubourg de la Madeleine. Du sire de Castelnaud de Beynac, il ne fut point question.

Mais la plus cuisante de nos défaites eut lieu au mois d'octobre à huit jours des calendes de novembre, le 24 octobre 1345, devant la ville d'Auberoche occupée par une garnison anglaise.

Dix mille chevaliers, écuyers, gens de pied et arbalétriers s'y étaient portés par-devant. Placés sous le commandement du comte de Lisle-Jourdain, lieutenant général pour le roi de France. Comme dans la ville de Bergerac. Mais cette fois, avec des effectifs dix fois supérieurs.

Le château fut battu pendant six jours par quatre trébuchets qui projetaient des boulets de cent vingt et deux cents livres sur les tours de flanquement au point de les démanteler.

Les assiégés, réduits à s'abriter dans les salles voûtées, dépêchèrent un messager gascon pour appeler à leur secours le comte de Derby. Il fut pris lorsqu'il tenta de franchir les lignes françaises et l'on découvrit, cousu dans son bliaud, le message qui était destiné aux Anglais.

Après l'avoir confortablement installé sur le berceau de l'un des trébuchets, à son corps défendant, on le projeta vivant par-dessus les remparts où il se fracassa. Le message qu'il destinait aux Godons, solidement lacé autour de son col, bien en évidence. Cet acte n'avait rien de chrétien. Il sapa le moral de la garnison. Le comte de Pierregord riait aux éclats et caracolait autour des remparts en insultant les Godons.

Il ne savait pas qu'un autre messager avait pu donner l'alerte au gros de l'armée anglaise. Un millier de Godons tomba peu après sur nos assiégeants désarmés, au moment où ils faisaient quiète ripaille. Ils en firent grand'foison à leur tour.

La garnison d'Auberoche saisit promptement l'occasion pour sortir du château et charger un corps de bataille français qui n'avait pas encore donné et tentait de se replier en bon ordre. Elle le massacra.

Les comtes de l'Isle-Jourdain, de Pierregord, de Valentinois, six autres comtes, un grand nombre de barons et de chevaliers, dont le baron de Beynac et plusieurs de leurs vassaux furent saisis.

En grand seigneur, Henri de Lancastre, comte de Derby, qui avait obtenu là une victoire aux conséquences considérables, offrit le soir même à ses prisonniers de marque, dont nous ne fûmes ni Arnaud ni moi, un souper splendide dans le château, avant de les relâcher sur parole.

Oui, mais sur quelles paroles ? De la parole d'aucuns, on pouvait douter, comme l'avenir le prouva. Leur fidélité se révéla, pour certains de ces seigneurs et non pour les moindres, bien versatile. Pendant le chemin d'un triste retour, nous escortâmes le baron de Beynac. Il nous sembla soucieux et il ne dit mot. De tout le trajet.

Quelques jours plus tard, les habitants de Monsac, près de la ville de Beaumont ne furent pas traités avec autant d'égards que nous le fûmes. Les Godons s'emparèrent du marché, emmenèrent tous les chevaux et incendièrent le bourg jusque dans ses fondements.

La bataille d'Auberoche eut un grand retentissement et de graves conséquences : les villes de Montignac, Saint-Astier, Lisle, Biron, Eymet, Montravel, le Fleix et Mareuil se rendirent aux Anglais. La cité de Beauregard fut pillée et incendiée et la bastide Saint-Louis, détruite. Le royaume de France se dégonflait comme une cornemusette. Les Godons étaient partout. Ils occupaient plus des trois quarts de l'Aquitaine, de la Saintonge et du Limousin. Ils régnaient en maîtres en Bretagne. Ils devaient régner bientôt en Normandie et plus loin, au Nord. Ils étaient presque aux portes de Paris.

Les léopards d'Angleterre dévoraient les lys de France, comme un ogre dévore les enfants. Seule, une petite partie de l'Aquitaine demeurait fidèle au roi de France. La forteresse de Beynac et la ville consulaire de Sarlat, toutes proches, avaient considérablement renforcé leurs défenses.

Le baron Fulbert Pons de Beynac, sire de Commarque, n'eut jamais à s'incliner devant les Godons, ni à connaître l'humiliation de bailler rançon.

Sa forteresse ne fut jamais prise d'assaut. Pas plus que la ville consulaire de Sarlat. Jamais. Aussi longtemps que dura la guerre.

Il n'en fut pas de même du Mont-de-Domme.
Pour mon plus grand malheur, je m'y rendis, la veille de la Saint-Jean-Baptiste.

Ces Gascons sont Anglais à moitié !

Propos tenus par les soldats de Jean, duc de Normandie (rapportés par le chroniqueur Froissart)

Chapitre 6

Entre le printemps et l'été, à Beynac et au Mont-de-Domme, en l'an de grâce MCCCXLVI[1].

Édouard de Woodstock, prince de Galles, âgé d'une quinzaine d'années et fils aîné du roi d'Angleterre, s'était vu remettre la comté de Flandre par un certain Jacques Van Artevelde. Par félonie, au mépris des us et coutumes du droit féodal. Une trahison, une de plus, qu'un vassal infligeait à son seigneur à qui il avait prêté hommage et juré fidélité, le comte de Flandre.

Un crime majeur qui ne porta pas chance au félon : à quinze jours des calendes d'août, le 17 juillet de l'an de grâce 1345, la population de la ville de Gand, où il s'était rendu, s'était révoltée et l'avait promptement exécuté.

1. En 1346

La comté de Flandre restait française et le roi d'Angleterre, Édouard, troisième du nom, avait dû se résigner à rembarquer pour les côtes anglaises. Non sans moult arrière-pensées.

Il avait grande souffrance pour rédimer ses coffres, des coffres remplis d'esterlins qu'il avait baillé inconsidérément en Flandre et en Brabant.

Or donc, il avait porté la guerre en Bretagne et en Guyenne. Henri de Lancastre, comte de Derby et messire Gautier de Mauny, après avoir occupé les villes de Bergerac, de La Réole, de Montpezat et d'Aiguillon qui commandaient le confluent des rivières Lot et Garonne, enlevèrent d'assaut la noble et belle cité d'Angoulême. Ils menèrent plusieurs guerres d'usure, assiégèrent des places fortes et tentèrent des coups de main sans conséquences véritables, sans lendemains durables.

Le sire de Castelnaud pour qui je vouais une inimitié profonde, avait été capturé lors de la bataille du faubourg de la Madeleine, en la ville de Bergerac. Il fut libéré sur parole par les Anglais. Il s'était, paraît-il, engagé à ne prendre parti pour aucun des deux camps et à respecter en échange de sa liberté, une stricte neutralité. J'étais bien curieux de voir de quel côté elle pencherait. J'étais prêt à jouer six mois de solde sur le parti qu'il prendrait en sous-main.

L'écheveau politique devenait difficile à dénouer : d'aucuns, parmi les grands seigneurs français, changeaient de camp, aussi vite et aussi naturellement que les marées montaient et descendaient sur la côte de l'océan. Il est vrai que depuis deux siècles, la domination des seigneurs Plantagenêt s'étendait sur ces vastes régions et avait tissé bien des liens de vassalité. La revendication de la couronne de France par le roi d'Angleterre les mettait en porte à faux.

De là à retourner sa cotte d'armes aussi aisément ! N'ironisait-on pas alors, que les seigneurs gascons portaient les armes de France côté pile et les armes d'Angleterre, côté croix ? On aurait pu en dire autant d'aucuns parmi les chevaliers bretons !

Dans le courant de l'automne, les armées anglaises se montrèrent aux approches de la ville de Bordeaux par-devant la cité de Blaye, tandis qu'un capitaine anglais, Thomas Dagworth, enlevait châteaux et forteresses en Bretagne, avec l'appui et pour le compte de Jean de Montfort, quatrième du nom, duc de Bretagne et parent éloigné du chevalier Foulques.

L'hiver venu, le mauvais temps et la fatigue ralentirent les manœuvres. Chacun campa sur ses positions, se rempara et fourbit ses armes en vue des prochaines chevauchées de printemps. Les jours s'égrenèrent comme les grains d'une patenôtre.

Au printemps de l'an de grâce 1346, Jean, duc de Normandie et fils aîné du roi de France, fort d'une armée de huit à dix mille hommes, reprit les hostilités. Il se lança à l'assaut de la ville d'Angoulême et la reprit.

Il se porta ensuite sur Aiguillon pour tenter de l'arracher aux griffes des léopards d'Angleterre. Hélas, la garnison anglaise renforcée par des défenseurs gascons était solidement retranchée. Elle ne manquait ni de vivres, ni de munitions.

Sans coup férir, à moindres frais, elle retint l'armée du duc de Normandie des semaines durant, laissant ainsi aux batailles du comte de Derby, toute liberté de chevaucher, d'engranger récoltes et moissons, de lever taxes et redevances, d'incendier les villes et les villages qui étaient, soit mal remparés, soit démunis de garnison ou de subsistances.

Lassée de la fiscalité royale et de certains abus commis par quelques nobliaux locaux, trop avides, la population se tournait en bien des cas vers les Gascons. Oubliant qu'ils feraient pire et qu'ils étaient inféodés au roi d'Angleterre.

Bien des évêques aussi étaient ouvertement passés dans le camp du roi Plantagenêt, au mépris des injonctions que notre pape Clément, sixième du nom, qui avait autrefois siégé au Conseil du roi de France, leur avait adressé. Et qui tentait, avec acharnement et désespoir, de calmer les parties en présence et les menaçait parfois d'excommunication. Comme son prédécesseur, Benoît le douzième, avait tenté de le faire jusqu'à son rappel à Dieu.

Plusieurs terres de culture qui s'étendaient dans la plaine entre le village de Beynac et le château de Marqueyssac, avaient été inondées par de fortes crues de la rivière Dourdonne, au point d'en modifier le cours à plusieurs endroits.

Les champs fertiles se transformaient en véritables noues. Il devenait impossible de les parcourir à cheval et, a fortiori, de les labourer pour les blés de printemps ou de faire paître les troupeaux sur les jachères.

Nous avions prêté main forte aux vilains pour surveiller la construction de plusieurs digues que le baron Fulbert Pons de Beynac, dont ils dépendaient, avait ordonné l'établissement aux endroits les plus exposés à la montée des eaux. En bourse déliant, le tout puissant seigneur des lieux faisait d'une pierre deux coups. Il harassait ses paysans et ses manants à de durs travaux d'édification.

Il paraît ainsi à quelques risques d'un nouveau soulèvement, tel celui des Pastoureaux que connut la comté de Pierregord en l'an 1320, d'une part, il veillait au produit des fermages et des redevances qui rédimeraient plus tard les coffres de la baronnie, d'autre part. Sa vue portait loin.

"Désœuvrement, disette et impuissance sont les trois mamelles de tous les vices ! Qui ne dîne point, ne dort point et se révolte ! C'est peut-être regrettable, mais c'est ainsi !" tranchait-il après avoir grabelé les articles de son expérience personnelle sur le comportement des hommes. Il prêchait des convertis, mais ne semblait pas s'en rendre compte, à voir nos yeux ébahis.

À sept jours des calendes de juillet, le jour de la Saint-Jean-Baptiste, le 24 juin 1346, moi, Bertrand Brachet de Born, simple écuyer du baron de Beynac, allait devoir bailler, à mon corps défendant, les débours de bien des évènements qui me dépassaient. De la tête et des épaules.

René, un sergent monté qui était au baron de Beynac, fils d'Antoine le Passeur au lieudit le Gué, à Carsac, m'accompagnait ce jour aux approches du Mont-de-Domme dont il connaissait mieux que moi, les remparts, les portes et les ruelles. Les plans de construction des nouvelles bastides imposaient ces curieux tracés à angles droits.

Mon compain, mon ami, Arnaud de la Vigerie, ne devait pas quitter le baron de Beynac d'une semelle. Jusqu'à none ou vêpres, s'était-il plaint, avec dépit. Arnaud devait l'accompagner et porter son écu lors d'une vaste tournée que le baron de Beynac souhaitait entreprendre pour évaluer l'état des cultures. En compagnie de son chambellan préposé aux affaires de finance de la baronnie, un homme discret, un homme secret. Un homme de l'art. Le conseiller et le confident de notre maître. Presque son confesseur. Je n'en connaissais même pas le nom. Entre nous, on le surnommait Crésus.

L'heure de la dîme ou d'autres taxes censitives approchaient. Le baron souhaitait certainement se rendre compte par lui-même de l'état de ses sujets et de leur... pécuniosité. Avant d'envoyer son chambellan récolter cens et champarts.

Arnaud n'avait donc pu se joindre à nous. Pourtant, une petite visite à sa mie, Blanche, n'aurait pas été pour lui déplaire, à la chaude.

Mon intention était de profiter de l'occasion que m'avait donnée le baron de Beynac pour soumettre à la question, courtoisement mais perfidement, cette gente damoiselle, fille de l'un des consuls du Mont-de-Domme.

Je ne connaissais que son prénom. Arnaud avait toujours feint de ne pas avoir ouï dire le nom de sa famille. Je n'en croyais rien, bien qu'il fut fréquent que les gens soient nommés, en nos contrées, par leurs prénoms ou par les lieux dans lesquels ils résidaient.

Peu m'importait au fond : les prénommées Blanche, filles de consul, ne devaient point courir les rues de la bastide royale. Quand bien même! Je saurais mettre la main sur la bonne. Ne disposai-je pas de deux jours et de deux nuits avant de devoir regagner la forteresse de Beynac ?

Ordre du baron : prendre mon temps et lui rendre compte des défenses de la bastide, du moral des troupes et de la force de la garnison. Par le menu ! Avant de présenter ses marques de salut à son voisin, le châtelain de Campréal, Thibaut de Melun, vassal direct du roi de France, qu'il tenait en grande et noble estime.

Revêtus d'un haubert et d'une cotte d'armes aux couleurs du baron de Beynac, bouclier sanglé dans le dos, casque accroché au ceinturon et camail enroulé autour du cou, nous gravîmes au pas l'un des longs sentiers abrupts qui menaient par l'est à la bastide royale.

Nous parvînmes à la porte des Tours, sur le coup de sexte, à en croire la cloche de l'église Notre-Dame de l'Assomption. J'en reconnus le son grave et prolongé pour m'y être autrefois recueilli en présence du baron de Beynac. Il y avait bien longtemps.

Flanquée de deux puissantes tours percées chacune de hautes archères, cette entrée de la bastide portait bien son nom. En fait, un véritable châtelet. Deux latrines formant bretèches délimitaient cet imposant bastion. Elles inspirèrent incontinent à mon compain René, une forte envie d'oriner.

« René, lâche-toi, à la parfin ! Déchausse et orine un bon coup ! Aurais-tu la chaude-pisse ?

— Que nenni messire, j'ai envie d'oriner par un aut' trou !

— Un autre trou ?

— Oui, messire Bertrand, par l'trou d'derrière ! L'trou du cul !
René parlait peu, mais cru.

— Ah ? Dans ce cas, serre les muscles ! Nous n'avons point encore été invités à franchir les murs ! lui répondis-je en lorgnant du côté des commodités.

— Messire, faites vite ! J'tiens plus ! J'ai la colique !

— Soulage tes boyaux hors les murs ! Chie ici ou là !

— Devant les archers ? À moins d'une portée d'arc ? Vous n'y pensez point, messire Bertrand ! Ils vont s'esbouffer à rire ! Ou décocher une sagette pour m'embufer !

— Tiens bon, René ! Nous allons ouvrir la place céans ! » le rassurai-je, bien déterminé à lui éviter d'humilier sa selle et son destrier. Mais les Godons rôdaient et les gens d'armes du Mont-de-Domme étaient méfiants.

L'homme était barbu, brave, un peu rustre, un peu simplet comme on disait par chez nous. Mais vaillant. Il maniait l'épée mieux que d'aucuns chevaliers ou écuyers. Je le savais pour l'avoir vu à la manœuvre sur le champ clos, près notre château. Et comme tout un chacun, il avait besoin de soulager sa vessie ou son ventre. À chacun son heure. La nature a ses lois.

Sa vessie, passe encore. Mais son ventre ! Il répugnait à démonter pour baisser le cul et s'accroupir sous les murailles. Avant d'essuyer les quolibets des gardes qui menaient ronde sur les remparts.

Solide comme un bossage, rouquin et barbu, les yeux petits et presque vairon, il réagissait selon son instinct. Un instinct bestial. Un instinct de fauve. Un instinct qui s'était toujours révélé efficace autant que j'eusse pu en juger. Je savais pouvoir lui faire confiance en toutes circonstances.

Face à l'entrée de la bastide, six corbeaux en moellon soutenaient une autre et forte bretèche qui défendait le premier accès à la porte des Tours. De part et d'autre, les murailles munies de créneaux me semblèrent hautement et solidement remparées. La place était difficile à investir.

Pour respecter la dignité cul terreuse du brave sergent, René le Passeur, il me fallait cependant faire vite. Pourtant, j'avais l'esprit ailleurs : je ne cessais de peser sur les plateaux d'un trébuchet imaginaire, le poids que représentait à mes yeux, Isabeau de Guirande, la gente damoiselle aux alumelles et Marguerite, la jolie lingère du château de Beynac.

Ma douce, jolie et brune lingère, Marguerite, que je croyais prompte à s'escambiller devant le premier drôle qui passait à portée de sa robe, m'en avait appris, depuis mes premières passes d'armes face à l'ennemi, plus que les codex de mon maître, le baron de Beynac, n'auraient jamais pu m'enseigner en sa librairie.

Certes, pas dans tous les domaines. Dans deux domaines seulement. Sur deux sujets de grande importance à mes yeux :

les jeux de l'amour plus que courtois... et l'art de gripper. Pour gripper le rocher et pour ramper dans un souterrain, la petite Marguerite pouvait en remontrer à plus d'un.

Pendant l'hiver qui s'était révélé doux et pluvieux, je ne l'avais aperçu que trop furtivement. Depuis qu'elle avait apporté un drap au baron de Beynac, pour recouvrir le corps du malheureux forgeron des Mirandes, la veille du jour de l'Ascension de Notre-Seigneur Jésus-Christ, l'an dernier, je n'avais guère eu l'occasion de revoir la petite Marguerite. Nos chemins s'étaient certes croisés à deux ou trois reprises et nous avions échangé quelques farceries sans pouvoir jouir pour autant de quelques moments de délicieuse intimité.

À mon retour de la bataille d'Auberoche, le jour des vigiles de la Toussaint, le 31 octobre 1345, j'avais appris par Jeanne, la forte femme préposée à la gestion de la lingerie du château, que Marguerite s'était rendue au chevet de ses parents gravement malades. En fait, elle ne reprit ses travaux de lingerie, qu'à son retour, vers le début du printemps.

Son père était tanneur à Calviac-en-Pierregord, petit village situé à l'est sur la rivière Dourdonne, à quatre lieues du château de Beynac. Après une longue maladie, ses parents avaient survécu, mais elle craignait une rechute, me dit-elle un jour avec inquiétude. Durant son absence, le baron s'était montré généreux à son égard : il avait payé les soins que leur prodiguait un mire et continué à lui soudre sa modeste solde.

À sept jours des calendes d'avril, le jour l'Annonciation de Notre-Dame de mars, le 25 mars 1346, Marguerite et moi avions quartier libre.

Quel plaisir ! Le temps était beau et incroyablement chaud pour la reverdie. J'avais passé un simple surcot sur ma chainse de caslin, ceint mon épée et mon braquemart, roulé une magnifique pièce en peau de loup dont elle m'avait gratifié et sellé ma jument.

J'avais hissé Marguerite en croupe, son bissac en bandoulière, sous le regard amusé du baron de Beynac et les sifflets jaloux du corps qui était de garde à la porte de Boines.

Ma petite lingère avait dû en rajouter un peu, et je n'aurais pas été surpris de la voir agiter la main dans mon dos. Je me demandais si mon maître et seigneur ne voyait pas d'un bon œil tout ce qui pouvait me distraire du blason *d'argent et de sable, écartelé en sautoir, le chef et la pointe partis...*

Nous avions franchi le guichet au pas, avant de nous élancer au petit galop vers la vallée de la Beune, propice à mon apprentissage de l'escalade. La charmante petite chatte entourait ma taille de ses deux bras, avait joint ses mains sur mon ceinturon, la tête plaquée sur mon dos. Elle miaulait et poussait de petits cris de plaisir.

Les premiers bourgeons venaient d'éclore. Les charmes, les chênes blancs, les ormes se paraient de tons roses et vert tendre. Les taillis reprenaient vie et l'herbe commune poussait à vue d'œil. Seuls les noyers, plus tardifs, aux branches dénudées semblaient indifférents à l'arrivée du printemps. Des senteurs douces ou suaves nous chatouillaient agréablement les narines. Toute la nature fêtait sa renaissance. Les bruits de guerre étaient proches et fort lointains à la fois.

Une heure plus tard d'après l'inclinaison du soleil, nous étions parvenus dans une clairière à proximité du château de Commarque, dont l'accès nous était formellement interdit par le baron de Beynac pour des raisons qui m'échappaient. Bien qu'il partageât cette seigneurie avec le sire de Commarque, le baron n'aurait-il pas été maître en ses demeures ?

Marguerite m'aida à desseller ma jument grise, à desserrer la têtière et la jugulaire et entreprit de m'initier à une science qu'elle connaissait du bout des doigts de la main et des pieds, si je puis dire. Il est vrai que, dans cette vallée, les pechs étaient truffés de cavernes et les parois du roc n'étaient point trop lisses.

Dès sa plus tendre enfance, elle grippait les arbres. Un jour, elle s'était retrouvée sur le cul, la branche du cerisier sur lequel elle s'était juchée ayant brusquement cassé. Elle avait ressenti une forte douleur dans le bas du dos qui l'avait obligée à s'aliter pendant une semaine, m'avoua-t-elle, l'œil coquin.

Je vérifiais, en passant une main dans le creux de ses reins et en l'attirant tout contre moi, que son dos et ses fesses n'avaient point souffert de ce dommage lointain et conservaient une souplesse juvénile.

La petite lingère leva la tête vers moi, pressa son corps contre le mien et m'offrit ses lèvres pulpeuses en fermant les yeux. Je mignonai ses cheveux d'une main, humai et baisai la discrète saveur de pétales de rose qui fleurait bon sur ses joues, posai mes lèvres sur les siennes et l'étreignit sauvagement. Elle se cambra et entrouvrit ses petites canines.

Nos langues s'effleurèrent, se caressèrent, se mélangèrent, se savourèrent en une première, longue et délicieuse patoune. Nous récidivâmes jusqu'à plus soif. Soif de ce plaisir, nous l'avions encore, mais nous étions parvenus à la limite de la suffocation.

Nous reprîmes notre souffle, la tête de Marguerite ococoulée sur ma poitrine, la mienne penchée sur ses cheveux dont je pouvais apprécier la soie et le parfum.

Je saisis Marguerite sous les aisselles et sous les genoux, tournoyais sur moi-même deux ou trois fois et l'allongeai délicatement sur l'herbe sèche de la clairière. Ses yeux se fermèrent et elle ouvrit les bras pour m'accueillir contre elle. Je défis la fibule de mon ceinturon et pressai mon corps contre le sien.

Elle s'était escambillée pour mieux se lover. Son bassin ondulait à peine, se plaquait contre le mien. Elle s'offrait à moi et m'invitait à la prendre. Au contact de ce corps jeune, ferme et cependant plus moelleux qu'une balle de laine, je parvins au bord de la pâmoison.

Elle glissa ses mains sous ma nuque. Je glissai les miennes sous la sienne, lui baisai les joues, le front, mordillai le lobe de ses oreilles, revins aux lèvres que je léchai suavement, écrasai ma bouche contre la sienne et caressai sa langue avec fougue, avec passion, sans retenue aucune.

Lorsque je voulus basculer sur le côté pour dégager ma senestre, elle referma ses jambes sur les miennes, m'emprisonna entre ses cuisses, me condamna au pilori, avant de relâcher son étreinte pour me permettre de dénouer les lacets de son corsage.

Je n'eus point besoin de cotel, ni de dague, cette fois. Les lacets ne comportaient qu'un nœud de vache, facile à défaire. J'écartai les pans de sa robe jusqu'à la taille. Ma main abandonna son buste, glissa sur la cheville, caressa un molet menu et longiforme, remonta au-dessus du genou, parcourut la peau satinée de sa cuisse puis l'abandonna pour libérer les deux magnifiques mamelles qui surgissaient devant mes yeux.

Elle sourit benoîtement en voyant mes pupilles se dilater à la vue des splendides tétines qui les surmontaient et jouit, dans mes yeux, de la beauté que son corps m'offrait.

Je les palpai, les biscottai, en dessinai le contour et saisis à pleine main cette offrande ferme et souple. Je posai mes lèvres, pointai une langue avide sur la partie la plus sombre, saisis leur extrémité dans ma bouche, les pinçai, les aspirai goulûment entre mes lèvres, les abandonnai, les savourais sans retenue pour finir par les baiser à gueule bec.

Parvenu au bord de la fontaine de Jouvance, je négligeai les parties hautes de ce corps délié et charnu pour glisser la main dans des lieux plus moites et pénétrer d'autres voies riches de promesses.

Marguerite se voussa dès lors, se cambra, se contorsionna et... retint mon geste lorsqu'elle comprit que mes doigts s'apprêtaient à glisser sous ses braies pour écarter les lèvres chaudes et humides que j'avais déjà effleurées, un an auparavant.

« Messire Bertrand, de grâce, je me suis offerte tout à vous, implora-t-elle, en retenant ma main et en l'immobilisant entre ses cuisses, avec plus de fermeté qu'un cavalier ne serre les jambes sur son destrier avant de sauter un obstacle.

« N'y voyez point malice de ma part, mais, de grâce, ne me forcez point. Mon père, pour sa guérison, a fait vœu le jour de la Saint-Martin hors les charrues, le 11 novembre, de me promettre à Jacques, le fils du meunier de Saint-Julien de Lampon !

« Au seuil de la mort, sur le point de passer, il m'a supplié de ne point refuser son favori le jour de la Sainte-Catherine hors les charrues, le 25 novembre, et m'a présenté à lui lors de la Saint-Nicolas hors les charrues, le 6 décembre, en l'assurant que j'étais pure et vierge !

— Marguerite, je t'aime et te veux ! Ne le sens-tu pas ?

— Bertrand, je vous désire aussi plus que tout au monde. Mais tant de choses nous séparent : ma naissance, votre noblesse, les coutumes ! Vous savez qu'un écuyer ne peut marier une pauvresse comme moi ! Nos enfants ne seraient point reconnus !

— Peu me chaut ! hurlai-je, aussi rouge qu'une écrevisse bien brouillie. Tu seras mienne !

— Bertrand, écoutez ma supplique, je vous aime tellement ! balbutia-t-elle en relâchant la pression qu'elle exerçait sur ma main. Mais vous ne pouvez briser devant Dieu le vœu sacré que j'ai prononcé au chevet d'un mourant !

— Devant Dieu, non ! Mais, par Saint-Thomas, je n'en ai cure ! Et ton père est revenu des fièvres ! Le vœu que tu lui fis ne te lie plus ! tentai-je vainement, sans y croire. Et ce Jacques le Croquant, comment est-il ? Plus grand, plus fort que moi ?

— Il est laid et boiteux ! m'avoua-t-elle en éclatant d'un rire nerveux. Je ne l'aime point !

— Dans ce cas, je vais te forcer, lui répondis-je tout de gob en abaissant mes chausses, et user de mon droit de cuissage !

— Ce droit est réservé au seigneur. Tout au pire, notre maître pourrait-il souhaiter l'exercer. Mais ce triste privilège est tombé en désuétude, il y a plus d'un siècle ! Et vous le savez parfaitement !

— Qu'à cela ne tienne, je veux te connaître charnellement !

— Non ! Bertrand, non ! Contrairement à ce que vous pouvez penser, je suis pucelle et entends le rester jusqu'aux noces. Rendue à votre merci, je vous implore de ne point me forcer ! J'ai aussi envie que vous de m'emmistoyer. Vous le savez. Ne me décevez pas. Vous êtes grand et fier chevalier ! tenta la gentille Marguerite.

— Chevalier ? Que nenni ! Un simple écuyer servile ! m'esclaffai-je. Tu m'emburlucoques avec toutes ces simagrées.

— Non, mon amour, vous êtes généreux, franc, et votre âme est pure. Ne faites point ce que vous regretteriez votre vie durant ! Par pitié !

— Mais, Marguerite, je t'aime aussi ! répondis-je, déconforté.

— Vous croyez m'aimer. Vous avez envie de me posséder charnellement sans éprouver d'amour. C'est différent ! Lorsque vous aurez pénétré mes chairs, vous oublierez mon cœur pour mignarder d'autres filles plus belles et plus nobles que moi ! Et vous le savez ! sanglota-t-elle.

— Non, Marguerite, sur ma Foi, je t'aime, je t'aime autant qu'Isab... »

Trop tard ! Je n'avais pu retenir ces paroles douloureuses. Le charme était rompu. Marguerite avait raison.

Je baisai les larmes qui inondaient son visage et lui jurai que jamais, ma vie durant, je ne l'oublierai. Elle s'accoisa et s'endormit dans mes bras. Je n'avais pas renoué mes chausses et pourtant, je ne ressentis point le ridicule de ma situation. J'étais seulement frustré.

Nous eûmes, à dater de ce jour, d'autres occasions de nous revoir. Marguerite m'initia et me forma à sa science, m'expliqua le mélange à base de craie et de résine dont elle se frottait les doigts et les orteils pour mieux gripper la roche.

Elle m'apprit à repérer les voies les plus faciles, à tester la solidité des appuis, à lover mon corps contre la pierre, à rétablir mon équilibre, à me hisser lentement en me concentrant dans mes déplacements, sans penser à autre chose. Nous explorâmes aussi des cavités, rampâmes dans des souterrains, sans jamais perdre le sens de l'orientation.

Sans plus nous livrer à des étreintes qui exacerbaient nos sens. Sans jamais les satisfaire pleinement. Nous n'eûmes de contact charnel que par quelques baisers tantôt langoureux, tantôt passionnés, mais toujours prolongés.

Une plainte sourde et bourrue m'arracha à mes souvenirs concupiscents. Je sursautai sur ma selle. René, le sergent d'armes, se tortillait du cul. Il implorait :

« Messire Bertrand, de grâce, sonnez du cor et priez la garde d'nous ouvrir la herse ! Et d'm'indiquer incontinent l'chemin des commodités ! » Après avoir sonné du cor, je m'écriai :

« Nous sommes au baron de Beynac et requérons porte franche ! Voici notre ordre de mission et notre sauf alant et venant », ajoutai-je, en brandissant de ma main gantelée de mailles un rouleau de parchemin authentifié par le sceau du premier baron du Pierregord.

« Par Saint-Denis, faites vite ! Y a urgence ! »

Nous dûmes patienter un bon moment avant que la herse ne soit levée à moitié. Un sergent aux armes *écartelées de France et de la bastide de Domme* s'avança prudemment vers nous. Je lui tendis le document en ma possession. Il nous pria de démonter et de rester céans. Puis, il disparut prendre les ordres.

« Messire Bertrand, j'en puis plus ! glapit René.

— Tiens bon, la délivrance approche !

— La délivrance, quelle délivrance ?

— Les commodités, niquedouille ! » lui répondis-je affectueusement, non sans malice.

La herse se leva à plein et nous franchîmes la porte au pas en tenant nos destriers par la bride. Dans la fente des deux archères latérales, entre la herse et l'assommoir, pointaient deux flèches. La place était bien gardée.

Sitôt parvenus à l'intérieur de la bastide, je priai le sergent de garde qui avait requis notre passage, de guider le malheureux René vers l'endroit où il pourrait soulager son ventre. René, les mains serrées sous le cul, se précipita vers le lieu dit, sous les quolibets humiliants de la garnison.

« Ils perdent rien pour attendre, les bougres ! » rugit-il. Il ne croyait pas si bien dire.

Après un rapide dîner composé d'une infâme bouillie et de quelques tranches de lard servies à la hâte dans la salle des gardes qui donnait sur la rue du Guet, nous dûmes remettre nos chevaux à un palefrenier et gagner, à pied, le logis qui nous fut affecté. En fait de logis, quelques bottes de paille fraîches nous attendaient en l'église Notre-Dame de l'Assomption dont le porche donnait sur une petite place, au nord-ouest, à mi-chemin entre la Grand'rue et la rue du Vieux moulin.

La garnison, nous avait-on expliqué, était en surnombre et aucun autre endroit n'était disponible. Faute de confort et de châlit douillé, la place était bien gardée et bien remparée, crut-on devoir nous consoler, en s'esbouffant. Ceux qui l'affirmèrent, ce soir-là, ne le dirent point deux fois.

René ne me quittait pas d'un pas. Toujours sur mes chausses, il me suivait comme un chien et me précédait plus souventes fois. Je me rendis tout d'abord à la maison des Consuls, en franchis la porte en arc brisé, ignorai les deux têtes grimaçantes qui les surplombaient, aperçus les merlons qui entouraient le clocher et demandai au premier clerc venu où je pouvais remettre un pli à une damoiselle Blanche.

Interloqué, il me répondit que des dames blanches, la bastide en comptait, hélas, moult, depuis la guerre. Elles portaient toutes la guimpe du veuvage. Je le saisis à la gorge, m'apazimai, relâchai ma pression sans abandonner ma proie et serrai les doigts en évoquant la fille d'un consul.

Réticent, dubitatif, les yeux fuyants, le clerc me déplut. Je resserrai mon étreinte autour de sa gorge. Au moment où j'envisageai de soulever sa robe de bure pour l'humilier et lui saisir les coillons, il lut la détermination dans mon regard, se priva d'une puissante empoignade et avoua connaître une dénommée Blanche.

Une sorte de bagasse, non-point fille d'un consul mais d'un savetier des environs, me répondit-il avec dédain. Une garce qui compensait son infirmité - elle était boiteuse - par un cul aussi large que généreux. Le malheureux, aux abois - je n'avais pas lâché sa gorge - confessa en avoir goûté. Il m'avoua que la drolasse n'était point coquefredouille. Elle savait lire et écrire et était employée aux archives du consulat. Des archives qui réunissaient des trésors en matière de science des blasons...

Cette fois, je comptai faire parler Blanche et plonger le nez dans ces codex. La fille du savetier me dirait, de gré ou de force, si Arnaud de la Vigerie, Foulques de Montfort, ou d'aucuns autres individus n'avait joui de ses faveurs, l'an passé, au Mont-de-Domme, entre none et vêpres, le jour où le chevalier Gilles de Sainte-Croix avait été assassiné.

La démarche était osée, pour ne pas dire vouée à l'échec, si longtemps après ce funèbre évènement. Mais si je croyais en ma bonne étoile, je ne croyais guère à l'histoire du routier qui avait avoué le crime sous la torture avant d'être pendu jusqu'à ce que mort s'ensuive, au Bois des Dames. Je tenais à tout tenter pour lever les derniers doutes qui m'assaillaient.

Les codex me permettraient en outre, d'étudier les armoiries d'Isabeau de Guirande et des indices me révéleraient bien la région où elle vivait, du moins l'espérais-je en mon innocence.

Aux Archives, on me déclara que la dénommée Blanche n'était point là. Elle ne serait de retour céans que le lendemain vers tierce. Cela me déconforta, mais nous disposions encore d'un jour avant de regagner la porte de Boines. Il fallait attendre.

Nous le fîmes en vidant, René et moi, quelques pintes de vin de Domme, pendant le souper, avant de regagner l'église et de nous étendre, tout habillés de fervêtus, sur les bottes de paille qui nous servaient de châlits.

René, mon sergent d'armes, n'avait pas ouvert la bouche pendant le repas, si ce n'est pour avaler plusieurs godets de vin. Interrogé sur son humeur chagrine, l'homme m'avoua ressentir un profond malaise.

Je craignis une fièvre tierce ou un nouvel effet de la dissenterie. Il me rassura, me confirma s'être bien soulagé dans les commodités. Non, l'homme avait un sentiment indéfinissable, qu'il fut incapable d'expliquer. L'homme était brave. Je ne m'inquiétai pas plus avant et pensai à la façon dont j'allais conduire mon interrogatoire, le lendemain matin, avec la fille du savetier.

J'eus grand tort. L'entretien n'aurait pas lieu. Et pour cause. Tout se passa entre matines et laudes.

Je dormais comme un loir lorsque, en pleine nuit, le tocsin martela l'air. Je me dressai séant sans réaliser où je me trouvais. Reprenant mes esprits, je réalisai que René avait découché. Il ouvrit soudain la porte de l'église à la volée et, blèze, il bredouilla, le souffle court :

« Ils... ils sont là ! Ils sont là !

— Qui ça, « ils » ?

— Ils sont là ! Ils sont là ! répétait-il, hagard.

— René, calme-toi. Par Saint-Denis, qui est là ?

— Les loups, messire Bertrand ! Les loups godons !

— Les Godons ? Tu es fou !

— Ils... ils pillent, ils massacrent la garnison. Les archives sont en feu ! Vite, messire, vite ! De grâce ! me supplia-t-il. Suivez-moi incontinent ! Il y va d'not vie ! Les loups ont investi la place par centaines !

— Et nos chevaux ?

— Pas l'temps ! Si nous tardons, s'rons faits comme des rats ! Ils nous passeront au fil de l'épée ! Par la rue du Campréal, nous avons p'têt une chance d'leur échapper et d'gagner la citadelle ou l'château de Domme-Vieille. Pas sûr ! »

Le tocsin s'était tu, mais des flammes d'une hauteur gigantesque illuminaient le ciel du côté des Archives où nous nous étions rendus la veille. Une fumée âcre, rabattue par un léger vent du sud, brûlait nos poumons et piquait nos yeux.

Des cavaliers, glaives à la main, surgissaient déjà au galop en provenance de la place de la Rode, taillant tout sur leur passage. Des chats, des chiens, des femmes, des enfants et des hommes d'armes couraient en tous sens.

Malgré l'obscurité, je parvins à discerner à la lumière de leurs torches, les armes des cavaliers : *écartelé aux léopards d'Angleterre et aux lys de France !* Par les cornes du Diable, René avait raison ! Les Anglais avaient profité de cette nuit sans lune pour enlever la bastide royale ! Dieu seul savait comment !

Nous refoulâmes précipitamment à l'ombre du parvis de l'église avant de nous élancer de l'autre côté de la place dès qu'ils eurent le dos tourné.

Le ceinturon passé sur une épaule, l'écu sur l'autre, nous courûmes aussi vite que possible vers l'ouest, empêtrés que nous étions dans nos hauberts.

Le tracé rectiligne des rues qui s'entrecroisaient perpendiculairement les unes aux autres était favorable à une charge de cavalerie. Qui aurait pu penser qu'il profiterait un jour à l'ennemi ! Nous courions comme des rats, tout en jetant de fréquents coups d'œil sur nos arrières.

Par miracle, nous parvînmes à l'entrée de la citadelle. À la lueur du brasier qui enflammait la bastide vers l'est, des archers ou des arbalétriers, en position de tir sur les créneaux, nous décochèrent une volée de flèches. Nous nous jetâmes au sol, à l'abri d'un petit talus. Une flèche se ficha dans la terre, à deux doigts de ma bouche. Je regardai René. Il n'avait pas été touché. Dans l'obscurité, je sentis plus que je ne vis son regard implorant : comment nous faire reconnaître des gardes de la citadelle de Campréal ?

Le pont-levis était relevé et défendu par une bretèche en surplomb. Un vaste fossé sec nous séparait des contreforts talutés de la forteresse. De chaque archère béait une fente mortelle.

Tous les hommes étaient sur les créneaux, parés à repousser un assaut. C'est tout juste si je ne sentais pas la morsure épouvantable des cuves de poix fumante se déverser sur nous, si nous tentions une approche.

Inspiré par un geste insensé, j'ôtai avec l'aide de René, mon surcot d'armes, ma cotte de mailles et ma chainse de caslin blanc. Je dégainai mon épée, la piquai dans le col et, torse nu, je brandis cette étonnante bannière en hurlant :

« Nous sommes au roi de France et au baron de Beynac ! »

Une nouvelle volée de flèches siffla autour de moi et transperça ma chemise. Ils étaient bons tireurs. Je sautai derrière le talus et m'aplatis comme une crêpe. Le stratagème n'opérait pas.

Je me glissai contre René, lui confiai mon ceinturon, mon épée, ma chainse blanche un peu trop voyante, mes bottes et tout mon harnais de guerre pour ne garder que mes chausses noires.

Dans le creux de l'oreille, je lui exposai mes intentions. Il hocha de la tête, m'administra une claque sur l'épaule et se plaqua au sol. Le moment était venu de mettre à profit la science que la jolie Marguerite, ma petite lingère, m'avait enseignée. Question de vie ou de mort.

Je rampai le long du talus, en me dirigeant vers la falaise, du côté de la rivière Dourdonne qui s'étendait en contrebas, à plus de soixante-dix toises. Je me glissai derrière un muret, parvins au bord du précipice et avisai une poterne à deux toises de hauteur. Elle ressemblait, à s'y méprendre, à la porte qui donnait sur la planche de salut du château de Beynac. Un frisson glacé me parcourut le corps. Dix pieds, des ronces et de hautes herbes m'en séparaient. Aucune archère, aucun mâchicoulis ou échauguette ne dominait le rempart. Et pour cause. Surplombant la falaise à pic, la citadelle était jugée inaccessible d'icelui côté.

Ah ! Si Marguerite avait été là ! À défaut de craie et de résine de pin, je saisis un peu de terre sèche et sablonneuse que je frottai dans mes mains et passai sous mes pieds.

Je m'approchai à pas de loup de l'enceinte, évitai les arêtes tranchantes du rocher taluté et pris appui sur les moellons de la base, le corps plaqué contre la pierre encore chaude. De nombreuses touffes de mousse profitaient de l'exposition au nord pour gripper les jointures des pierres et facilitaient mes prises.

Après un temps qui me parut une éternité, je parvins sous la poterne de la fortification et continuai ma progression vers l'une des deux tours rondes qui défendaient la porte principale. J'évitai de lever les yeux vers le haut ou de les baisser vers le bas, par crainte de la vertigine à laquelle je savais être sensible.

Les créneaux étaient à présent défendus par des mâchicoulis menaçants. Si un guetteur m'apercevait, c'en était fait de moi : quelques pierres ou un peu de poix bouillante, et j'aurai juste le temps de recommander mon âme à Dieu pendant ma descente aux enfers avant de m'écraser soixante-dix toises plus bas, le corps disloqué après avoir rebondi sur le roc au cours de ma chute.

Mais si personne n'avait suivi mon approche, je courrais désormais peu de risques d'être vu à présent. Les mâchicoulis en encorbellement, aussi curieux que cela puisse paraître, me cachaient un peu de la vue des gardes sur le chemin de ronde.

En me rapprochant de la tour, je parvins à proximité d'une archère dont la base était en forme de bêche. Pour l'atteindre, je dus me hisser deux coudées plus haut et sur le côté, tel un crabe, en prenant garde de ne pas rentrer dans la fenêtre de tir.

Je hélai un garde en priant le ciel qu'il y en eut un de faction et de n'être entendu que de lui seul. Personne ne réagit à mon appel. Je huchai derechef, un peu plus fort :

« Holà, Garde, à moi ! Je suis écuyer du baron de Beynac et en grand péril ! Une forte agitation, suivie par un cliquetis d'armes, me parvint par l'archère.

— Qui êtes-vous ? m'interpella une voix inquiète, un instant plus tard.

— Bertrand Brachet de Born, premier écuyer du baron de Beynac ! J'implore secours !

— Qui me prouve que vous êtes au baron de Beynac ? ricana mon interlocuteur.

— J'ai, passé dans mes chausses, un ordre de mission et un sauf alant et venant !

— Vous parlez bien notre langue pour un cochon de Gallois ! Ne seriez-vous point Gascon ?

— Je connais aussi le mot de passe. De grâce, dites-le au capitaine des gardes, il... »

En guise de réponse, j'entendis, par la fente de la meurtrière et malgré l'épaisseur des murailles, le garde rugir :

« À la garde ! À la garde ! »

Dans l'état qui était le mien, à la limite de mes forces, le corps ruisselant, je m'escumai de partout. De peur et de fatigue. Impossible même de faire le signe de la Croix, accroché ainsi au flanc de l'enceinte.

Je levai les yeux vers le haut des créneaux. Pris par la vertigine, je fermai les yeux, à la limite de renoncer. Mais entre l'idée de me laisser choir dans le vide ou de parcourir le chemin en sens inverse, tel un crampon, je grippai la pierre de mes dernières forces, les ongles arrachés, les doigts en sang.

Une éternité s'écoula. À la limite de l'abandon, de la rupture, de la chute, une voix sourde me parvint par la fente de la meurtrière :

« Je suis le capitaine de la place ! On va tendre une lance ! Ne cherchez point à la saisir, sinon, c'en est fait de vous ! Glissez votre sauf-conduit sur la pointe et attendez mes ordres ! »

Lorsque la pointe de la lance parut, je me collai à la paroi au point de ne plus former qu'un avec elle, tel un bossage, libérai avec moult précautions l'ordre de mission que j'avais glissé dans mes chausses et avançai prudemment la main qui tenait le rouleau de parchemin dans la direction indiquée. Tout en prenant garde de ne pas recevoir un coup de lance. Lance et sauf-conduit rentrèrent prudemment dans l'embase de l'archère.

Des crampes commençaient à paralyser mes bras et mes jambes. Je réussis à changer de prise et à détendre mes doigts et mes orteils, les uns après les autres, ainsi que me l'avait appris Marguerite.

Après un silence interminable où je n'entendais que les battements de mon cœur, la même voix me héla :

« Tout ça est bien beau, mais qui me prouve que vous n'avez point dérobé ce document au véritable Brachet ?

— Le mot de passe, capitaine, le mot de passe ! »

Nouveau conciliabule derrière les murs, puis :

« Dîtes-le haut et fort !

— “*Si veut le roi, si veut la loi !*” », hurlai-je en jouant mon dernier va-tout. Nouveau silence.

« Le mot de passe vient de changer ! Depuis quand êtes-vous en la bastide ?

— Depuis hier soir, capitaine, relisez les dates qui figurent sur mon sauf alant et venant ! Je ne puis connaître le nouveau mot de passe s'il a changé depuis !

— Savez-vous compter, messire ?

— Oui, bien sûr, capitaine !

— Comptez jusqu'à deux cents sans bouger, le temps que j'avertisse la garde. Puis, gagnez le fossé. Nous ouvrirons la porte du guichet le temps de compter à nouveau jusqu'à cent ! Profitez-en ! Passé ce temps, j'ordonnerai aux archers de tirer. De tirer à vue. »

Je respirai enfin, repris goulûment mon souple et informai le capitaine qu'un sergent d'armes, dont le nom était cité sur l'ordre de mission, René, le fils du Passeur, m'escortait.

« Comptez jusqu'à deux cents. Puis jusqu'à cent ! Nous allons voir si votre sergent est aussi habile à la course que vous l'êtes à la grimpette ! Comment diable avez-vous fait ? » Je perçus des éclats de rire. Moi, je ne ris point.

Je réussis à descendre directement dans le fossé et à rejoindre René, sans craindre une flèche ou un carreau d'arbalète entre les omoplates. Lorsque nous eûmes franchi au pas de charge la passerelle et la herse qui fermaient le guichet de la citadelle, nous fûmes accueillis aux cris de « Montjoie ! Saint-Denis ! Vive messire Brachet, vive René le Passeur ! » par le capitaine d'armes et un corps qui était de garde dans la cour.

René, haletant, les yeux écarquillés à la lumière des torchères, s'effondra sur le sol dallé, dans un bruit infernal de casques, de fourreaux et de boucliers entrechoqués.

Mon haubert glissa à terre, comme une couleuvre, suivi par mon surcot aux armes des barons de Beynac qui le recouvrit comme un linceul sur la poitrine de pierre d'un gisant. Les couleurs, *burelé d'or et de gueules de dix pièces*, en plus !

Le maître de Campréal, Thibaut de Melun, était le petit-fils du sénéchal Simon de Melun qui avait acquis cette partie de l'éperon rocheux en l'an de grâce 1281. Philippe le Hardi, troisième du nom, y avait fait construire la citadelle qui nous abritait.

Le jour commençait à se lever lorsque le seigneur de Melun nous fit servir un pichet d'hippocrace, chaud et parfumé au miel et quelques figues sèches ; puis, il nous pria de lui conter ce que nous avions vu.

Je donnai très vite la parole au bon René qui parvint, encore sous le choc et l'émotion, à expliquer que, ne pouvant s'assoupir, il en était venu à rôder du côté de la porte de la Combe lorsqu'il vit manifestement trois individus soulever péniblement les lourdes solives qui fermaient la porte de chêne et forcer la mécanique du treuil de la herse.

Sitôt la porte ouverte, plusieurs dizaines d'archers à pied s'étaient engouffrés et avaient investi la salle des gardes dans le plus grand silence, suivis par un échelon de sergents montés. René n'avait pas demandé son reste, il avait gravi la rue de la porte de la Combe au pas de course, puis la Grand'Rue en hurlant à tue-tête, avant de me rejoindre dans l'église Notre-Dame de l'Assomption.

« Une trahison, une trahison ! s'exclama messire Thibaut de Melun ! Pouvez-vous me décrire ces félons, René ?

— Hélas non, messire. J'ai vu qu'trois silhouettes dans la pénombre. La porte était mal éclairée ! » Le brave homme inclina tristement la tête et s'accoisa, ne pouvant en dire plus.

Le seigneur des lieux le remercia et le gratifia d'une bougette que le bienheureux prit en s'agenouillant et en baisant sa bague.

« Messire Brachet ? Brachet de Born ? Vous portez le nom d'un illustre ancêtre ! À votre tour de me conter comment vous êtes parvenu jusqu'à la poterne ! » m'ordonna-t-il, les sourcils froncés sur un regard noir et perçant, un œil grand ouvert, l'autre à demi fermé.

Je m'exécutai et lui expliquai les voies que j'avais prises, sans rentrer dans le détail. Il en fut surpris et me demanda qui m'avait initié à l'art de l'escalade. Je restai évasif : « Un plaisir d'enfance », balbutiai-je innocemment. Thibaut de Melun me demanda alors quel était l'objet de ma mission en la place.

« Messire le baron de Beynac souhaitait s'enquérir de mouvements d'éventuelles batailles ennemies, de l'état des défenses de la bastide royale, de votre citadelle et du château de Domme-Vieille et… de votre santé, messire. Le baron vous porte en grande estime.

— Je reconnais bien là un grand seigneur dont l'amitié n'a jamais été prise en défaut. Et précieuse par les temps qui courent, crut-il bon d'ajouter. Transmettez-lui en retour, l'assurance de mon amitié fidèle. Nous ne sommes point si nombreux à demeurer encore féaux au roi de France, à ses barons et à leurs vassaux.

« Les Gascons se rallient plus volontiers au duc d'Aquitaine (messire de Melun se refusait à prononcer le nom du roi d'Angleterre) qu'à la couronne d'un descendant de saint Louis, notre suzerain légitime. Que le diable les emporte en enfer !

— C'est toujours en des périodes troubles que l'on reconnaît la grandeur ou la mauvaiseté des hommes », m'exaltai-je maladroitement. Je devins grandiloquent :

« Trop de félons à notre cause se paonnent, renient leur serment de chevalerie, se gaussent de nos défaites, trahissent nos valeurs sacrées, ne croient ni en Dieu ni au diable ! Qu'ils soient maudits ! Maudits à tout jamais !

— Oh ! messire Bertrand, je vois en vous fortes et belles convictions. Et grande éloquence. Votre enthousiasme juvénile plaît à entendre. Votre ton flatte mon ouïe. Mais gardez-vous cependant de jugements par trop hâtifs : les temps sont durs et les sentes de l'honneur, particulièrement périlleuses…

— Or donc, le seraient-elles pour d'aucuns seigneurs qui vous côtoient à quelques lieues d'ici ? l'interrompis-je, emporté par mon élan.

— Pensez-vous à quelqu'un en particulier, messire Bertrand ?

— Oui, je pense à ce triste sire, votre voisin, le seigneur de Castelnaud de Beynac. Il a été capturé lors de la bataille d'Auberoche, après avoir refusé que je me porte à son secours : il m'a déclaré préférer bailler rançon s'il était pris par les Anglais plutôt que de devoir la vie sauve à… à un simple écuyer, dis-je, en passant son silence le mot "meurtrier", qu'il avait utilisé à mon encontre.

— Il aurait été libéré par les Anglais à la seule condition d'observer une stricte neutralité dans le conflit qui nous oppose à iceux, à ce que j'ai appris », confirma-t-il. Je relevai incontinent :

« Verriez-vous en ce seigneur, un homme lige, messire de Melun ? Ne combattre ni d'un côté ni de l'autre pour éviter d'être occis ou de bailler rançon ! Alors que nous avons tant besoin de compter de preux chevaliers pour desboter les Godons ? Pour ma part, j'y vois plutôt récréance et j'émets bien des doutes sur les conditions réelles de sa reddition.

— Auriez-vous quelque animosité personnelle envers notre proche voisin ?

— Oui, messire. Un certain jour, l'an passé, alors que je lui posais une question relative à la science héraldique, il m'a proprement et insolemment éconduit, après avoir repoussé ma requête par des paroles blessantes. De ma vie, ne l'oublierai !

— Pour une simple question sur la science des blasons ? C'est étrange. Quelle question lui avez-vous donc posée pour susciter son ire ?

— Je lui demandais s'il connaissait une famille aux armes *d'argent et de sable écartelé en sautoir, le chef et la pointe partis.* »

En m'entendant décrire les armes présumées appartenir à Isabeau de Guirande, ma douce chimère, le seigneur de Melun se figea, puis me dit avec une étrange et inquiétante douceur, son œil de rapace soudain fuyant :

« Messire Brachet, vous êtes fendant et naïf. Sur ces armes, sur la famille à laquelle elles appartiennent, je ne sais point et le regrette. En revanche, votre bravoure et votre impétuosité me réjouissent car elles servent notre cause. Je puis donc vous avouer que j'émets les mêmes doutes que vous sur la fidélité du seigneur de Castelnaud de Beynac.

« Que dire de plus ce matin, eu égard aux tristes évènements que vous vivons depuis cette nuit. La bastide est à feu et à sang. Je ne puis m'empêcher de les rapprocher des visites fréquentes que le cousin du baron de Beynac rend à notre bastide royale. De mauvaises langues ont laissé courir le bruit qu'il serait assidu des charmes d'une folieuse, une fille de savetier, boiteuse de surcroît, une dénommée *Blanche*. Pour forniquer avec icelle et assouvir son fort appétit charnel.

« De là à penser qu'il aurait profité de ces occasions pour ourdir un complot et financer quelque trahison au profit des Anglais, il n'y a qu'un pas à franchir. Je ne puis honnêtement m'y résoudre encore ce jour d'hui, faute de preuves formelles. Faites toutefois part de mes soupçons au baron. Nous devrons dorénavant serrer de près notre voisin et surveiller du mieux possible ses moindres faits et gestes. »

Stupéfait à l'annonce de cette surprenante information, j'en restai coi. Les soupçons que j'avais autrefois portés sur lui lors du meurtre du chevalier de Sainte-Croix reprenaient une étrange vigueur. N'est-il pas plus impliqué que je l'avais imaginé alors ? Au point de tenter de me mettre la corde autour du col, sans avoir su que le juge-procureur de Sarlat m'avait innocenté.

L'idée me plaisait follement. Alors, s'il avait trempé dans la trahison en achetant les traîtres qui avaient subrepticement ouvert les portes de la bastide royale, cette nuit ! Quel heur !

Je sentis que le chevalier Thibaut de Melun commençait à s'impatienter. Il souhaitait visiblement mettre fin à l'entretien.

Il nous précisa qu'il avait envoyé, dès les premières lueurs de l'incendie, un pigeon voyageur au baron de Beynac pour le mettre en alerte et qu'il comptait sur nous pour l'avertir de sa détresse.

D'après ses guetteurs, les Anglais étaient partout. Ils s'étaient rendus maîtres de la bastide royale. Seuls, la citadelle de Campréal et le château de Vieille-Domme qui n'en était séparé que par un simple fossé, demeuraient au roi de France et aux seigneurs de Melun. Il pensait être solidement fortifié et semblait davantage redouter un long siège qu'une prise d'assaut.

J'allais m'enquérir de la façon dont nous pourrions rejoindre les lignes amies, lorsqu'il nous conduisit lui-même à une petite porte qui menait du donjon à un souterrain. Il nous recommanda moult précautions, sans se faire trop de souci, m'avoua-t-il, en dardant sur moi son regard de rapace.

Équipés de quatre torches, deux allumées et deux en réserve, la porte d'accès au souterrain claqua dans notre dos. J'entendis le cliquetis de la clef dans la serrure. Verrouillée à double tour. Nous descendîmes les premières marches qui étaient supposées nous guider sur le chemin de la liberté et déboucher sur...

Je pris soudain conscience de ce que je n'avais pas ouï sur le coup de l'émoi : nous devions déboucher dans une crypte, sous la chapelle de la maison forte des chevaliers hospitaliers de Saint-Jean de Jérusalem ! Là où le chevalier de Sainte-Croix avait été occis ! Incroyable coïncidence !

Je n'étais pas plus avancé pour autant : la fille du savetier avait probablement péri dans l'incendie des Archives de la maison des Consuls (que Dieu accueille son âme frivole). Je ne saurai pas à qui elle avait accordé ses faveurs autrefois, et notamment le jour où le chevalier hospitalier avait été occis. Et les codes héraldiques étaient partis en fumée ! Pourquoi le Bon Dieu mettait-il tant d'embûches sur ma quête du Graal ?

René ahanait, pestait, jurait comme un charretier. Après une descente sur des marches humides et gluantes, moi devant, René dans mon dos, nous glissâmes sur la dernière marche et churent sur le cul, les quatre fers en l'air, sur plusieurs dizaines de pas.

René décida de passer devant moi. Il me déclara avoir plus confiance dans mes talents pour crocher des murailles remparées que pour descendre les sentes qui menaient aux portes des Enfers.

Nous contournâmes un éboulement, dégageâmes un passage à la pointe de nos dagues, glissâmes encore sur le roc gluant et heurtâmes une pierre en saillie. René y laissa une dent. Les entrailles de la Terre se refermaient sur nous, à mesure que nous progressions vers le salut. Le souterrain devint bientôt plus étroit qu'un boyau de boudin.

C'est alors que je perçus un chuchotement. Je tendis la main pour toucher la botte de René et lui intima silence. Un doux murmure nous parvint. Nous dûmes ramper le plus silencieusement possible sur une vingtaine de coudées avant de déboucher tout aussi soudainement sur une cavité basse et glacée. Entre coulées et montées de glace à l'extrémité aiguë, une petite rivière bruissait de pierre en pierre avec un son cristallin dans une splendide grotte.

Nous pénétrâmes prudemment dans l'eau pour atteindre, face à nous, l'entrée d'un autre conduit, que nous espérions le dernier avant la crypte. René me précédait à dix pas. Il venait à peine de disparaître dans le souterrain que je crus entendre un bruit de lutte. René hurla à gueule bec :

« À moi, Brachet ! » suivi d'un râle. Je me jetai en avant, glissai sur le sol visqueux, m'étalai de tout mon long. Le temps de me relever, René ressortait en se tenant un bras. Du sang maculait sa chemise.

« L'traître ! À tenté de m'occire !

— Qui, mais qui ? Parle !

— Sais pas, messire Brachet. L'animal portait une capuche qui masquait son visage. Juste eu le temps d'dévier le coup qu'il m'portait au ventre. La dague m'a ouvert l'bras. Lorsqu'il a compris qu'il avait raté son coup, il a détalé à toutes jambes ! J'ai perdu ma torche.

— Le chien ! Lançons-nous à sa poursuite incontinent !

— Inutile, messire, vot'torche est presque éteinte et j'ai perdu la mienne. Le temps d'rallumer, d'rassembler notre attirail, sera loin, l'cochon ! Y a trois sorties possibles. Sais pas laquelle il a empruntée !

— Coquin de sort ! Qui peut bien vous vouloir du mal au point de tenter de vous assassiner, René ?

— J'crains, messire, qu'le meurtrier se soit trompé d'cible ! dit-il avec une grimace de douleur, la barbe frémissante.

— ... . » Je restai muet.

René n'avait peut-être pas tort. En temps normal, j'aurai dû marcher en tête. René m'avait peut-être sauvé la vie.

Sa blessure saignait abondamment. Je priai le Ciel que la dague n'ait pas touché une veine-artère, déchirai ma chemise et lui fis un bandage de fortune. Nous saisîmes notre paquetage et reprîmes notre chemin dans la direction que le seigneur de Melun m'avait indiquée. Le souterrain de dextre.

Parvenu enfin à une porte en chêne massif, je fis jouer la mécanique secrète que le maître de Campréal m'avait indiquée. La porte s'ouvrit immédiatement et se referma, toute seule, sur notre passage.

Nous avions pénétré dans la crypte de la chapelle hospitalière de Cénac. Parmi plusieurs gisants de membres de l'Ordre de l'Hôpital de Saint-Jean de Jérusalem, je découvris, non sans fort trouble, le cénotaphe du chevalier Gilles de Sainte-Croix. À un cheveu près, je me dis que j'aurais bien pu occuper une place à côté de la sienne. Qui pouvait bien avoir eu l'intention de m'occire aussi lâchement ?

Sur le parvis de la chapelle, la lumière du jour nous aveugla. Le soleil se levait sous d'épais nuages. Il ne cessait de conspirer contre nous. Tantôt il louchait, tantôt il disparaissait.

Face à nous, un mur de douze arbalétriers, formé en demicercle, pointait ses carreaux dans notre direction. Six archers, au premier rang, un genou au sol, à contre-jour, avaient bandé leur arc, prêts à décocher leur flèche.

René et moi étions d'une saleté repoussante, nos chemises en lambeaux, nos chausses déchirées, nos bottes crottées. Instinctivement, nous levâmes nos écus peints aux armes du baron du Beynac. Dans un ultime instinct de protection.

Nous nous recroquevillâmes tels des mollusques dans leur coquille. Nous crûmes entendre les sagettes se ficher dans nos boucliers. Nous n'entendîmes, en fait, rien d'autre qu'un rossignol chanter à tue-tête. Une voix grave que je crus reconnaître coucha sa lance et interpella sa troupe :

« Sus aux Godons, mes amis ! Par Saint-Denis, point de quartier ! » La déclaration de guerre fut suivie d'un immense éclat de rire. Le baron de Beynac, à moins d'une demi-portée d'arc, releva le mézail de son bacinet. Je crus voir un sourire s'épanouir sur ses lèvres. Une simple illusion. Qui me réchauffa le cœur.

Un véritable corps de bataille, composé d'un grand nombre de sergents montés, la moitié de la garnison, pointa la lance vers le ciel, vers le Mont-de-Domme.

À l'arrière, trois valets d'armes tenaient par la bride les roussins des archers et des arbalétriers qui avaient démonté.

Trois cavaliers, mézail relevé, rejoignirent la troupe au triple galop : Foulques de Montfort, Arnaud de la Vigerie et Étienne Desparssac, le maître des arbalétriers.

Les cavaliers de l'Apocalypse.

Il en manquait un : le dernier, le quatrième. Le meurtrier inconnu du souterrain.

DEUXIÈME PARTIE

La Dame de Cœur

Chypre
automne 1346 - hiver 1347

Car à grand peine vous ne ferez jamais la chose que vous voudrez : car si vous voulez être dans la terre en deçà des mers, on vous enverra au-delà ; ou si vous voulez être d'Acre, on vous enverra dans la terre de Tripoli ou d'Antioche ou d'Arménie ; ou l'on vous enverra en Pouille, Sicile, ou en Lombardie, ou en France, ou en Bourgogne ou en Angleterre ou en plusieurs autres terres où nous avons des maisons et des possessions.

Règle du Temple, article 661

Chapitre 7

Par mer, d'Aigues-Mortes à Thunes entre l'automne et l'hiver de l'an de grâce MCCCXLVI[1].

Poussée par un vent frais de nord-ouest, sous un ciel d'azur sans nuage, la nef marchande qui nous avait accueillis à son bord, la Santa Rosa, cinglait au sud-est par vent arrière, toutes voiles dehors, cap sur Thunes.

Le chevalier Foulques de Montfort, Arnaud et moi, nous nous tenions sur le château de poupe, appuyés aux archères. Nous regardions la couronne de murailles blanches de la cité d'Aigues-Mortes, le port et la tour Saint-Louis surmontée de sa tour à feu, s'éloigner dans la lumière du petit matin, au milieu des étangs.

Une légende voulait que l'on entendît encore les gémissements des Pastoureaux qui y auraient été engloutis après avoir

1. En 1346

été précipités dans les marécages. J'avais dormi à poings fermés et ne pouvais ni accréditer, ni infirmer cette légende. Que les âmes de ces malheureux reposent en paix.

Deux pas plus loin, se tenait frère Jean, un moine dominicain, à la parole agile, à l'esprit prompt et à la répartie facile, au front bombé et au cheveu rare, au nez court et aux lèvres minces. Son menton bref, en forme de creuset, ne masquait ni le col qu'il avait aussi fort que celui d'un taureau ni bien sûr, une bedaine confortable qui laissait présumer une certaine prédisposition pour le bon vin et la bonne chère.

Frère Jean était envoyé en mission d'évangélisation par le supérieur de sa province pour grabeler les articles de la foi contre les nouveaux hérétiques, les renégats et autres apostats, nous avait-il affirmé lorsque nous nous présentâmes les uns aux autres, peu de temps après avoir embarqué.

Nous avions écouté son discours, un peu dubitatifs. La rhétorique subtile dont il nous avait rebattu les oreilles sur les raisons profondes de sa présence parmi nous, nous inclinait à pencher pour d'autres hypothèses. À voir l'embonpoint plus que prononcé que mettait en relief la ceinture qui sanglait l'étamine sous sa robe de bure. D'autres raisons, plus proches de la pénitence pour péché gourmand que de l'apostolat, n'auraient-elles pas conduit son supérieur à l'expédier en Terre sainte ?

Cette longue expédition au pays des croisés et la nouvelle expérience d'une navigation en haute mer (aucun de nous trois n'avait encore mesuré l'immensité de la mer ni, a fortiori, navigué sur une nef) aurait plu à bien des écuyers.

Au cours de l'été, après la prise de la bastide royale du Mont-de-Domme par les Anglais, une trêve acceptée d'un commun accord entre les parties en présence, Français et Anglais, avait été signée pour permettre à chaque camp de consolider ses positions, de panser ses blessures. Et laisser aux paysans le temps d'ensemencer et de récolter tout ce qui ne tarderait pas à être à nouveau pillé ou incendié au cours de ces folles chevauchées qui ravageaient notre belle contrée.

Mes recherches sur Isabeau de Guirande étaient demeurées sans effet. Après mon expédition malheureuse au Mont-de-Domme qui avait bien failli me coûter la vie, j'avais profité de rares moments de détente pour me glisser aussi dans la librairie du château de Beynac, à la recherche de quelque autre codex sur la science des blasons. En vain. S'il en existait un, il avait disparu. N'aurait été cette terrible opiniâtreté qui enflammait mon corps et mon âme, j'eusse renoncé depuis longtemps.

J'avais profité de ces inestimables instants de répit pour poursuivre mes recherches avec plus de méthode, entre deux corvées et autres servitudes. Moins de fougue, mais en principe plus d'efficacité : recherche de codex, visite de monastères, de prieurés, utilisation de procédés détournés pour tenter de prendre en défaut quelque scribe ou quelque moine convers.

Un beau jour, déguisé en chanoine, j'avais même réussi à me faire ouvrir les portes de la librairie de l'évêché de Sarlat. Un autre jour, profitant d'une occasion militaire, je m'étais aventuré près des abbayes de Chancelade et d'Obazine, plus au nord. Sans aucun résultat : confrontés à ma force de persuasion que je croyais désarmante, les portiers m'avaient finalement confondu et presque botté le cul.

J'avais le cœur triste et l'humeur maussade : ma quête s'éloignait. Mon espoir de retrouver m'amie, ma promise, Isabeau de Guirande. Et le meurtrier qui suivait ma trace, aussi. Lorsque j'avais interrogé le Baron de Beynac sur la tournure des relations qu'il entretenait avec son cousin par alliance, le sire de Castelnaud, il m'avait sèchement répondu qu'elles ne me concernaient point, avant de tourner les talons.

Mes relations amicales avec Arnaud s'étaient sensiblement durcies avec le temps. Lorsque je lui avais annoncé la disparition probablement tragique de Blanche, il m'avait affirmé, outrecuidant, que j'avais fait grande erreur sur cette personne : sa gente damoiselle n'était point fille de savetier, mais fille de consul. Il avait ensuite éludé mes questions. Arnaud ne comprenait pas cette passion insensée qui m'animait et avait même renoncé, depuis peu, à me convaincre qu'il existait de par les terres connues et inconnues, des centaines de drôlettes plus belles les unes que les autres qui n'attendaient que notre venue pour se laisser déflorer.

Non seulement je n'aimais pas les termes vulgaires qu'il employait pour parler d'amour, mais de plus, je ne comprenais pas pourquoi j'aurais dû renoncer à Isabeau à qui je vouais un amour sans limites, pour tenter sur d'autres terres quelque conquête sans beauté et sans saveur à mes yeux.

Une seule damoiselle me comblerait. Isabeau de Guirande. Ce serait elle ou personne d'autre. Je l'avais décrété ainsi. Par ordonnance prise en conseil du roi. Au conseil de mes voix personnelles. Car en l'affaire, j'étais le roi. Un roi de cœur. Un roi sans terre ni couronne, mais un roi tout de même.

De ce fait, entre Arnaud et moi, un véritable dialogue de sourds s'élevait, de plus en plus rarement, il est vrai. Au point d'en rester muets et de ne plus évoquer ce fâcheux sujet de discorde. Un jour, nous avions même failli en venir aux mains.

Ma volonté restait inflexible et je n'aspirais, en secret, qu'à poursuivre ma quête, bien qu'elle ne fut point couronnée de succès ces derniers temps.

Le baron de Beynac en avait décidé autrement. Lorsque je lui avais fait part de mon désir de ne pas participer à cette expédition en invoquant des raisons maladroites, il m'avait profondément mortifié en me demandant si la peur inspirait ma requête.

Au ton que j'avais pris pour lui affirmer qu'il n'en était rien, il m'avait répondu :

"Je crois savoir les raisons secrètes qui t'animent, au point de renoncer à un voyage aussi enrichissant pour ta formation. Je peux les comprendre, mais je les blâme."

Au moment où j'allais lui rétorquer qu'il ne disposait que de deux écuyers et qu'il ne pouvait se priver de nos services en ces temps de batailles, il coupa court à mon dernier argument :

"En tout état de cause, je viens de décider le recrutement de quatre nouveaux écuyers et de six pages. Il est hors de question que tu ne suives pas le chevalier de Montfort. Comme tout chevalier banneret, il a droit au soutien de deux écuyers.

“Messire de Montfort est en outre un vassal immutable, fidèle à son suzerain, moi-même, et à notre roi Philippe, sixième du nom : inquiet sur l’évolution de la situation militaire en Aquitaine, Foulques de Montfort a sollicité mon accord pour recouvrer en Terre sainte un coffret de grande valeur qu’il tient de ses ancêtres et qu’il destine à la finance de l’effort de guerre. Je ne peux rejeter une requête qui part d’un sentiment aussi généreux.

“S’il le souhaite, il t’en contera l’histoire et les raisons pour lesquelles ce coffret n’est point en sa possession. Je sais, pour l’avoir vécu dans ma chair, le prix du sang. Ses ancêtres l’ont, comme les tiens et les miens, versé aux côtés de notre saint roi Louis et de tous ceux qui ont participé, au péril de leur vie, aux précédents pèlerinages de la Croix. Montre-toi digne d’eux. Refuser serait commettre récréance.”

Le mot était terrible. Un gentilhomme commettait récréance s’il fuyait le combat par lâcheté. J’avais baissé la tête, pour cacher mon trouble. Le baron avait poursuivi d’un ton sec :

“Ce n’est ni ton caractère, ni le fruit de la formation que je t’ai donnée. Alors, ma décision est prise : prépare tes effets ; Arnaud de la Vigerie et toi servirez le chevalier de Montfort.

“Vous partirez demain matin, à la première heure, qu’il vente ou qu’il pleuve. C’est peut-être regrettable, mais c’est ainsi !” trancha-t-il, selon la formule qu’il utilisait volontiers lorsqu’il souhaitait couper court à toute discussion.

Il avait tourné le dos. Puis il s’était ravisé pour prononcer ces mots mystérieux qui me laissèrent songeur, sans que je n’ose lui demander des éclaircissements :

“Un jour viendra où tu auras réponse aux questions que tu te poses… Un temps pour tout. L’heure n’est pas encore venue. Elle viendra bientôt. Probablement plus tôt que tu ne le penses. La patience est la fille de la sagesse, Bertrand ! Onques ne l’oublie, je te prie !”

Cette formidable expédition, organisée à la demande de Foulques de Montfort lui-même, m’arrachait à mes songes, me brisait le corps et l’esprit mieux que la roue sur laquelle étaient roués et démembrés les criminels en place publique.

Je soupçonnais cependant le baron de ne pas avoir omis de monnayer cette lointaine expédition. Pour le bien de la couronne, peut-être. Et pour le trésor de la baronnie, par voie de conséquence. À une époque où plus aucun pèlerinage n'était envisagé, à ma connaissance, dans les terres du Levant.

Arnaud et moi n'avions pas le choix. Nous n'étions que de simples écuyers. Nous devions servir Foulques de Montfort tout au long de ce voyage. Il devait nous mener par voie de mer, à Thunes, Alexandrie, Saint-Jean-d'Acre, Tyr et l'île de Chypre, où nous devions débarquer.

Lorsque notre nef serait de retour, six mois plus tard, nous devions rembarquer pour gagner le port de Marseille et rejoindre la forteresse de Beynac, après avoir fait une escale en la ville pontificale d'Avignon. Foulques de Montfort devait s'y entretenir avec un cardinal de l'entourage du pape, avais-je ouï, suite à quelque indiscrétion.

Autant dire que nous ne serions pas de retour avant une année entière ! Si tout se passait bien. Et il s'était déjà écoulé une année depuis la défaite de Bergerac, la bien triste bataille d'Auberoche et la prise du Mont-de-Domme, sans que je parvinsse à situer où résidait la famille de Guirande.

Nous avions appris qu'une immense armée commandée par le roi Philippe en personne avait été écrasée à Crécy par une modeste armée aux ordres du roi d'Angleterre et de son jeune fils Édouard de Woodstock, le prince de Galles, à six jours des calendes d'août, l'été dernier, le 26 juillet 1346. Peu de temps après qu'un capitaine du comte de Derby eût investi la bastide royale du Mont-de-Domme. Par trahison.

Le roi de France, blessé, avait pu s'enfuir et trouver refuge dans un château voisin. Jean de Luxembourg, roi de Bohème, bien qu'aveugle, avait exigé des chevaliers de sa suite qu'ils l'arment pour participer au combat.

Il y avait laissé la vie, ainsi que plusieurs milliers d'autres chevaliers, écuyers et arbalétriers génois. Ceux qui n'avaient pas été occis par les vagues successives de dizaines de milliers de flèches tirées par les archers gallois (elles pleuvaient, paraît-il, sur eux "comme neige par temps d'hiver") étaient désarçonnés par les coutiliers godons qui tranchaient les membres des chevaux ou les jarrets des combattants à l'aide de leurs terribles guisarmes. Avant de les achever à terre, au défaut de la cuirasse. L'armée anglaise n'entendait pas s'encombrer de prisonniers.

Dès que le baron avait eu connaissance de cet immense désastre, il avait consigné l'ensemble de la garnison dans la forteresse pour parer au risque d'un siège anglais. J'avais dû me résigner, bon gré mal gré, à suspendre mes recherches sur l'amour de mon cœur, jusqu'à ce jour d'automne où nous avions quitté notre beau pays par une triste et pluvieuse journée de l'an de grâce 1346.

Nous avions chevauché pendant près de trois semaines avant d'atteindre une autre bastide royale, celle d'Aigues-Mortes, dont les rois Philippe le Hardi et Philippe le Bel avaient achevé les fortifications au siècle précédent.

Feu notre roi saint Louis, leur grand-père et père, avait assaini une partie des marécages pour y construire un port à vocation militaire et marchande où les croisés avaient appareillé pour les Lieux saints.

Nous avions franchi la rivière du Lot, moyennant péage, par le pont Valentré, à Cahors, avant de descendre sur Montpellier en passant par Toulouse, la majestueuse capitale des pays d'oc et l'impressionnante citadelle de Carcassonne.

Nous n'avions séjourné dans la bastide royale d'Aigues-Mortes que quelques jours, le temps de changer, par l'entremise d'un marchand-banquier, une somme importante d'écus d'or en ducats et florins et de négocier notre embarquement sur cette nef génoise de sept cents tonneaux et de quarante hommes d'équipage.

Sans compter le queux, le maître-charpentier, ses compains, et trois arbalétriers génois chargés de notre défense. Si d'aventure les pirates barbaresques s'avisaient de s'en prendre à notre navire pour s'emparer au moindre prix de sa riche cargaison.

Arnaud s'était vivement réjoui de ce voyage et rêvait déjà de nouvelles conquêtes qui n'avaient rien de militaire. Foulques, qui était à l'origine de notre expédition, était d'humeur taciturne et secrète, comme à l'accoutumée. C'était son caractère.

Durant tout le voyage sur terre, il était resté coi et n'avait prononcé que les quelques paroles indispensables pour son service. De l'objectif de notre voyage, il n'avait dit mot. Il en parlerait un jour. Peut-être. S'il le jugeait utile.

Le mestre-capitaine, un Génois de type levantin, aux traits burinés et au visage grêlé par la variole, était affublé d'une barbe de patriarche de couleur poivre et sel. Peut-être pour en masquer les stigmates et ne point repousser les filles de vie qui lui donnaient de la joie sur une couche accueillante entre deux traversées. C'était un homme sec, assez grand, d'humeur peu causante (il devait plaire à Foulques de Montfort). Il ordonnait les manœuvres d'une voix caverneuse.

Le mestre de manœuvre, un autre Génois, au teint hâlé par le vent, grand et fort, au front hardi, à la pilosité généreuse (en fait, il arborait aussi une barbe drue et rousse) et au visage ridé comme une vieille pomme, faisait office de second. Il reprenait les commandements du mestre-capitaine pour les faire exécuter par les membres de l'équipage, mousses et matelots, d'une voix d'eunuque qui contrastait étrangement avec son aspect.

« Larguez la grand'voile et la voile de misaine ! Hissez et bordez le hunier ! Timonier, la barre au vent ! » rugit le mestre-capitaine.

Les matelots se précipitèrent pour grimper sur les enfléchures du mât de misaine et du grand mât et exécuter la manœuvre qu'il venait d'ordonner et que le mestre de manœuvre siffla à l'aide d'un instrument étonnant au son aigu et modulé. Au même moment, le timonier poussa la barre du gouvernail d'un quart sur bâbord, pour gonfler les voiles, puis la ramena sur tribord pour infléchir la course du navire sur bâbord, en direction du vent.

Tel un cavalier qui étudie sa monture, j'essayais de retenir ces termes techniques et de comprendre sous quelles amures la nef augmentait sa vitesse. Quelque temps plus tard, il me sembla en effet que le sillage se creusait tandis que la nef filait, ses voiles bien gonflées. Sa proue fouillait l'écume tandis que la mer se refermait à la poupe en s'écoulant et en bruissant comme une rivière.

Nous primes notre premier dîner, ainsi que les soupers qui suivirent, dans la petite pièce du mestre-capitaine, sous le château de poupe. Un mousse nous servit une salade de *melone* et de garroite à l'huile d'olive accompagnée de grosses tranches d'un délicieux jambon, qui venait de Parme et garnie de tranches d'un fromage au nom bizarre, *mozzo, mozzarelle* ou quelque chose comme ça. Le tout était aromatisé par quelques gousses d'ail que le mestre-capitaine croquait à pleines dents, et par des herbes fraîches, ciboulette, basilic que couronnaient plusieurs feuilles de menthe servies dans un pot.

Arnaud engloutit voracement les tranches de jambon, dédaignant la salade (sans doute craignait-il l'effet de l'ail sur son haleine) jusqu'au moment où le mestre-capitaine lui rappela dans un français où perçait un accent piémontais et un fort relent d'ail, qu'à son bord un plat servi était un plat fini.

Frère Jean se permit un compliment à l'adresse de notre hôte. Sans lever le nez de son écuelle, ce dernier nous prévint qu'il n'en serait pas toujours ainsi : biscuits secs et harengs fumés des mers du Nord seraient plus souvent notre quotidien que jambon et légumes frais.

Arnaud, d'un air très dégagé, croqua une gousse d'ail pour se montrer à la hauteur. Il faillit s'étouffer et renverser son siège. Mais son siège était solidement fixé au plancher, comme la table et d'autres meubles rudimentaires, pour résister au roulis et au tangage.

Foulques ne pipa mot et but une gorgée d'eau. Durant toute la traversée, il ne but que de l'eau, une eau de plus en plus croupie. Le mestre-capitaine ne but que trois petits godets de vin :

« Un pour l'appareillage, un pour la traversée et un pour l'accostage », nous dit-il non sans humour. Frère Jean dévorait tout en silence et levait le coude plus souvent que de raison. Au regard désapprobateur que lui jetait régulièrement Foulques de Montfort, il se crut obligé de se justifier :

« Il n'est point temps de carême ! » Ma religion était faite : il avait bien été expédié en pénitence, mais il prenait quelques réserves avant de mériter l'indulgence.

Frère Jean, décidément plus curieux des bonnes choses d'ici-bas que des affaires de la Sainte-Église, interrogea le mestre-capitaine sur ce vin à la saveur particulière, ronde et fruitée, long en bouche et très capiteux, qui ne ressemblait ni à un vin des vallées de la Loire ni à un vin de Bergeracois ou du Bordelais, ni même à un vin de Bourgogne.

« Un vin du Rhône, nous répondit-il laconiquement : vin de Châteauneuf-du-Pape. Ils ne sont plus à Rome mais, *per Neptuna*, ils savent vivre, vos papes d'Avignon ». C'était sa façon de plaisanter.

Frère Jean se pencha vers moi et me glissa en latin dans le creux de l'oreille :

« Notre hôte se trompe ; il ne s'agit pas d'un vin de Châteauneuf-du-Pape, mais plutôt d'un de ces crus de Castille ; croyez-moi, messire Bertrand. Aussi capiteux, mais plus corsé.

— Ah ? Vous connaissez les vins de la vallée du Rhône, frère Jean ?

— Un peu, très peu », bafouilla le moine en plongeant le nez dans son écuelle.

Foulques dégustait ses tranches de jambon en les tranchant en menus morceaux avant de les porter en bouche, de les mastiquer consciencieusement et de piquer un quartier de *melone*. Arnaud et moi séparions le gras du maigre sur nos tranchoirs de pain rassis à l'aide de notre coutelas avant de les mettre en bouche, jusqu'à ce que le mestre-capitaine nous rappelle qu'à son bord tout ce qui était servi se mangeait : le sec viendrait bien assez tôt !

La nef gîtait de plus en plus. Le mestre-capitaine se leva brusquement en lâchant un sonore *"per Neptuna !"* et nous planta là pour monter sur le pont où il ordonna un changement de cap pour laisser porter. Ordres et coups de sifflet s'enchaînèrent d'une façon inquiétante, puisque nouvelle pour nous. La curiosité l'emporta sur la digestion.

Nous montâmes tous les quatre sur le château d'arrière par une échelle étroite et abrupte dont les marches gémissaient dès que nous portions le poids de notre corps sur icelles pour nous hisser. Le vent venait de tourner au sud-est en fraîchissant et en nous apportant un air plus chaud. Il avait failli plaquer dangereusement les voiles sur les mâts. Le navire filait à présent vers le sud, s'éloignant des côtes à près de cinq nœuds, nous précisa le timonier. Je l'interrogeai sur cette unité de mesure que j'ignorais pour la traduire en bonnes et solides lieues terrestres qui me parlaient mieux que les milles marins.

Peu avant la tombée du jour, nous descendîmes derechef pour prendre notre souper. Le mestre-capitaine précéda Foulques de Montfort. Arnaud et moi les suivîmes. Frère Jean avait cédé son tour pour nous inviter à le précéder. S'il venait à glisser, il tomberait sur moi et adoucirait sa chute à mon détriment, devait-il penser. Les courroies des simples sandales qui laçaient des pieds qu'il avait nus, manifestaient, il est vrai, des signes de fatigue inquiétants et pouvaient se rompre à tout moment.

Un frère dominicain est un homme qui réfléchit avant d'agir. N'était-il pas, au fond, investi d'une mission d'ordre divin pour la propagation de la foi, qui ne souffrait aucune comparaison dans l'alchimie des valeurs du Tout-Puissant avec celle, tellement plus modeste, d'un simple écuyer ?

Au moment où j'allais poser le pied sur la première marche, je vis Arnaud prendre appui des deux mains sur la rampe qui encadrait la descente, soulever les pieds et les jambes et se laisser glisser. La pente en était forte.

Il glissa promptement, les pieds en avant. Il heurta le cul de Foulques de Montfort au moment où il allait poser le pied sur le plancher et le projeta de telle façon que le chevalier heurta à son tour le mestre-capitaine. Arnaud finit sa course en atterrissant sur le cul plus vite qu'il ne l'avait envisagé.

Foulques balbutia quelques excuses à notre hôte, aida Arnaud à se relever en lui tendant une main et lui administra de l'autre, une paire de claques à toute volée.

La barbe du mestre-capitaine frémissait. Ses yeux roulaient dans leurs orbites. Il était visiblement furibond et cherchait les mots pour le dire. Il n'appréciait pas les acrobaties d'Arnaud. Moi, je pouffai de rire. Le chevalier me foudroya du regard et, se tournant vers Arnaud, lui intima :

« Messire de la Vigerie, vous prendrez dorénavant vos repas à l'avant avec l'équipage. Jusqu'à nouvel ordre. Puis, s'adressant au capitaine : si notre homme le permet ? Mestre-capitaine, le permettez-vous ?

— Non, messire chevalier, trancha ce dernier, courroucé. Les matelots prennent leur pitance entre eux. Ce sont de forts gaillards et la présence de messire Arnaud pourrait déclencher quelque bagarre. Il ne saurait en être question. Ils n'en feraient qu'une bouchée. Votre écuyer prendra ses repas dans la cale sèche jusqu'à ce que j'en décide autrement. » Foulques et Arnaud blêmirent, serrèrent les dents, sans prononcer une parole. Le capitaine était seul maître à bord. Après Dieu. Mais Dieu était apparemment retenu par des affaires autrement plus importantes.

Arnaud n'en était pas à une farcerie près. Le soir même, nous fûmes conduits par un matelot dans une cabine, sous le pont principal où se reposaient les mestres lorsqu'ils n'étaient pas de quart. Foulques de Montfort s'était vu attribuer la cabine du mestre de manœuvre qu'il partageait avec frère Jean, quelques pas plus loin.

Des mousses y avaient entreposé nos effets personnels dans nos dortoirs respectifs. Il régnait dans le nôtre une chaleur humide, imprégnée de fortes odeurs remontant de la sentine à fond de cale, de transpiration et de pieds mal lavés aussi, qui me prit à la gorge et me souleva le cœur. Je jetai un coup d'œil à Arnaud. Il me confirma mes impressions par une grimace.

De fines gouttelettes d'eau perlaient et poissaient les doigts. Lorsque Arnaud découvrit que nos lits étaient de simples châlits en lattes, surmontés d'une paillasse, suspendus et articulés autour d'un axe central pour compenser le roulis, il oublia humidité et relents de sueur.

Lui qui occupait toujours le lit à tiroir du dessous, au château de Beynac, s'arrogea aussitôt celui du dessus ! Mal lui en prit. Il sauta vivement sur la paillasse suspendue à la hauteur de sa tête. Sous l'effet de son poids et du léger roulis qui berçait la nef, le châlit versa et Arnaud se fracassa sur le plancher, en poussant un hurlement de douleur.

Les autres mestres avaient observé la scène. Ils s'esbouffaient à gueule bec. Certains s'étaient redressés sur leur couche. Ils se balançaient au rythme du roulis, sans paraître éprouver la moindre gêne. Question d'habitude, sans doute. Pour des Génois. Ils étaient amarinés, eux, et ils riaient de bon cœur.

Arnaud tenta péniblement de se redresser en me tendant la main. Aucune main secourable ne lui fut tendue. En revanche, il fit l'économie d'une paire de claques. Il est vrai que j'étais moi-même plié en deux. Le rire de nos amis marins était aussi contagieux qu'un feu de broçailles. Je lui tendis finalement cette main qu'il implorait.

Arnaud se releva en se tenant les côtes, affirma en avoir une ou deux de brisées, enjamba un cordage, faillit y laisser une poulaine. Loin de me prêter à son jeu et de compatir (il l'attendait trop), je lui désignais le châlit le plus bas, le plus proche du plancher du pont :

« D'un trône moins élevé, la chute n'en sera que plus douce », déclarai-je malicieusement. Ses yeux en amande se plissèrent et me jetèrent un mince éclat noir, plus noir que celui que l'on perçoit parfois à travers la visière d'un bacinet, en combat rapproché. Au corps à corps.

Il s'exécuta finalement en murmurant quelques grossièretés heureusement inaudibles, s'allongea péniblement sur le lit du dessous et nous tourna le dos. Comme si nous étions responsables de ses tourments. Cela dit, je pris moi-même moult précautions pour rejoindre ma propre paillasse. La chose n'était pas si aisée qu'il y paraissait ; le roulis du bateau ne facilitait pas l'opération !

Arnaud ne s'était pas sitôt allongé qu'il me dit avoir mal au cœur et envie de raquer. Il quitta effectivement sa paillasse, enjamba un cordage et se rua sur l'échelle qui menait au pont.

Il glissa sur la première marche, jura, grimpa à toute vitesse, puis claqua le panneau de l'écoutille.

Le navire gîtait fortement sur tribord. Alors que j'envisageais d'aller le rejoindre, un peu pour les mêmes raisons, le mestre de manœuvre me héla :

« Messire, restez sur votre paillasse, le vent forcit. Une bourrasque se prépare. Votre compain ne va pas tarder à regagner sa couche et nous, à quitter la nôtre ! »

À peine avait-il prononcé ces paroles dans un sabir plus ou moins compréhensible que la cloche du pont sonna à toute volée pour appeler les marins qui n'étaient pas de bordée à la rescousse. Les mestres se levèrent précipitamment en grognant, enfilèrent une grossière chainse en caslin huilée et escaladèrent l'échelle qui donnait accès au pont, au moment où Arnaud en descendait.

« Ôtez-vous de là, lui intima le mestre de manœuvre, dégagez la descente de l'écoutille ! *Basta ! Illico presto !* »

Arnaud s'exécuta sans broncher, remonta sur le pont pour laisser passer l'équipage et redescendit ensuite en m'avouant qu'il venait de raquer son dîner par-dessus bord. Il était blême, la figure toute chavirée. Je compatis d'autant plus volontiers que je ressentais moi-même des nausées de plus en plus fortes. Cette première bourrasque était cependant dérisoire à côté de la tempête que nous devions essuyer par la suite.

✠

La Santa Rosa n'était plus qu'à deux ou trois jours de son point de relâche, dans le port de Thunes, lorsqu'un soir la vigie, du haut de son panier de hune, signala un épais bandeau de gros nuages noirs qui s'élevaient à l'horizon et qui s'apprêtaient à déferler sur nous, poussés par une lourde et forte brise du sud-est.

Pour des marins expérimentés, il n'y avait pas de doute possible : un de ces terribles orages qui peuvent éclater soudainement en Méditerranée s'apprêtait à fondre sur la nef.

Le mestre-capitaine ordonna immédiatement, tant aux marins qu'aux autres voyageurs d'être en alerte. Il commanda au mestre de manœuvre de rentrer le hunier, d'ôter les bonnettes et de prendre plusieurs ris dans la grand'voile. De toutes les antennes, ne maintenir que grilles et coustières.

Le navire, ralenti dans sa marche, fut mis à la cape sous la misaine et une fortune carrée afin de supporter la tourmente, en perdant le moins de route possible. Mais la bourrasque arriva plus vite que prévu.

Le mestre-capitaine ordonna au mestre de manœuvre :

« Réveillez les hors quarts ! L'équipage et les passagers sur le pont ! »

Une rafale de vent s'abattit sur le navire, qu'elle coucha un moment sur le côté. Arnaud, Foulques et moi, dûmes nous gripper de toutes nos forces au premier cordage qui se présenta sous nos mains pour ne pas être précipités par-dessus bord dans l'écume bouillonnante.

« Tous les hommes en contre-poids sur la lisse tribord ! hurla le mestre-capitaine.

— La main sur les écoutes de huniers à tribord ! scanda le mestre de manœuvre.

— Renversez le sablier ! Prenez la vitesse ! ordonna le mestre-capitaine.

— Plus de huit nœuds ! répondirent les deux matelots préposés à la mesure, quelques instants plus tard.

— Plus de huit nœuds, cap'taine ! transmis le mestre de manœuvre.

— On va tout casser ! hurlèrent les deux matelots en chœur.

— Le cap'taine connaît son navire ! Il ne brisera pas ! Si Dieu le veut ! »

La mer s'enfla et des vagues hargneuses battirent les flancs de la nef. La mer se déchaînait. Le ciel tonna, des éclairs zébrèrent l'air. Il perdit toute transparence, devint opaque, dense, ténébreux et d'une obscurité inquiétante. Pour seule lumière, nous n'eûmes que coups de foudre et éclairs qui se succédèrent de plus en plus vite.

Dès lors, les ordres du mestre-capitaine et la confirmation de leur exécution par le mestre de manœuvre s'enchaînèrent à une cadence infernale :

« Gréez des lignes de vie de la proue à la poupe !

— Lignes de vie en place !!!

— Doublez l'amarrage des chaloupes ! Hardi les gars !

— Amarrages doublés, cap'taine !!! »

Les vagues se soulevaient en montagnes d'eau et se creusaient en vallées profondes au fond desquelles la nef était entraînée pour être ensuite rejetée comme un bouchon de liège sur les crêtes écumantes.

Sous cette formidable poussée, la frêle carène du navire menaçait de s'entrouvrir et le château de proue, de se disloquer. Les mâts craquaient depuis le pied jusqu'aux hunes. Le vent dans les cordages poussait des sifflements aigus.

« C'est le navire du diable ! » gémit frère Jean.

Des trombes d'eau salée s'abattirent sur nous, nous renversant et nous projetant à plat ventre sur le pont, arrachant nos mains du cordage de survie pour nous éjecter hors des lisses. Nous crochetions les cordages de toutes nos forces pour ne pas être éjectés par-dessus bord. Des claques de vent nous giflèrent avec une violence inouïe.

Les beaux cheveux ondulés d'Arnaud lui dégoulinaient sur le visage, collés à la peau, maculés de sel. Il nous jetait, entre deux bourrasques, un regard implorant comme si nous pouvions faire quelque chose pour lui. Dans l'état lamentable qui était le nôtre. Nous luttions tous pour notre survie. Mais le pire allait survenir.

Debout sur le château d'arrière, tête nue et porte-voix à la main, le mestre-capitaine commandait lui-même la manœuvre. Tant qu'il put lutter contre la tourmente, il tenta de se maintenir à la cape jusqu'à ce qu'il comprenne que sa nef ne pourrait résister aux assauts d'une violence incroyable que lui livrait une mer déchaînée.

Il décida alors de fuir devant le temps, tentant une manœuvre d'une audace incroyable. Il présenta la hanche du navire à la lame. Les eaux démontées déferlèrent sur le pont avec rage, brisant tout ce qu'elles rencontraient sur leur passage, nous submergeant de la tête aux pieds, nous trempant jusqu'à la moelle des os. L'eau ruisselait de partout, irritant nos yeux, salant nos lèvres, collant nos vêtements à la peau.

« Je ne réponds plus du grand mât, cap'taine ! hurla le maître-charpentier à gueule bec.

— Rentrez la toile ! Elle souffre !

— Hommes de *gabia* ! À vos postes !!! Rentrez la toile !!!

— Clouez les écoutilles ! Nous avons pris assez d'eau ! Tout est-il arrimé ? » Peu de temps après, le mestre confirma :

« Tout est arrimé, cap'taine ! Les écoutilles sont fixées !!! »

Profitant d'un court instant d'accalmie, le mestre-capitaine ordonna d'hâler bas la fortune, de ne garder que la petite misaine et de mettre la barre au vent :

« Laissez porter !

— La barre au vent !!!

— Hors quarts et matelots de pont, en bas !

— Matelots, en bas !!!

— Les huniers au bas-ris !

— Hardi les gars !!! »

La nef obéit, très lentement, hélas trop lentement, à l'impulsion du gouvernail et à l'action de sa misaine.

Frère Jean restait accroupi sous le tillac, à demi mort. Je crus l'entendre implorer tous les saints à son secours, promettre de se confesser et de ne plus boire que de l'eau s'il en réchappait. En ces instants terribles, nous mesurions notre impuissance.

Au moment où la Santa Rosa présenta la hanche à la vague, elle fut enveloppée par une vague gigantesque qui la coucha sur le flanc et arracha du pont tout ce qui n'y était pas solidement arrimé.

La proue s'enfonça dans l'eau au point que le panier de hune fut submergé. Dans un craquement sinistre, la fusée se détacha et la voile de hune fut arrachée de sa vergue. Elle fut projetée par-dessus ma tête dans un sifflement strident, toujours reliée à la nef par ses haubans.

« Cap'taine, le navire rentre dans le vent ! Je ne tiens plus la barre ! hurla le timonier avec angoisse.

— Toi, matelot, aide l'homme de barre à tenir le cap !
— À vos ordres, cap'taine !!! »
— Un homme à la mer ! hurla Foulques de Montfort.
— Pouvons rien faire ! Que Dieu ait son âme !!! » s'écria le mestre-capitaine en se signant, une main solidement grippée sur le bastingage.
— Cap'taine, l'épave du mât fait ancre flottante ! Les hommes de barre ne peuvent plus tenir le navire. Nous allons couler ! hucha le mestre de manœuvre en crachant une giclée d'eau par le bec.
— Mestre, saisissez les haches d'abordage ! Tranchez les haubans ! Tout ce qui nous relie à l'épave ! *Presto ! Presto !* »

La nef se trouvait engagée dans un terrible combat contre les éléments naturels. Elle gîtait au point de basculer cul par-dessus tête. Nous allions être aspirés d'un moment à l'autre par les remous et engloutis à tout jamais dans les abysses noirs et glauques des profondeurs.

Sauf miracle. Le miracle n'aurait pas lieu si une autre lame aussi monstrueuse que la précédente se présentait avant que le mestre-capitaine ne soit parvenu à redresser sa nef. C'en serait fait de nous tous.

« La barre à bâbord ! Doucement, la barre ! »

Dans le silence qui s'ensuivit un court instant, je lançai un regard implorant à frère Jean :

« Priez mon fils, priez ! Seul Dieu et la Vierge Marie peuvent nous délivrer. Dans un monde ou dans l'autre. Recommandons nos âmes à Dieu ! » me supplia-t-il.

Seul Dieu tenait effectivement nos destinées entre ses mains. Nous l'invoquâmes tous les quatre en lui recommandant nos âmes. J'adressai, pour la troisième fois de ma vie, une supplique à la Vierge de Roc-Amadour, une ultime prière pour mes trois compains et pour tout l'équipage.

Je jurai aussi de ne plus quitter le bon et ferme plancher des vaches. Si nous sortions vivants de cette aventure. Si l'occasion devait se présenter à nouveau d'embarquer sur un navire de haute mer. Quelles qu'en soient les conséquences.

Par miracle, la nef revint sur sa quille, reprit son erre et s'enfuit devant la tempête qui rugissait à la poupe et la poussait comme un fétu de paille sur les flots écumants, mais vaincus. Vaincus par la qualité de manœuvrier du mestre-capitaine et par le courage des mousses et des matelots de l'équipage.

À l'appel du soir, nous apprîmes qu'un petit mousse, qui exécutait une manœuvre sur la vergue de misaine, était porté disparu, happé par la mer. Probablement avait-il glissé au moment où cette vague monstrueuse avait déferlé sur le pont du navire.

Il était trop tard pour tenter de l'arracher aux flots qui l'avaient certainement englouti dans leurs profondeurs. Tout l'équipage se signa et le mestre-capitaine prononça, dans sa langue natale, les paroles d'une courte prière reprise par tous, pour recommander à Dieu l'âme de ce malheureux.

À dater de ce jour terrible, aucun de nous quatre ne ressentit le moindre mal de mer. L'épreuve que nous venions de subir avait fait de nous de vrais marins. Et de moi, le nouveau troubadour des mers :

Plus épaisse qu'un amas de velours,
Je fais battre tes tambours.
Déchirés, braises d'argent, vivante fumée,
Sous le vent, dans la lutte et l'affrontement,
Au rythme de ses hurlements.
Tes vagues énormes creusent de larges fossés
Que des mains de titans ont sculpté
Dans cette glaise liquide où des tourbillons de pluie
Viennent, ainsi que des fouets invisibles,
Claquer dans la nuit,
Pour annoncer une mort horrible.

Du haut de mon navire, perché sur mon mât,
Je contemple, homme oiseau, le fascinant combat
Que tu livres contre toi-même, toi le colosse
Au dos si souple, âme de chair verte, magma
Des eaux, vallée de trous noirs et d'informes bosses
Où tant de songes avant les miens
Se sont noyés, mais que tu détiens
En ta mémoire, tout au fond
De tes abîmes et de tes silences.

Lumière intérieure, inaccessible présence
Qui me fascine et m'envoûte comme une chanson,
Hypnotique berceuse dans la tempête
Qui fait voyager mon cœur et ma tête
Vers de lointains horizons, me faisant oublier
Que mes membres sont si froids,
Et qu'il faudra prendre sur soi
Avant de voir le jour se lever.

La Santa Rosa avait jeté l'ancre non loin du port de Thunes. Le mestre-capitaine avait armé trois forts bateaux, en fait une chaloupe et deux canots, pour décharger la cargaison qu'il destinait au comptoir génois de la place.

Il nous avait vivement déconseillé de nous rendre à terre. Les Infidèles n'étaient pas les bienvenus dans la cité de Thunes. Les armes des barons de Beynac ne jouissaient pas ici, nous avait-il précisé non sans ironie, des égards qui étaient rendus à icelui en terre d'Aquitaine.

Pire, si nous avions envisagé de débarquer en habit de pèlerins de la Croix, nous y serions promptement égorgés : seuls les Croyants étaient accueillis avec les égards dus aux serviteurs de la vraie Foi. La foi en Allah. Et en Mahomet, son prophète.

Le mestre-capitaine nous avait rappelé, non sans malice, que notre saint roi Louis, lui-même, n'avait pas réussi à prendre la forteresse qui dominait la ville. Il y avait même trouvé la mort. Lui et une grande partie de son armée. Pour l'actuel bey de Thunes, ainsi que pour ceux qui l'avaient précédé, c'était un signe d'Allah. *Capisce ?*

Nous prîmes conscience que les lois du commerce génois s'accommodaient remarquablement de ce genre de situation. Mieux que les lois de la guerre. Ou de la Foi.

La forteresse de Carthage dominait le port et la ville de Thunes. Elle dressait ses merlons pointus et ses créneaux non loin de nous. Une partie de ses tours et de ses défenses était exposée au soleil couchant. De la couleur ocre et dorée du pisé.

Une douceur qui contrastait avec le temps que nous connaissions habituellement chez nous, en automne. Le ciel était nappé de rose et de bleu. Quelques nuages, très haut, s'effilochaient dans l'azur comme une gente dame alanguie sur sa couche. Abandonnée à la caresse de la brise.

« As-tu vu le ciel, Bertrand ? On dirait que les nuages s'étendent avec langueur comme une dame offerte aux poutounes de son amant...» C'était Arnaud ; il commentait ses sensations paillardes.

« Messire Foulques, de grâce, me serait-il permis de vous demander de nous conter l'histoire de ce trésor ? N'y voyez point curiosité mal placée. Mais, après les terribles évènements que nous avons vécu au large de Thunes, s'il vous arrivait malheur, à Dieu ne plaise, Arnaud et moi pourrions peut-être mener à bien votre noble mission au profit de vos héritiers ?

« Encore faudrait-il que nous connaissions les circonstances qui furent à l'origine des biens dont vous souhaitez quérir ce jour d'hui la possession par-delà les mers ? » tentai-je, en posant la question qui m'intriguait depuis notre départ.

Le chevalier se raidit. Son naturel fendant ne l'inclinait pas à se livrer à des confidences. Frère Jean ne dit mot. Il s'accoisa, ses oreilles se dressèrent, ses pupilles s'agrandirent comme sous l'effet de quelque plante hallucinogène. Le dominicain jouait bien du plat de la langue. Mais il savait aussi demeurer attentif et se tenir coi quand les circonstances étaient de nature à satisfaire une curiosité qu'il ne parvenait pas à dissimuler longtemps.

Après un long silence que j'interprétai comme un refus, le chevalier de Montfort, les yeux fixés sur la citadelle de Carthage, commença son récit :

« Messire Bertrand et vous, Messire Arnaud, avez droit à quelques explications. Vous me servez fidèlement et il est juste que vous connaissiez les évènements qui me conduisent aujourd'hui à tenter de récupérer un trésor qui fut remis, il y a près d'un siècle, à l'un de mes aïeux. Bien qu'à mon avis, cela n'ait rien à voir avec la qualité du service que vous me devez », rétorqua-t-il en me jetant un regard appuyé.

Frère Jean était suspendu à ses lèvres. Foulques le remarqua et porta son regard sur lui. Les joues de frère Jean rosirent un peu. D'un rose plus joufflu que celui qui s'étendait à présent dans le ciel. Il s'adressa aussitôt au chevalier, l'air faussement penaud. Son regard démentait ses propos :

« Messire Foulques, je pense qu'il est préférable que je me retire incontinent. Je ne voudrais point prêter l'oreille à quelques confidences qui ne concernent ni mon ordre ni la mission que m'a confiée mon supérieur...

— Laissez-moi vous prier de rester séant, frère Jean. Il n'y a point là de secret à entendre en confession. J'ai mesuré votre science des pèlerinages de la Croix, au cours de cette longue traversée.

« Vous pourriez même m'interrompre si, d'aventure, je commettais quelque erreur dans l'histoire des évènements qui sont à l'origine de cette mission. Et, si j'ai bien entendu votre discours, vous êtes aussi en mission, frère Jean ? N'est-il pas ? ironisa le chevalier de Montfort.

— Oui, messire Foulques. Vous avez bien ouï. Une mission pour la Foi, assura-t-il en se trémoussant.

— Une mission pour la Foi ou une mission de pénitence, frère Jean ? » Le chevalier n'était point dupe. Ses paupières s'étaient légèrement plissées et un sourire fleurissait à la commissure de ses lèvres.

« Euh... en fait, une double mission, messire Foulques... »

bredouilla frère Jean, quinaud. Ses joues avaient viré à présent du rose au rouge. D'un rouge du plus beau peneau d'été.

Un réflexe nerveux agitait la commissure de ses lèvres. Ou bien l'homme cachait bien son jeu, ou alors il était d'une étonnante timidité. Il nous apparut bientôt qu'il était d'une extraordinaire habileté.

Le chevalier de Montfort commença le plus incroyable récit que je n'avais jamais ouï. Une sombre affaire d'héritage. Qui devait susciter bien des convoitises. Et conduire d'aucuns à commettre bien des actes de félonie. Plus atroces que le meurtre du chevalier hospitalier, Gilles de Sainte-Croix.

Que l'enfer accueille les commanditaires et les exécutants de ces crimes abominables !

De ces crimes commis par jalousie ou concupiscence !

Les Sarrasins devaient les garder par serment : ils les tuèrent tous.
Les engins du roi, qu'ils devaient garder aussi, ils les découpèrent en pièces ;
et les chairs salées qu'ils devaient garder, car ils ne mangent pas de porc,
ils ne les gardèrent pas, mais ils firent un lit des engins, un lit de bacons
et un autre de gens morts et mirent le feu dedans ; il y eut si grand feu
qu'il dura le vendredi, le samedi et le dimanche.

Chroniques de Joinville : croisade de Saint-Louis

Chapitre 8

Par mer, de Thunes à Tyr, l'hiver de l'an de grâce MCCCXLVI[1].

Tout commençait, un siècle plus tôt, à deux ans près, sous le règne du roi Louis le neuvième. À trois jours des calendes d'août, le 29 juillet de l'an de grâce 1248, par vents favorables, l'ost du roi Louis appareilla en chantant le *Veni Creator.*

La Montjoie, la Reine, la Damoiselle rejoignirent plus de quinze cents autres nefs, barges et drômons loués avec leur équipage aux armateurs des ports de Gênes et de Marseille. Elles s'engagèrent, toutes voiles gonflées, dans le vaste et profond chenal d'Aigues-Mortes.

Elles emportaient un nombre considérable de destriers, trois mille chevaliers, six mille écuyers et sergents montés, cinq mille arbalétriers et dix mille gens de pied, sans compter les nombreux

1. 1346

serviteurs de cour, les maîtres ingénieurs et les compains de tous les corps de métiers.

Moins de deux mois auparavant, la veille des ides de juin, le 12 juin, du même an de grâce, le roi avait levé l'oriflamme à Saint-Denis et reçu, selon la tradition, le bourdon et l'écharpe des pèlerins.

Cette fois, le comte Thibault de Champagne ne s'était pas croisé. Et pour cause. Il avait déjà donné, une dizaine d'années auparavant, avec la fine fleur de ses chevaliers. Et reçu grande indulgence. Pour essuyer un grand désastre en la ville de Gaza. Il avait cependant dépêché son sénéchal Jean de Joinville, grâce auquel nous tenions l'histoire de ce pèlerinage militaire.

Parmi les autres seigneurs, il y avait les ducs de Bourgogne et de Bretagne, les comtes de La Marche, de Saint-Pol, de Boulogne, de Flandre, le sire de Dampierre et quelques-uns des plus grands seigneurs de la comté de Toulouse.

Ayant perdu leurs fiefs pendant la tragédie albigeoise, ils espéraient ainsi se rédimer et y recouvrer quelques biens. La plupart des chevaliers étaient accompagnés de leurs épouses. D'aucuns avaient jugé plus sage de leur confier la gestion de leur domaine en leur absence.

Les deux frères du roi, Robert d'Artois et Charles d'Anjou l'accompagnaient, outre la Reine Marguerite de Provence. Alphonse de Poitiers, son troisième frère, devait rejoindre l'ost royal en l'île de Chypre, après avoir rassemblé sa bataille. La régence du royaume était assurée par la reine mère, Blanche de Castille.

Foulques de Montfort évoqua, sans s'y attarder, les circonstances qui avaient conduit notre saint roi à entreprendre ce premier pèlerinage : la longue maladie dont il s'était miraculeusement remis l'avait conduit à faire ce vœu. Mais ce ne fut pas la seule cause de ce pèlerinage : l'annonce du désastre survenu en la ville de Gaza où les Francs du comte de Champagne, les chevaliers syriens, ceux de l'Ordre de Sainte-Marie des Teutoniques et de Saint-Jean de Jérusalem avaient perdu plus de dix mille hommes d'armes quatre ans plus tôt, y contribua pour beaucoup. Sans parler de la perte de Jérusalem dont le royaume se réduisait comme peau de chagrin à un chapelet de villes côtières…

« Messire Foulques, avez-vous quelque idée de ce que coûta une telle expédition ? demanda Arnaud, plus préoccupé de finance que d'indulgence.

— Pour financer cette expédition, le roi Louis dut bailler plus d'un million de livres tournois et en préparer l'organisation pendant une année entière !… renchérit le chevalier.

— Un million de livres tournois ! Mais cela devait bien représenter à l'époque près de quatre fois les revenus des domaines de la couronne, s'exclama Arnaud, dont les pupilles s'étaient dilatées pour prendre forme et couleur d'un écu d'or.

— Oui, et comme vous le savez pour le tenir, peut-être comme moi, des chroniques du sire de Joinville qui accompagnait notre roi dans ce septième pèlerinage de la Croix, cette somme considérable ne devait hélas point suffire.

« Et aussi paradoxal que cela puisse paraître, l'argent qui fit alors défaut est à l'origine de ce trésor, une véritable fortune dont je vais tenter de rentrer en possession. Mais nous en reparlerons en d'autres temps. Plus tard. »

Le chevalier Foulques de Montfort devait effectivement en reparler quelque temps plus tard. Frère Jean aussi. Mais pour d'autres raisons. La science de l'un briserait la conscience de l'autre. Frère Jean le savait, mais restait coi. Le chevalier l'ignorait encore. Un simple répit. Il n'allait pas tarder à l'ouïr à ses dépens.

Saint Louis avait pris le conseil de ses barons et avait approuvé leur ordre de bataille. Ils avaient décidé d'attaquer l'Égypte, point faible du dispositif sarrasin. Ils estimaient que la défaite du sultan du Caire faciliterait la reconquête de la cité de Jérusalem.

Une escale avait toutefois été prévue en l'île de Chypre, où de nouvelles provisions de bouche pour les hommes et les chevaux et un impressionnant matériel de campagne avaient été accumulés depuis près d'un an sous la diligence de Nicolas de Soisy, un des proches du roi.

Les nefs jetèrent l'ancre en le port de Limassol. Le roi débarqua dans cette île à quatorze jours des calendes d'octobre, le 17 septembre. Mais de nombreux navires avaient été déroutés par des vents contraires ou par diverses fortunes de mer et il fallut bien attendre l'arrivée de l'ost d'Alphonse de Poitiers.

Lorsque l'armée fut enfin au complet, la mauvaise saison approchait. Un beau matin, les marins génois décidèrent sans crier gare de rentrer chez eux. Le roi Louis dut mener de nouvelles négociations pour transporter tous les corps d'armée en Égypte.

Il dut se résigner à attendre le printemps suivant. Fâcheux retard, qui privait les croisés de l'effet de surprise ! Pendant ce temps, le roi Louis et son ost furent les hôtes du sire Hugues de Lusignan, roi de Chypre. Louis mit ce temps à profit pour convaincre le roi Hugues de prendre la Croix et de l'accompagner en Égypte.

Quelques jours avant que les navires ne lèvent l'ancre, le maître des Templiers, Guillaume de Sonnac, informa le Conseil que le sultan du Caire proposait de négocier la paix.

Le roi Louis était-il mal informé de la situation générale qui régnait en Terre sainte ? Il était, en tout état de cause, plus averti des us et coutumes des sujets de son royaume que des traditions et des comportements des Sarrasins.

Il décida de ne pas traiter avec eux avant de les avoir vaincus et il ordonna au maître des Templiers de rompre les pourparlers.

Par suite d'une bourrasque qui dispersa une partie des navires, la première tentative d'appareillage échoua. La tempête s'étant apaisée, on mit enfin à la voile. Il fallut quatre jours pour atteindre la forteresse de Damiette qui ouvrait la route du Caire.

Aiyyub, le sultan d'Égypte, pressentait que les Infidèles débarqueraient sur ce littoral. À sept jours des ides de juin, le 6 juin 1349, il avait pris des dispositions de défense. Dès que les voiles marquées de la sainte Croix furent en vue, six mille cavaliers égyptiens à ses ordres occupèrent la côte.

Les sables ne permettant pas d'aborder plus près, les croisés descendirent dans des barques. Messire de Joinville appartenait à la première bataille. À sa dextre, le roi, les chevaliers et les écuyers, en haubert de maille, le grand écu attaché autour du col, mirent le pied à l'eau dès que cela fut possible.

L'oriflamme rouge de Saint-Denis fouettait dans la brise. Le heaume du roi Louis, surmonté d'une couronne d'or, étincelait de mille feux au soleil. L'eau lui parvenait jusqu'au torse et pourtant, il était grand, plus grand que la plupart des gens de son ost.

À mesure qu'ils atteignirent le rivage, ils avancèrent le plus loin possible pour dégager le terrain et permettre aux batailles suivantes, aux destriers, aux écuyers et aux arbalétriers de prendre position. Ils plantèrent aussitôt leur écu par la pointe et fichèrent leur lance dans le sable en les inclinant vers l'ennemi. Les destriers commençaient à débarquer, déjà tout harnachés et prêts à être montés.

Sentant le danger approcher, les cavaliers égyptiens décochèrent moult flèches qui se fichèrent sur les écus comme autant d'épingles sur la pelote d'une camériste et chargèrent en vagues successives et tourbillonnantes, avant de laisser place à de nouveaux assaillants, selon la tactique qui leur était familière.

Les premiers chevaux s'enferrèrent sur les lances de dix pieds. Ils tournèrent bride et d'autres revinrent à l'assaut, soulevant un nuage de poussière ocre qui pénétrait par la visière des heaumes et brouillait la vue.

La position risquait de devenir intenable. Plusieurs chevaliers étaient déjà blessés ou purement occis. Sur le rivage, les premiers corps d'arbalétriers débarquaient, sous la conduite de messire Simon de Montcéliard, maître des arbalétriers du roi. Dès qu'ils parvinrent à terre, ils plantèrent leur targe pour se protéger des nuées mortelles que décochaient continuellement les Sarrasins.

C'est alors que tout le monde entendit les sons martiaux de plusieurs dizaines de nacaires, de tambours et de cors sarrasinois. Ils provenaient d'une galée toute peinte *d'or à une croix de gueules pattée* : les armes de Jean de Ibelin, comte de Jaffa, cousin germain du comte de Montbéliard. Il était du lignage de la maison des Joinville.

Il y avait bien trois cents mariniers en sa galée, chacun d'eux portant une targe à ses armes et, à chaque targe, il y avait un penoncel à ses couleurs. Le comte de Jaffa débarqua tout de fervêtu et coiffé du heaume, suivi par sa bataille. À sa senestre, se tenait le comte Philippe de Montfort, seigneur de Tyr.

« Philippe de Montfort ! Messire Foulques, seriez-vous du lignage de ce gentilhomme dont le sire de Joinville fit l'éloge ? questionnai-je précipitamment.

— Oui, messire Bertrand. En ligne directe, mais par la branche cadette. Le comte de Montfort, seigneur de Tyr, était mon arrière grand-père. Il est, grâce à son sens du devoir et par le hasard de la guerre, à l'origine de la fortune qui me revient.

— N'auriez-vous pas ouï dire que mon aïeul Hugues Brachet, un jeune écuyer, avait combattu ce jour près le roi Louis ? J'ai même composé quelques vers sur la bataille de Damiette que je vous réciterais volontiers si notre mestre de manœuvre me permettait de pincer les cordes de sa vielle.

— J'ignorais la présence de l'un de vos aïeux parmi l'ost du roi, messire Brachet. Je vous prie de n'y point voir ombrage : ma science de ces évènements ne provient que d'une lecture assidue des chroniques du sire de Joinville qui n'en fait pas mention, et de quelques parchemins que les biographes de ma famille ont rédigés. »

Tous les regards se tournèrent vers frère Jean lorsqu'il persifla :

« Humm… Moi, je ne l'ignorais cependant point.

— Vous, frère Jean ? Mais comment en avez-vous eu connaissance ? Ces parchemins sont conservés à Beynac ! Les chroniques de ma propre famille sont reliées en codex et conservées en la librairie du château. Le baron m'a autrefois permis de les étudier, mais de ne point en disposer. Les lire sur place. Après m'être lavé les mains, bien sûr. »

Arnaud gloussa. Le chevalier de Montfort se permit un sourire, évènement suffisamment rare depuis notre départ pour mériter d'être consigné dans ce récit. Ils connaissaient l'un et l'autre les grandes précautions dont s'entourait le baron de Beynac lorsqu'il autorisait l'accès à sa librairie.

« Vous semblez oublier que les frères dominicains sont d'excellents copistes, messire Bertrand ! rétorqua frère Jean, un mince sourire au coin des lèvres.

— Oui, certes. Mais j'ignorais qu'il en existât quelque copie.

— Le baron de Beynac détient une copie. En fait, nous détenons l'original, en la librairie de notre… maison. *C'est peut-être fâcheux, mais c'est ainsi*, affirma frère Jean, l'air faussement contrit, en soulevant un éclat de rire. Et cet original est probablement plus richement enluminé que les palimpsestes parcheminés que conserve le sire de Beynac. Tout baron qu'il est ! renchérit-il.

— Ça alors ! Frère Jean, me permettrez-vous, lorsque nous serons de retour au pays, d'examiner ces archives ? Peut-être sont-elles plus complètes, plus détaillées que celles dont j'ai eu connaissance ?

— Tout doux, tout doux, messire Bertrand. Laissons d'abord le chevalier de Montfort poursuivre son récit. Nous aviserons le moment venu… *Si vous prenez la précaution de vous laver les mains avant de les parcourir* », ajouta-t-il non sans malice. Mais Arnaud était un peu escagacé, je le sentis. Il pressa le chevalier de Montfort de conter plus avant. Ses ancêtres, semble-t-il, ne s'étaient jamais croisés.

Et, si Arnaud était jaloux des miens, c'était là grande erreur. Il ne pouvait être tenu pour responsable du fait que ses aïeux avaient préféré la défense de leurs biens en terre de France à la délivrance du Saint-Sépulcre en Terre sainte.

Sitôt les destriers débarqués sur les dunes de la ville de Damiette, les croisés se hissèrent péniblement à cheval, aidés par leurs écuyers. Leur haubert et leur cotte d'armes étaient encore trempés. Le sel de mer se mêlait à la sueur des gambesons. Ils chaussèrent leurs étriers, saisirent les rênes, calmèrent leurs chevaux. Ils se rangèrent en ordre de bataille et chargèrent de front, à l'outrée.

Disloqués, les cavaliers ennemis offrirent une résistance farouche dans un premier temps, puis s'enfuirent à brides avalées vers la forteresse de Damiette. Cédant à la panique, la garnison l'abandonna aussitôt. On sut que le sultan du Caire les fit pendre dès leur arrivée.

Trois mil lances sur l'arçon posées en arrêt,
Trois mil heaumes sur le haubert entrelacés,
Trois mil destriers de fer vêtus harnachés,
Trois mil croix rouges sur une épaule cousues,
Sur les surcots tissées et les casques gravées,
Trois mil boucliers aux couleurs de leurs écus,
Aux blasons des armes des valeureux Croisés,
Attendaient de charger, ensemble, à l'outrée.
Les fanions ondulaient dans la brise du soir,
L'oriflamme gonflait leur courage d'espoir.

Dans le silence de la vie et de la mort,
On entendait hurler les Maures,
Dans le regard d'un ami occis,
Le déchirant appel à la vie.
Dans le bruit de la mort en sursis,
On préparait grande braverie.
Pour écraser les Ayyubides
Dont les archers décimaient nos rangs,
Avant qu'ils ne tournent la bride
Pour prendre les ordres du sultan.
Par la fente des meurtrières
Percée à travers la visière,
Trois mil regards de fiers chevaliers
Attendaient de charger, à l'outrée.

On écoutait le sable siffler
Dans les dunes des plaines ocrées.

On sentait les destriers piaffer
Sur sol et terre de sainteté,
On voyait le Christ ressuscité,
On portait la sainte Croix sacrée.
Neuf mil gens d'armes ou écuyers,
Plus de cinq mil arbalétriers,
Cordes bandées, pied à l'étrier,
Derrière leurs targes, abrités,
Sans aucun dépris ni vanterie,
Redoutaient grande mazèlerie.
Pour tout cimier, sa couronne d'or,
Sous le soleil, brillait de mil feux,
Sur son heaume et sans remords.
À quand son cri de guerre fameux ?

Lance couchée,
Tête baissée,
Bouclier haut,
Tel un héraut,
Quelqu'un hurla,
Quelqu'un hucha :
Montjoie ! Saint-Denis !
C'était le roi Louis.
Montjoie ! Saint-Denis !
Vive le roi Louis !
Pour sainte Croix,
Pour notre Foi,
Chevaux au trot,
Nous n'étions trop.

Le sol tremble,
Tous ensembles,
Glaives au fourreau,
Et boucliers hauts,
Lances couchées,
Trois mil croisés,
Sur leurs destriers,
Au même instant,

Tous en avant,
Partent à l'assaut,
Chargent au galop.

Après le terrible choc,
Nous fendons les corps d'estoc,
Nous tranchons bras de taille
Sans connaître de faille.
L'ennemi serre les rangs,
Il oublie qu'il perd son sang.
De ses longs cimeterres,
Il tue nos gens à terre.
Des mailles très disloquées,
Des têtes décolletées,
Des chevaux à l'éventrée,
Des bras proprement tranchés,
Du sang rouge répandu,
Des armures pourfendues,
Des mourants de fervêtus
Des larmes d'amis perdus.
La bataille fait rage,
Décime et ravage.
Que de tristes carnages !

Las, nous n'achevons pas le travail,
Prévu dans l'ordre de bataille.
Sur le sable rouge, mil gisants
Sur les dunes, moult agonisants.
Du sang cependant, Mahomet baisait le sol.
Enfin, les Croisés pouvaient prendre leur envol
Partir à la reconquête de Damiette,
Avec Jaffa et sonneries de trompettes.

Les croisés entrèrent dans une ville déserte. Ils y trouvèrent vivres, armes et matériel de siège. Avant de s'engager dans le delta du Nil, le roi Louis décida d'attendre son frère, Alphonse de Poitiers. Chassé par la tempête, il avait fait escale à Saint-Jean-d'Acre. Il ne débarqua qu'à huit jours des calendes de novembre, le 24 octobre ! L'ost royal était à présent renforcé par les autres corps de bataille : les chevaliers chypriotes avec le roi Hugues, les chevaliers venus de Morée avec Guillaume de Villehardouin, les Templiers avec leur maître Guillaume de Sonnac et les Hospitaliers avec Jean de Ronay, et quelques chevaliers anglais du comte de Salisbury.

Le roi Louis assurait une nouvelle fois le commandement suprême, sans qu'il n'ait jamais eu à le revendiquer. Selon l'usage, il consulta les barons en son Conseil. Un grand seigneur, Pierre Mauclerc, duc de Bretagne et comte de la Marche, conseilla de prendre Alexandrie afin d'étouffer le commerce égyptien pour contraindre le sultan à demander la paix. Messire Gilles le Brun, connétable de France, et la plupart des barons se rangèrent à cet avis.

Le comte Robert d'Artois, avec sa fougue habituelle, s'y opposa. “Qui veut tuer le serpent, lui écrase la tête !” Il proposa de prendre la ville du Caire pour en finir au plus vite.

Louis se laissa, hélas, gagner par son enthousiasme. La trop facile victoire de Damiette avait donné une piètre idée de la combativité des troupes égyptiennes s'enfuyant à la première charge. Les croisés ne savaient pas qu'ils courraient à un immense désastre, peut-être pire que tous ceux que les croisés avaient connus jusqu'alors.

La route du Caire était contrôlée par une impressionnante forteresse sarrasine, Mansourah, construite au confluent du Nil et du canal du Bahr al-Saghir. Les croisés étaient persuadés que sa garnison n'opposerait pas plus de résistance qu'à Damiette.

On se mit en route à onze jours des calendes de décembre, le 20 novembre. L'armée croisée comptait alors plus de trente-cinq mil hommes. Bien que le Nil fut en décrue, constamment harcelée par les cavaliers égyptiens, sa progression fut lente, beaucoup trop lente : un mois pour franchir treize lieues !

Les croisés ne surent pas que le sultan Aiyyub était mort, trois jours après la prise de Damiette. Ni que la sultane *Bouche de perles* et le chef de l'armée, l'émir Fakhr al-Dîn, avaient tenu sa mort secrète pour éviter la démoralisation des soldats égyptiens et un coup de force éventuel des gardes mameluks. Or donc, ils ne purent tirer parti de cette situation.

Aux approches de la forteresse de Mansourah, à treize jours des calendes de janvier, le 19 décembre, la veille de la Saint-Thomas, les éclaireurs du roi signalèrent que le canal était barré par une flottille de barques montées par des archers égyptiens.

L'émir Fakhr al-Dîn avait disposé ses troupes sur la rive opposée. Connaissant parfaitement les passages à gué, il pouvait à tout moment ordonner d'attaquer les arrières de l'armée croisée.

Le roi fit détourner le cours du canal par ses ingénieurs. Les Égyptiens criblèrent de flèches les ouvriers qui tentaient d'établir un barrage. Les charpentiers construisirent des chats pour les protéger. Les Égyptiens les incendièrent à l'aide de feux grégeois lancés par leurs catapultes. La situation devenait critique et le roi Louis envisageait un sage repli en la ville de Damiette où s'était retranchée la reine Marguerite.

La providence apparut sous l'habit d'un Bédouin. Il monnaya la reconnaissance d'un gué contre une somme de cinq cents besants d'or. La providence était un mauvais sort. Une fois le gué franchi, le roi divisa l'armée en trois corps.

L'avant-garde fut composée des chevaliers templiers. Robert d'Artois reçut le commandement de l'autre corps de bataille. Le gros de l'armée restait sous les ordres du roi. Le duc de Bourgogne gardait le camp avec le comte de Jaffa, sur l'autre rive du canal.

Le roi avait décidé de charger l'ennemi de front. Et non par échelons. Le roi, connaissant le tempérament fougueux de son bien-aimé frère Robert d'Artois, lui avait recommandé grande prudence et non grande vaillance.

Le comte Robert n'en fit rien. Dès qu'il aperçut l'ennemi, il lança son destrier au galop. Les Templiers crurent qu'ils commettraient récréance s'ils restaient en arrière. Lances couchées, ils chargèrent de front au mépris des ordres de bataille. Les cavaliers de l'émir prirent la fuite. La victoire semblait acquise. La forteresse de Mansourah tomberait.

Le comte Robert d'Artois et son échelon s'engouffrèrent par les portes laissées ouvertes, traversèrent la ville en taillant tout sur leur passage. Mais la citadelle qui dominait les fortifications de la ville blanche était solidement défendue.

Les croisés se heurtèrent aux portes closes. Les lances étaient des outils dérisoires pour les forcer. Du haut des remparts, les archers égyptiens décochaient flèche sur flèche.

Les chevaliers se regroupèrent pour charger les Mameluks. Ces derniers sentirent qu'ils seraient embrochés par les Francs ou transpercés par les traits qui, ne distinguant ni amis ni ennemis, pleuvaient du haut des murs.

Leur chef, le sultan Baïbars, portait en guise de cimier un croissant d'or sur son casque. Son bouclier arborait son blason *de gueules à trois croissants d'or deux sur un.* Il rassembla les cavaliers mameluks, ordonna une charge de masse avec la rage du désespoir. Les croisés refluèrent dans la ville. Les rues étroites ralentirent leur retraite. Des projectiles de toute nature, certains dérisoires, d'autres mortels, pleuvaient de toutes les fenêtres.

Bloqués dans des ruelles au sol inégal, acculés dans les impasses, gênés par leur écu qu'ils devaient maintenir au-dessus de leur heaume, se bousculant en désordre, les croisés furent taillés en pièces les uns après les autres.

Un seul chevalier réchappa du massacre. Il avait quitté l'ost du comte de Jaffa pour assurer la liaison entre la bataille des chevaliers templiers et l'armée du roi. Il avait chargé avec les Templiers, convaincu que le roi Louis l'avait ordonné. Il portait sur l'encolure de son destrier *un jeune garçon d'une douzaine d'années, grièvement blessé...*

« Ce chevalier ne serait-il pas, par hasard, le comte Philippe de Montfort ? m'écriai-je.

— Si, messire Bertrand. Et ce jeune garçon était un chrétien maronite.

— Comment, messire Foulques, le chevalier de Montfort sut-il que ce jeune homme était de religion chrétienne ?

— Il s'était agenouillé au passage de mon aïeul en présentant ostensiblement la croix en or qu'il portait autour du cou.

Le comte de Montfort le prit en pitié et l'arracha du sol au moment où une flèche atteignit le jeune garçon à l'épaule.

— Votre parent ne pensait-il pas plutôt enlever une jeune bagasse égyptienne pour la biscotter ou la forcer dans son lit ? Il paraît qu'elles sont chaudes et promptes à s'escambiller les drôlasses d'ici !

— Cette fois, c'en est trop, à la parfin, messire de la Vigerie. Vous insultez la mémoire de *nos* ancêtres », rugit Foulques de Montfort.

Le chevalier se leva brusquement. Arnaud avait bondi aussi. Mais Arnaud fut plus prompt. Il s'enfuit à toutes jambes au moment où le chevalier de Montfort s'apprêtait à lui administrer une paire de claques.

« Hors de ma vue, hurla-t-il, faute de mieux. Capitaine, mestre-capitaine, mettez ce vaunéant, ce coquardeau aux fers, en cale sèche. Au pain et à l'eau ! »

Le chevalier n'avait pas sollicité l'accord du mestre-capitaine. Mais le ton de sa voix ne souffrait aucune discussion. Il ne badinait pas. Ses lèvres tremblaient. Son visage était rouge de colère.

Sur un signe que lui confirma le mestre-capitaine, le mestre de manœuvre qui se tenait non loin de là, ordonna à deux solides mariniers de se saisir du "vaurien" et de le conduire au purgatoire. C'est-à-dire là où il ne faisait pas bon naviguer.

Décidément, Arnaud n'était qu'un animal lubrique. Il ne pensait qu'à mugueter et à mignonner. Et il s'en vantait. Cette fois, il était allé un peu trop loin et n'avait certainement pas pris la mesure de ses propos. Quand bien même, c'eut été vrai.

La suite du récit devait d'ailleurs nous prouver le contraire. Le comte Philippe de Montfort était non seulement un preux, c'était aussi un chevalier courtois, très respecté des gentilshommes, des dames et de ses gens.

Sur ma requête pressante, sa colère apaisée, Foulques de Montfort accepta de narrer la suite des évènements : ivres de carnage, les Mameluks se ruèrent sur l'ost royal. L'héroïsme du roi Louis permit de contenir le premier choc.

Un jeune écuyer le sauva, paraît-il, du coup mortel que s'apprêtait à lui donner, de dos, un cavalier sarrasin. En s'interposant entre le roi et la lance.

« Le nom de cet écuyer, messire Foulques, le connaissez-vous ?

— Nenni, messire Bertrand. Ni les chroniques du sire de Joinville, ni les biographes de ma famille ne le citent.

— Ah….

— Moi, je sais ! intervint le frère dominicain, étonnamment bien instruit des affaires de ce pèlerinage.

— Ah ? Ne vous faites point prier, frère Jean, parlez ! Si messire de Montfort permet cette interruption ? »

Le chevalier hocha la tête et l'invita à répondre à ma question d'un geste de la main.

« Nous avons déjà évoqué son nom, messires.

— C'est bon, frère Jean. Ne nous faites point languir, intervint messire Foulques. »

Frère Jean me fixa de ses yeux pénétrants :

« Ce jeune écuyer était votre ancêtre, Hugues Brachet de Born, messire Bertrand. Il arborait sur son surcot des armes *d'argent à deux chiens braques de sable passant et contrepassant l'un sur l'autre.* Après avoir combattu avec grande vaillance, il a donné sa vie pour sauver le roi !

— C'est incroyable !

— Vous pouvez le dire, messire Bertrand et en être fier : la lance a percé son cœur et l'a occis sur le champ. Après le terrible combat, le roi en fut instruit par ses propres écuyers. Louis était fort pieux, vous le savez. Et grand seigneur.

Il arma votre aïeul, chevalier sur le champ de bataille, mais *post mortem* bien sûr. Un adoubement extrêmement rare. Il a ensuite prié sa veuve, Bertrade, que Hugues Brachet avait épousé avant leur Grand Voyage, de lui faire l'honneur d'écarteler ses couleurs aux armes de France. »

Sidéré, abasourdi par cette nouvelle, je portai instinctivement les yeux sur les armoiries de ma bague. Y figuraient, il est vrai, sous les chiens braques, entre autres couleurs et meubles, trois lys d'argent…

Le chevalier de Montfort ne prêtait qu'une attention distraite à la science des blasons. Il détourna les yeux pour regarder la citadelle de Carthage et se signa. J'interprétais ce geste comme un signe pieux. Je me signai à mon tour.

« Mais, frère Jean, si mon aïeul se sacrifia pour le roi, comment puis-je être de son lignage ?

— Son épouse, Bertrade, de noble famille elle aussi, était enceinte. Elle attendait, comme la reine Marguerite à cette époque, un enfant.

« Cet enfant fut votre arrière-grand-père. Bertrade Brachet était une des dames de compagnie de la reine. Lorsqu'elle mit son fils au monde, elle le nomma Louis et demanda la permission de se retirer dans un cloître, ce que la reine accepta. De sorte que le jeune Louis fut élevé à la cour de France. »

Cette nouvelle me bouleversait. J'étais à cent lieues d'imaginer pouvoir compléter un jour la généalogie de ma famille. Trop de zones d'ombre subsistaient encore jusqu'à cette révélation. Les documents et les commentaires que m'avait donnés le baron de Beynac, ne mentionnaient que l'existence de l'écuyer Hugues Brachet à la bataille de Damiette.

Sa trace disparaissait ensuite dans les profondeurs de l'histoire. Le baron de Beynac n'avait pu me parler que de mon père qui, m'avait-il dit, lui avait sauvé la vie, lors de la bataille de l'Écluse. La tradition voudrait-elle que je sauve à mon tour, au péril de mon corps, la vie de quelque gentilhomme ? Je ne m'étais point posé la question jusqu'à présent. L'avenir devait me donner partiellement raison. Bien des années plus tard.

Frère Jean reprit son récit après un silence lourd, chargé d'émoi et d'évocation du passé. Il cita un merveilleux poème que la reine Marguerite avait composé à cette occasion.

Il vit un cavalier,
À la lance couchée,
Viser les lys de dos
Et charger au galop.

Son coursier, il lança
En le piquant des deux,
Se jetant entre eux.
La lance se brisa,
Et pénétra son cœur,
À l'instant, sur l'heur.

Un Ami le pria,
Avec grande douleur.
Et sa Mie le veilla,
Beau visage en pleurs,
Baignée par les larmes.

Au paradis des preux,
Était montée l'âme
D'un guerrier valeureux.
L'Ami était des Francs,
Le premier, le plus grand,
Le plus pieux des rois.

En vertu de son droit,
Sur terre des Maures,
Alors qu'il était mort,
Chevalier l'adouba,
La colée lui donna,
Et lys sur son écu,
Pour armes, il reçut.
C'était geste royal,
Pour écuyer loyal.

Sa Mie fut accueillie
Dans un cloître fleuri.
Il germait en son sein
Le fruit d'un amour sans fin.

Très longtemps encore,
Elle vécut et pleura
Le mari dont le corps
Reposait loin là-bas,
Dans la terre sacrée,
Sur sol d'éternité.

La beauté du geste
Qu'il avait accompli,
Les avait anoblis.

Hélas, il n'en reste,
Hérauts en attestent,
Que lys sur armoiries.

Le roi était sauvé. S'ensuivit une mêlée sauvage, où chacun se défendait comme il pouvait. Il en résulta une effusion considérable de sang chrétien. Les Mameluks reculèrent. Le roi en profita pour reformer ses échelons. Il ordonna l'outrée en hurlant : "Dieu le veut !" Les Mameluks plièrent, mais ils avaient une telle supériorité en nombre que la bataille se poursuivit jusqu'au soir.

Louis s'était trouvé à maintes reprises à nouveau en péril de mort. Sa haute taille, son heaume d'or, le signalait à l'attention de tous. Cependant, la fureur du combat n'occultait pas son sens aigu de la stratégie. Il réussit à manœuvrer pour se rapprocher du camp gardé par le duc de Bourgogne. Ce dernier fit établir en toute hâte un pont de bateaux.

Lorsque les arbalétriers, qui n'avaient pas encore donné, apparurent, les Mameluks abandonnèrent le champ de bataille. C'était une victoire durement acquise et non décisive puisque cette fois encore, l'armée adverse n'était pas anéantie.

Le surlendemain, à deux jours des ides de février, le 11 février 1250, les Mameluks appuyés par la piétaille égyptienne lancèrent un assaut général contre le camp des croisés. Par son sang-froid, le roi évita le pire. Les vagues successives d'assaillants vinrent se briser contre les lances. Les Mameluks renoncèrent à rompre cette muraille de fer.

En réalité, ce furent la disette et la dissenterie qui détruisirent l'armée. En effet, les Égyptiens avaient saisi et détourné plus de cent navires qui transportaient des vivres vers le camp royal. Il n'était plus question de prendre Mansourah et encore moins Le Caire. La mort dans l'âme, le roi Louis se résigna à ordonner le repli. Son conseil lui suggéra de négocier avec le sultan Turan-shah, le nouveau maître de l'Égypte. Dernier descendant de Salah-ed-Din, il avait succédé au sultan Aiyyub.

Fils d'une esclave sarrasine, le sultan mulâtre était étrangement morne, cruel et taciturne. Il ne pouvait être abordé que s'il avait lui-même pris l'initiative d'interroger. Il dictait ses ordres par écrit et au moindre prétexte, exigeait, paraît-il, des massacres sanguinaires.

« Qu'advint-il du comte de Montfort et de son protégé ?

— Le roi avait accepté que son jeune protégé, comme vous dites, messire Bertrand, fut soigné par sa miresse elle-même, une dame très savante ès médecine, du nom de Hersent, qui avait accompagné la famille royale dans ce pèlerinage de la Croix.

— La miresse du roi !

— Oui, par Saint-Damien ! Louis, qui avait pleuré la mort de son frère, Robert d'Artois, était reconnaissant à mon ancêtre d'avoir sauvé la vie de ce jeune orphelin, dont la famille avait été égorgée par les Mameluks, apprit-il par la suite, lorsque les chevaliers avaient pénétré dans la cité de Mansourah.

« Étaient-ils ivres de carnage ? Suspectaient-ils quelque trahison de la part de ces chrétiens maronites qu'ils toléraient mais considéraient comme des sujets infidèles et de basses conditions ?

— Dame Hersent réussit-elle à le sauver ?

— Joseph, tel était son nom, lutta entre la vie et la mort plusieurs jours. La miresse avait réussi à extraire la flèche qui l'avait atteint au moment où le comte de Montfort le hissait en selle.

« Mais il en était résulté une forte fièvre d'Acre qui l'avait considérablement affaibli. Sans parler des risques de purulence, de scorbut et de dissenterie que connaissait l'armée franque menacée en outre de famine. Les gens manquaient de subsistances et les chevaux de fourrage[1].

1. Le sultan avait fait transporter un grand nombre de nefs à travers le désert à force de chameaux ; mises à l'eau, les nefs avaient remonté le cours inférieur du Nil pour intercepter les convois de ravitaillement de l'armée croisée, sur terre et sur mer.

« Grâce aux soins attentifs que la miresse du roi lui prodigua jour et nuit, il se remit lentement de sa blessure.

— Pardonnez-moi, messire Foulques, mais je ne vois toujours pas quel rapport le rétablissement de ce jeune chrétien maronite peut avoir avec notre voyage outre-mer ? » osai-je demander.

— Soyez patient, messire, la patience est la fille…

— Oui, messire, je sais, la patience est la fille de la sagesse, m'a-t-on dit récemment. Euh… veuillez me pardonner, messire Foulques. N'y voyez point offense. »

Turan-shah amusa le roi avec des palabres qui n'en finissaient pas. Il savait que l'armée croisée était atteinte de maladies qui réduisaient considérablement sa force combative. Les vivres faisaient défaut, les hommes étaient exténués. De fortes chaleurs le jour, des nuits glaciales.

Grelottant, le roi ne put bientôt plus tenir en selle. On l'emporta mourant dans l'humble demeure d'une bourgade âprement défendue par ses chevaliers les plus proches. Les barons syriens voyaient l'armée fondre de jour en jour, comme neige au soleil. Philippe de Montfort avait l'expérience des Sarrasins. Ils le dépêchèrent pour conduire les pourparlers.

La retraite se poursuivait et l'on approchait déjà du port lorsque surgit un sergent d'armes du nom de Marcel qui cria aux barons : “Le roi ordonne de vous rendre avec toute l'armée, sans condition. Les malades au moins seront saufs.” L'ordre stupéfia tout le monde au point que personne ne songea à le vérifier. La reddition fut acceptée sur le champ. Le roi Louis, sur son grabat, luttait entre la vie et la mort. Il était dans l'incapacité de donner un ordre. On apprit par la suite que le sergent n'était qu'un espion à la solde du sultan !

Les captifs furent parqués en la ville de Mansourah en attendant que soit négocié le montant de la rançon. Les rues en terre battue étaient encore rouges, a-t-on dit, du sang des Templiers et des croisés qui avaient chargé avec le comte d'Artois.

Un grand nombre de preux, chevaliers, écuyers ou simples gens d'armes étaient trop miséreux pour racheter leur liberté par leurs propres moyens. D'aucuns avaient, en effet, dû vendre à réméré leurs seigneuries pour participer au Grand Voyage. Ils ne disposaient plus que de maigres ressources et un grand nombre parmi eux étaient devenus aussi pauvres que Job. Le roi leur vint en aide en se portant fort pour eux.

Ce qui n'empêcha pas les Mameluks, dont ils étaient captifs, d'en flageller et d'en décoler un grand nombre. Ils reçurent la couronne de martyre. Une couronne teinte de leur sang. Si, par trop démunis, ils avaient en outre refusé d'apostasier leur foi en Notre-Seigneur.

Turan-shah balançait entre son orgueil et son sens de l'intérêt : mettrait-il à mort le roi franc ou en tirerait-il rançon ? On avait perdu l'occasion d'échanger Damiette contre Jérusalem.

Le sultan exigea finalement du roi une rançon pharaonique de huit cent mil besants d'or et la reddition de la ville de Damiette pour libérer les captifs. Qu'en eut-il été si Damiette n'avait pas été contrôlée par les croisés ?

Au moment où il venait de fixer le montant de la rançon, une révolte de palais éclata. Le sultan Turan-shah était haï par son armée.

Les Mameluks et leur chef Baïbars se saisirent de lui. Il tenta de s'enfuir, couvert de blessures. Ses assassins le rattrapèrent. L'un d'eux lui ouvrit la poitrine d'un coup de cimeterre.

Il lui arracha le cœur, le saisit dans la main et courut vers notre saint roi : "Que me donneras-tu pour avoir arraché le cœur de celui qui te voulait mettre à mort ?" Le roi ne daigna point répondre. Ils furent sur le point de l'égorger lui, et tous les prisonniers. Ils se ravisèrent au dernier moment et confièrent le pouvoir à l'une des veuves du prédécesseur de Touran-shah.

Charmée et troublée, paraît-il, par la prestance et le beau visage émacié par la maladie et la captivité du roi Louis, la sultane Bouche de perles confirma les accords passés avec feu le dernier sultan.

Entre-temps et bien qu'elle fût sur le point d'accoucher, la jeune reine Marguerite avait organisé la défense et l'approvisionnement de la ville de Damiette avec une surprenante autorité.

Le sire de Joinville précisa que la reine avait fait jurer au vieux chevalier, commis à sa garde, le chevalier d'Escayrac, de les occire, elle et la jeune Bertrade, si les Sarrasins venaient à reprendre la ville. Le chevalier aurait répondu : "Y pensais…"

La reine avait compris quelle monnaie d'échange Damiette représentait dans les négociations avec le sultan. Il n'est pas exagéré de dire qu'elle sauva le roi et ce qui restait de l'armée.

À deux jours des nones de mai, le 5 mai 1250, quatre galées conduisirent le roi et une partie des captifs à Damiette, contre versement d'une grande partie de la rançon. Malgré la diligence de la reine, l'équivalent en besants d'or de trente mil livres tournois faisait défaut. Par l'entremise du sénéchal de Joinville, le roi fit mander à frère d'Ostricourt, trésorier du Temple, de bien vouloir lui en faire l'avance.

L'Ordre du Temple avait vocation religieuse et militaire. Ils étaient aussi banquiers et marchands. Parfois, plus banquiers que marchands. Ils ne pouvaient se dessaisir de dépôts qui ne leur appartenaient pas. Aussi le trésorier refusa-t-il tout net. La règle lui interdisait de bailler mie sans l'ordre formel du grand maître. En transgressant la règle de l'Ordre, Étienne d'Ostricourt ne s'exposait-il pas à l'exclusion ?

Renaud de Vichers, maréchal du Temple, suggéra de saisir ce qu'on refusait. Le roi envoya le sire de Joinville en ambassade à bord de la mestre-galée templière.

Comme prévu, le trésorier refusa de lui remettre l'argent. Joinville saisit une cognée, la brandit et déclara qu'il en ferait la clef du coffre. Le trésorier s'exécuta enfin : la règle de l'Ordre était sauve et en fin de compte, la rançon était soldée.

Le roi s'embarqua à sept jours des ides de mai, le 8 mai, à destination de Saint-Jean-d'Acre et fit escale à proximité de la cité de Damiette pour y recueillir la reine Marguerite, sa suite et les mariniers génois et pisans qui en avaient assuré la défense. À bord de l'une des quatre nefs, se tenaient le comte Philippe de

Montfort et le jeune Joseph qu'il avait réussi à arracher aux caprices sanguinaires de leurs geôliers. Avec l'aide de l'autorité morale et le secours pécuniaire du roi Louis et de la reine Marguerite qui s'étaient acquittés de leur double rançon.

Ils étaient libres, mais les finances du comte de Montfort étaient exsangues. Et il était devenu le débiteur du roi. Entre douze et quatorze mille prisonniers restaient aux mains des Mameluks. Les survivants ne devaient être libérés de leur captivité que de nombreux mois plus tard.

« Quelle relation, messire Foulques, le récit que vous nous avez fait a-t-il avec le trésor que vous allez quérir ? Avec la rançon que le roi Louis avança pour la libération du comte Philippe et de celle du jeune maronite ?

— Nous sommes rendus au croisement des chemins, messire Bertrand, me répondit aussitôt le chevalier de Montfort, dont le regard brillait à présent d'un éclat inhabituel.

— Mais, comment un aussi jeune homme put-il s'acquitter d'une dette aussi considérable ? Avait-il quelques biens ?

— Joseph était d'origine syrienne "un chrétien de la ceinture", comme on disait à l'époque ; il avait été bercé dès sa plus tendre enfance dans le milieu du commerce.

« La famille d'icelui était extrêmement riche et suscitait bien des convoitises de la part des nouveaux maîtres de l'Égypte. Une des raisons qui avaient conduit le sultan Baïbars à laisser massacrer toute sa famille à Mansourah était, sans aucun doute, la convoitise.

« Profitant de la situation, il avait fait main basse sur tous leurs biens. Ces biens étaient considérables, mais ils avaient changé de mains. Joseph était à présent plus pauvre que le plus pauvre des ermites du Sinaï.

Mon aïeul, le comte, le traita comme son propre fils, Jehan de Montfort. Il poursuivit son éducation religieuse, sans avoir besoin de l'instruire des affaires de banque ou de commerce.

« Le jeune Joseph possédait un sens naturel et inné d'icelles. Il voua à mon aïeul une reconnaissance sans limites. Le comte Philippe de Montfort demeurait seigneur de Tyr. Il y favorisa l'installation d'un comptoir génois au détriment des Vénitiens.

« Joseph Al-Hâkim apprit la langue des uns et des autres, aussi facilement qu'un bébé apprend à téter sa mère. Il grandit et fit fortune en qualité de courtier entre les marchands arabes et les commerçants génois.

« Jusqu'au jour où il informa le comte de Montfort qu'il entendait lui léguer un coffre qui contenait en ducats, en besants et en florins, plus de … trente mil livres tournois ! »

— La même somme que celle qui avait été saisie par le sire de Joinville chez les Templiers pour bailler le complément de rançon ! m'exclamai-je.

— Vous avez compris, messire Bertrand ! Joseph envisageait de s'acquitter de sa dette envers le comte de Montfort. Pour lui avoir sauvé la vie deux fois : une première fois en sollicitant les soins de la miresse Hersent et une seconde fois en négociant sa liberté lors du versement du solde de la rançon.

— Mais alors, ce trésor, où se trouve-t-il à présent ? demandai-je

— Il est conservé précieusement par les marchands génois du comptoir de Tyr. Il me sera baillé sur présentation du document en ma possession, affirma le chevalier de Montfort en tapotant sa poitrine.

— En êtes-vous vraiment sûr, messire Foulques ? » s'enquit frère Jean.

Il s'était accoisé depuis quelque temps. Il s'exprima avec une moue dubitative de la lèvre inférieure qui exaspéra le chevalier. De quoi ce moine se mêlait-il, à la parfin ? Je le trouvais bien outrecuidant. En quoi cette affaire le concernait-elle ?

Foulques de Montfort se rembrunit et se raidit. Il se campa sur ses membres inférieurs. Comme un coursier qui se cabre. Descendant du comte Philippe de Montfort, puissant seigneur de Tyr, le chevalier se sentait investi d'une mission dont il croyait tenir les tenants et les aboutissants.

Le chevalier devait bientôt déchanter. Et se retrouver plus mortifié qu'une truie saillie par un bélier. Il n'était point femelle et frère Jean n'était, jusqu'à présent, qu'un modeste frère dominicain qui ne manifestait aucune intention de s'emmistoyer avec lui.

Il n'était point sodomite. Pas plus que le chevalier de Montfort, à ma connaissance.

Pourtant, le moine devait la lui prêcher plus profond que le chevalier n'aurait jamais osé l'imaginer.

Au risque de le payer de sa vie.

Que richesse, sagesse et beauté te soient données.
Mais garde-toi de l'orgueil qui souille tout le reste.

Salle capitulaire du krak des Chevaliers hospitaliers, plaine de la Bouquaïa (traduction de l'inscription en latin)

Chapitre 9

Escale à Tyr à quinze jours des calendes de janvier, en l'an de grâce MCCCXLVI[1].

« Le roi est mort, messire Foulques ! *Al-shah-mat !* »

Je prenais enfin ma revanche. Pour la première fois. Pour la dernière aussi. Mais ça, je l'ignorais encore ce jour-là. Le chevalier de Montfort coucha le roi noir.

« Vous avez gagné cette bataille, messire Bertrand et vous en félicite. Vive les blancs !

— Je n'y ai point de mérite ! Vous étiez plus occupé à surveiller la vigie sur le panier de hune qu'à suivre l'évolution des pièces sur l'eschaquier... »

Il était vrai que le chevalier avait déplacé ses pièces sans réfléchir, l'esprit manifestement occupé ailleurs. Au point que j'avais été obligé d'attirer son attention sur une erreur grossière

1. Le 17 décembre 1346.

de déplacement du chevalier de la fierge, indigne d'un joueur de la qualité de mon adversaire.

Si Arnaud maîtrisait les arcanes de ce jeu complexe, je l'ignorais. Nous n'avions jamais disputé de partie ensemble. Curieusement, pour avoir joué à d'autres jeux avec lui, je ne savais s'il pratiquait l'art des échecs.

Pour l'instant, il ne pouvait commenter ce tournoi. Il croupissait toujours à fond de cale. Tout au mieux aurait-il pu jouer contre lui-même. En imaginant la position des pièces sur l'eschaquier. Au risque d'en devenir fol.

Thunes, Alexandrie, Acre. Un bon mois déjà s'était écoulé depuis que la Santa Rosa avait appareillé d'Aigues-Mortes. Trois bonnes semaines de navigation et trois escales de deux à trois jours chacune dont nous n'avions pu profiter : nous avions toujours été consignés à bord, pour notre sûreté.

Depuis la violente tempête que nous avions essuyée aux approches de Thunes, la mer était calme, le vent faible à modéré, le froid de plus en plus vif. Nous avions essuyé quelques grains tout au plus, lâchés par un ciel gris. Nous naviguions cap au nord, vers le port de la ville de Tyr. Depuis Alexandrie, le mestre-capitaine ne traçait plus sa route à l'aide de son astrolabe. Et pour cause : nous longions la côte à vue.

Lorsque la mer était calme, nous disputions, messire Foulques et moi, moult parties d'échecs pour tuer le temps. Sous l'œil attentif de frère Jean qui s'instruisait de la science du chevalier de Montfort.

Autant de parties jouées, autant de parties que j'avais perdues. Je ne devais, ma vie durant, connaître de meilleur joueur que lui. À ce jeu, tout au moins. Foulques était passé maître en cet art. Lorsque je lui avais demandé d'où il tenait cette science, il avait répondu laconiquement :

« L'entraînement, messire Bertrand, l'entraînement assidu. Comme l'exercice que vous pratiquez de mieux en mieux au poteau de quintaine ! »

À l'instant précis où le chevalier de Montfort me félicitait d'avoir gagné cette partie, victoire trop facile pour en tirer quelque gloire, le mestre-capitaine repéra une tour à feu qu'il reconnaissait, sur la côte au loin, et annonça que nous étions à environ huit milles marins de Tyr, à moins de trois heures de notre destination.

Foulques prit congé incontinent. Il attendait ce moment depuis notre départ. Il se précipita dans sa cabine pour se raser et faire un brin de toilette.

Il est vrai que nous avions tous une barbe récente, moins belle que celle, poivre et sel, du mestre-capitaine et du mestre de manœuvre. Plus brune, pour Foulques de Montfort, plus grise pour frère Jean, plus blonde pour moi.

Nous ne pouvions bien évidemment pas recourir à bord aux services de notre barbier. Il rasait d'autres barbes en d'autres lieux. Avec les quatre nouveaux écuyers et les six pages qu'avait recrutés le baron de Beynac, il ne devait point chômer, notre barbier préféré ! Les sentences en latin dont il ponctuait ses phrases me manquaient aussi.

La barbe d'Arnaud devait être châtain clair. Mais Arnaud était toujours en cale sèche. Sa paillasse restait vide. Le chevalier l'aurait-il oublié ? Ce serait peu dire qu'il n'avait pas apprécié d'entendre traiter de bagasse égyptienne, Joseph, le protégé de son ancêtre, le comte Philippe de Montfort.

Une heure ou deux plus tard, nous surgîmes tous les trois à peu près au même instant sur le pont et nous esbouffâmes : nous portions de légères entailles sous les oreilles et le bas du visage, encore fraîches. Le léger tangage de la nef avait rendu le maniement du rasoir, délicat et inconfortable. Et les lames étaient émoussées.

Frère Jean s'était contenté de se raser sans changer de robe. Moi aussi. J'avais changé de chemise et de chausses, mais point de surcot. Ne disposant, en ce qui nous concernait d'aucun sauf alant et venant pour pénétrer en la ville de Tyr et nous rendre au comptoir génois de la place, nous ne pouvions ni l'un ni l'autre, accompagner Foulques de Montfort.

En revanche, ce dernier était à présent sanglé dans un long pourpoint gris de marchand, aux manches bouffantes et aux extrémités doublées d'une bande de fourrure de castor du plus beau bistre.

Son doublet de laine bleue était garni d'une doublure de lin blanc, fermé par des boutons d'étain. Il mettait discrètement en évidence les poignets d'une chemise qui étaient d'un blanc plus éclatant que l'amidon.

On ne disposait bien évidemment pas d'amidon à bord, mais l'eau de mer dans laquelle elle avait été nettoyée par les mousses avait déposé de fines particules de sel, d'un blanc un peu raide, mais du plus bel effet.

Un chaperon de feutre orné d'un écusson tissé aux armes des marchands de Gênes le coiffait avec élégance. Ses chausses rouges, nouées sous la tunique par des jarretières, s'inséraient par des pattes glissées sous les pieds dans de coûteuses bottines en cuir de veau brunes et souples.

En guise d'armes et de munition, il portait, accroché à sa ceinture, un petit cotel de table, une grosse aumônière de cuir bien gonflée, décorée et patinée par le temps et un trébuchet, sorte de petite balance permettant de peser la valeur des monnaies en leur poids d'argent.

Bref, tout l'aspect du riche marchand génois qu'il n'était pas. Sa haute stature, sa grande noblesse, son air fendant et hautain, ses traits burinés en imposaient. En imposaient peut-être un peu trop, mais que diable, on ne se refait pas !

« Messire Foulques, quelle prestance ! Ces habits doivent valoir leurs *besants* d'or ! » m'exclamai-je, en me permettant un jeu de mots facile. Le chevalier se contenta d'esquisser un léger sourire et nous dit :

« Cette fois, nous approchons du but : la famille Al-Hâkim tient comptoir de change et de courtage en la ville de Tyr et je ne tarderai pas à récupérer le trésor de mes ancêtres ! Je possède ici le document original revêtu des doubles seings et des sceaux de Joseph et de Philippe de Montfort, qui attestent mes droits de propriété », déclara le chevalier, en portant une main sur sa bourse.

— Croyez-vous, messire Foulques ? En êtes-vous vraiment sûr ?

— Évidemment, frère Jean : mes informations sont précises. En douteriez-vous ? Aux dernières nouvelles…

— Aux dernières nouvelles ? À quand remonteraient ces dernières nouvelles ?

— Cela ne vous regarde point ! » répondit sèchement le chevalier de Montfort. Puis se ravisant :

« Allons, allons, frère Jean. Ne gâtez point une aussi belle journée par des propos aussi déplacés que décourageants ! Soyez confiant. Bien qu'au fond, cela vous importe peu, n'est-il pas ?

— Pardonnez, mais cela m'importe plus que vous ne pouvez l'imaginer. Je ne doute pas de l'existence de quelques biens que vous revendiquez ici-bas. Je doute seulement de l'usage qui pourrait être fait d'iceux.

— Je reconnais bien là votre esprit de charité, ironisa le chevalier, un pli narquois à la lèvre.

— Je doute aussi que ces biens se trouvent à Tyr. Les voies du Seigneur sont impénétrables, messire Foulques. Celles de notre Sainte-Mère l'Église aussi, vous savez…

— Cela suffit à la parfin, frère Jean ! Votre air innocent et vos insinuations m'exaspèrent. Ne mettez donc point ma patience à bout. Allez plutôt grabeler les articles de la foi sur d'autres terres ! À tantôt ! »

Le chevalier avait rugi de colère. Il nous salua avec roideur, nous tourna les talons et se dirigea d'un pas vif vers le château de proue. Moins pour surveiller la manœuvre d'accostage qu'à la suite du mestre-capitaine, le mestre de manœuvre transmettait incontinent à coups de sifflet et à gueule bec dans le porte-voix, que pour calmer ses nerfs qu'il avait à vif. Avant de débarquer. Je me tournai alors vers frère Jean pour quérir quelques commentaires sur les raisons des doutes qu'il avait perfidement laissé planer.

Mais le dominicain avait disparu de la surface du pont. Je ne devais pas le revoir avant le retour de Foulques. Le chevalier de Montfort était convaincu de son droit. Il devait déchanter. Bientôt. Tantôt. Trop tard.

Le jour déclinait. De gros nuages noirs envahissaient le ciel. Les rayons du soleil couchant les heurtaient par moments, tentaient sans succès de freiner leur déplacement, doraient leurs contours.

Non loin de là, la cité de Tyr se parait d'ombres et de lumière au gré des nuages : tantôt ocre, tantôt grise. Elle s'assombrissait au passage d'un épais nuage, se rapprochait et brillait de tous ses feux. L'instant suivant, elle s'éloignait pour plonger dans l'obscurité avant de revenir à la lumière.

Je sentais le souffle des chevaliers aller et venir, lutter, mourir, revenir, vaincre, succomber sous le nombre au rythme des batailles gagnées ou perdues, des cités assiégées, conquises, reconquises, puis abandonnées depuis un demi-siècle.

J'entendais le hurlement de ces chevaliers qui chargeaient par échelons, des cris d'agonie, le râle des mourants de fervêtus, le déplacement grinçant et chaotique des beffrois qui montaient à l'assaut, le sifflement aigu des flèches sarrasines, le lourd feulement des pierrières.

Je voyais le sang chrétien répandu, mélangé au sang des Sarrasins. Tantôt assaillants, tantôt assiégés, souvent capturés, rançonnés ou occis. Le sang des Croyants et le sang des chrétiens avait la même couleur, la même viscosité brunâtre.

Je respirais l'odeur écœurante des corps en décomposition sur le champ de bataille. Avant qu'ils ne soient enterrés sommairement ou brûlés à la chaux. Ô Jérusalem !

Le froid mordait sous un ciel de plomb lorsque les deux canots, de retour, furent hissés à bord, emboîtés dans la chaloupe et solidement arrimés sur le pont de la nef.

Sans me jeter un regard, le chevalier Foulques de Montfort, un peu voûté, les traits tirés, le corps grelottant (nous approchions des fêtes de la Nativité), se dirigea vers sa cabine.

À voir son air abattu, sa figure lasse et ses mains vides, je me gardai bien de l'interpeller. J'avais compris que la fortune n'avait pas été au rendez-vous, ce jour. Il rentrait bredouille. Échec et mat ! Plus d'un mois pour en arriver là ! Échouerai-je aussi dans ma propre conquête d'Isabeau de Guirande ? Dieu seul le savait.

Le soir tombait à présent. Le chevalier m'avait rejoint dans la pièce du mestre-capitaine. Il avait quitté ses habits de riche marchand génois pour revêtir son pourpoint, son surcot et ses bottes de tous les jours.

Il s'assit en face de moi. Nous étions seuls. Il leva sur moi des yeux de chien battu. Dieu, que son regard était triste. J'en eus grand'peine pour lui. Il ne dit mot. Il savait que j'avais compris.

Je baissai les yeux pour écraser une larme amère. En un geste inattendu, il me prit la main qu'il serra dans la sienne un bref instant. Je relevai la tête. Il ôta sa main, ses yeux brillaient. J'éprouvai de la pitié pour ce fier chevalier qui, par ce simple geste, avait baissé la garde et s'avouait vaincu par le sort.

« Je compatis, messire Foulques. Je compatis. Mais tout espoir est-il perdu ? »

Après un instant de silence, il me confirma :

« Oui. Je suis ruiné. Plus ruiné que forteresse humiliée.

— Non ! » affirma une voix péremptoire. Une voix forte, que nous reconnûmes aussitôt, nous parvint du haut de l'écoutille qui donnait accès au carré. Celle de frère Jean.

Nous vîmes d'abord des souliers à l'apostolique écraser les marches de l'échelle. Puis des chausses blanches, suivies d'une robe de même couleur. Puis les pans d'un mantel noir, qui dansaient d'un côté à l'autre, se balançant au rythme de la descente.

Le mantel à capuchon était rabattu sur les épaules à hauteur du col. À la ceinture, une boîte à messages en forme de chilindre, garnie de cuir noir. Les plis de la robe étaient amples, mais la bedaine de frère Jean avait dégonflé, comme par enchantement, comme un ballon de baudruche qu'on pique et qu'on crève.

Frère Jean n'en finissait pas de descendre. Il paraissait soudain plus grand. Son visage était encore masqué par le chevêtre qui enchâssait l'écoutille. Il descendit lentement les dernières marches.

Le moine rubicond et bedonnant avait fait place à un homme de belle stature, aussi roide qu'un inquisiteur, à la tonsure parfaite. Ses yeux gris se posèrent sur nous. Foulques de Montfort l'accueillit sans aménité :

« Diable, que faites-vous là en cet accoutrement, frère Jean ? Auriez-vous jeûné pour dégonfler à ce point ?

— Je viens grabeler les articles de votre ignorance ! Ceux du bonheur aussi. Le bonheur des pauvres gens que notre Sainte-Mère l'Église protège, dans leur immense désarroi. À qui vous allez pouvoir venir en aide, en leur portant assistance et secours.

« Quant à ma bedaine, sachez que nous avons coutume de porter certains habits sous notre bure. Lorsque nous n'en avons pas l'usage. Ne sauriez-vous pas que les pères et les frères dominicains vont par tous les temps, sur tous les chemins, prêcher la bonne parole ? Sans porter sur leur bâton de pèlerin, des impedimenta surperflus ? Ma bedaine était gonflée de ces habits. De ces habits, tout simplement. »

Le chevalier avait retrouvé sa fierté et son air fendant. Il se leva et le morgua de haut :

« Porter assistance et secours à de pauvres gens ? De quel droit, en vertu de quelle ordonnance venez-vous me dicter ma conduite, à la parfin ?

— En vertu de l'ordonnance promulguée par *Papa Nostro*, messire Foulques.

— Je ne connais qu'un seul père pour me dicter ma conduite. Le mien. Et il repose en paix.

— Ah ? Seriez-vous renégat ? Voilà de bien graves paroles dont vous ne mesurez peut-être pas céans, la portée : elles sont passibles d'excommunication. Point de sacrement, point de sépulture, point de fréquentation des lieux du culte. L'excommunication, c'est la relégation ici-bas et la mort de la vie éternelle, là-haut ! Vous ne l'ignorez point, je pense, messire Foulques ?

— Abrégez votre sermon, frère Jean et venez-en aux faits !

— Un autre ton, chevalier, je vous prie. Vous parlez au père Jean, Louis-Jean d'Aigrefeuille, messager de Notre Saint-Père le pape Clément.

— Légat du pape !? dit le chevalier en ricanant. Vous ne portez ni le chapeau, ni l'habit d'un légat pontifical. Vous seriez-vous exposé plus que de raison au soleil ?

— *Habitus non facit monachum, sed professio regularis.* L'habit ne fait point le moine, mais témoigne d'une pratique continue. Brisons là, chevalier. Je suis le père dominicain Louis-Jean d'Aigrefeuille, aumônier général de la Pignotte, *Elemosina pauperum*, l'Aumônerie des pauvres à la cour du Souverain pontife.

« Je dispose de tous les pouvoirs, signés par la Chancellerie pour mener cette affaire comme je l'entends. Vous en prendrez connaissance dans quelques instants, déclara-t-il en tapotant sa boîte à messages.

« J'ai aussi pouvoir d'inquisition. Or donc, mettez-vous à genoux incontinent, messire Foulques, que je vous donne ma bénédiction, au nom du Saint-Père, en signe de pardon et de rémission pour vos paroles insolentes.

« Si toutefois, vous souhaitez recouvrer vos biens, messire, et ne point comparaître devant les auditeurs de la Rote. Dans le meilleur des cas. À moins que je ne décide de vous assigner à comparaître devant le tribunal de la sainte Inquisition, où vous pourriez être jugé coupable d'hérésie. Avant d'être brûlé vif sur le bûcher ! »

Le père Louis-Jean ne plaisantait plus. Son regard était devenu gris clair, froid, dangereux. Le chevalier le comprit incontinent. Outre ses fonctions à la cour pontificale, le dominicain jouissait d'un privilège inquisitorial, bien plus terrible qu'une excommunication. Personne ne s'aviserait d'encourir une comparution devant le tribunal de la sainte Inquisition. On savait toujours dans quel état on y entrait. Jamais dans quel état on en sortirait.

Je demandai au Père d'Aigrefeuille, de partager le bénéfice de sa bénédiction avec le chevalier de Montfort. Il approuva d'un geste de la main et nous mîmes tous deux un genou au sol.

In nomine Patris et Filii et Spiritus sancti…

« À présent, relevez-vous, messires, et prenez place séants. Nous ne serons pas dérangés par le mestre-capitaine. Je me suis arrangé pour qu'il soit occupé ailleurs. Nous avons à parler. À parler sérieusement. Un mousse nous apportera un léger souper dans quelque temps. »

Je me levai et m'apprêtai à quitter la place. Les confidences du père Louis-Jean d'Aigrefeuille ne me concernaient point.

À mon grand étonnement, il m'invita à rester en qualité de témoin, sous l'œil désapprobateur du chevalier qui n'approuva qu'à contrecœur d'un signe de tête.

Je pris donc place sur le siège boulonné en face du père Louis-Jean et à la senestre du chevalier. J'ouvris toutes grandes mes écoutilles individuelles et portatives.

« Messire Foulques, votre fortune est faite. Sous certaines conditions, toutefois… » Le père dominicain avait l'intention de mener le débat, cette fois.

Au moment où Foulques de Montfort allait ouvrir la bouche pour parler, il nous fit comprendre de façon très explicite qu'il ne souffrirait aucune interruption, sauf à répondre à ses questions. Comme le sultan Turan-shah, pensais-je. J'espérais qu'il ne finirait pas comme lui, pour autant…

Le visage du chevalier était plus blanc qu'un navet. Il resta de marbre, la mâchoire crispée, ses yeux rivés sur celui du père dominicain. Ce dernier soutenait son regard, apparemment sans gêne aucune.

Frère Jean avait cédé la place au père Louis-Jean d'Aigrefeuille, doté de terribles pouvoirs. La flamme du bûcher dansait dans les yeux du chevalier. Il se tint coi. Le père Louis-Jean était devenu notre nouveau maître à tous deux. Un maître investi d'une mission pontificale.

Le dominicain me pria d'allumer les lampes à huile, détacha la boîte à messages, qu'il portait à la ceinture, la posa sur la table, en ouvrit le couvercle à l'aide d'une petite clef en forme de croix papale et en sortit un rouleau de parchemin avec moult précautions. Il me le tendit en m'enjoignant :

« Messire Brachet, vous êtes mon témoin. Et celui de messire Foulques. Observez le ruban pourpre qui entoure cette *minuta* et la cire du grand sceau de la chancellerie pontificale, je vous prie, avant que le chevalier, ici présent, ne le rompe. »

Je me saisis délicatement du précieux rouleau. À la lumière vacillante de la lampe à huile, le nom du clerc convers, le bullateur qui avait cacheté le parchemin, était gravé sur la cire et sous l'effigie de notre pape, Clément le sixième. J'en ressentis une forte émotion.

Le père d'Aigrefeuille, aumônier général de la Pignotte, me laissa examiner le sceau à loisir. Après quoi, je lui rendis le rouleau. Il le tendit au chevalier de Montfort en le priant de décacheter le document. Ce dernier ne put s'empêcher de l'examiner à son tour avec attention avant d'en briser le sceau, de dérouler le parchemin et de le poser sur la table. Le rouleau contenait en fait deux parchemins.

L'aumônier général se saisit du second, le roula et le remit dans sa boîte à messages. Il déroula le premier parchemin, posa lui-même des galets aux quatre extrémités pour nous permettre une lecture à plat.

Je m'approchai du chevalier, à le frôler. Je le sentis plus tendu que la corde d'un arc par temps sec. Ce n'était pourtant pas le cas. L'humidité envahissait l'intérieur de la cabine. Dehors, la pluie martelait le pont de la nef.

La minute pontificale, un document original et secret, que nous avions sous les yeux, portait de senestre à dextre, les seings et les sceaux du secrétaire pontifical qui l'avait rédigé (et non ceux d'un simple *scriptore papae*, nous précisa le prélat), ceux du moine convers, agissant en qualité de clerc correcteur, du clerc notaire et celui du cardinal, vice-chancelier de la chancellerie apostolique. L'affaire était grave.

Notre aumônier des pauvres avait croisé les mains sur sa robe, sur son ventre devenu plus plat qu'une limande. Il scrutait nos réactions avec la plus grande attention. Nous lûmes, Foulques et moi, le document qui était rédigé en latin. Avec une attention toute religieuse.

En résumé, il y était stipulé que le porteur de la présente renonçait de façon irrévocable à contester le fond ou la forme de la présente minute et s'engageait à *partager* de façon équitable, les biens qui faisaient l'objet du décompte, *soit environ quatre-vingt mil besants d'or,* dans l'ordre ci-dessous :

I. Le dixième, à ceux qui en avaient assuré la garde, pour les dédommager de leur conservation en bon père de famille ;
II. Une moitié de la somme encore disponible à l'Aumônerie générale de la Pignotte, pour le service des pauvres, des miséreux et des malades pris en charge par icelle ;

III. Sur le solde, la moitié reviendrait au baron de Beynac, pour le “remercier” des avances qu’il avait consenties à l’intéressé pour lui permettre de financer son entreprise outremer.

En lisant cet article, le chevalier faillit s’étrangler en déglutissant sa propre salive. Il s’écria :

« Ce document est une contre-lettre inacceptable ! Il n’existe point détournement aussi félon ! Je suis certes redevable envers le baron de Beynac des débours qu’il a baillé par avance pour m’aider à entreprendre ce voyage, mais de là à partager… à partager quelque chose qui n’existe probablement plus ou que des esprits graveleux et dispendieux auront dilapidé en d’autres temps, il ne saurait en être question ! Je refuse tout à plat ! »

Le chevalier s’était levé, en grande colère. Un tempérament sanguin, peut-être. Le père Louis-Jean lui susurra d’une voix calme où sourdait toutefois une menace à peine voilée :

« Messire Foulques, restez séant et prenez la peine d’en lire la suite plus avant. Et de faire quelque arithmétique : cette contre-lettre, comme vous le dites fort bien, vous rapporte plus que vous n’en espériez.

« Près de dix-huit mil livres tournois, alors que vous n’en attendiez que quinze mil au mieux, une fois que vous vous seriez acquitté de votre dette de cinq mil livres tournois, si je ne m’abuse, envers votre suzerain, le baron de Beynac… »

On reconnaissait bien là l’aumônier ; il connaissait son dossier, il prêchait la charité, mais disposait des prébendes et des oboles. Moi, j’avais déjà lu la suite et je sentais que, quelque part, le chevalier ne tarderait pas à se soumettre à l’autorité pontificale.

Il se verrait bailler une somme de trente-six mil livres tournois (il me sembla que les yeux du chevalier sortirent de leurs orbites lorsqu’il lut cette phrase ; ses pupilles durent cependant se rétrécir l’instant suivant), à charge pour le bénéficiaire de tenir les engagements sus-mentionnés, sous peine de comparution devant les auditeurs de la Rote.

Contrairement à ce que je pensais, le chevalier ne s’avoua pas vaincu pour autant :

« Admettons, père d'Aigrefeuille, mais…
— Appelez-moi Louis-Jean.
— Mon père, tout cela est fort beau. En admettant que j'accepte d'honorer ce document et porte mon sceau sur ce parchemin, il n'y est point fait mention du lieu où je pourrais rentrer en possession de ces biens. Au fond, je vais vous dire ce que je pense : tout cela n'est que batellerie ! »

Le chevalier s'emporta à nouveau et balaya le parchemin d'un violent revers de la main. Il chut au sol, et les galets qui le maintenaient à plat furent projetés à dix pas. L'un d'eux ricocha sur l'épontille fixée à la cloison. Il heurta une demi-dame-jeanne d'eau de vie. Si elle s'était brisée, son contenu se serait répandu sur le sol en exhalant de doux effluves de prune. Par un fait du hasard, la nef prit soudain une gîte considérable.

Je me levai en titubant pour ramasser le parchemin et les galets, lorsque l'aumônier général trancha d'une voix douce, que démentait son regard acéré :

« Messire de Montfort, veuillez saisir ce parchemin là où votre humeur l'a laissé choir ! »

Après un instant d'hésitation, sous la pression du regard glacial que posait sur lui le père dominicain, le chevalier obtempéra, se leva, tituba à son tour et remit la contre-lettre sur la table, sans les galets.

Le parchemin reprit sa position naturelle et s'enroula sur lui-même. L'aumônier général s'en saisit :

« Merci. Je détiens là un autre parchemin qui indique le lieu exact où vos biens ont été gérés depuis l'*anno Domine* mil deux cent soixante-dix, dit-il en tapotant sa boîte à messages. Ils valent, ce jour, quatre-vingt mil besants d'or sarrasinois.

« Avant de vous le montrer, je vous prie de bien vouloir apposer votre seing et votre sceau sur la minute, ainsi que messire Bertrand. Alors, messire Foulques, votre décision ?
— Soit, mon Père, je vois là moult remuements, mais je m'incline.
— Bien messire, bien. Vous avez recouvré la raison. »

Le chevalier venait de se rendre, en effet, non sans feindre une grande fâcherie. Mais, il n'était point sot. Au fond, il valait mieux recevoir dix-huit mil livres tournois, que d'être occis en terre d'Allah. Ou conduit sur le bûcher.

D'un rapide calcul, il résultait que le gardien du trésor des Montfort estourbirait huit mil livres, l'Aumônerie des pauvres glisserait trente-six mil livres dans ses caisses, soit la moitié du solde. À parité de change entre les besants d'or et la livre tournois.

Mais le plus grand gagnant dans ce partage serait le baron de Beynac. Il se verrait remettre par le chevalier une somme équivalente à celle que ce dernier recevrait, soit dix-huit mil livres tournois, alors qu'il n'en avait baillé que cinq mil… L'opération avait été finement et secrètement négociée. Et rondement menée.

Le père d'Aigrefeuille sortit de sa boîte à messages un petit encrier de poche, une plume et un récipient en cuivre dont la circonférence était à peine plus large que celle d'une hostie. Je crus qu'il voulait nous administrer le sacrement de la communion. Le récipient contenait de la cire qu'il réchauffa sur la flamme de la lampe à huile.

Nous saisîmes la plume que nous trempâmes à tour de rôle dans l'encrier pour apposer notre seing sur le parchemin. Le père aumônier versa ensuite deux cachets de cire molle et de l'index, invita le chevalier à sceller son accord à l'endroit qu'il lui indiqua.

Je retirai de mon doigt l'anneau qui portait mon sceau pour faire de même. La cire s'écrasa. Le parchemin était de bonne qualité. Il frémit un peu, mais ne grésilla point.

« Voyez-vous, messire Bertrand, il n'est point nécessaire de retirer sa bague pour apposer son petit sceau, insinua-t-il en pliant sa main pour écraser ses armes sur le troisième cachet de cire. Cela peut éviter bien des malheurs si, par le plus grand des hasards, vous veniez à l'égarer. N'est-il pas ? » surenchérit-il en me lançant un regard appuyé et perçant.

Je baissai les yeux et me signai. Quel diable de moine pouvait avoir connaissance de telles choses ?

L'aumônier général plia la minute pontificale *in octavo* et la brandit en me disant :

« C'est à vous, messire Bertrand que revient le privilège de conserver ce document en sûreté. Il supporte d'être mis en plis. Comme vous avez pu le constater, le parchemin utilisé par la Chancellerie pontificale est de bonne qualité.

« Prenez-en grand soin. Si vous veniez à le perdre, personne ne pourrait rentrer en possession de ce qui revient à chacun des bénéficiaires. Il en va d'ailleurs de même de l'acte dont messire Foulques est porteur, et du troisième document dont je vais vous donner lecture et que je conserverai dorénavant par-devers moi.

« Or donc, aucun fonds ne pourra être baillé sans que soient présentés simultanément les trois parchemins. Cette clause particulière est précisée sur l'acte que je vais porter à votre connaissance, à présent que les formalités requises ont été accomplies. Et ne regrettez rien, messire Foulques. Votre obole aidera l'Aumônerie des pauvres à financer son activité charitable.

« Nous distribuons entre six mil et trente mil petits pains par jour, aux plus démunis, plus de quatre cents repas complets aux plus miséreux : des bouillies de pois et de fèves, un quart de livre de fromage, du poisson ou une demi-livre de mouton ainsi qu'une mesure de vin, sans compter les trois cents tuniques dont nous revêtons, chaque mois, les plus misérables…

— J'ignorai l'existence d'une Aumônerie des pauvres. A fortiori, qu'elle administrât une telle œuvre de charité. Veuillez pardonner, père Louis-Jean, mon incrédulité. Mais tout de même, le baron de Beynac ! Il n'est point seigneur plus pécunieux que lui. Peut-être aurait-il pu modérer quelque peu ses exigences !

— Vous savez bien que ce ne sont pas les gentilshommes ou les bourgeois les plus riches qui sont les plus généreux. Sinon, ils ne seraient point aussi pécunieux.

« Cependant, vous n'êtes point sans savoir que le baron de Beynac distribue aussi de généreuses oboles à ses sujets lorsqu'ils sont en grande misère, suite à mauvaise récolte ou en raison de quelque epydemie.

« En outre, le baron de Beynac entend peut-être quelques projets dont nous ignorons tout… glissa-t-il en me jetant un coup d'œil dont je ne compris pas le sens sur l'instant.

— Pour sûr, nous les ignorons tous deux, messire Bertrand et moi, mais vo… »

Le chevalier ne termina pas sa phrase. Juste à temps. Au moment où il allait exprimer des doutes sur l'ignorance du moine. Le père d'Aigrefeuille feignit de ne pas avoir saisi l'allusion. Il glissa deux doigts dans sa boîte à messages, se saisit de l'autre parchemin et nous donna lecture de plusieurs nouvelles plus stupéfiantes les unes que les autres.

Tout d'abord, et ce n'était pas la moindre, Joseph avait confié son trésor à la garde des chevaliers de l'Ordre de l'Hôpital de Saint-Jean de Jérusalem.

À charge pour eux de le fructifier, puis de le remettre à sa mort, au comte Philippe de Montfort ou à ses héritiers. Il y était conservé et administré par le trésorier de la commanderie de Tyr, depuis l'an de grâce 1270, à seize jours des calendes de septembre, c'est-à-dire depuis le 16 août.

Le parchemin ordonnait au trésorier de la commanderie hospitalière sise à Châtel-Rouge, sur l'île de Chypre, de remettre trois lettres dites à changer.

L'une au bénéfice de l'Aumônerie des pauvres en la cour pontificale qui résidait en Avignon ; l'autre au bénéfice du baron Fulbert Pons de Beynac, sire de Commarque et la troisième au profit de l'aîné de cette branche de la famille des Montfort s'il se présentait et soumettait le prime acte original, signé par Joseph Al-Hâkim et le comte de Montfort.

Le chevalier Foulques détenait cet acte. Le porteur devrait, outre cet acte, soumettre deux autres minutes. La présentation des actes devait être faite avant le jour de l'Assomption de l'an 1347. Faute de quoi, les fonds demeureraient la propriété définitive de l'Ordre hospitalier de Saint-Jean de Jérusalem.

Après un examen attentif et la vérification de l'authenticité des sceaux et des seings, tel qu'il était stipulé dans l'un d'entre eux, *la minuta apostolica*, établie par la chancellerie pontificale, le trésorier avait ordre de bailler les fonds.

La nouvelle la plus ahurissante, la plus incroyable, le père d'Aigrefeuille nous la livra lorsqu'il annonça les noms et qualités des signataires : le chevalier Gilles de Sainte-Croix, commandeur de l'Ordre de l'Hôpital de Saint-Jean de Jérusalem pour l'Aquitaine et la Saintonge, monseigneur Arnaud de Royard, évêque de Sarlat et monseigneur Guillaume d'Aigrefeuille, frère du père Louis-Jean et évêque représentant le Cardinal, grand pénitencier à la cour pontificale, en mission en Aquitaine. Le tout était rédigé et scellé en l'an de grâce 1345, à quatre jours des nones de mars, soit le 3 mars.

L'affaire avait été chaude, puis croustillante. Au fond, elle ne m'avait guère concerné, jusqu'alors. À l'annonce de ces noms, je devins blanc comme un linge.

Je revivais, comme un mourant, paraît-il, au moment où il croit passer de vie à trépas, une succession d'images plus rapides qu'un coursier au galop. Ces souvenirs m'avaient profondément meurtri. Ils se bousculèrent dans ma tête. Ils avaient bien failli me coûter la vie.

Mes visites au sire de Castelnaud de Beynac et au forgeron des Mirandes. Notre repas en la taverne du village. Mon arrestation par le prévôt de Sarlat. Ma mise en sûreté dans l'antichambre de la librairie, la planche du salut, la visite de Marguerite. La décollace du forgeron, considérée comme accidentelle. La tentative du sire de Castelnaud de faire, à son tour, mainmise sur ma personne. La proclamation de mon innocence lors de l'office de l'Ascension. Ma conversation avec le seigneur Thibaut de Melun dans la citadelle de Camp'réal après la chute de la bastide royale du Mont-de-Domme. Le franchissement des souterrains du château, l'attentat dont René le Passeur avait été victime... Le destin me rattrapait toujours derechef.

Me serais-je égaré sur le mobile à l'origine de l'assassinat du chevalier de Sainte-Croix ? Sur l'impunité du véritable criminel, après la pendaison sommaire d'un routier au Bois des Dames ?

Certes, un routier de plus ou de moins, cela n'avait guère d'importance. Ces gens n'avaient ni foi, ni loi. Puisse Dieu avoir pitié de leur âme. L'affaire avait été classée, archivée et ma bague, restituée. Mais, le meurtrier ne courrait-il pas encore ?

Le sire de Castelnaud n'avait-il pas tenté, en tuant ou en faisant tuer ignominieusement le chevalier de Sainte-Croix, faire d'une pierre deux coups et me faire porter le chaperon pour ce crime crapuleux ? Pour me faire pendre au gibet du Mont-de-Domme ? Pour m'éloigner d'Isabeau de Guirande ? De ma quête du Graal ???

Réveillez-vous, sombres heures de la nuit,
La mort revient comme un corbeau noir,
Ses ailes, avec l'écho de minuit,
Se confondent en un triste territoire.

Le souffle de l'air pressentant malheur,
Est devenu lui-même l'âme de la peur,
Car la porte des ténèbres s'est ouverte,
Libérant ce vent qui veut notre perte.

Engourdi par la morsure du froid,
Le cœur de la vie s'est arrêté.
Le mal creusant un couloir étroit
Dans une cage, nous retient prisonniers.

Je sais pourtant que veille une lumière,
Notre espérance, c'est son fragile foyer,
Que tentent d'étouffer des mains de fer
Dans un funèbre combat sans pitié.

Si un doute subsistait encore en moi, à mon corps défendant, sur l'improbable culpabilité d'Arnaud, je l'abandonnai incontinent : comment aurait-il pu être tenu au courant de ces accords confidentiels, négociés en secret dans la profondeur d'obscurs cabinets ? Une seule chose était sûre. La cour du Souverain pontife était omniprésente dans notre vie et toute puissante pour nous inciter à prendre les *bonnes* décisions.

Le chevalier de Montfort, vers qui je me tournai à défaut de pouvoir le faire vers mon ami, Arnaud, qui gisait toujours à fond de cale, était passé du gris au vert comme un vieux chêne au printemps. Mais nous n'étions qu'en hiver. La pluie martelait toujours le pont.

D'autres raisons étaient, contrairement à ce que je crus penser, à l'origine de ce changement de teint :

« Mon père, serait-ce à dire que le baron de Beynac et moi-même ne recevrons, le moment venu, que quelques bouts de parchemin, en guise d'écus sonnants et trébuchants ?

— Messire Foulques, vous êtes de la vieille école. Croyez-moi, le baron quant à lui, s'en accommodera fort bien. C'est un grand seigneur. Il est mieux averti que vous des affaires de finance et il en maîtrise les us et coutumes.

« Il est temps de vous mettre à la mode, messire chevalier : vous recevrez des mains du trésorier de l'Ordre de l'Hôpital des lettres dont le change sera assuré par les services dépensiers de la cour pontificale, moyennant une modeste *contributio ad limina*, pour vous acquitter des droits de chancellerie, et d'un modique *pallium* au profit de l'évêque de Sarlat.

« Vous serez exonéré de décime et de subsides curatifs, bien que la chancellerie et ses questeurs eussent été en droit d'en revendiquer le bénéfice, eu égard à l'urgence de la situation… » affirma-t-il très pince-sans-rire.

Le chevalier ne riait point. Il s'escumait à grosses gouttes. Il voyait sa fortune se réduire comme une peau de chagrin. Mais il avait apposé son seing et son sceau. Aurait-il d'ailleurs pu négocier une affaire montée de main de maître et parfaitement ficelée d'avance ? Le père d'Aigrefeuille le rassura :

« Les routes sont dangereuses. Le son des pièces d'or ou d'argent, lorsqu'elles s'entrechoquent dans une bougette, attirent l'œil et suscitent bien des convoitises sur terre ou sur mer. Or, en l'espèce, point d'espèces, mais des parchemins de grande valeur qui ne sont point monnayables ailleurs qu'en Avignon. Les pirates barbaresques qui hantent ces détroits, savent-ils seulement lire le latin ?

« Lorsque nous serons rendus, il vous sera baillé leur contre-valeur en florins pontificaux, si vous le souhaitez. Bien que vos routes soient peu sûres : les routiers qui sévissent sur vos chemins n'attendent qu'une occasion pour s'emparer du moindre écu au péril de la vie d'autrui.

« Mais soyez rassurés, messires, pour différentes raisons dont je n'ai point à faire état, vous serez accompagnés, tout au long de la route qui vous mènera du fort Saint-André au village de Beynac, par une escorte de gardes pontificaux et royaux. Ils répondront de votre sécurité. Et de la bonne fin de cette belle mission.

— Serez-vous de ce voyage, mon père ? lui demandai-je.

— Hélas, non. Je devrai reprendre ma charge au service des pauvres. Et veiller au bon usage qui sera fait de la généreuse offrande dont nous gratifie messire de Montfort. Fonction oblige. Elle pèse parfois bien lourdement sur mes frêles épaules », dit-il non sans humour, en bâillant discrètement et en nous souhaitant le bon soir.

Un discret sourire plissa la commissure de ses lèvres. Le chevalier ne fut pas dupe, mais il s'accoisa. Il attendrait sa revanche. Le moment venu. Il avait été tenu en échec, mais n'était point mat, croyait-il alors.

Morphée me berçait dans ses bras lorsque j'entendis la vigie hucher à gueule bec : « *Panico generale ! Panico generale !* Trirème sur bâbord ! »

Arnaud et moi, réveillés en sursaut, basculâmes de nos châlits articulés, enfilâmes un surcot, chaussâmes nos heuses, bouclâmes notre ceinturon, saisîmes notre écu et nous précipitâmes sur le pont. Foulques de Montfort s'y tenait déjà, la main sur le pommeau de son épée :

« Une trirème fonce sur nous par bâbord avant, nous informa-t-il, impavide. Impossible de distinguer son pavillon pour l'instant. Le mestre-capitaine redoute une attaque des pirates barbaresques. Il a ordonné de prendre le branle. Attendons ses ordres et préparons-nous à repousser un abordage. Cette trirème est terriblement rapide et surgit de nulle part. »

Arnaud et moi écarquillions les yeux. Pour ma part, je ne distinguai qu'un vague reflet dans le soleil levant.

« Des pirates ? Nous allons les tailler en pièces ! s'écria Arnaud en desforant son épée d'une main, l'autre plaquée sur le fourreau.

— Que Dieu vous entende, messire Arnaud ! Les pirates, lorsqu'ils prennent un navire marchand, ne font point de quartier, m'a-t-on dit. La mort au mieux ! La captivité au pire : leurs rameurs sont certainement des chrétiens capturés et réduits à l'esclavage ! Mais on ne survit guère longtemps à bord de ces drômons. » Le visage d'Arnaud se rembrunit.

L'homme de barre s'inquiéta vivement. Il en fut de même du mestre de manœuvre qui s'adressa au mestre-capitaine en ces termes, d'une voix aux accents de désespoir :

« Cap'taine, par ce temps de curé, nous sommes encalminés ! Le navire n'est pas manœuvrant ! Nous ne filons pas un demi-nœud !

— *Per Neptuna,* je le vois bien ! Arbalétriers, sur le panier de hune ! commanda le mestre-capitaine. Armez la bouche à feu sur bâbord arrière !

« Vous, messire de Montfort, tenez-vous sur le château de proue avec vos écuyers ! Parés à repousser l'abordage de ces mécréants !

— Sur le château de proue ? C'est pure folie ! Les pirates vont investir le sabord à dix contre un. Sans arc, ni flèche, nous serons impuissants à les repousser ! Nous allons nous faire tirer comme des lapins ! Il faut remparer les lisses ! » se lamenta le chevalier de Montfort.

La trirème glissait sur la mer, dans le soleil levant. On entendait maintenant le martèlement du tambour qui imposait leur allure de nage. La galée barbaresque fendait la surface de l'eau, droit sur nous, par bâbord avant.

« Arbalétriers parés à tirer, cap'taine ! Bouche à feu en position sur le gaillard d'arrière par bâbord !!!

— Préparez les grappins ! Distribuez à l'équipage les haches d'abordage !

— Protégez la bordée par des targes, mestre-capitaine ! Pour permettre à vos hommes de s'abriter si ceux d'en face décochent des flèches ! Pour l'amour du ciel ! Et préparez des seaux d'eau pour éteindre les feux ! » tenta de se faire entendre messire Foulques.

— Messire, mêlez-vous de ce qui vous regarde. Le maître, ici, c'est moi ! rugit le capitaine. Un rictus tordait sa bouche. Nous n'avons point de targes ! Ni d'ordres à recevoir d'un seigneur étranger !

— Nous serons seuls, mes amis. Cela risque d'être pire que la bataille des Vénètes ! En moins grandiose. Notre mestre-capitaine est plus habile à manœuvrer par gros temps qu'à briser un assaut. À la grâce de Dieu ! À nous trois, nous en valons bien trente ! nous exhorta le chevalier.

— Mais, ils sont peut-être dix fois plus nombreux ! m'écriai-je, un tantinet inquiet.

— Peut-être, et alors ? Notre victoire n'en sera que plus belle ! Restez quiet ! Observez l'adversaire ; voyez ses faiblesses et soyez prompt à réagir, à vous battre sans jamais douter de votre courage ! »

Les mains en visière au-dessus des yeux, éblouis par le soleil, nous distinguions à présent le pavillon qui flottait au haut d'un mât unique, voile ferlée : *de sable à la tête de mort d'argent et à deux sabres passés en sautoir sur croissant aux mêmes*. Cette fois, il n'y avait plus de doute sur les intentions de nos visiteurs.

Leurs trois rangées de rames plongeaient et pourfendaient l'eau en suivant les battements endiablés, de plus en plus rapides, du tambour qui commandait l'allure. Une allure de charge.

Le ciel était d'un bleu délavé, la mer d'un calme plat. Les pirates bénéficiaient de trois avantages sur nous : la position du soleil, l'avantage de la rame sur la voile par temps de curé, et le nombre. Malgré la froidure, je sentis des gouttes de sueur de plus en plus nombreuses perler sur ma nuque, mouiller mes aisselles et ruisseler dans mon dos.

Nous entendions à présent les claquements secs des coups de fouet que les gardes-chiourme distribuaient généreusement sur le dos des esclaves. De plus en plus forts. De plus en plus proches.

Sur la nef, un coup de sifflet déchira l'air, suivi d'un ordre de changement de cap et d'une question inquiétante :

« La barre sur bâbord ! Parés à être éperonnés ! Le mestre-charpentier est-il à son poste ?

— Paré à calfeutrer, cap'taine. Mais à quoi bon ? Nous allons tous périr ! Les barbaresques sont trop rapides et trop nombreux ! » hoqueta le mestre de manœuvre.

Un gigantesque éperon d'acier, forgé comme un harpon, fendait les flots à l'avant de la ligne de flottaison de la trirème, à moins de cinq ou six bordées.

Des boules de feux grégeois, projetées par des catapultes s'abattirent sur nous, suivies par des nuées de flèches. Je jetai un œil sur le pont. Une douzaine de marins agonisaient. Sur le panier de hune, les trois arbalétriers avaient disparu. Ils gisaient, désarticulés, en contre-bas, une flèche ou deux fichées en pleine poitrine.

Des brandons mordaient déjà les haubans, enflammaient les voiles, la mâture et le pont. Des matelots gesticulaient en tous sens pour tenter d'éteindre avec des couvertures le feu qui se propageait partout. Une nouvelle grêle de flèches les cloua au sol.

« *Bombarda* ! Allumez la mèche ! Feu ! »

Nous portâmes instinctivement les mains à nos oreilles, espérant un miracle. Nous n'avions encore jamais vu de pot-à-feu. Nous étions attentifs, émerveillés à l'idée de découvrir l'efficacité de ce tout nouvel engin d'artillerie dont nous avions seulement ouï parler.

Il terrifiait plus l'ennemi, paraît-il, par le bruit assourdissant du coup de tonnerre qui suivait la mise à feu, que par la puissance, pourtant redoutable, des projectiles qu'il expédiait à une vitesse vertigineuse.

Nous ne serions pas instruits de la puissance de cette arme nouvelle, ce jourd'hui. On n'entendit rien. Rien d'autre que la voix dépitée du mestre de manœuvre :

« La mèche a fait long feu. Poudre trop humide ! *E molto pericoloso !*

— Sauve qui peut ! hucha le mestre-capitaine, la barbe roussie par quelque brûlot. Chacun pour soi ! » Lui, si sûr, si adroit dans la tourmente, nous avait habitué à mieux. Il semblait désemparé, impuissant à donner un ordre cohérent, paralysé par l'angoisse face à ce combat d'une autre nature.

Un craquement sinistre se produisit lorsque l'éperon d'acier de la trirème embrocha, aussi aisément qu'on enfile un cochon sur une broche, la frêle coque de notre nef avant d'en pénétrer profondément les entrailles pour en faire ripaille. Il ouvrit une formidable voie d'eau après avoir brisé les carènes en chêne.

Nous entendîmes les gémissements du bois déchiqueté, lorsque l'éperon poursuivit sa course meurtrière à l'intérieur de la coque du navire. La carène, brisée en autant d'échardes mortelles, ne pouvait retenir sa pénétration dans le cœur même de notre pauvre nef.

Sous la violence du choc, elle gîta alors fortement par tribord avant. Au point que la lisse d'icelui côté embrassa les flots en un dernier baiser d'adieu. Seul le château du gaillard d'avant émergeait encore. Cette fois, c'en était fait du navire et de son équipage.

Plusieurs dizaines de grappins sifflèrent avant d'accrocher la lisse de notre navire. Des monstres barbus se lancèrent aussitôt à l'abordage sur un pont terriblement incliné. Ils vociféraient :

"Allah akbar ! Allah akbar !" cimeterres brandis. Ils se ruèrent sur nous, telle cette nuée de sauterelles, lors des plaies d'Égypte. Mais Moïse n'était pas de notre camp.

Déséquilibré par la gîte du navire, Foulques de Montfort glissa sur le pont et perdit son épée. Il leva la main qui tenait fermement son bouclier. Il eut juste le temps d'implorer :

« Montfort ! Saint-Denis ! À moi les écuyers ! » avant de s'effondrer, le crâne ouvert, sa cervelle projetée à trois pas, sur mon surcot d'armes.

Arnaud râlait faiblement, recroquevillé, à côté de lui. Une flèche plantée jusqu'à l'empennage, en pleine poitrine. Son bras dextre sanguinolait à une coudée du reste de son corps, proprement tranché. Je n'eus pas le temps de pleurer la mort de mes valeureux compains d'armes.

Dans un cri de fureur, je huchai à gueule à bec, de toutes mes forces : « Brachet ! La Vigerie ! Montfort ! » et me jetai dans la mêlée, l'épée haute. Je décolai la tête du premier assaillant et ouvris le ventre du second, pointai mon épée sur le troisième...

C'est alors que je reçus un violent coup sur le crâne. Mes jambes se dérobèrent sous moi. Je chus à genoux. Mes yeux se fermèrent, puis s'entrouvrirent un trop court instant.

Le temps de voir s'abattre sur ma tête les lames bleues de plusieurs cimeterres.

Adieu m'amie ! Te connaîtrais-je un jour dans un autre monde ?

Messire Godefroi, sire, acceptez de coiffer la croix en or et la couronne
de lauriers que vos comtes et barons vous supplient de porter.
Non, messires, Jérusalem ne connaît qu'un seul roi : il porte
une Croix de bois et une Couronne d'épines. Celles de son supplice.

Godefroi de Bouillon, avoué du Saint-Sépulcre, en juillet de l'an de grâce MLILIX, soit en 1099, après la prise de Jérusalem par les Croisés de la vraie Foi

Chapitre 10

Entre Tyr et Chypre, à quelques jours des calendes de janvier, l'an de grâce MCCCLVII[1].

Des mains puissantes m'étranglaient, clouaient mes épaules, tentaient de m'immobiliser pour m'immoler. Dans un dernier sursaut, dans un ultime geste de survie, je me dressai séant.

« Les barbresques ! Les barbaresques ! Sauve qui peut ! *Per favore* ! »

J'écarquillai les yeux : des visages grimaçants étaient penchés sur moi. Je les fixai, hagard, avant de réaliser que ces faces monstrueuses n'étaient autres que celles des mestres dont je partageais le réduit. Penchés sur moi, je respirai l'odeur fétide de leur haleine chargée et de leurs rôts aux relents d'ail rance. Que la vie était belle !

1. À quelques jours du mois de janvier 1347

Arnaud n'était pas céans. Je réalisai qu'il avait fui l'attaque de la trirème dans sa fosse, dans la cale, sous le pont. Peut-être était-il en train de manger des figues sèches entre deux poules, trois brebis et un mouton. Ou de gober un œuf ? S'il avait été là, il se serait moqué de moi.

Je regardai alentour : point de pirate, point de cimeterre, point de voie d'eau. Quelques gueules burinées et compatissantes me souriaient d'un air penaud. J'avais du mal à en croire mes yeux. Je me sentis tout chaffouré. Un rire sonore me conduisit à espincher : le mestre de manœuvre se tenait les côtes, riant à force boyaux. Les autres mestres l'imitèrent.

Vexé, je tentai de me lever lorsque je ressentis un violent mal au crâne qui me vrillait le cerveau. Je brassais l'air de mes bras, suscitant une hilarité générale : dans mon sommeil, j'avais chu sur le plancher.

Pour faire bon cœur contre mauvaise fortune, je ricanai plus haut et plus fort que mes compains d'infortune. Je donnai à plusieurs d'entre eux une colée virile. Des bras puissants m'accolèrent et je craignis soudain d'être victime de quelques désirs refoulés. Je m'écartai promptement, gravis l'échelle de l'écoutille à la volée et me hissai sur le pont.

Temps calme, ciel gris, une légère brise gonflait les voiles de la nef. Aussi loin que porta ma vue, je ne distinguai ni trirème à l'horizon, ni pirate barbaresque.

Je plongeai incontinent la tête dans le premier récipient qui traînait sur le pont, avant de raquer l'eau que j'avais avalée : elle était gluante et salée. Je compris pourquoi l'instant d'après en m'étalant de tout mon long, les quatre fers en l'air, le cul sur un grattoir de pont. Une histoire de savon mol. Dieu que la vie était belle !

« Père Louis-Jean, nous feriez-vous la grâce de nous exposer les circonstances qui ont présidé à la rédaction de l'acte qui fut remis au comte de Montfort et celles qui ont conduit Joseph, le chrétien maronite, à déplacer les biens qu'il avait accumulés, de la commanderie hospitalière de Tyr à celle de Chypre ? Messire Foulques a cru entrer aisément en leur possession ce jour, à Tyr, me semble-t-il ? » osai-je demander après avoir regagné la cabine du mestre-capitaine, où siégeaient le père Louis-Jean et le chevalier de Montfort. En chair et en os.

Le père d'Aigrefeuille s'exécuta sans rechigner. Il prit plaisir à grabeler les articles de notre ignorance. Il est vrai que celle du chevalier était grande, la mienne encore plus. Comme la suite devait nous le prouver.

Je dus reconnaître que le père d'Aigrefeuille, aumônier général de la Pignotte, était non seulement fin négociateur, rompu à la rhétorique et doté d'une pointe de sophisme, il était aussi doté d'un remarquable esprit de synthèse. Et de solides connaissances historiques. En somme, un bon père dominicain.

Au fil de son récit, le chevalier de Montfort, que je croyais résigné, ouvrit à maintes reprises des yeux plus grands que le porche de la cathédrale de Sarlat. Il apprit à connaître des faits et gestes dont ses biographes ne lui avaient pas transmis la connaissance. Mais que les librairies ecclésiastiques avaient su conserver. Et savaient transmettre, le moment venu. Par la voix de leur porte-parole.

La bibliothèque pontificale ne recelait-elle pas plus d'archives sur papyrus, de parchemins et de codex que celle d'Alexandrie ? Sans compter ceux qui étaient toujours conservés au Vatican, chez les antipapes ?

L'aumônier général, légat de notre Saint-Père pour cette mission spéciale, maîtrisait en tout cas l'histoire des pèlerinages de la Croix et celle des familles nobles ou roturières, auxquelles la vie, les joies, les souffrances et le sacrifice final furent intimement liés. Il reprit son récit là où le chevalier de Montfort l'avait abandonné. Faute d'en savoir plus.

Après avoir fait fortune, Joseph Al-Hâkim se maria en l'an 1255 avec une chrétienne maronite, d'origine syrienne, comme lui. Son épouse lui donna très vite deux fils et une fille.

Dix ans plus tard, elle fut terrassée par un mal incurable. Probablement le Mal noir, la pestilence. Il la pleura à chaudes larmes et décida de quitter son métier. Sa belle famille accepta d'élever ses enfants et de gérer leurs biens, qui étaient considérables, jusqu'à ce qu'ils soient en âge de tenir eux-mêmes les comptoirs dont il leur confiait la gestion.

Il pria le comte de Montfort de le recommander auprès des chevaliers hospitaliers qui résidaient en la cité de Tyr. Bien que n'étant pas gentilhomme de naissance, il fut fortifié dans sa voie pendant plus de cinq années. Il changea de nom et devint le *frère Joseph Jérusalem de l'Hôpital*. Le commandeur lui-même le confirma au sein de leur Ordre, le jour de l'Assomption de la Vierge Marie, jour où il reçut la cléricature.

Il était parvenu auparavant et après des recherches acharnées, à retrouver la trace de fioles qui contenaient, selon lui, *l'eau et le sang du Christ*. Ces reliques auraient été recueillies par un de ses disciples le jour de sa crucifixion, lorsque le centurion romain lui avait percé le flanc de sa lance.

Cet inestimable élixir pouvait, s'il était administré *de vivo et non post mortem*, guérir tout mal déclaré incurable même par le plus savant des mires. Selon d'autres sources, les fioles ne contenaient que poisons mortels. Que les espions sarrasins versaient en l'eau des puits pour exterminer les chrétiens plus sûrement que leurs cimeterres. Quoiqu'il en fut, frère Joseph de Jérusalem acquit les fioles.

Le père d'Aigrefeuille, en bon inquisiteur qu'il était, surprit le chevalier de Montfort en lui posant, de la façon la plus abrupte et la plus inattendue, une question qui sembla le contrarier :

« Étiez-vous au courant de l'existence de ces fioles, messire… Foulques ?

— Euh, … non. Non, pas vraiment, mon père.

— C'est curieux. J'étais persuadé du contraire.Leur existence ne serait-elle donc pas mentionnée dans le document qui est en votre possession ?

— Euh, je n'en ai plus souvenance.

— Ah ! Vous n'en avez plus souvenance ! Très bien. Dans ce cas, j'aurai plaisir à vous entendre en confession, messire chevalier. Un peu plus tard… »

Il ne fallait point jouer avec le père d'Aigrefeuille. Il était bien informé et il pouvait se révéler très dangereux. Le chevalier l'avait déjà appris à ses dépens.

Il poursuivit cependant son récit, non sans avoir posé sur le chevalier un regard lourd de sous-entendus.

Selon la légende, Joseph aurait négocié le prix des fioles qu'il souhaitait acquérir, selon la tradition levantine. Des quatre-vingt-dix mil besants d'or que réclamait le marchand qui les lui proposait, il aurait répondu que l'eau et le sang du Christ valaient bien quelques milliers de besants, mais qu'il n'en baillerait pas plus de sept fois sept le mil. Il acquit ainsi les fioles pour le prix tout de même fantastique de quarante-neuf mil besants d'or ! Qu'il aurait réglé sur-le-champ !

Pour frère Joseph, ni l'argent, ni le contenu des fioles ne comptaient vraiment. Seule, sa foi lui dictait sa conduite. D'un côté, il était devenu immensément riche avant son entrée dans l'Ordre de chevalerie, d'un autre côté, il pressentait que la foi pouvait déplacer des montagnes et que seuls, l'usage qui serait fait de ces potions, *la main de celui qui les administrerait et le cœur de celui qui les recevrait* en témoigneraient, un jour.

Le seigneur de Tyr, Philippe, Comte de Montfort avait, on s'en souvient, pris parti pour les Génois. De ce fait, il restait sur ses gardes vis-à-vis des chrétiens d'Acre, où, depuis la guerre de Saint-Sabas, les Génois avaient été exclus par le parti marchand vénitien.

Le roi Hugues de Chypre, troisième du nom, soutenait ces derniers. Il eut la sagesse de proposer une réconciliation entre les partis adverses dont dépendait, en réalité, le sort du royaume de Jérusalem ou de ce qu'il en restait.

Il donna pour épouse à Jehan de Montfort, fils du comte Philippe, sa propre sœur, Marguerite d'Antioche. Elle aurait été, à en croire un chevalier de l'Ordre du Temple qui fut leur page, auteur des *Gestes des Chyprois,* d'une beauté éblouissante, très bonne et sage dame, généreuse en aumônes.

Leur mariage fut concélébré par le patriarche d'Antioche et par frère Joseph Jérusalem de l'Hôpital, avec grand éclat, en la cathédrale Sainte-Sophie de Nicosie, à Chypre. La semaine suivante, le roi les aurait accompagnés en personne jusqu'au port de Famagouste, où ils prirent la mer en direction de Tyr.

Pendant ce temps, Baïbars, nouveau sultan de Babylone, chef des Mameluks et vainqueur du roi Louis plusieurs années auparavant à Mansourah, reconnaissait en Philippe de Montfort, le tout puissant seigneur de Tyr, un homme sage, donc dangereux. Le seul chevalier capable de s'opposer à son ambition de conquête et de défendre ce qui restait du royaume franc après le départ du roi Louis, et l'arrivée des grands désordres qui régnaient à nouveau sur le territoire. Près de vingt ans s'étaient écoulés depuis le retour du roi en terre de France.

Aucune entente ne pouvait être menée à bonne fin entre les chevaliers chrétiens et les marchands aux intérêts trop souvent opposés, sans l'autorité du comte Philippe de Montfort.

Lorsque le sultan apprit qu'il multipliait l'envoi de chevaucheurs porteurs de lettres de suppliques aux rois et grands seigneurs d'Occident pour les convaincre de venir au-delà des mers, il décida de le faire assassiner.

À dix-sept jours des calendes de septembre, le 15 août de l'an 1270, le comte de Montfort reçut le frère Joseph. Ce dernier lui fit part de son intention de se rendre, par mer, à Thunes. Il venait d'apprendre que le roi Louis avait pris, pour la deuxième fois, le chemin de la Croix et qu'il assiégeait les remparts de la citadelle de Carthage. Mais il sut aussi qu'il était tombé gravement malade.

Il avait sollicité et obtenu l'autorisation du maître de sa commanderie, pour s'y rendre incontinent. Muni de ses fioles au pouvoir miraculeux, pensait-il. *L'eau et le sang du Christ ne pouvaient-ils guérir ce roi qu'il sanctifiait avant qu'il ne soit canonisé ?* Mieux encore que la miresse Hersent ne l'avait guéri lui-même vingt ans plus tôt ?

Frère Joseph se sentait investi d'une mission sacrée. Le comte de Montfort, qui était fort redevable au roi Louis de les avoir sortis d'un mauvais pas, son protégé et lui lors de leur détention à Mansourah, ne put que l'encourager dans cette voie.

Par prudence, ils établirent un acte daté du jour de leur rencontre, à Tyr. Les parties présentes y apposèrent leur sceau et leur seing, précisa le père d'Aigrefeuille.

« Est-ce bien cet acte qui est aujourd'hui en votre possession, messire Foulques ? Sous quel nom le donateur apparaît-il dans cet acte, messire ?

— Sous son premier nom, *Joseph Al-Hâkim*, fils de Matthieu et de Marie, affirma le chevalier.

— Il apparaît sous ce nom et non pas sous le nouveau nom que venait de lui donner l'Ordre de l'Hôpital. Est-ce exact ?

— C'est juste, mon père. C'est parfaitement exact.

— Votre aïeul, le comte Philippe de Montfort, le déposa aussitôt dans son coffre sans préciser à son fils Jehan, le lieu où était conservé le trésor dont le frère Joseph entendait faire don à sa mort. Le comte croyait disposer d'assez de temps avant de le lui révéler. Vous avez donc pensé, à juste titre, pouvoir recouvrer vos biens en la cité de Tyr où frère Joseph avait tenu comptoir dans le passé. Est-ce toujours exact ? Le chevalier opina du chef :

— Vous anticipez mes pensées, père Louis-Jean. C'est vrai. Tout ce que vous dites est vrai. Malheureusement, j'ignorais que le comptoir était fermé. On m'avait affirmé le contraire.

— Je ne vous blâme pas pour votre ignorance. Quand bien même il aurait été ouvert, les marchands qui l'auraient tenu auraient été en grande difficulté pour vous remettre le moindre sol sur des biens qui ne leur appartenaient plus. Il nous a fallu près d'un demi-siècle d'enquête et beaucoup de chance aussi pour reconstituer le fil de cet écheveau. Vous rendez-vous compte ? Votre trésor n'était plus à Tyr. Le destin et la raison en avaient décidé autrement, en l'an de grâce 1290. J'y reviendrai.»

Le chevalier ne broncha pas. Il resta coi. Il saisissait que, faute d'avoir obtenu le concours du père Louis-Jean, et de tous ceux qui, par la grâce de leurs puissants réseaux de relations secrètes, y avaient œuvré, il n'aurait jamais pu récupérer le moindre sol. Il mesurait son impuissance.

Le père Louis-Jean en avait conscience. Il dut le lire dans son regard et le comprendre par son silence. Pour une fois, il ne le mortifia pas et n'enfonça pas le clou, ainsi qu'il s'était auparavant plu à le faire, avec moult délectations. Il se contenta de reprendre son récit, sans le quitter des yeux, cependant.

Le dimanche à quinze jours des calendes de septembre, le 17 août 1270, soit deux jours après l'embarquement du père Joseph vers Thunes, un ismaélien se présenta dans la chapelle de Tyr où se trouvait le comte Philippe. Ce dernier le reconnut, et pour cause : l'homme souhaitait se convertir à la vraie Foi et il l'avait prié, quelques jours plus tôt, d'accepter d'être son parrain de baptême, son compère.

Il ne se méfia pas. Il eut grand tort. Le catéchumène était en fait un Hachichiyyin, cette secte de tueurs professionnels, dont les Mongols avaient détruit le repaire, mais qui subsistait en Syrie. Il planta sa dague dans le corps du seigneur de Tyr et se précipita sur Jehan de Montfort, qui était agenouillé, en prière, quelques pas plus loin.

Philippe de Montfort réussit, en titubant, à atteindre le parvis de la chapelle. Il eut la force de hucher aux sergents de garde : « Par Dieu, sauvez mon fils qu'un Sarrasin veut occire ! » Tous se précipitèrent dans la chapelle et embrochèrent le tueur.

Jehan de Montfort était sauf. Il courut précipitamment vers son père qui agonisait.

Le comte réussit encore à ouvrir les yeux, et vit son fils sain et sauf. Les chroniqueurs précisent qu'il leva ses deux mains vers le ciel, dans une ultime Action de grâce, et que son âme s'envola avant qu'il ait eu le temps de dire à son fils Jehan où se trouvait le trésor dont *Joseph Al-Hâkim* leur avait fait don.

Toutes les recherches qu'entreprit Jehan de Montfort pour mettre la main dessus demeurèrent vaines. *Joseph Al-Hâkim*, le chrétien maronite, avait cédé la place au *frère Joseph*, membre de l'Ordre des Chevaliers hospitaliers de Saint-Jean de Jérusalem. Le lieu où étaient conservés les biens qui lui revenaient à présent, le comte Philippe l'avait emporté dans sa tombe.

Frère Joseph parvint à Carthage, à six jours des calendes de septembre, soit le 26 août 1270. Le roi Louis, neuvième du nom, s'était éteint la veille, terrassé par le terrible Mal noir. Ou par effet de dissenterie. On ne sut jamais. Frère Joseph pleura toutes les larmes de son corps.

Au mépris des risques qu'il encourrait (de nombreux chevaliers, écuyers et gens d'armes gisaient morts ou mourants, atteints par la pestilence ou la dissenterie), il baisa le front du roi et administra sa potion aux mourants. Sans que l'on ne sût jamais s'il avait ainsi sauvé des vies ou s'il avait précipité leur trépas dans d'atroces souffrances.

Il embarqua derechef sur la même nef, le lendemain, pour rejoindre sa commanderie hospitalière. Il avait tellement espéré pouvoir guérir le roi Louis à l'aide des précieuses fioles dont il s'était muni ! Il ne put même pas lui administrer les derniers sacrements. La mort de saint Louis anéantit les espoirs que les chrétiens d'Orient plaçaient en lui.

Un an plus tard, le sultan Baïbars et ses Mameluks enlevaient deux des plus belles forteresses que les chevaliers francs avaient construites en Terre sainte au cours des deux siècles précédents : Châtel-Blanc appartenait à l'Ordre du Temple, Akkar à l'Ordre de l'Hôpital.

Mais le plus grand désastre fut celui de la reddition de l'imprenable Krak des chevaliers hospitaliers, qui se livra lorsque les assiégés n'eurent plus de cordes pour tirer l'eau du puits.

Frère Joseph résidait en la commanderie hospitalière de Tyr. À son arrivée, il apprit la nouvelle de la mort de son ami, le comte Philippe de Montfort. Pour lui aussi, il arrivait trop tard. Il resta en prière une semaine entière, jour et nuit, sans boire ni manger, pour le repos des âmes qu'il n'avait pu sauver, ni par sa science ni par la force de son électuaire.

Il finit par délirer et tomber d'inanition. Ses frères le portèrent, le soignèrent avec moult attentions et le veillèrent. Il demeura entre la vie et la mort deux longs mois durant. Mais frère Joseph de Jérusalem, avait un corps aussi robuste que son esprit était pieux et généreux.

Sitôt rétabli, le commandeur de l'Ordre de l'Hôpital lui enjoignit de rallier la commanderie hospitalière d'Acre, avec deux cents gens d'armes. Afin d'en renforcer les défenses, avait-il dit. En fait, pour l'éloigner du cercle des investigations que ne manquait pas de mener Jehan de Montfort lorsqu'il avait pris connaissance de l'acte que son père avait déposé dans leur coffre. Car il savait pertinemment que frère Joseph entendait faire don de ce trésor aux héritiers des Montfort, à sa mort.

Quoi qu'il en fut, le commandeur se garda bien de le crier sur les toits. Il savait qu'à défaut d'être récupéré avant une date bien précise que frère Joseph avait stipulée, le trésor resterait définitivement dans les coffres de l'Ordre de l'Hôpital.

Frère Joseph, en bonne obéissance, s'exécuta et demeura en la commanderie hospitalière de Saint-Jean-d'Acre, jusqu'à la fin. Vingt ans plus tard.

« Mon père, puis-je me permettre une question ? questionna le chevalier de Montfort.

— Je vous écoute, mon fils.

— Savez-vous à partir de quelle date le trésor doit revenir tout entier à l'Ordre de l'Hôpital ?

— Cette date approche. Elle approche à grands pas. Plus précisément, nous devons produire nos actes avant le jour de l'Assomption de la Vierge Marie, en l'an de grâce 1347.

— Par Saint-Christophe, il ne nous reste que six mois ! Sauriez-vous pour quelles raisons frère Joseph avait-il fixé une date aussi précise ?

— Le jour correspond à celui où frère Joseph a été confirmé en cet ordre de chevalerie ; et l'acte en faveur des Montfort a été rédigé en l'an 1270, souvenez-vous. Frère Joseph était superstitieux. Il était un adepte du chiffre 7. N'avait-il pas acquis des mains d'un marchand, les précieuses fioles pour le prix de sept fois sept le mil ? Faites vous-même le calcul.

— C'est incroyable, 77 années plus tard, constatai-je !

— Mais, si le commandeur de l'Ordre de l'Hôpital tint la chose secrète, comment avez-vous pu en avoir connaissance ?

— C'est là une question fort pertinente, messire Foulques. Une excellente question, qui m'apporte la preuve que vous oyez le récit de ces faits d'une oreille attentive. N'oubliez pas, un demi-siècle d'enquête. Vous n'allez pas tarder à saisir... », insinua le père d'Aigrefeuille sans répondre sur le champ.

En tapotant la boîte à plis dans laquelle j'avais rangé l'acte dont le père d'Aigrefeuille m'avait confié la garde, je réalisai que si un seul parchemin sur les trois venait à faire défaut, le trésor du frère Joseph ne serait baillé, ni au chevalier de Montfort ni au père d'Aigrefeuille.

L'aumônier général de la Pignotte serait appelé à comparaître devant les auditeurs de la Rote pour avoir, par sa négligence, réduit à néant un demi-siècle d'enquêtes minutieuses et coûteuses. Le chevalier de Montfort serait ruiné. Mais je redoutais plus que tout la colère de notre maître, le baron de Beynac.

✠

Le commencement de la fin du royaume de Jérusalem survint avec l'entrée des Mameluks dans Tripoli, à quatre jours des calendes de mai de l'an 1289, soit le 27 avril.

Entre-temps, le roi Édouard d'Angleterre avait accompli son vœu de croisé. Il avait relevé les murs de Saint-Jean-d'Acre et réussi à imposer une paix plus ou moins durable. Les éternelles rivalités qui existaient entre les différents comptoirs marchands, vénitiens, génois, pisans n'étaient pas éteintes pour autant. Sans parler des tractations que menaient, chacun de son côté, le roi de Chypre, Hugues de Lusignan, troisième du nom, puis son successeur, l'épileptique Henri, deuxième du nom.

De leur côté, les ordres de chevalerie, imbus de leur indépendance, négociaient dans le dos des uns et des autres avec des factions sarrasines rivales, Mongols, Égyptiens, Syriens, Turcs, Mameluks... Tous ces conflits d'intérêt entre chrétiens conduisirent plus sûrement le royaume de Jérusalem à sa perte, que les assauts des armées sarrasines.

« Mon père, veuillez pardonner mon interruption, mais le récit est-il encore long ? Ne pensez-vous pas que messire Foulques pourrait lever la punition qui frappe l'écuyer Arnaud ? À moins qu'il n'ait point encore purgé sa peine, dis-je en me tournant vers le chevalier ?

— Par Saint-Dominique, je l'avais complètement oublié, ce vaunéant. Vous avez raison, messire Bertrand. Je reconnais bien là votre sens de l'amitié pour ce niquenouille. Priez le mestre-capitaine de le libérer et de le conduire jusqu'à nous.

— Et priez le mestre-capitaine de nous faire servir notre souper. Il commence à faire faim et soif. Dites-lui aussi que deux pintes de cet excellent vin de Castille seraient les bienvenues », ajouta le père d'Aigrefeuille en se servant un godet d'eau fraîche.

Chose dite, chose faite. Arnaud apparut quelque temps plus tard, hagard. Ses yeux, cernés par de longues nuits d'insomnie, étaient enfoncés dans leurs orbites, son teint livide, son corps décharné. Il avait vieilli de dix ans.

Le chevalier n'en fut point ému. Bien au contraire, il le pria de se raser promptement, de se laver, de changer de vêtements et de comparaître rapidement devant lui. S'il voulait profiter du souper qui ne tarderait point à être servi, précisa-t-il.

À l'idée d'un vrai souper, Arnaud ne se le fit pas dire deux fois. Il revint plus vite que nous nous y attendions, blanc comme un navet, mais propre et présentable. Il ne dégageait plus ces relents de sueur, de crasse et d'urine qui avaient embaumé la pièce, l'instant d'avant. Lui, si coquet. Son amour-propre avait dû prendre une sacrée claque. Il est vrai que les claques, il connaissait.

« Par les cornes du Diable, vous avez changé d'habit, frère Jean ! Et racorni ! Vous n'étiez pourtant pas au pain et à l'eau en cale sèche, vous ! dit Arnaud en jetant un œil torve au chevalier de Montfort.

— Ne jurez pas, messire de la Vigerie !

— Arnaud, pour une fois, accoise-toi et écoute. »

Arnaud ne comprenait rien. Et pour cause. Mais il se tût, peu disposé à renouveler son expérience d'une cale qui n'était pas aussi sèche que le nom le laissait entendre.

❈

Or donc, à cinq jours des calendes d'avril, le 27 mars de l'an 1289, la cité de Tripoli fut prise d'assaut par les Mameluks du sultan Qualaoun, qui avait succédé à Baïbars.

Sa population tout entière fut passée au fil de l'épée. Une horrible mazelerie, un massacre épouvantable. La ville fut rasée jusqu'au sol. Des milliers de chrétiens tentèrent de se réfugier dans l'église Saint-Thomas qui se trouvait sur une petite île avoisinante.

Un chroniqueur sarrasin, Aboul Fida, rapporte que les Mameluks se ruèrent à cheval, atteignirent l'île à la nage, sabrèrent tous les hommes à grands coups de cimeterre et réduisirent les femmes et les enfants en esclavage.

Sentant l'imminence du danger, Jehan de Montfort fit embarquer son fils Onfroi et son épouse sur une galée à destination de Chypre. Il voulait ainsi mettre la mère et le fils à l'abri avec ce qui pouvait encore être sauvé de leurs biens.

Onfroi de Montfort était d'une santé robuste, à la différence de celle de sa mère, qui décéda peu de temps après. Il vécut une trentaine d'années, jusqu'à ce qu'en l'an 1326, il soit atteint par une de ces terribles maladies qui sévissaient en l'île de Chypre.

Sentant sa mort prochaine et n'ayant aucun descendant (il ne s'était jamais marié), il pria un chevaucheur de remettre le document que son père lui avait transmis, à l'aîné de la branche cadette des Montfort, en Aquitaine. À charge pour eux de poursuivre des recherches qu'il n'était plus en état de mener.

« Belle présence d'esprit. Bel esprit de famille. Bien qu'il ne fut qu'un de vos cousins éloignés. C'est ainsi que votre père a reçu ce titre de propriété, messire. Et que vous avez cru pouvoir entrer en sa jouissance en la cité de Tyr. N'est-il pas ? » insinua le père Louis-Jean.

Le chevalier resta muet, mais acquiesça d'un signe de tête. Arnaud écarquillait les yeux. Il ne comprenait mot. Je le regardai, lorsqu'un détail, auquel je n'avais jamais prêté attention jusque-là, me frappa : le chevalier de Montfort et Arnaud avaient les lobes de l'oreille curieusement collés à la peau du cou. Je regardai ceux du moine et pinçai les miens. Ils étaient les uns et autres bien dégagés. Étrange.

Bien des années avant le décès d'Onfroi de Montfort, la chute du royaume chrétien d'Orient s'était précipitée. Le Grand Khan de Perse, Arghun, proposa au roi de France, Philippe dit le Bel, quatrième du nom, et à tous les princes de la chrétienté, au pape lui-même, l'aide et la médiation des Mongols.

Le jeune Henri de Lusignan, roi de Chypre et de Jérusalem, dépêcha en Occident le sire Jean de Grailly, capitaine de la garnison d'Acre et connétable de France. Rien n'y fit. La flamme sacrée pour les pèlerinages de la Croix était éteinte.

Le sultan Qualaoun mourut à son tour. Son fils Malik Al-Ashraf n'attendait qu'un prétexte pour s'emparer des villes d'Acre et de Tyr. Un pèlerinage en provenance d'Italie le lui servit sur un plateau sanglant.

Gérard de Montréal, un chroniqueur, rapporte que ces croisés étaient venus au secours de la cité d'Acre. En vérité, ils vinrent à sa destruction, car ils coururent de partout et ils passèrent au fil de l'épée tous les pauvres manants qui apportaient leurs biens à vendre, légumes, volailles, froment et autres choses, sous prétexte qu'ils étaient Sarrasins du terroir d'Acre.

Ils ruèrent de coups et occirent plusieurs Syriens qui portaient barbe et étaient de la loi de Grèce, sous prétexte que, pour leur barbe, ils les auraient pris pour des Sarrasins.

Les consuls de Pise et de Venise en furent atterrés. Le maître du Temple, Guillaume de Beaujeu, proposa d'exécuter publiquement quelques criminels condamnés à mort pour calmer la colère du sultan.

D'autres, parmi lesquels le commandeur des chevaliers de l'Ordre de Sainte-Marie des Teutoniques, Conrad von Feuchtwangen, le maître de l'Ordre des Hospitaliers, Jean de Villiers, le connétable de France, Jean de Grailly et de nombreux barons suggérèrent de présenter des excuses.

En guise de réponse, le jour même des nones d'avril, le 5 avril de l'an 1291, une armée colossale se massa sous les murs d'Acre : soixante mil cavaliers, cent soixante mil autres gens en armes.

En face, sept cents chevaliers, mil trois cents sergents à pied ou montés et quatorze mil piétons, que vinrent renforcer par mer, un mois plus tard, à trois jours des nones de mai, soit le 4 mai 1291, l'épilenciel, mais courageux Henri de Chypre, avec deux cents chevaliers et cinq cents gens de pied.

Soit un rapport des forces qui s'élevait à plus *d'un contre treize*. Mais la forteresse, renforcée par deux grandes tours, la Tour Neuve et surtout la Tour Maudite, étaient réputées imprenables.

Le soir, le pavillon du sultan se dressa sur un monticule. Tout autour, la plaine se couvrit d'autant de tentes que d'alvéoles dans une ruche.

Dès le lendemain, quatre trébuchets aux dimensions exceptionnelles furent assemblés à des emplacements judicieusement choisis. Entre chacun d'eux, le sultan fit installer un grand nombre de mangonneaux et de petites balistes. Tous les engins entrèrent en action trois jours plus tard, fauchant les défenseurs, ébranlant les murailles.

À seize jours des calendes de mai, soit le 15 avril, les Templiers, profitant d'une nuit claire, tentèrent une sortie pour incendier *la Furieuse,* le plus puissant et le plus dévastateur des engins de jet ennemis. Leurs chevaux trébuchèrent dans les cordages des tentes sarrasines. Ils échouèrent et ne purent rentrer dans la ville qu'à grand arrois de peine, poursuivis par plusieurs centaines de cavaliers hurlants et vociférants.

Le sultan fit augmenter la cadence de tir de ses engins, pendant que plus de mil prisonniers creusaient des mines sous les murailles pour en saper les bases. Les chrétiens tentèrent désespérément de colmater les brèches par de lourds chats en bois.

Les Sarrasins les incendièrent à l'aide de feux grégeois qui répandaient d'épaisses et puantes fumées noires. Plusieurs milliers d'assaillants se relayaient pour combler les fossés à l'aide de paniers remplis de sable et de bûches.

Le jour même des ides de mai, soit le 15 mai 1291 au matin, un pan entier de la Tour Neuve s'effondra. Dans la nuit, on tenta de faire embarquer les femmes et les enfants. La mer devint si grosse qu'ils prirent peur et regagnèrent leurs demeures. Leurs tombes étaient creusées.

Le maréchal du Temple, Pierre de Sevry, tenta de négocier une capitulation honorable. Le sultan Al-Ashraf la lui avait proposée. Lorsque les émissaires se présentèrent devant sa tente, ils furent tous décapités sur le champ.

À quatre jours des calendes de juin, soit le 28 mai, une grande timbale sonna très fort, déclenchant l'attaque décisive. Les Sarrasins avancèrent sur trois rangs. Le premier portait de hautes targes formant bouclier. Le second lançait le feu grégeois. Le troisième décochait une pluie de flèches et préparait l'assaut de dizaine de milliers d'autres.

Après deux mois d'un terrible siège, la Tour Neuve fit prise, la porte Saint-Antoine, gravement menacée. Pour s'y être rendus, le maître du Temple, Guillaume de Beaujeu, cousin du roi de France, Philippe le Bel, et le maréchal de l'Hôpital, Matthieu de Clermont, trouvèrent la mort, côte à côte, sur les remparts, dans une ultime réconciliation. Trop tardive.

Le maître de l'Hôpital, Jean de Villiers, grièvement blessé, put être transporté sur une galée en partance pour Chypre. *Avec le trésor de l'Ordre, qui fut ainsi sauvé.*

Jean de Grailly, le connétable de France et Otton de Granson, un gentilhomme suisse, défendirent pied à pied la porte Saint-Nicolas. Les Sarrasins poussaient d'immenses clameurs. Bien que grièvement blessés, l'un et l'autre réussirent à s'embarquer au dernier moment.

Côté mer, les femmes et les enfants fuyaient vers le port, se bousculaient, se séparaient, pleuraient, tombaient à l'eau, se noyaient. Ivres de sang et de carnage, les Mameluks se disputaient les femmes, les violaient, les tuaient, foulaient sous les sabots de leurs chevaux les enfants qu'ils avaient jetés à terre. Des femmes qui étaient grosses mourraient étouffées. Elles et les petiots qu'elles portaient dans leur ventre.

La forteresse du Temple, la Voûte d'Acre, avait un accès direct à la mer, à la différence de celle des chevaliers hospitaliers. Ses derniers défenseurs, des vieillards, des blessés, des malades se battirent jusqu'à la mort avec la rage du désespoir.

Pour permettre au plus grand nombre de survivants d'embarquer à bord des navires qui devaient les conduire à Chypre. Plus de dix mil personnes y avaient trouvé refuge. Ils firent venir tout ce qui pouvait naviguer, nefs et navires à voile ou à rames, galères et tarides. Par les tours qui donnaient sur le port, ils firent embarquer la plupart des fugitifs.

Lorsque les navires s'éloignèrent au large, Pierre de Sevry, maréchal du Temple et ses derniers chevaliers, écuyers et sergents, saluèrent d'une grande clameur de joie ceux qu'ils avaient réussi à soustraire au massacre sanguinaire des Mameluks. Ils réussirent à repousser les assaillants encore dix jours durant !

Lorsque le sultan Al-Ashraf ordonna un ultime assaut, les étançons qui supportaient la galerie de mine que les assaillants avaient creusée sous la tour principale se brisèrent.

Sapée à sa base, la tour s'effondra dans un bruit d'enfer sur ses derniers défenseurs templiers. En ensevelissant aussi, sous ses décombres, les trois mil Sarrasins qui étaient montés à l'assaut.

Funérailles grandioses pour les derniers chevaliers de Saint-Jean-d'Acre ! La ville n'était qu'un gigantesque cimetière dont le sol était jonché de milliers et de milliers de morts.

Au cours des trois mois qui suivirent, Tyr, Château-Pélerin, Tortose, tombèrent comme châteaux de sable submergés par un terrible raz-de-marée.

Les archives de l'Ordre hospitalier étaient conservées en leur commanderie de Tyr. La nef qui les transportait fit naufrage. Une partie fut sauvée et acheminée vers Chypre. De précieux parchemins flottaient sur l'eau. De lourds codex plongèrent à pic. Personne ne se souciait, en vérité, dans cette débâcle générale, de quelques rouleaux de parchemin.

Quand "sauve qui peut", rares sont ceux qui se soucient d'autre chose que de leur vie. *Sauf une personne*. Un moine dominicain... Parmi les rouleaux qu'il réussit à sauver du naufrage, il y avait un document signé par un certain *Joseph Al-Hâkim et un certain comte Philippe de Montfort*.

Si ce document était retombé entre les mains de l'Ordre de l'Hôpital, il est certain que personne n'en aurait jamais plus entendu parler : comme dans tous les Ordres militaires, les trésoriers veillaient jalousement sur leur cercle de famille. Charité bien ordonnée, ne commence-t-elle pas par soi-même ?

Moi, Bertrand Brachet, je me dis que le cercle de famille allait s'élargir. À la condition toutefois de l'élargir avant le jour de l'Assomption. Dans guère plus de six mois.

Il aura tout de même fallu près d'un demi-siècle d'enquêtes menées conjointement en terres d'Orient et d'Occident pour permettre aux enquêteurs de la chancellerie pontificale, désormais installée en Avignon, de récupérer ce document parmi d'autres trésors tous aussi inestimables. Des trésors d'archives.

Le royaume franc de Jérusalem était rayé, ses châteaux fortement humiliés, ses villes rasées, ses chrétiens égorgés ou conduits en esclavage. Le souffle des chevaliers en Terre sainte avait éteint la flamme sacrée qu'ils avaient allumée deux siècles plus tôt.

Mort aussi, Joseph Jérusalem de l'Hôpital. Il avait tenté de protéger ses enfants et sa belle-famille qui avaient trouvé refuge dans la salle capitulaire de l'Ordre des chevaliers hospitaliers à Saint-Jean-d'Acre. Son corps avait été transpercé par *sept* lances. Il n'y eut aucun survivant. La famille de frère Joseph de Jérusalem était éteinte à jamais. L'affaire était close. Enfin, presque.

Parvenu au terme de son récit, le père d'Aigrefeuille bénit naturellement le souper que trois mousses nous avaient apporté :

> *"Seigneur, bénissez ce repas, ceux qui l'ont préparé, ceux qui le prennent et tous vos enfants qui, par le sacrifice suprême qu'ils firent, nous permettront de donner demain du pain et du vin aux plus miséreux. Donnez-leur le repos éternel. Pardonnez à nos amis et à nos ennemis les crimes qu'ils ont commis. Amen."*

« Maintenant, nous pouvons nous remettre de toutes ces émotions », trancha-t-il en servant de généreuses rasades de vin à chacun de nous que le chevalier de Montfort refusa derechef. Arnaud se jeta sur la cuiller et avala à grandes lampées bruyantes, sa soupe de pois chiches (il préférait en principe les soupes de fèves ; de toute façon, il n'aimait guère les soupes). Avant d'engloutir des filets entiers des superbes loups frais et grillés que le queux avait accompagnés d'une succulente sauce aigre-douce.

Arnaud tranchait déjà des morceaux de pain de seigle, pour attaquer le fromage de brebis, au moment où nous terminions notre soupe. Avant de faire chabrol.

La soirée se termina sur ce chant que venait de m'inspirer le sacrifice des chevaliers perdus.

La lancinante terreur,
Bouleversante douleur,
Qui brûle au fond du cœur
Et présage grand malheur.

À pied, au corps à corps,
Tête nue et toison d'or,
Notre chevalier tient bon,
Il se bat comme un lion.
Sous l'armure qui craque,
Siffle la flèche de l'arc.
Elle éclate la maille,
Perce le surcot brodé
Et dans sa chair ferraille
Prés de l'artère tranchée.

Brave Chevalier faiblit,
De son corps, il fait rempart
Plus rouge que muraille.
Il combat pour la survie,
Pour protéger le départ
Des gentils et des Chrétiens,
Simples fétus de paille,
Que brisent les Sarrasins.
Il se vide de son sang,
Mais il doit tenir le rang.

Chevalier presque mourant,
De sa vie veut faire don.
Il implore le pardon
Des croisés morts ou gisants.
Le trait mortel de l'archer,
Tiré à treize coudées,
Met à trépas son amour
Pour sa lointaine Mie,
Avant l'aurore, ce jour,
Lorsque son corps est occis.

Noble Chevalier est mort
Et le tout dernier baiser
Qu'il voulait lui destiner,
Vient juste de s'envoler
Vers le ciel où il s'endort.

Mais son âme lui survit,
Douze mil Chrétiens aussi.
Son courage nous saisit,
Son exemple nous réjouit,
Illuminant nos esprits,
Bien au-delà de la vie,
Bien au-delà de la nuit.
Mes amis, priez pour lui.

Le Christ était redevenu le seul Roi de Jérusalem. Un Roi à la Croix de bois et à la Couronne d'épines.

Le lendemain matin, deux hurlades nous parvinrent, coup sur coup.

La vigie criait à gueule bec : « Terre en vue ! »

Le père Louis-Jean d'Aigrefeuille, aumônier général de la Pignotte, hurlait à oreilles étourdies, le visage décomposé, les bras levés au ciel en un geste de désespoir : « Jésus-Marie, ma boîte à messages a disparu ! »

Délivre, Seigneur, ton peuple des terreurs que lui inspire ta colère !

Messe « Pro vitanda mortalitate »

Chapitre 11

Sur l'île de Chypre, à Famagouste, Nicosie et Châtel-Rouge entre l'hiver et le printemps de l'an de grâce MCCCXLVII[1].

« Père d'Aigrefeuille ! Mon père, que vous arrive-t-il céans ?

— Messire Foulques ! Oh ! messire Foulques ! C'est épouvantable : ma boîte à messages a disparu !

— Votre boîte à messages a disparu, dites-vous ? Mais c'est terriblement fâcheux, mon père : ne contenait-elle pas le parchemin sans lequel le trésorier de la commanderie hospitalière refusera tout à trac de nous remettre les lettres à changer ? » s'exclama le chevalier de Montfort. Il prenait un mal plaisir à remuer le couteau dans la plaie. Sans paraître en être affecté pour autant.

« Si, messire. Si. Ô mon Dieu ! L'Aumônerie des pauvres est ruinée.

1. L'an de grâce 1347

— N'exagérez-vous pas un peu, père Louis-Jean ? Votre aumônerie gère des finances considérables. Alors quelques livres de plus ou de moins... Vos miséreux n'ont jamais manqué, nous avez-vous dit. Ne craignez-vous pas plutôt une comparution devant les auditeurs de la Rote ?

— Comment pouvez-vous me bailler de pareilles sornettes, messire Foulques ? Ne comprenez-vous donc pas que vous serez vous-même ruiné ? Tous comptes faits, vous n'avez point tort : vous aurez plus à y perdre que l'Aumônerie des pauvres. Sans parler de la colère du baron de Beynac !

— Nous pourrions toujours renouveler l'exploit de messire de Joinville et briser le trésor de l'Ordre !

— Vous perdez la raison, chevalier !

— Et vous la tête, père d'Aigrefeuille. Allons, allons, reprenez vos esprits, mon père. Et votre calme. Votre boîte à malices est en sûreté dans le coffre du mestre-capitaine. Avec ses *carte di fortuna*, ses cartes de navigation.

— Jésus-Marie, est-ce possible ?

— C'est non seulement possible, mais c'est ainsi, répondit le chevalier sans esquisser le moindre sourire. Vous aviez simplement oublié votre boîte à malices, cette nuit lorsque vous regagnâtes votre lit.

« N'auriez-vous pas abusé de ce bon vin plus que de raison, hier au soir ? D'ailleurs, n'aviez-vous pas fait vœu de ne boire que de l'eau si nous survivions à cette effroyable tempête, au large de Thunes ?

— Je vous prie de garder vos farceries pour vous, messire chevalier ! Vous avez dû mal entendre. Et je n'ai pas à répondre de mes actes devant vous.

— Allons, allons, mon père, ne vous fâchez point et pardonnez-moi, je ne souhaitais point vous offenser.

— Le coffre du mestre-capitaine est-il sûr, au moins ? s'enquit vertement le père d'Aigrefeuille.

— Certainement aussi sûr que celui de la commanderie de l'Ordre de l'Hôpital. Outre ses *carte di fortuna* et son astrolabe, son coffre est rempli de besants et de florins d'or. Les marchands ne sont pas que des navigateurs. Ils gèrent aussi de petites fortunes pour leurs commanditaires.

L'ouverture de son coffre est actionnée par une mécanique extérieure complexe à l'aide de trois clés différentes que le mestre-capitaine porte sur lui, de jour comme de nuit.

— Soit, soit. N'en parlons plus, mon fils. Conduisez-moi incontinent dans le carré du mestre-capitaine et priez-le d'ouvrir son coffre. Par le Christ-Roi, je tiens à m'assurer moi-même de la présence de ma boîte à messages.

« Et cessez de parler de boîte à malices. La musique vous en paraîtra bien douce, dans quelque temps, messire Foulques.

— Oui, certes. Si nous récupérons nos lettres à changer avant le jour de l'Assomption », renchérit ce dernier.

Nous assistions à la scène, Arnaud et moi, à dix pas de là. Nous n'étions pas les seuls. Tout l'équipage qui était de bordée sur le pont avait interrompu sur le champ ses menues corvées. Jusqu'à ce que le mestre de manœuvre ne les rappelle à l'ordre, d'une voix tonitruante.

Il est vrai que les museries à bord étaient rares. Le chevalier de Montfort souriait. Il venait de prendre sa revanche. Une revanche bien modeste, en vérité.

La baie de Famagouste approchait. Le mestre-capitaine était sur le pont. Il fit savoir au père dominicain que sa requête attendrait la fin de la manœuvre d'accostage. Cette fois, la nef ne virait point l'ancre dans la rade. Elle devait accoster, flanc contre quai.

La manœuvre s'avéra aisée. Le vent avait molli, le ciel était lumineux, la mer, calme. Une douceur étonnante pour la saison, comparée à celle que nous avions coutume de connaître en pays d'Aquitaine.

Le mestre-capitaine fit ôter les bonnettes de la grand'voile. Puis, il ordonna d'amener et de ferler la voile de misaine. Les marins s'exécutèrent et serrèrent la voile pli sur pli en l'assujettissant à l'aide de rabans. La nef traça d'abord sur son erre avant de s'immobiliser.

Le mestre de manœuvre fit hisser les chaloupes par un système de palans et d'élingues, les mit à l'eau en élongeant de fortes haussières pour guider le navire vers le quai à la seule force des rames.

Lorsque la nef fut solidement amarrée aux bittes du quai, le mantelet du sabord de charge fut relevé et le débarquement des marchandises put commencer. Le père d'Aigrefeuille put enfin récupérer sa précieuse boîte à malices. Pardon, sa précieuse boîte à messages.

Nous étions parvenus au terme de notre voyage, la veille de la fête de la Nativité de Notre-Seigneur Jésus-Christ.

Nous avions, dans nos impedimenta, la cotte d'armes, la ceinture et l'épée du chevalier Gilles de Sainte-Croix que monseigneur de Royard, évêque de Sarlat, nous avait chargé de remettre solennellement au commandeur de l'Ordre des chevaliers hospitaliers. À charge pour lui, de le faire savoir à Hélion de Villeneuve, grand maître de l'Ordre de Saint-Jean de Jérusalem, qui résidait en l'île de Rhodes.

Notre attention fut attirée par le chant saugrenu d'un coq, à cette heure. Plusieurs cages à poules sortaient des entrailles du navire pour être débarquées à quai. Il est vrai que nous avions souvent savouré des œufs frais tout au long de la traversée !

« Ah ! il ne manquait plus que celles-là, nous dit Arnaud. Je les ai suffisamment entendues jacasser. Lorsque messire Foulques m'a consigné dans la cale sèche, près des poulaillers.

« Elles n'avaient point besoin de nichet pour pondre ! » s'esclaffa-t-il, les mains sur les hanches.

Arnaud avait repris des couleurs. Pas encore de poids. Sans aucun doute eut-il préféré les doux gémissements de quelque bagasse égyptienne au jacassement des poules.

Débarquèrent ensuite d'énormes balles de laine d'Angleterre, de tissus des Flandres, des tapis d'Orient, des coffres garnis de fils d'Écosse et de soieries orientales. Puis des jarres d'épices, de poivre, de cannelle, de gingembre et d'un cumin qu'ils nommaient *raz el hanout.*

Tout ce qu'il fallait pour accommoder et relever les plats, pour composer des sirops et autres électuaires. Il s'en dégageait des senteurs très variées qui flattaient agréablement nos narines. Elles nous mettaient l'eau à la bouche. Il est vrai que l'horloge du soleil nous indiquait que sexte était passé.

Nous avions une fringale de loups. Bien que des loups, il ne devait pas y en avoir des meutes à Chypre.

Des vasques de graines d'écarlate, le kermès, cette étrange poudre composée de milliers d'insectes broyés, de l'indigo au bleu profond, furent extraites des cales et déchargées à leur tour.

Suivirent des fagots d'un bois odorant, l'encens, que le mestre-capitaine laissait se consumer sur une braise chaude, dans le carré, lorsque le temps le permettait et que les odeurs d'humidité et de rance devenaient par trop pénibles. C'est-à-dire trop souventes fois. Et l'encens brûlait trop rarement à mon goût.

Était donc mis à quai, avant d'être acheminé vers les marchands par le comptoir génois de la place, tout ce qui était requis pour flatter les goûts d'une société raffinée dont nous ne connaissions encore rien.

Nous ne pouvions voir tout de ces splendeurs, mais le mestre-capitaine avait parfois évoqué les marchandises qu'il transportait, déchargeait, embarquait à chaque escale.

À cette occasion, il devait aussi remplir son coffre d'autant de besants d'or, de ducats ou de florins. Sans compter des lettres à changer, à remettre ou à recevoir lorsque la négociation se déroulait dans des comptoirs génois, pisans ou vénitiens. Des sommes considérables. Si je les comparais à notre maigre solde journalière d'écuyer, en sols et en deniers.

Belle organisation marchande. Belle science du commerce. Je découvris à ces occasions un monde qui m'était inconnu. Avec grande curiosité, bien que notre hôte fût moins disert sur ses opérations de finance. Mais n'avait-il jamais été loquace ?

Je regardai cette île du paradis sur terre avec étonnement et curiosité. Non sans avoir une pensée pour ma terre natale, saupoudrée d'une pincée d'amertume qui me serrait le cœur. Je ne pouvais oublier Isabeau de Guirande, ma gente fée aux alumelles.

Par Saint-Antoine, comme j'aurais aimé pouvoir lui faire partager toutes ces senteurs nouvelles, la douceur de ce climat méditerranéen, la beauté de ce paysage !

Au fond des siècles et des parfums d'Orient,
Sur la peau des livres aux couleurs de diamant,
Je revois ton visage comme on revoit son enfance,
Toi qui parles aux anges en toute innocence.

Dans l'écorce et la vieillesse des arbres,
Dans la pierre qui se souvient et la voix qui nous réclame,
Même enfouis dans le froid ou le marbre,
J'entends ton cœur qui bat, j'entends ton âme.

Le temps n'a pas de prise sur ton emprise,
Toi ma mémoire ancestrale, mon Graal.
Mes lèvres se brûlent à ton eau exquise,
Tu es cette lumière qui chasse le mal.

Chaque vie est un voyage où l'on se perd.
Sur la longue route d'une incessante quête,
Ton étoile guide mes pas dans le désert,
Tu es la clef qui ouvre ces portes secrètes.

Il faut parfois tomber, connaître le doute, la solitude,
Et dans la sombre forêt de nos peurs, chercher le jour,
Goûter le manque amer pour retrouver la plénitude,
Tout perdre pour sentir à nouveau le souffle chaud de l'amour.

Je connais ces vallées où l'on marche sans feu ni lumière.
La terre y est dure, froide, gelée comme en plein hiver.
Nos pieds ne rencontrent que racines tordues, cailloux et glace,
C'est ici le pays de la mort où les ombres s'enlacent.

J'ai vu ces paysages secs et mornes de mes propres yeux,
Car si l'espoir nous quitte, tout autour de nous devient noir.
Sans force, il faut marcher, marcher vers d'autres territoires,
Et le vent séchera nos larmes un doux matin silencieux.

L'aveugle peut sentir, toucher, voir avec ses autres sens.
Il faut parfois oublier qui l'on est et dans l'errance,
Ouvrir ces portes au bout du silence, au bout de la nuit,
Pour libérer cette flamme qui, dans les ténèbres nous conduit.

« Chypre était, au temps de l'empereur Trajan, province romaine. Caius Plinius Cæcilius Secundus, neveu de Pline et consul de Rome, fit le renom de cette île aux richesses fabuleuses : émeraudes, cristal, airain, alun…

— Des émeraudes, père Louis-Jean ? Sur cette île ? s'enquit Arnaud dont les yeux s'étaient plissés avec convoitise.

— Oui, mon fils. Les mines en regorgent. Plus que vous n'en verrez jamais. Bien que leur exploitation soit jalousement protégée et tenue à l'abri du regard indiscret des voyageurs de passage.

« Des diamants aussi, négociés dans tout l'Occident. N'oubliez pas que Chypre est l'île où naquit Aphrodite, la déesse légendaire de l'Amour, selon la légende. Une île qui se trouve à une soixantaine de milles marins seulement de Lattakié, le port qui fut en Syrie le fief personnel de la reine Mélisande. »

Arnaud, tout ouï, n'en croyait pas ses oreilles. Ses yeux brillaient mieux que les étoiles du ciel par nuit claire.

« Et je ne parle ni de son vin réputé, ni du sel, ni du sucre extrait de la canne et cultivé en abondance. C'est grâce à ces richesses considérables que les malheureux qui ont fui la Terre sainte, à la fin du siècle dernier, ont pu trouver ici asile, refuge et vie décente. Grâce au concours du roi et de ceux qui lui ont succédé sur le trône.

« Ils ont accueilli plusieurs milliers de personnes : chevaliers, écuyers, pages, femmes éveuvées, pucelles égarées, princes, comtes, évêques, bourgeois ou simples compains de tous les métiers. Tous ceux qui ont réussi à échapper aux terribles massacres qui suivirent les invasions des Mameluks ont contribué à la prospérité de ce territoire.

« Ils ont développé les cultures, l'artisanat, le commerce. Vous côtoierez des savetiers, des maçons, des charpentiers, des écrivains publics, des orfèvres, des gens de naissance noble ou roturière. Un grand nombre parmi eux sont devenus de très riches propriétaires.

« Les us et coutumes féodaux fonctionnent ici dans l'esprit le plus pur depuis que Guy de Lusignan, dont descend le roi actuel, Hugues le quatrième du nom, accueillit déjà sur cette terre tous ceux qui avaient fui, il y a bien longtemps, les victoires du sultan Salah-ed-Din Youssouf Ibn Ayyoub, avant même la chute du royaume de Jérusalem, à la fin du siècle dernier.

« Ils mirent tous un point d'honneur à marier les veuves et les orphelines aux chevaliers ou aux sergents de leur suite, les fieffèrent les uns et les autres et distribuèrent de larges privilèges de commerce aux marchands.

« Ce pays est un petit paradis sur la Terre, comme l'est aussi le royaume de France. Sans en connaître les troubles, toutefois. Leurs us et coutumes se sont éloignés des nôtres au fil du temps.

« Regardez seulement cette cathédrale. Un modèle d'architecture. Elle ressemble, à s'y méprendre, à l'église de Saint-Urbain, à Troyes : mêmes chapiteaux, mêmes gâbles surmontant les ouvertures hautes, mêmes dessins de balustres. Même orientation vers les sphères célestes. Vers l'Esprit-Saint, dit-il en levant les yeux vers le ciel.

« Elle fut construite sur les mêmes plans, comme l'abbaye de Canterbury, en la comté de Kent, fut élevée sur les plans de l'abbaye du Bec-Hellouin, en pays normand.

« Et encore, vous n'avez pas vu l'abbaye de Notre-Dame de Tyr, à Nicosie. Elle ressemble, à s'y méprendre à la cathédrale de Bourges. Quant à l'abbaye de Bellajaïs ! Quelle merveille ! Que soient bénis les maîtres et leurs compains qui ont bâti ces chefs-d'œuvre ! »

Arnaud semblait moins s'intéresser à présent à l'art roman ou gothique qu'aux émeraudes ou aux diamants. Il avait l'esprit occupé ailleurs :

« Père Louis-Jean, auriez-vous donc déjà effectué quelque visite en cette île ?

— Oui, messire Arnaud. Je l'ai visitée. Par ouï-dire seulement. Je connais la plupart des chefs-d'œuvre édifiés en France pour les avoir vus de mes propres yeux. Que nenni en cette île. Mais les récits des voyageurs ne sont-ils pas de véritables fontaines de jouvence ? »

Messire Arnaud n'en pensait rien. En tout cas, il fit semblant de s'en accommoder. À sa manière :

« Mon père, ne sauriez-vous pas où votre humble serviteur pourrait palper quelques pièces d'étoffe ? Toucher quelques pièces d'orfèvrerie ? Négocier avec quelque marchand ?

— Nous découvrirons leurs échoppes ensemble, lorsque nous serons rendus à Nicosie, messire Arnaud. Si vous acceptez ma compagnie ? Je souhaiterais moi-même offrir quelques présents à notre Saint-Père. Lorsque que nous serons rendus en Avignon.

Foulques de Montfort ne broncha pas ; il lui en coûtait déjà assez. Il n'avait point de cadeaux à bailler, dut-il penser.

« Comme je sens chez vous, messire Arnaud, une grande et belle passion pour les compains bâtisseurs, j'aurais grand plaisir à vous commenter personnellement une visite très privée de l'ensemble du palais pontifical ! »

Le père d'Aigrefeuille avait l'esprit fin et cultivé. Il ne manquait pas une occasion d'embufer mon ami et de lui geler le bec. Arnaud se remochina. Le chevalier de Montfort coupa court en proposant de prendre quelque collation.

Le surlendemain de notre arrivée en ce royaume, le roi Hugues, mis au courant par les habiles marchands génois, nous envoya des bêtes de bât, des mules, des chevaux et autres sommiers. Pour nous emmener jusqu'à Nicosie. Nous en fûmes, Arnaud et moi, fort émerveillés.

Sur le chemin qui nous y conduisit, nous ne manquâmes pas d'aller droit à la Sainte-Croix, qui était, paraît-il en cette île, la croix où le bon larron fut crucifié à la droite de Notre-Seigneur Jésus-Christ.

Nous marchions sur les pas du Christ. Nous fûmes ensuite hébergés chez les frères mineurs de Nicosie, où le père d'Aigrefeuille fut reçu en grande pompe.

Le roi Hugues nous fit porter des lits de son hôtel : des matelas de laine (ça nous changerait des paillasses instables et inconfortables sur lesquelles nous avions dû nous allonger plusieurs semaines durant), des tapis pour les disposer sur le sol et sur les murs de nos cellules et nous protéger d'un froid qui ne devait pas tarder à venir, nous dit le messager de notre aimable bienfaiteur.

Nous reçûmes aussi, en guise d'accueil, cent pièces de volailles, vingt moutons, deux bœufs, quatre outres pleines de bon vin de la commanderie hospitalière et grande abondance de pain blanc. Pour nous, pour les moines et pour le service des pauvres au bien-être desquels devaient veiller aussi les frères mineurs de notre abbaye, nous fit-on savoir.

Sur le coup, le père d'Aigrefeuille en fut tout ébahi. Il n'en croyait pas ses yeux. Ni ses oreilles. De telles victuailles ! Le roi de Chypre nous attendait en son palais pour l'Épiphanie. Le temps pour nous de nous présenter dignement en sa cour, après un voyage aussi lointain...

On nous recommanda, pieusement, d'assister aux offices de la Nativité dans les églises de Stavro Vouni et de Tochni qui aurait recueilli les reliques de sainte Hélène.

Lorsque les préparatifs furent achevés, le père dominicain et messire Foulques manifestèrent quelques signes de nervosité. Sur l'heur, ni Arnaud, ni moi ne comprîmes pourquoi. N'étaient-ce pas là présents royaux ?

L'aumônier général de la Pignotte et le chevalier Foulques de Montfort n'avaient point tort. Ils étaient plus avertis qu'Arnaud et moi, des us et coutumes en ce royaume : qui apportait aide et assistance ne manquerait pas de recevoir quelques prébendes. L'un et l'autre savaient qu'ils devraient bourse délier. En offrant au roi de Chypre quelques présents royaux.

Comme un fait dû au hasard, quelques jours plus tard, un écuyer vint nous informer des goûts du roi. À voir la tête que firent le père d'Aigrefeuille et notre maître, le chevalier de Montfort, ils devaient être fort dispendieux.

Arnaud et moi, nous échangeâmes un clin d'œil. Nous n'avions point eu à dépenser jusqu'alors. Il était vrai que nos bourses étaient plates.

Le jour de l'Épiphanie, nous fûmes tous les quatre présentés au roi Hugues et conviés au goûter qu'il donnait en sa cour. Arnaud et moi revêtîmes nos surcots aux armes des barons de Beynac.

Le père d'Aigrefeuille se présenta en grand habit de père dominicain, bâton à la main et chapeau de messager pontifical en chef. Le chevalier arborait quant à lui, fait exceptionnel, un simple surcot aux armes des Montfort.

Le roi avait, de sa dame Alix d'Ibelin, une fille Échive et trois fils : Pierre, Jean et Jacques. Arnaud s'intéressa vivement à la princesse Échive, une beauté brune, à la poitrine voluptueuse et aux yeux de jais.

Pierre et Jean avaient à peu près le même âge que nous. Ils nous accueillirent fort aimablement. Nous ne savions pas qu'ils projetaient, en grand secret, une fugue pour visiter les pays d'Occident, au grand dam de leur père. Notre arrivée sur l'île et notre embarquement prochain présentaient pour eux une occasion à saisir.

En fait de goûter, un somptueux buffet avait été dressé sur des tréteaux dans la grande salle du château royal. D'innombrables gâteaux, des tartes aux amandes, au miel et aux raisins secs, des dattes goûteuses à souhait, des galettes de riz et de froment, des confitures variées, parfumées à la rose, à la cannelle, au gingembre, plusieurs livres de dragées que servaient des pages de courtoisie.

Pour étancher la soif, des échansons apportaient des vins liquoreux et épicés dans des pichets en étain, qu'ils versaient dans nos coupes *a volo.*

Des jongleurs et des troubadours vinrent égayer ce véritable festin. Dans la joie qui régnait, nous dégustâmes un peu de tout, jusqu'à satiété. Nous gouttâmes trop de ces bonnes choses pour notre digestion.

Arnaud en fut incommodé le soir même. Il m'avoua avoir visité les cuisines en compagnie de Pierre et de Jean. Et y avoir découvert de ravissantes créatures parmi les filles de cuisine : Claire, Béatrice, Éléonore, Axelle et surtout une certaine Raïssa, aux yeux de braise, me confia-t-il.

Je l'invitai expressément, à cette occasion, à éviter la fréquentation de la princesse Échive. Le roi pourrait en prendre ombrage et cela risquait de lui coûter fort cher. Je ne croyais pas si bien dire. Nous l'apprîmes à notre détriment. Quelques mois plus tard.

Le chevalier de Montfort et le père d'Aigrefeuille dépêchèrent un messager pour préparer notre visite à la commanderie hospitalière de Châtel-Rouge. Il devait nous porter la réponse avant huitaine.

Au cours des jours qui s'ensuivirent, nous en profitâmes, Arnaud et moi, pour parcourir la campagne à cheval et nous détendre après ces longues semaines pendant lesquelles nous n'avions pu faire que les cent pas sur le pont de la nef.

Nous longeâmes au galop des champs d'oliviers et de grenadiers, de citronniers, d'orangers, des vignobles et d'âpres lopins parsemés de caillasse sur lesquels poussaient quelques cyprès.

Lorsque nous approchions du cœur montagneux de l'île, nous mettions nos montures au pas pour escalader les raidillons qui sillonnaient à travers les forêts de pins d'Alep.

Le paysage était d'une beauté époustouflante et silencieuse. Nous savourions avec délices ces rares moments de détente, de paix et de bonheur. À l'abri des corvées et des servitudes du château de Beynac. Nous étions loin de la guerre qui sévissait en notre pays d'Aquitaine et pensai être encore plus loin de la damoiselle de mon cœur, la belle et fragile Isabeau de Guirande.

L'air était doux et portait le parfum sucré de ces essences d'arbres dont l'odeur, nouvelle pour nous, flattait nos sens.

La semaine suivante, le père d'Aigrefeuille et le chevalier de Montfort nous parurent bien soucieux. Interrogés sur les raisons, ils nous apprirent que le trésorier de la commanderie hospitalière ne serait pas de retour d'un voyage qu'il faisait avec le maître de l'Ordre avant deux mois.

Le questeur ne pourrait bailler de fonds plus tôt. Il était tout au plus autorisé à effectuer les dépenses courantes pour le service de bouche de la commanderie. La commanderie comportait une forte garnison. Mais elle devait, à l'en accroire, se contenter des becquées qu'une mère donne à ses oisillons.

Pour faire contre mauvaise fortune, bon cœur, l'aumônier de la Pignotte nous proposa une visite guidée de Nicosie et de plusieurs édifices religieux.

Arnaud ne se fit pas prier. Pour des raisons différentes des miennes : il ne manifestait pour les monuments qu'un intérêt poli. Il avait hâte de connaître les bonnes échoppes où il pourrait toucher du doigt quelques anneaux sertis de diamants et d'émeraudes, et quelques soieries.

Je lui fis remarquer discrètement que nos bourses étaient plates. Il me répondit, d'un air assuré que cela ne l'empêchait point de passer commande. Il était convaincu que lorsque le chevalier de Montfort aurait perçu son dû, il ne manquerait pas de nous bailler quelques monnaies sonnantes et trébuchantes.

Non sans malice, le père d'Aigrefeuille proposa au chevalier de Montfort de commencer la visite par l'étude de quelques chefs-d'œuvre de l'architecture locale.

Arnaud tenta bien d'inverser le sens de la visite ou à défaut, de pouvoir vaquer librement à ses occupations. Le chevalier de Montfort n'était pas dupe. Il lui rappela vertement qu'il était à son service et non au service des filles de cuisine du roi Hugues. Arnaud dut s'incliner.

Pendant une quinzaine de jours durant, nous parcourûmes l'île en tous sens. Pour admirer de petites églises isolées, des sanctuaires comme la Pangia Phorbotissa avec ses superbes peintures, des églises, comme celle de la Panagia tou Arakou à Lagoudera, ou découvrir des monastères accrochés à flanc de montagne. Nous y fûmes toujours bien accueillis.

Il est vrai que le chapeau de messager pontifical dont se coiffait le père d'Aigrefeuille ouvrait bien des portes. Il remit d'ailleurs à l'évêque de Nicosie une bulle de notre Saint-Père le pape Clément, qui recommandait à la piété et à la générosité des fidèles la restauration de l'édifice qui avait été victime d'un violent tremblement de terre, dix-sept ans plus tôt, comme il s'en produisait, paraît-il fréquemment.

Arnaud dépérissait à vue d'œil. Tel un maroufle qui tentait de se rebiquer, il se remochina, puis il se déclara chaffouré. Son nez était pris par un gros catarrhe. Il fit semblant de toussir. Il prétendit aussi avoir une rage de dents (ça ne l'empêchait pas de clabauder à tout va).

Une fièvre de cheval le saisit qui lui faisait claquer les dents, tant elle était forte. Son corps était parcouru de frissons. Puis il se plaignit de fortes douleurs aux boyaux.

Il eut des spasmes d'agonie. Arnaud était la proie d'une epydemie rare aux sinthomes contradictoires. Il était victime de tous les maux de la terre. Mais il était le seul.

L'epydemie ne nous avait pas contaminés. Nous nous portions comme des charmes. Le père d'Aigrefeuille lui conseilla quelques décoctions à base de plantes, lui prescrivit des tisanes de thym et de romarin. Rien n'y fit. Arnaud était moribond. Il demanda les derniers sacrements.

L'aumônier attendit qu'il le suppliât de les lui administrer, pour annoncer une visite dans les quartiers marchands de Nicosie. En un clin d'œil, Arnaud retrouva des couleurs, se redressa, sourit et cria au miracle.

Le père d'Aigrefeuille le pria de ne point abuser de sa patience et d'éviter de blasphémer à l'avenir. Faute de quoi il se verrait contraint de prier le chevalier de Montfort de bien vouloir le consigner dans sa cellule. Plus exactement dans une cellule loquée à double tour. Arnaud comprit qu'il avait intérêt à s'accoiser. Ce qu'il fit.

Le quartier des artisans de Nicosie regorgeait d'échoppes et de boutiques de toute taille. Tous les métiers y étaient exercés : des herboristes sur les rayonnages desquels s'alignaient des bocaux de bois ou de céramique décorée, des mortiers avec pilons et pilettes pour préparer de savants mélanges dosés avec une demi-coquille d'œuf, des tailleurs, des menuisiers, des savetiers, des ferblantiers.

Ruelles et places s'enchevêtraient jusqu'au quartier qui offrait tous les trésors d'Orient dont rêvait Arnaud. La plupart des marchands envoûtaient leurs chalands par des parfums qu'ils brûlaient dans des cassolettes de terre cuite. Bourgeois, chevaliers, servantes et nobles dames se côtoyaient librement et échangeaient sourires et saluts.

Arnaud se fit présenter moult pièces de soie, des tapis et des tentures d'Orient, plus moelleux les uns que les autres (que diable pensait-il en faire ?) Pour protéger notre chambrette des vents coulis, me dit-il en toute innocence.

Chez l'un des orfèvres, j'admirai une petite boîte ciselée en argent. Le marchand me la tendit et me permit de l'examiner sous toutes ses coutures. Le travail d'orfèvrerie était d'une finesse remarquable.

Les douze apôtres étaient sculptés dans le métal sur les quatre côtés. Les angles étaient renforcés par des coins en or, sans fioriture. Le couvercle ne comportait aucun meuble. Il était de la couleur de l'argent, lisse et brillant.

J'en demandai le prix au marchand. Vingt besants d'or !!! Holà ! trop cher pour ma bourse, qui ne contenait que trois écus.

« Tiens, tiens, aurais-tu à présent des goûts de luxe ? s'enquit Arnaud.

— J'ai un présent à offrir.

— Un présent ? À qui ? Ah, oui, je vois. À ta chimère. Isabeau de Guirande ! Tu es complètement fol, mon pauvre Bertrand !

— Oh ! il suffit, Arnaud. Tu fais les questions et les réponses.

— Parce que je connais les réponses, répliqua-t-il.

— Tu fais les réponses parce que tu crois tout savoir. Occupe-toi plutôt de tes drôlettes, de tes filles de cuisine ! Et ne te mêle point de mes affaires, je te prie ! »

Arnaud me tourna le dos. Je reposai la précieuse boîte. Il n'avait pas tort. J'étais fol. Fou d'amour. Mais sans un navet dans l'escarcelle.

Le dernier jour avant carême-prenant, la veille du mercredi des Cendres, ayant été prévenus de son retour par un messager, nous fûmes reçus par le trésorier de l'Ordre de l'Hôpital en sa commanderie sur la petite île de Châtel-Rouge.

Nous lui remîmes la cotte d'armes, la ceinture et l'épée du chevalier Gilles de Sainte-Croix. Il nous en remercia avec grande tristesse.

Il nous apprit qu'Hélion de Villeneuve venait de rendre son âme à Dieu. Il remettrait ces reliques à son successeur dès que le consistoire des prieurs, réuni en Langues, aurait élu le nouveau grand maître de l'Ordre, à Rhodes.

Alors que nous retenions notre souffle, contre toute attente, le trésorier ne fit aucune difficulté pour nous remettre les lettres à changer.

Il fit certes examiner avec moult attentions les sceaux et les seings qui étaient apposés sur les trois documents et nous pria d'apposer les nôtres sur un document qu'il conserva. Ce document, une sorte de reçu, attestait de la bonne fin d'une transaction dont il n'était dorénavant plus responsable.

Il proposa de remettre au père d'Aigrefeuille, en sa qualité de messager pontifical, les trois dernières reliques qui contenaient l'eau et le sang du Christ, selon la légende que frère Joseph avait accréditée.

Arnaud s'en montra fort contrit. N'était-il pas le seul d'entre nous, qui ne se soit vu confier la sauvegarde d'une chose précieuse ?

Comme il jouait bien du plat de la langue, il fit remarquer au père aumônier que ces fioles appartenaient au chevalier et qu'il était prêt à les conserver lui-même en sûreté. Se tournant vers le chevalier de Montfort, il lui affirma qu'il en répondait sur son honneur et sur sa vie.

Foulques coupa court à son discours en lui ordonnant d'en laisser la garde au père Louis-Jean. Ce dernier s'en saisit, remercia le chevalier, enveloppa consciencieusement les fioles dans un linge qu'on lui remit, les rangea dans sa boîte à malices et en verrouilla le couvercle.

Quel intérêt Arnaud pouvait-il avoir à conserver par-devers lui des fioles empoisonnées dont il ne saurait faire usage ?

À dater de ce jour, les évènements se précipitèrent, bien que nous ne sachions pas encore que nous fussions cloués sur l'île de Chypre jusqu'à l'automne. Par des évènements imprévisibles dont nous ne mesurions pas encore la portée.

Le soir même de la remise des lettres à changer, le chevalier de Montfort nous invita dans une taverne pour fêter la réussite de notre mission. Le père d'Aigrefeuille ne se fit pas prier. La période de jeûne commençait le lendemain. Il était temps de prendre quelques réserves, avant carême-prenant.

Pour la première fois depuis que nous avions quitté la citadelle royale d'Aigues-Mortes, Foulques but du vin de la commanderie. Il n'y était point habitué.

Au troisième godet, sa langue devint chargée. Il promit de bailler à ses deux écuyers, la somme incroyable de cent vingt besants d'or chacun ! Plus d'un an de solde. C'était plus que nous ne l'avions imaginé dans nos rêves les plus fous.

Était-ce l'effet de l'alcool ? Au quatrième, il n'était plus dans la capacité d'articuler. Au cinquième godet, il s'effondra sur la table. Nous dûmes le soutenir, Arnaud et moi, et l'allonger sur le lit de sa cellule, dès notre retour chez les frères qui nous avaient offert l'hospitalité.

Le lendemain, il avait la gueule de bois et le teint cireux. Mais il était conscient. Il nous remit à chacun ce qu'il s'était engagé à nous bailler, la veille. Pour nous remercier de nos services depuis notre départ du château de Beynac.

Nous n'en crûmes pas nos yeux. Mais nous en crûmes nos mains lorsque nous soupesâmes nos bogettes. Elles craquaient de toutes leurs coutures.

Nous plantâmes là le chevalier de Montfort, Arnaud et moi, pour lui laisser cuver son vin en paix. Sans lui demander son avis, nous galopâmes à brides avalées vers le quartier marchand de Nicosie. Pour y faire quelques achats...

Nous en revînmes de longues heures plus tard, Arnaud, avec moult habits en soie et un superbe tapis d'Orient aux couleurs vives. Moi, avec une simple commande que je ne pourrais récupérer avant huitaine. J'avais baillé une fraction du prix et apposé mon petit sceau sur le registre marchand de l'orfèvre.

Le dimanche des Rameaux, nous fûmes priés de nous rendre auprès, du roi Hugues. En grand harnois. Au lever du jour, nous dit-on, d'un ton sans réplique qui nous prit sans vert.

Je remuai ma cellule sens dessus dessous à la recherche de ma cotte aux armes du baron de Beynac. Sans parvenir à mettre la main dessus. Arnaud n'avait pas revêtu la sienne non plus.

Il me pressa de nous rendre incontinent à l'invitation du roi Hugues. Nous aurions tout loisir de les chercher à notre retour. Bien que nerveux pour cause du désordre dont je pressentais Arnaud responsable, je m'exécutai et sautai en selle en même temps que lui, revêtu d'un simple pourpoint.

Nous fûmes, Foulques, Arnaud et moi, sur la place, à l'heure dite. Le chevalier nous accompagnait. Sitôt arrivés, un capitaine d'armes ordonna d'une voix cinglante :

« Gardes, saisissez la personne de ces deux écuyers ! » Avant que nous eussions pu envisager un repli stratégique, deux gardes nous saisirent les bras d'une main ferme. Je tentai de me dégager. Arnaud aussi. En resserrant leur pression, ils nous firent comprendre qu'il ne saurait en être question. Nous nous regardâmes, éberlués, mon ami et moi.

Avant que nous eussions pu échanger la moindre parole ou reprendre nos esprits que nous avions fort agités, nous fûmes conduits dans la grande salle du château. Le roi Hugues avait levé ses fesses du trône sur lequel il était assis.

« Messire Brachet et vous, messire de la Vigerie, je vous accuse du crime de sodomie. Sur la personne de … de ma bien-aimée fille Échive, la fleur de ma vie. Les mires qui l'ont examinée confirment que vous ne l'avez certes point déflorée. Pire, vous l'avez sodomisée ! Pour tenter de cacher votre… votre… Le crime que vous avez commis sur sa personne royale !

« Elle n'était point consentante. Vous le savez ! Quand bien même ! Vous lui avez attaché les poignets et les chevilles pour mieux la soumettre ! Vous l'avez bâillonnée pour qu'elle ne crie !

Vous l'avez forcée ! Elle demeure dans un état d'hébétude et de prostration depuis ce jour. Elle ne fait plus ripaille, elle ne boit plus, elle ne parle plus. Son regard est fixe, ses yeux hagards ! Vous serez châtiés pour ce crime de lèse-majesté !

— Mais, Sire, comment pouvez-vous nous accuser d'un tel forfait ? bafouillai-je. En vertu de quoi vous permettez-vous de nous accuser, messire Arnaud et moi ?

— Ne niez pas ce crime odieux, messires. Les surcots à vos armes, des surcots aux armes du baron de Beynac, ont été saisis aux pieds de ma tendre Échive. Les vôtres !

« Qui aurait pu les porter ? Vous vous êtes dévêtus de clic et de clac, pour commettre votre forfait ! Des serviteurs vous ont vu de dos, vous enfuir à toutes jambes, à la chaude. Nus comme des vers. Je n'ai que dépris pour vous !

— Sire, c'est impossible ! Ce ne pouvait être nous ! Je vois là grande batellerie et grande piperie ! »

L'esprit en grand émeuvement, je me rebiquai et songeai un instant à solliciter une confrontation immédiate avec la princesse Échive. Mais le roi Hugues la déclarait hébétée et prostrée, incapable d'articuler une parole. Ou exiger une confrontation avec les serviteurs qui osaient affirmer qu'ils nous avaient reconnus, de dos.

J'hésitai. Car si le coup était bien monté, c'en serait fait de nous. Sur l'instant, il me parut plus sage de s'accoiser. Pour réfléchir plus avant. Difficile quand on a le corps et l'esprit en grande agitation face à tous ces remuements.

Et si tout cela n'était qu'un rêve ? Si c'était un rêve, c'était un véritable cauchemar. J'eus soudain l'impression d'avoir déjà vécu cette scène, en d'autres lieux, en d'autres temps. Lorsque le prévôt d'armes de Sarlat, puis le sire de Castelnaud voulurent faire mainmise sur ma personne en le château de Beynac. Un an plus tôt.

Le roi ordonna d'une voix blanche et sèche :

« Gardes, mettez ces criminels hors de ma vue. Au cachot ! »

Je réalisai qu'il n'y avait point de baron de Beynac pour me protéger, céans. Je me trompais. Il y avait le chevalier de Montfort. Il était devenu plus blanc qu'un poulet casher.

Il s'avança vers le roi de Chypre. Deux gardes s'interposèrent. Ils ne purent l'empêcher de rugir, tel un lion :

« Non, sire Hugues ! Ces écuyers sont sous ma protection. Je ne lèverai point ma main de dessus eux ! J'en réponds !

— De quel droit, messire Foulques ?

— Les preuves que vous rapportez contre eux n'ont point de signifiance. De simples cottes aux armes des Beynac ! N'importe qui aurait pu les dérober !

— Messire de Montfort, si tel avait été le cas, vos écuyers auraient dû signaler le vol. S'ils ne s'étaient sus coupables !

— Sire, vous savez que nous ne portons nos cottes d'armes que bien rarement en cette île. Leur disparition a pu leur échapper.

— Messire, ne portez-vous pas la vôtre, ce jour ? Alors que vos écuyers sont revêtus de simples pourpoints. Et pour cause ! La Haute Cour de notre parlement, siégeant à huis clos, jugera s'ils sont coupables du crime qui leur est reproché. Vous n'avez point d'autre droit que de vous soumettre au jugement qu'elle rendra, messire de Montfort !

— Sire, acceptez au moins d'écouter leur défense selon le droit coutumier. Au nom des usances et coutumes de notre royaume de France et du duché d'Aquitaine. Mes écuyers vous prouveront qu'ils ne sont point coupables.

— Le droit occitan n'a point valeur en nos terres d'Orient, messire de Montfort. Moi seul, suis maître en ce royaume !

— Ce royaume ? Chypre, un royaume ? Ce territoire plus modeste que la comté de Pierregord ? Cette île, un royaume ? Votre emportement, Sire, montre bien que vous êtes un roi sans couronne, un roi sans terre. »

Ça me rappelait quelque chose, un roi sans terre : un certain Jean d'Angleterre ? Tout de même, le chevalier y allait un peu fort du dos de la cuiller. Mais l'heure n'était point à la saillie.

Le roi Hugues de Lusignan haussa le ton, non sans grandiloquence :

« Nous repartirons à la conquête de Jérusalem. Nous vaincrons, comme Godefroi de Bouillon ! Nous prendrons la ville et bouterons les Sarrasins hors de mon royaume ! Une *reconquista* !

répondit-il (il était aussi roi de Jérusalem ; mais Jérusalem demeurait aux mains des Incroyants).

— Vous, Sire ? Seul ?

— Vous m'insultez, messire de Montfort.

— Je ne vous insulte point, Sire ! Portez votre regard autour de vous : ce sont vos chevaliers qui vous insultent. Ils festoient, boivent, se sodomisent les uns les autres, mais ne guerroient point. Ce ne sont point là chevaliers de la Croix. De simples fantoches qui s'apitoient sur leur sort, se revêtent d'habits de soie, se pimplochent, se pavanent à la cour, le corps parfumé sans pouvoir masquer leur haleine fétide. »

En affirmant cela, Foulques de Montfort souleva un remuement digne de... digne de... je ne sais pas de quoi cet émeuvement était digne, tellement j'étais bouleversé.

Plusieurs chevaliers mirent la main sur la poignée de leur épée. Sans oser dégainer toutefois. Enfin, d'aucuns parmi eux. Parmi ceux qui portaient une épée.

« Cela suffit, messire. Je ne puis tolérer plus avant. Gardes, conduisez ces écuyers dans le cachot du donjon.

— Non, sire Hugues ! Vous ne pouvez commettre telle injustice. Je demande réparation. Sire Hugues, reconnaissez-vous le droit des Croisés envers la sainte Foi, le reconnaissez-vous ? » Foulques avait repris contrôle de sa personne. Notre vie en dépendait.

« Je ne connais d'autre droit que celui que le comte de Jaffa, l'un de nos ancêtres, a codifié en ses Assises ! Chaque pays a ses coutumes et chaque individu doit y être jugé selon.

— Je ne connais point vos usances, ni vos coutumes. Je refuse de m'y soumettre.

— Peu importe, messire. Les écuyers Brachet de Born et La Vigerie seront déférés devant les jugeurs de notre Haute Cour, dès ses prochaines assises.

« La sentence ne fait aucun doute. Elle sera exécutée dans les trois jours qui s'en suivront. Le temps pour eux de faire pénitence et de recommander leur âme à Dieu.

— Sire, quelle peine peuvent-ils encourir pour un crime de lèse-majesté dont ils ne sont pas coupables ?

— S'ils sont jugés coupables, *et ils le seront, croyez-moi*, ils seront punis de la même manière qu'ils ont péché. Ils seront condamnés au supplice du pal. En place publique !

« Pour servir d'exemples ! Pour montrer à tous qu'on ne s'attaque pas impunément à la famille d'un roi ! À la famille des Lusignan ! À la famille des rois de Chypre et de Jérusalem ! »

Le supplice du pal ? Je tournai la tête du côté d'Arnaud. Je le sentis au bord de l'epilence. Ou au bord d'un nouveau fou rire surprenant en ces circonstances dramatiques. Je lui lançai un regard suppliant :

« Tu n'as pas fait ça, au moins ? Dis-moi, tu n'as pas commis un acte aussi ignoble ? Je hurlai presque : réponds, nom de Dieu ! » Il murmura : « Je suis responsable, pas vraiment coupable ! »

En fait de réponse, il ne put retenir sa vessie. Elle lâcha et une petite flaque s'élargit lentement à ses pieds. Ses chausses, d'un bleu du plus bel indigo, prenaient une couleur de plus en plus sombre. Je fus moi-même à deux gouttes d'en faire autant. Je lançai un regard de supplique au chevalier de Montfort.

« Reconnaissez-vous au moins les lois de notre Sainte-Mère l'Église, apostolique et romaine, Sire ? lança-t-il d'une voix haute et forte, pour que tout le monde l'entende.

— Sa loi prime sur les autres, messire. Je la reconnais céans. Le roi Hugues s'était radouci.

— Si tel est le cas, acceptez-vous de relever le défi que moi, Foulques de Montfort, chevalier banneret, je vous lance ?

— Quel défi, messire ?

— Le défi de l'honneur, Sire ! Pour l'honneur de mes écuyers. Et pour la sauvegarde du mien ! Acceptez de vous soumettre au jugement de Dieu ! Sauf pour vous à reconnaître votre erreur, incontinent, devant tous vos barons ici présents !

— Je n'ai point entendu votre réponse, messire de Montfort. Un défi ? Quel défi, par Saint-Christophe ?

— Le défi de vous battre contre moi lors du tournoi, Sire Hugues ! *Je demande le bénéfice de l'ordalie* ! D'un combat à mort ! Dieu seul jugera qui est coupable ou ne l'est pas, à la parfin !

— Savez-vous, messire Foulques, que ma tendre Échive, ma bien-aimée fille, est à l'instant entre la vie et la mort ? Après avoir été atrocement forcée (Plus bas : atrocement sodomisée) ? » Le roi Hugues de Lusignan exagérait certainement l'état d'hébétitude dans lequel se tenait la princesse. Montfort ne releva pas :

— Je sais, Sire. Je l'ai ouï dire (il se signa). Mais je ne puis accepter que des gentilshommes de ma suite en soient injustement tenus pour responsables. Les écuyers Brachet de Born et La Vigerie étaient près de moi, le jour où votre bien-aimée Échive fut forcée.

— Ah ? J'en doute, messire. Vous mentez pour les protéger. Les violenteurs de ma tendre et bien-aimée Échive relèvent de ma justice. Ils connaîtront le châtiment réservé aux sodomites !

— Sire Hugues, vous doutez de ma parole et m'en voyez très fort contrit. Foulques de Montfort avait encore élevé le ton.

Avec grande braverie, il lança son gant aux pieds du roi de Chypre. Ce dernier ne broncha pas. Le chevalier surenchérit :

« Vous m'offensez grandement. Par Saint-Christophe, acceptez l'ordalie ! Sauf à commettre récréance ! »

Le mot était de trop. Pour une telle insulte, il aurait bien pu finir à dix pieds du sol, pendu au gibet ou plus probablement décolé à la hache. Et nous, empalés.

Le roi Hugues se maîtrisa. Il conserva son calme. Il fut sur l'heur plus sage qu'il n'y paraissait. Il rétorqua, en s'adressant à notre champion, le chevalier de Montfort :

« Par le sang que nos ancêtres ont versé, nous sommes de même famille, messire chevalier. Pourquoi nous battre jusqu'à ce que mort s'ensuive ?

— Pour l'honneur, sire Hugues ! Si vous êtes aussi du sang de ces valeureux croisés. Du sang des Lusignan ! À moins que vous ne préfériez vous complaire parmi ces fols qui s'agitent en votre cour, déguisés en femmes ou en nonnes, vêtus de soierie ? Incapables de manier la lance ou l'épée ? Sont-ils seulement encore capables de se hisser sur un destrier ? Ou bien préfèrent-ils chevaucher une haquenée ? »

Le roi de Chypre, plus attaché aux choses de la vie qu'au risque d'un jugement de Dieu, s'apazima. L'ordalie n'avait-elle pas été interdite par le concile de Latran ?

Il demanda le conseil des quelques chevaliers qui l'entouraient. Le doute envahissait visiblement son esprit, mais il restait vigilant et prudent. Ne sait-on jamais. Il ne voulait pas courir les risques mortels d'un jugement de Dieu. Mais il ne pouvait point ne pas relever l'affront. Son prestige en dépendait.

Alors qu'il hésitait et temporisait, ne sachant trop quelle attitude adopter, une voix forte et gutturale s'éleva :

« Moi, chevalier Geoffroy de Sidon, relève votre défi, messire de Montfort ! Et vais rabattre votre braverie de ce pas ! »

Le chevalier de Sidon n'était point enguenillé, ni bougre, ni malingre. Ou, s'il l'était, il le cachait bien. Il avait un fort accent rocailleux. Région de Grèce ou pays levantin ? Je ne sus pas alors.

J'avais déjà remarqué ce personnage lugubre. Il se tenait sur le côté du roi Hugues. Tout près de lui, mais il n'avait point pipé mot jusqu'alors. Un géant.

Il s'approcha, gifla avec violence le chevalier de Montfort et lui lança à la poitrine son gant clouté de fer. La poitrine du chevalier de Sidon arrivait à la hauteur de la tête de Foulques. Il essuya des perles de sang sur sa joue. Là où le gant l'avait atteint.

Le chevalier de Montfort était de ma taille. Un peu plus petit que moi. Geoffroy de Sidon devait bien toiser dix pouces de plus que le baron de Beynac. Je l'observai plus avant. Il portait un surcot sans manches.

Un front étroit sous des cheveux coupés courts, en brosse, aussi noirs que l'ébène, la nuque rasée de près de par et d'autre des oreilles. Des sourcils qui ne formaient qu'une seule ligne drue, épaisse, qui surmontaient un regard d'aigle. Des oreilles en chou-navet, dont sortaient des poils, par touffes.

Des narines dilatées sur un nez écrasé. Il en sortait aussi des poils, raides comme des crins de cheval. Une bouche en lame de couteau, aussi affûtée qu'un rasoir du barbier de Beynac.

De lèvres, point. Une fente. Une simple fente. Plus étroite que celle qui filtre à travers le mézail d'un bacinet. Lorsqu'il ouvrit ce qui ressemblait à la bouche d'un cheval, pour la tordre en un rictus monstrueux, je découvris des dents carnassières, plus longues que celles de ma jument, plus larges aussi. Et moins propres. Un menton proéminent, en galoche.

Un col de taureau. Des bras aussi forts que des jambons. Des avant-bras velus et puissants, si puissants que je ne pouvais distinguer les poignets tant les attaches étaient épaisses. Tel un chêne centenaire, son tronc était posé sur des jambes puissantes, mais étonnamment courtes.

À voir la dimension de ses mollets, j'imaginais sous le pourpoint, des cuisses qui devaient plus ressembler à des cuisseaux de cheval qu'à des cuisses de gazelle.

Des pieds démesurés. Il devait avoir des poulaines confectionnées à des mesures d'exception. Comme ses solerets. Tiens, les solerets ! Ils me donnaient une idée. Je devrais tenter d'en toucher un mot au chevalier de Montfort, à la première occasion. Notre vie en dépendait peut-être. Làs, l'occasion ne se présenta pas avant l'ordalie.

Le chevalier Geoffroy de Sidon se dressait devant le chevalier de Montfort, telle une bête de combat. Il se campait telle une bête fauve. Avant d'attaquer et de dévorer sa proie. Il aurait pu en faire des ravages contre les Godons ! À moins qu'il ne fût gascon d'origine ? Il eut mieux valu l'avoir pour ami que pour ennemi.

Peu me challait sur l'heure. Il ne s'apprêtait point à guerroyer en Aquitaine. Il s'apprêtait à écraser un roseau : le noble et courageux chevalier de Montfort qui allait tenter de sauver notre vie. Au prix de la sienne. Bien que le chevalier ait menti, me sembla-t-il : *je n'avais point vu Arnaud en notre compagnie, ce jour*.

Quelque chose me disait pourtant qu'entre David et Goliath… La force ne primait pas toujours. Or, le chevalier de Montfort n'était point niquedouille. Il savait se battre aussi. N'était-il pas mieux entraîné que ce gorille noiraud et prétentieux ?

Je ne pus cependant empêcher un frisson me parcourir le corps de la tête aux pieds. Mes gardes durent le sentir, car ils resserrèrent avec force leur étreinte sur mes bras.

À la parfin, je ne donnais pas cher de la vie de notre champion. Ni de la nôtre, a fortiori. Quels que soient les talents que j'avais pu observer chez icelui lorsqu'il avait tranché du Godon avec son épée à deux mains. Lors de la bataille dans les faubourgs de la Madeleine, en notre ville de Bergerac.

Je craignais qu'il ne fût servi comme un cerf à l'hallali. Ce court sur pattes, au torse de géant, à la tête de centaure, n'en ferait-il pas qu'une bouchée ?

Le roi Hugues de Lusignan, quatrième du nom, ordonna aux gardes qui nous avaient saisis de nous relâcher : le chevalier de Montfort répondait de nous sur sa vie.

Il précisa que nous devions être séparés et mis au secret. Bien traités, toutefois. Jusqu'au jour de l'ordalie. Jusqu'au samedi qui précédait le dimanche des fêtes de Pâques. Il ponctua sa sentence sur ces mots :

« Qui a menti sera châtié par Dieu, qui a dit vrai sera établi en son bon droit. C'est là, bonne et grande justice. » C'est là justice bien expéditive, pensai-je. Passer ainsi de vie à trépas !

Devrions-nous finir notre courte vie, embrochés comme des cochons que nous n'étions pas. Que je n'étais pas ?

Le supplice du pal ! Embrochés du trou du cul jusqu'à la gorge ! La mort la plus indigne, la plus dégradante, la plus atroce qui soit. Pire que le supplice de la roue !

Mon Dieu pour un crime que moi, en tout cas, n'avais point commis.

Après tout, si quelque innocent est condamné injustement, il ne doit pas se plaindre du jugement de l'Église, qui a jugé d'après des preuves suffisantes, et qui ne lit pas dans les cœurs. Et si de faux témoins l'ont fait condamner, il doit recevoir sa sentence avec résignation et se réjouir de mourir pour la vérité.

Nicolas Eymerich « Manuel des Inquisiteurs »

Chapitre 12

À Nicosie lors des fêtes de Pâques, au printemps de l'an de grâce MCCCXLVII[1].

Les trompettes éclatèrent dans un éblouissant jeu de sons et de lumière. Leurs cuivres étincelaient de rouge et d'or sous un soleil levant que ne gâtait pas un nuage en ce samedi de Pâques de l'an 1347.

Une foule considérable de manants, d'artisans et de bourgeois curieux d'assister au spectacle de l'ordalie se pressait de part et d'autre d'un eschalfaud en bois surmonté d'un dais à baldaquin.

Le roi de Chypre, Hugues de Lusignan, quatrième du nom, avait pris place sur des sièges avec ses barons, ses chevaliers et tous ses invités d'honneur.

1. En l'an de grâce 1347

Les trompettes se turent. Les clabaudages cessèrent incontinent. Chacun retint son souffle. Je jetai un regard à Arnaud. Il n'était plus que l'ombre de lui-même. Il ne me voyait plus, telle une momie figée dans un sarcophage.

Douze arbalétriers se tenaient devant l'eschalfaud où siégeaient le roi, la reine, les barons et les chevaliers de la cour.

La reine, d'une grande beauté, semblait nous fixer d'un regard dur. Autant je pus en juger, en face, à une distance de plus de cent pas. Le roi, coiffé de sa couronne, échangeait des propos avec ses fils, Pierre, Jean et Jacques de Lusignan qui se tenaient séants, à côté de lui. Je n'aperçus pas la malheureuse princesse Échive, où que se portât mon regard.

Derrière les arbalétriers, une haie composée de plus d'une centaine de valets d'armes dressait une forêt de piques. Aussi immobiles que des statues. Mais plus menaçants.

Plus loin, en retrait, une vingtaine de sergents étaient montés sur des chevaux blancs, lance à l'arrêt. Tous portaient un chapel de fer, un grand haubert qui les maillait de la tête aux pieds et un surcot gris frappé aux armes des Lusignan.

Sur ordre de leur maître, les arbalétriers mirent le pied à l'étrier, bandèrent les cordes, cliquèrent la gâchette, posèrent un carreau sur l'arbrier et pointèrent leur engin vers le centre de l'enclos, parés à décocher.

« Oyez, oyez, bonnes gens ! » Le héraut d'armes exposa à voix haute et puissante les raisons de l'ordalie qui opposait le chevalier Geoffroy de Sidon et le chevalier Foulques de Montfort.

Le chevalier de Sidon arborait en sa qualité de champion du roi, les armes des Lusignan, rois de Chypre et de Jérusalem, *burelé d'argent et d'azur, au lion de gueules couronné d'or brochant*. Les spectateurs applaudirent à tout rompre pour saluer son apparition à la senestre de l'enclos.

Lorsque le héraut d'armes annonça l'arrivée, à notre dextre, du chevalier Foulques de Montfort qui portait sur sa cotte d'armes les couleurs de sa propre maison, *échiqueté d'or et d'azur, au franc-canton d'argent au lion de gueules*, plusieurs sifflets émanèrent de la foule.

Le chevalier de Montfort se portait fort, déclara-t-il, de l'innocence de messires Bertrand Brachet de Born et Arnaud de la Vigerie, écuyers du baron de Beynac, sire de Commarque, accusés du crime de... de... forfaiture sur la personne de la princesse Échive, dit-il après avoir hésité un court moment sur le terme à employer.

De nouveaux hurlements ponctués de sifflets lancés par la foule, se firent entendre. Dès qu'une nouvelle sonnerie de trompettes déchira l'air, les clameurs cessèrent. Le héraut reprit :

« Le combat auquel les chevaliers vont se livrer sur l'heure, est un duel à la vie et à la mort. Un seul d'entre eux sera déclaré vainqueur. Si le chevalier de Sidon survit à ce combat, les deux écuyers seront empalés incontinent. Si le chevalier de Montfort gagne l'ordalie, ils seront déclarés innocents à tout jamais en vertu du jugement de Dieu. »

Tous les regards se portèrent sur Arnaud et moi. Nous étions enfermés dans des cages en bois munies de barreaux de fer, face au public. Nous faisions partie du spectacle. Nous en étions le clou.

De chaque côté de nos prisons, avaient été dressées deux potences fortement surélevées et munies d'un treuil. Les treuils enclencheraient la descente des deux sièges dans des trappes ménagées à cet effet.

Les sièges étaient percés en leur centre pour laisser coulisser un pieu immobile et solidement fixé sur une embase, à même le sol. Leur pointe, taillée en biseau, était revêtue d'un coin en métal vivement acéré. Le pieu effleurait l'orifice du siège, sans dépasser. Pour l'instant.

Si le chevalier de Montfort perdait l'ordalie, il y trouverait la mort. Les bourreaux nous saisiraient aussitôt pour nous attacher solidement sur chacun des sièges.

Puis ils rouilleraient lentement le treuil. Nos trônes descendraient progressivement dans la trappe ménagée à cet effet. Notre descente aux Enfers. Le pieu pénétrerait doucement, mais inexorablement par l'anus, déchirerait nos boyaux et nos intestins, nous arrachant des hurlades de douleur.

Notre visage se tordrait, se décomposerait, ivre de souffrance. Avant de se figer en un rictus monstrueux. Le sang maculerait notre chainse blanche. La chemise des condamnés. Celle dont on nous avait revêtus.

Une tache rouge s'élargirait d'abord à la hauteur de nos reins. Puis le sang nous saisirait la gorge. Il serait raqué par la bouche avant de baver et de dégouliner sur nos poitrines selon les pulsations du cœur.

Au moment où le pieu atteindrait notre col pour défoncer notre palais, l'effroyable descente aux enfers cesserait. Notre vie aussi. Le siège s'immobiliserait. Nos pieds et nos jambes auraient été engloutis dans la trappe. Pour permettre aux spectateurs de jouir pleinement et jusqu'au bout du seul spectacle digne d'intérêt : celui de notre supplice. De la tête au cul. À la fin de notre agonie.

Le supplice du pal. La mort la plus ignominieuse qui soit. Devant une foule assoiffée de sang. Dire que nous étions livides, Arnaud et moi, serait faux. Nous étions verts. Moi, j'étais vert-de-gris. Vert de rage. Et blanc de peur.

✠

« Oyez, oyez, bonnes gens : le courage des deux champions. est émerveillable. Ils défendront au prix de leur vie une cause dont Dieu seul décidera si elle est de bon ou de mauvais aloi. Aucun des deux chevaliers n'est présumé coupable du crime qui est reproché aux écuyers. Ils ont grande valeur au combat.

« Que Dieu les saisisse en sa sainte Garde et rende son Jugement sacré. Le vainqueur de l'ordalie rentrera en tous les droits et bénéfices qu'il défend et pour lesquels il combat ce jour d'hui.

« La sentence divine aura force de jugement. Il ne pourra être fait aucun appel du jugement, sur l'heure ou à l'avenir, devant aucun tribunal, céans ou ailleurs en pays de chrétienté. Car ainsi plaît à Dieu, notre Maître suprême. »

Puis il annonça la présence du père d'Aigrefeuille, messager de Sa Sainteté, le pape Clément et aumônier général de la Pignotte. Le père dominicain avait exprimé le profond désir de bénir les combattants avant l'épreuve, déclara-t-il.

Sa visite me surprit en ces circonstances et, pour la dernière fois de ma vie, je rougis de honte. Le père dominicain avait dû être alerté par les soins du chevalier de Montfort. Nous ne l'avions point vu depuis notre mise au secret. Le revoir nous procura cependant joie et tristesse, tant nos sentiments étaient partagés entre la honte et le désir de rédemption de nos âmes.

Le père Louis-Jean s'avança pour donner sa bénédiction aux chevaliers, puis il se dirigea vers nous en faisant de la main le signe de la Croix. Nous nous signâmes, sans pouvoir nous agenouiller en raison de l'exiguïté de nos cages.

Il murmura : « Gardez courage mes fils, ayez confiance dans la vaillance du chevalier Foulques. Il vaincra ! » Puis il nous adressa un pauvre sourire, que nous fûmes incapables de lui rendre, tant était forte notre angoisse et tant nous paraissait bien douteuse l'issue de ce terrible combat.

Le cauchemar que j'avais vécu quatre mois plus tôt sur la Santa Rosa, était-il tristement devin ? Le chevalier de Montfort ne s'était-il pas effondré, le crâne ouvert par le cimeterre d'un pirate barbaresque, sa cervelle projetée sur mon surcot ? Le chef du chevalier Geoffroy de Sidon ressemblait, à s'y méprendre, à celui d'un pirate barbaresque.

Un silence de mort parcourut l'assemblée. Quelques enfants, dont les parents avaient eu la bien malheureuse idée de les faire assister à ce terrible spectacle, pleurèrent ; d'autres sanglotaient.

Une femme, atteinte d'epilence, bouscula la haie des gardes pour se précipiter à l'intérieur du champ de bataille. Elle hurla, en déchirant sa robe : "Grâce, grâce !" Une autre cria : "Mort à Montfort ! Mort aux sodomites !" Elles furent promptement ceinturées, maîtrisées, bâillonnées et conduites à l'écart des lices.

Un roulement de tambour coupa court aux manifestations de la foule. Le héraut rappela les règles de l'ordalie auxquelles les champions devaient se soumettre :

« Si l'un d'iceux atteint, avec mauvaise intention, le destrier de son adversaire au cours du combat, le blesse sous la houssure ou lui coupe les jarrets, je donnerai l'ordre au maître des arbalétriers de l'occire sur le champ. Il en sera de même si je juge que quelque félonie a été commise par l'un ou l'autre.

« Les deux champions devront rompre trois lances chacun. S'ils survivent à la joute, dès le roulement de tambour, le combat sera interrompu. Le chevalier de Sidon disposera d'un fléau d'armes et le chevalier de Montfort, se verra remettre une hache de guerre, conformément aux choix qu'ils ont exprimés pardevant moi.

« Le combat deviendra alors tournoyant. Si l'une de ces armes venait à leur faire défaut, ils auraient le droit de manier l'épée, et l'ordalie se poursuivra jusqu'à ce que mort s'ensuive pour l'un d'iceux. »

Le chevalier de Montfort était solidement campé sur sa selle de joute. Il tenait les rênes d'une main, à senestre, avec son écu. Pour toute défense, il portait sous son surcot aux armes de sa famille, un simple haubert qui le couvrait de la tête aux pieds et que renforçaient quelques plates de métal articulées sur les épaules et sur le torse.

Elles ne comportaient cependant aucun faucre, ce nouvel arrêt de cuirasse. Cette sorte de tige en saillie, était fixée au plastron et utilisée depuis quelques années lors des tournois pour faciliter la charge, lance couchée, dès le départ. Elle permettait d'en alléger le poids et l'empêchait de glisser sous l'aisselle au moment du choc.

Le chevalier de Montfort portait sur sa cotte d'armes, un large ceinturon et une curieuse épée d'estoc à une main et demie dans son fourreau. Des jambières de mailles enchâssaient ses pieds. Il ne chaussait ni soleret, ni poulaine.

Il tourna la tête vers nous et leva la main. En guise de cimier, l'armurier du roi lui avait fourni un heaume oblong, d'une seule pièce, sans articulation aucune, en forme de tonnelet comme en portaient encore souventes fois les chevaliers. Une fente, en forme de croix renforcée par trois pièces de métal rivées sur le heaume, ménageait sa vue. Plusieurs trous percés à travers le fer lui permettaient de respirer.

Nous ne pouvions bien évidemment lire la moindre pensée dans son regard. Nul ne pouvait savoir ce qu'il ressentait en cet instant, avant de livrer un duel à mort, pour nous sauver. Nous, de simples écuyers.

C'était là preuve d'une générosité et d'un courage sans faille dont seul un gentilhomme de grande noblesse pouvait être capable. N'aurait-il pas mieux fait de nous laisser comparaître devant les jugeurs de la Haute Cour du roi ? Lui seul en avait décidé ainsi et il était trop tard pour se poser cette ultime question.

Nous inclinâmes la tête pour lui rendre son salut. Son destrier, un cheval brun, était revêtu d'une houssure de couleur gris clair, sans gueules ni meubles, bordée d'un simple liseré noir. Le chevalier n'avait pas prévu d'emporter dans ses bagages un grand harnois. Et pour cause. Une ordalie ne figurait pas au programme des réjouissances d'icelui.

Arnaud tremblait de la tête aux pieds. Je récitai une patenôtre et invoquai une nouvelle fois la Vierge de Roc-Amadour pour qu'elle porte assistance et secours au chevalier de Montfort. Et nous rende la vie à tous les trois.

Face à lui, se tenait le chevalier de Sidon sur un destrier noir, revêtu d'une houssure aux armes des Lusignan. Le géant portait un harnois plain, une armure composée d'un très grand nombre de plates superposées et articulées.

Je n'avais encore jamais vu pareille cuirasse aussi complète : des épaulières, une pansière pour protéger le ventre jusqu'à la ceinture, des canons d'avant et d'arrière bras, des cubitières pour protéger les coudes, des gantelets articulés pour les mains, des braconnières pour protéger les hanches, des cuissards, des genouillères, des grèves pour le tibia, et bien sûr de magnifiques solerets de plates articulées.

Ils étaient prolongés par des poulaines d'un pied dont le rôle n'était point de décorer l'armure : elles assuraient le maintien des pieds dans les étriers. Tant que le cavalier ne vidait pas les arçons.

Je me dis qu'elles pouvaient présenter un danger mortel pour celui qui les portait si le combat se poursuivait au sol : elles réduiraient la mobilité du combattant. Encore faudrait-il que le chevalier de Sidon fût désarçonné.

S'il chutait à terre, le chevalier de Montfort avait une chance. Son haubert ne devait pas peser plus de quarante livres, alors que le harnois du géant devait bien être trois fois plus lourd. Il lui serait alors difficile de se relever. En revanche, lors de la joute lance couchée, il bénéficierait d'un incontestable avantage sur notre champion.

Lorsque le destrier du géant se cabra, la foule lança une grande clameur : il portait en guise de heaume, un bacinet à bec d'oiseau dont il avait relevé le mézail, le ventail mobile.

Son casque, en forme de pain de sucre surmonté d'un cimier de plumes aux couleurs de ses armes, décuplait l'impression de gigantisme qu'il voulait incontestablement donner pour intimider son adversaire.

La foule ne s'y trompa point. Elle applaudit vivement le chevalier de Sidon, champion des Lusignan et siffla ou injuria le le chevalier de Montfort.

Un bref roulement de tambours se fit entendre. Deux écuyers d'armes s'approchèrent pour tendre aux combattants une première lance de combat équipée d'un arrêt de main.

Chaque lance était munie à l'avant, d'une pièce de métal acérée et pointue, emmanchée dans la hampe.

Le chevalier de Montfort ne disposant pas de faucre, ce nouvel arrêt de cuirasse, il tint sa lance droite, en appui sur l'arçon. Son adversaire abaissa et claqua son mézail sur le visage, se saisit de la lance. Il la coucha et la bloqua sur le faucre.

J'espérai de tout cœur qu'il fût mieux entraîné pour les parades que pour un combat, face à un ennemi, sur un champ de bataille. Je n'allais pas tarder à être fixé.

La bête était prête pour la première joute. Les trompettes sonnèrent la charge. Sidon et Montfort éperonnèrent des deux. Les destriers prirent aussitôt le galop. Montfort inclina sa lance et visa l'écu. Sidon, lance couchée, visait le heaume de son adversaire. Juste avant l'impact, le destrier de Foulques fit un écart. La lance de Sidon effleura le heaume et glissa sans parvenir à l'accrocher. Celle de Montfort se rompit sur l'écu, soulevant une grande clameur parmi les spectateurs.

Les écuyers leur remirent une deuxième lance. Lorsque la poussière se fut dissipée, le héraut d'armes refit sonner la charge. Arnaud et moi étions cramponnés aux barreaux de nos cages.

Craignant un nouvel écart de son adversaire au moment de l'impact, Sidon choisit cette fois de viser l'écu, dont la dimension était plus grande que celle du heaume. Sa lance glissa sur l'écu, heurta fortement le chevalier de Montfort à l'épaule, à senestre.

L'extrémité de la lance mordit profondément la cotte de mailles sous l'épaulière et la déchiqueta en pénétrant les chairs. Montfort en fut déstabilisé ; il manqua sa cible. Plusieurs anneaux de son haubert étaient brisés et les mailles, disloquées. Il accusa le coup.

Sa tête pencha légèrement en avant, sa lance s'inclina vers le sol, comme si la main qui la tenait n'en contrôlait plus le maniement. Son destrier trébucha, puis se redressa en hennissant, les naseaux dilatés.

Lorsqu'il fit demi-tour sur les postérieurs, au bout de l'enclos, la foule vit que sa cotte d'armes était déchirée à la hauteur de l'épaule. Une petite tâche de sang s'élargissait sur le surcot.

D'aucuns hurlèrent : "Hourra ! Hourra ! Vive Sidon !" D'autres clamèrent : "À mort les écuyers !" Les phalanges de nos doigts sur les barreaux étaient blanches, tant nous les serrions fort.

Les chevaliers reprirent position. Les écuyers leur tendirent une dernière lance. Foulques de Montfort releva enfin le chef et ajusta son heaume. D'une caresse sur l'encolure, il calma son destrier et l'encouragea de la voix à poursuivre le combat.

Il se saisit ensuite de la lance qu'on lui tendait et s'avança au pas, se tenant bien séant sur ses arçons entre le pommeau et le troussequin, comme à l'exercice au poteau de quintaine. Mais ici devant, il ne faisait pas face à un simple mannequin de bois. Il faisait face à un géant de chair et de sang. Il luttait pour sa vie. Et pour notre survie.

Au moment où les deux chevaliers s'apprêtaient à lancer leur destrier au galop, face à face, Arnaud poussa un cri. Personne ne l'entendit. Sauf moi. La poussière soulevée par cette troisième joute nous empêcha de bien en voir le résultat avant qu'elle ne se dissipât. Je retins ma respiration. Il me sembla que Montfort avait visé le col de son adversaire, à la hauteur du gorgerin.

La lance de Sidon se rompit à son tour sur l'écu de son adversaire. Celle du chevalier de Montfort glissa sur le bacinet, près du gorgerin, juste sous le mézail qu'elle accrocha. Sous l'effet du choc, le ventail se releva violemment. L'extrémité de la lance se brisa à l'endroit où le fer était emmanché sur le bois, glissa puis l'atteignit sur le front, me sembla-t-il. Le chevalier de Sidon bascula en arrière.

Le troussequin lui bloqua les reins et l'empêcha de basculer sur la croupe de son cheval ou de choir. Mais il ne put éviter de déchausser un étrier, faillit basculer sur le côté, soulevant un immense : "Aaaaah !" dans la foule qui jouissait à cor et à cri du spectacle.

Je repris courage. Foulques, bien que blessé, avait jouté avec beaucoup d'intelligence au cours de ces trois passes. Il avait dérouté son adversaire. Ce dernier n'avait jamais pu anticiper l'endroit sur lequel il avait prévu de porter l'estoc. Arnaud se tourna vers moi et me fit un pauvre sourire, suivi d'un sanglot.

Sidon réussit à se maintenir fermement sur ses arçons. Il rechaussa son soleret dans l'arçon et observa son adversaire. Nous ne pouvions voir, d'où nous étions, que le chevalier de Sidon était gravement blessé à l'œil.

⁂

Au roulement des tambours, les champions durent cesser le combat, les trois lances étant rompues. Le temps que les écuyers leur remettent les armes avec lesquelles ils avaient décidé de poursuivre la joute.

Le chevalier de Sidon saisit un fléau d'armes, un terrible engin de mort, capable de fracasser une tête de fervêtue, comme une coquille de noix. L'extrémité du manche était galbée, pour en faciliter la prise. Une lourde chaîne le reliait à l'étoile du matin, une énorme bille composée de plusieurs robustes pointes en acier forgé.

Le sinistre champion du roi la brandit au-dessus de son bacinet, dont il n'avait pas refermé le mézail. Il la fit tournoyer aussi facilement que si l'extrémité avait été composée d'une boule en cuir bourrée de crin. D'où nous étions, nous en percevions le sifflement aigu. Nous échangeâmes, Arnaud et moi, un regard effaré. Le géant avait chancelé, mais la bête était toujours prête au combat.

Montfort se fit remettre une non moins impressionnante hache d'armes. Le fer brillait d'un côté, d'un éclat affûté. De l'autre, un pic aussi long que celui d'une guisarme prolongeait la lame. Le manche, long de deux coudées, était équipé d'une large sangle en cuir que le chevalier enroula autour de son poignet.

Il la brandit en plusieurs mouvements tournoyants, du bas vers le haut, puis de dextre à senestre pour s'assurer de la qualité de la prise et de l'équilibre de l'arme. D'où nous étions, nous en percevions le sifflement aigu. La hache d'armes pourfendait l'air comme une épée bien affûtée tranche un papyrus en deux parties. Mais le sang rougissait à présent sa cotte d'armes sur tout le haut de sa poitrine. Son corps obéirait-il ? Je craignis que la défaillance de ses membres l'emportât sur sa science des armes et la volonté de son esprit.

Le héraut annonça que les joutes lances couchées n'ayant pu désigner de vainqueur, l'ordalie se poursuivrait à cheval ou à pied, jusqu'à ce que mort s'ensuive.

Lorsque les tambours cessèrent de battre, les destriers s'approchèrent l'un de l'autre, au pas. Au même instant, leurs cavaliers les éperonnèrent, les piquant des deux, l'arme à la main, les rênes retenues par l'autre main, celle qui était glissée dans la sangle du bouclier.

L'étoile du matin décrivit de larges courbes, de plus en plus vite, avant de frapper avec une force incroyable l'écu du chevalier de Montfort. L'écu se disloqua et se brisa en deux morceaux.

Profitant du bref instant pendant lequel le géant avait baissé la garde, Montfort abattit sa hache d'armes de toutes ses forces, côté pic, sur l'épaule de son adversaire. Il disloqua les plates qui la protégeaient, avant même que Sidon n'ait eu le temps d'esquisser une parade.

Puis, par une rapide rotation du poignet, il lui asséna un nouveau coup, côté lame cette fois, avec une violence inouïe, et au même endroit. Plusieurs pièces de métal, broyées et disloquées sous la violence de l'impact, furent projetées dans la foule.

Le roi Hugues, se penchant *in extremis*, évita l'une d'icelles. Le métal acéré se ficha dans la gorge d'un chevalier qui assistait, derrière lui, au spectacle.

Le malheureux porta les mains à son col et s'effondra. Je ne vis plus qu'une giclée de sang, à l'endroit où il se tenait quelques instants plus tôt. Des pages se précipitèrent pour le hisser sur une civière. Les chevaliers de l'entourage du roi applaudirent à tout rompre l'exploit du chevalier de Montfort.

Au même moment, nous vîmes arriver la princesse Échive. Deux pages la soutenaient par les coudes. Elle était vêtue d'une longue toge blanche, aux manches tombantes qui s'élargissaient aux poignets et coiffée d'une couronne de laurier.

Le regard perdu, elle ne semblait ni ouïr ni voir le monstrueux combat qui se livrait dans l'enclos pour cause du déshonneur que deux sodomites lui avaient infligé. Elle prit place séant, entre ses frères. Le spectacle s'était déplacé un court instant vers la tribune. Pas pour longtemps.

Sidon se rua sur Foulques. Comme une bête devenue folle de rage se jette sur sa proie pour la déchirer et la dévorer. Il lui assena sur le heaume un coup tourbillonnant.

Distrait par les applaudissements qui provenaient de la tribune royale, Montfort ne parvint pas à l'esquiver. La foule, en grand émeuvement, hurlait à l'unisson : “Ohhh ! Aaaaaah !”

La tête de notre champion dodelina, son heaume toucha presque l'encolure de son destrier. Ses pieds glissèrent sur les étriers. Il chancela, perdit l'équilibre et vida les arçons en soulevant une gerbe de poussière. À terre, Foulques de Montfort était devenu très vulnérable. C'en était fait de nous.

Le héraut d'armes suivait attentivement ses moindres gestes et les coups qu'il s'apprêtait à porter, pour surprendre la moindre faute. S'il constatait un coup déloyal ou félon, au signal qu'il donnerait, le maître des arbalétriers ordonnerait de l'occire sur le champ.

Six carreaux d'arbalète seraient décochés incontinent. À cette distance, ils pouvaient percer, voire transpercer de part en part l'armure la mieux trempée. Et le chevalier de Montfort ne portait qu'une simple cotte de mailles. Mais il n'était point félon. Six autres arbalétriers resteraient parés à tirer. À chaque groupe, la cible de son choix.

Foulques réussit à se relever en titubant. Son haubert était beaucoup moins lourd que le harnois plain du chevalier de Sidon. Et Foulques était solide comme un roc.

Mais il ne disposait désormais plus que d'une moitié d'écu pour se protéger des coups que lui assènerait son adversaire et d'une simple hache pour défendre sa vie, au sol, contre un cavalier en armure qui se préparait à se ruer sur lui. Pour l'achever d'un violent coup tourbillonnant.

Le géant balançait mollement son aspersoir d'eau bénite à dextre. Le fléau prit son envol fatal dès qu'il chargea au galop.

Montfort réagit promptement. Au dernier moment, il se déplaça vivement, face à son adversaire, soleil dans le dos. Le géant, surpris par la manœuvre, balançait déjà l'étoile du matin en un mouvement de grande ampleur.

Elle atteint derechef le bouclier de Foulques, le lui arracha des mains et le projeta en l'air. L'autre moitié d'écu vint s'écraser contre nos cages et nous dûmes retirer vivement nos doigts qui étaient grippés aux barreaux.

Une bête fauve, encore en selle, en grand harnois, blessée, pouvait devenir plus dangereuse qu'un loup affamé de chair fraîche. Ivre de douleur (l'épaule fracassée) ou ivre de joie (il sentait la victoire lui sourire), le chevalier de Sidon s'apprêtait à asséner le coup de grâce au vaincu.

La hauteur de laquelle, sur son destrier, il dominait un adversaire à terre, rendu à merci et démuni de tout bouclier, l'incita à projeter son fléau du meilleur côté pour lui, à dextre, du haut vers le bas, et non plus en un mouvement tournoyant à hauteur du heaume. L'amplitude du geste risquait d'être fatale au chevalier de Montfort.

Au risque d'être piétiné par le destrier, Foulques se ploya et fit un gigantesque pas de côté pour se placer à la senestre de Sidon. Son adversaire l'attendait à sa dextre.

Entraîné par son élan, Sidon fut pris sans vert. Dans un geste d'une grande maladresse, il commit une erreur. Une erreur grave. Au dernier moment, il modifia la trajectoire de son fléau pour le projeter, non plus à dextre, mais à senestre, par-dessus l'encolure de son destrier.

Le mouvement eut moins d'ampleur qu'il n'en aurait eu si Montfort avait affronté l'assaut de l'autre côté. En bout de course, la chaîne du fléau d'armes s'enroula en sifflant autour du manche de la hache de guerre. L'étoile du matin se bloqua entre la hampe et la lame.

Pour avoir balancé l'aspersoir du mauvais côté, Sidon avait dû se contorsionner sur sa selle et prendre fortement appui sur son étrier à senestre. Foulques s'arc-bouta et tira à lui de toutes ses forces. Au risque d'être piétiné par le destrier s'il ne réussissait pas à vider son adversaire des arçons.

Sentant le danger, en mauvais équilibre, Sidon commit une autre erreur pour tenter de se dégager : il piqua vivement son destrier de ses éperons à molette. Le destrier obéit bravement, rua et désarçonna son cavalier. Le chevalier Geoffroy de Sidon chut sur le sol et s'écrasa sous le regard étonné de sa monture.

Six autres arbalétriers pointèrent leur sagette en direction du chevalier de Sidon, le doigt sur la queue de détente.

La foule hurlait et trépignait. Tous les occupants de la tribune s'étaient levés comme un seul homme. Tous, sauf la princesse Échive. Elle fixait la scène, le regard vide, l'air indifférent.

Sidon tenta de se relever. Montfort était tombé à genoux. Il tenait toujours sa hache d'armes en main. Mais Sidon avait néanmoins réussi à arracher le fléau dont la chaîne s'était enroulée autour du manche de la hache de Montfort. Le combat n'était pas terminé.

Aussi incroyable que cela puisse paraître en raison du poids d'une armure qui devait bien peser dans les cent vingt livres, le géant parvint à se relever. Péniblement certes, mais à se relever tout de même en basculant sur le côté et en prenant appui sur ses cubitières et sur ses genouillères. Avant que Montfort n'ait eu le temps de se redresser et de se précipiter sur lui. Il est vrai que le géant était court sur pattes. Et doté par la nature d'une force considérable.

Les deux champions furent à nouveau face à face. L'écu de Montfort était disloqué tout à plein. Au risque de me faire clouer par un carreau d'arbalète, je huchai à gueule bec, aussi fort que je le pus : « Les poulaines, messire Foulques ! Les poulaines ! Pensez aux poulaines ! »

C'était maintenant ou jamais. Interloqué un bref instant, sans me regarder (m'avait-il seulement entendu ?), Montfort se précipita sur le géant au moment où ce dernier reprenait son fléau d'armes en main. Foulques leva sa hache, côté tranchant.

Sidon brandit son bouclier pour dévier le coup qui allait lui être porté. Bien que son mézail soit resté relevé, sa vue était-elle réduite ? Avait-il perdu un œil ? Il ne comprit pas la manœuvre ou n'en saisit pas la finesse.

Il commit une nouvelle erreur. Il avança son pied à dextre pour prendre un meilleur appui. Il arma le fléau d'armes dans son dos, dans un geste d'une telle force que nous entendîmes le choc des pointes étoilées contre les plates dorsales de son armure. Cette erreur lui fut fatale. Foulques, hache brandie, sut saisir l'occasion.

Il s'approcha d'un pas et, de son pied senestre, il écrasa aussitôt la poulaine qui s'était aventurée trop avant. Sans frapper le chevalier de Sidon de sa hache de guerre, il porta tout le poids de son corps sur le pied avec lequel il écrasait la poulaine articulée et d'un geste brusque et violent, il le repoussa brutalement en arrière du plat de la main, sur le côté opposé à celui où le géant avait pris ses appuis.

Sidon en fut dérouté et gravement déstabilisé. Tout le monde retenait son souffle. Nous aussi. Les yeux d'Arnaud lui sortaient des orbites. Les miens aussi.

La poulaine résista avant d'être arrachée de son soleret. Le chevalier de Sidon trébucha, chancela, brassa l'air de ses bras et s'effondra sur le cul avant de s'écraser sur le dos, dans un bruit colossal de ferrailles disjointes.

Des aiguillettes de cuir qui reliaient les plates entre elles lâchèrent. Plusieurs plates s'ouvrirent comme autant de pétales d'une marguerite. Les plumes de son cimier mordaient la poussière. C'était sacrément *chié chanté*, pensais-je en applaudissant comme un fol. C'était sacrément réussi ! Arnaud, sauta de joie. Il heurta les barreaux de la cage et poussa un cri de douleur.

Aussitôt, Foulques de Montfort abandonna sa hache. Il desfora son épée d'estoc à dégorgeoir et se campa, jambes écartées, de part et d'autre du corps de son adversaire.

La pointe de la lame était aussi effilée que celle d'une miséricorde. Il brandit son épée à deux mains, l'une posée sur l'autre, au-dessus du visage de Geoffroy de Sidon, et hurla à oreilles étourdies afin d'être entendu de tous :

« Regardez-moi, messire, que je vois vos yeux, à l'instant où je déciderai de vous occire ! Demandez grâce incontinent. Ou recommandez votre âme à Dieu. Par Saint-Denis ! »

Un silence de plomb, un silence de mort, se répandit sur le champ de l'ordalie. On n'entendait plus aucun bruit. Sur l'eschalfaud royal, les nobles invités s'accoisaient. Derrière les lices, la populace clabaudait et trépignait d'impatience pour assister à la fin sanglante du spectacle : la mise à mort du vaincu.

Certes, le spectacle prévu serait écourté : les écuyers ne seraient point empalés, se disaient d'aucuns. Mais il était toujours bon de prendre ce que la providence vous offrait. Et de jouir de la mise à mort du vaincu. À défaut de jouir du supplice du pal, il faudrait se contenter de voir un chevalier occis sous ses yeux.

« Onques ! Par les cornes du diable, onques je ne crierai merci ! » Le chevalier Geoffroy de Sidon le morguait de haut. Avec très grande et très fendante braverie.

La foule, d'un naturel versatile, sautait et bondissait sur place, un peu comme si elle dansait subitement une estampie endiablée. Elle gesticulait, trépignait et hurlait à gueule bec : “À mort ! À mort ! Honte au vaincu ! Mort à Sidon ! Vive Montfort !”

Foulques se tourna vers le roi Hugues, l'épée toujours brandie au-dessus de la tête du vaincu, et l'interrogea d'une voix rauque :

« Sire, votre champion refuse la grâce ; il n'a que dépris pour ma clémence. Dois-je l'occire ?

— C'est votre droit le plus absolu, messire de Montfort. Vous m'en verrez certes attristé. Mais le combat était loyal. Je vous proclame vainqueur de l'ordalie.

— Mes écuyers sont-ils reconnus innocents ?

— Oui, messire chevalier, Dieu en a décidé ainsi.

— Mes écuyers sont-ils libres de leurs mouvements ?

— Oui, messire de Montfort. À tout jamais. Mais, de grâce,

achevez à présent votre besogne par-devant nous et nos barons !

— Non, sire Hugues, je ne puis occire un chevalier blessé et à terre. Je ne suis point un de ces coutiliers anglais ! Messire Geoffroy de Sidon s'est comporté avec grande vaillance. Je le porte en grande estime pour son courage, sa force et sa valeur. »

Puis, s'adressant au chevalier vaincu :

« Messire, je vous fais grâce. En vertu des droits que me confère ma victoire sur vous.

— Je refuse de dire merci ! Je refuse votre grâce tout de gob ! Faites votre mazelerie, messire de Montfort. Achevez-moi ! Mais faites vite et proprement, implora-t-il dans un souffle.

— Non, messire Geoffroy. Je ne vous occirai point. Sauf si céans, vous refusez de vous joindre un jour à nous pour combattre les Godons qui envahissent notre royaume, pillent nos campagnes, forcent nos femmes, rançonnent et massacrent nos chevaliers, nos laboureurs, nos bergers et nos bourgeois. Nous avons grand besoin d'hommes aussi courageux et vaillants que vous en notre comté du Pierregord ! »

Sans attendre sa réponse, Foulques de Montfort s'adressa au roi de Chypres :

« Sire Hugues, accorderiez-vous au chevalier de Sidon la grâce de venir quérir quelque indulgence en notre bonne terre d'Aquitaine pour nous aider à bouter les Anglais hors de notre royaume ? Si je lui laisse la vie sauve ? »

Le roi ne répondit pas. Il semblait soudainement absent de ce monde de chair et de sang, accablé par le poids de sa couronne. Il prit le conseil de ses barons.

La poitrine du chevalier de Sidon se soulevait et s'affaissait selon sa respiration. À en faire craquer les quelques aiguillettes qui assemblaient encore les plates. Était-il sur le point de passer outre ? Une de ses paupières était fermée, atrocement gonflée et tuméfiée.

Il fixa longtemps le chevalier de Montfort d'un regard vide, les traits tirés, le visage de cire. Le sang ruisselait de son front. La bête devait souffrir l'agonie. Mais la bête sauvage n'était qu'un homme. Un homme blessé, désarmé et vaincu. À la merci du bon vouloir d'un chevalier et d'un roi.

« Oui, messire Foulques. Je vous accorde sa grâce. Qu'il en soit fait selon votre volonté. Je vois là grande générosité de votre part. Le chevalier de Sidon vous sera aussi fidèle qu'il le fut à mon service. Il devra se soumettre à votre exigence. Je sais qu'il le fera de bonne grâce et avec grande vaillance.

— Je connais sa force et sa vaillance pour en porter les marques dans ma chair », ajouta-t-il en désignant son épaule de laquelle s'écoulait à présent un flot de sang qui rougissait toute sa cotte d'armes au point de teindre entièrement de gueules écarlates l'azur, l'or et l'argent des armes des Montfort.

« Alors, messire de Sidon ! Votre réponse ! Vite !

— Y penserai, messire », répondit-il. Puis, après un instant d'hésitation, il reprit un souffle qu'il avait court et dit : "Y viendrai..." En entendant ces mots, la foule devint haineuse. Les valets d'armes durent entrelacer leurs piques les unes aux autres pour éviter qu'elle ne les déborde.

Thésée avait vaincu le Minautaure. Montfort rengaina son épée dans son fourreau. Il lui tendit une main pour l'aider à se redresser. Il n'y parvint pas. Sur un signe du héraut d'armes et du maître des arbalétriers, deux écuyers se précipitèrent pour l'aider. Ils y parvinrent à grand arroi de peines. Le chevalier de Montfort eut encore la force de se gausser en ces termes :

« Messire Geoffroy, le jour prochain où vous mettrez vos talents à tailler du Godon à nos côtés en la région d' Aquitaine, de grâce, priez votre barbier de raser ces broçailles qui gâchent vos oreilles et votre nez ! »

Le chevalier de Sidon observa longuement le chevalier de Montfort d'un œil, le seul qu'il gardait ouvert. Puis il éclata de rire, d'un rire puissant, tonitruant. Il lui ouvrit les bras et l'accola. À l'instant même où Arnaud tournait de l'œil et s'affaissait à l'intérieur de sa cage, le chevalier de Montfort, grand vainqueur du jugement de Dieu, s'effondra aux pieds du vaincu.

Dans un roulement sourd et rapide, les tambours martelèrent la fin du combat. Quelqu'un lança : « Vive le Roi Hugues ! Vive le chevalier de Montfort ! Longue vie au chevalier de Sidon ! » imité par des centaines de voix dans l'assistance, puis par des milliers d'autres. La foule changeait de camp et d'avis aussi vite et aussi aisément qu'un feu par vent tournant.

Les trompettes déchirèrent l'air de toute leur puissance pour annoncer la fin de l'ordalie. Le roi Hugues se leva. Ses barons aussi. J'observais la princesse Échive. Elle semblait avoir repris ses esprits. Son regard nous fixait étrangement. Elle devait voir mes lèvres remuer, à défaut de pouvoir ouïr le poème que je fredonnai *a capella* :

Je suis une force rouge et sauvage,
Trempée dans l'acier de la forge de Vulcain,
Qui entraîne toute vie dans son sillage
Et brise par le fer et le feu les chagrins.

Je suis une force sauvage,
Bercée par la douce mélodie
Qui enchaîne au loin dans les blancs nuages,
Les âmes noires de la mélancolie.

Geoffroy de Sidon, le vaincu de l'ordalie, porta lui-même Foulques de Montfort dans ses bras, seul, vers la tente où ils devaient recevoir l'un et l'autre, des soins pour leurs blessures. Les spectateurs applaudirent à force claques des mains.

Le roi Hugues ordonna à son capitaine d'armes de nous libérer incontinent et de nous mener à lui. Le héraut d'armes qui arborait la croix de l'Ordre de l'Hôpital, s'était esbigné discrètement. La foule se dispersait en clabaudant à tout va.

D'aucuns devaient regretter de n'avoir pu assister à l'agonie des écuyers. Ils ne pouvaient imaginer qu'ils ne tarderaient pas à jouir de ce spectacle immonde.

À l'instant où nous approchions de la tribune royale, dans notre chainse blanche de condamnés qui ne serait pas rougie de notre sang ce jour, la princesse Échive s'écria à gueule bec :

« Eux, je les reconnais ! Oui ! Ce sont eux ! »

Nous nous regardâmes, consternés, Arnaud et moi. La princesse s'était levée et désignait d'un doigt vengeur, deux écuyers. *Ceux qui avaient aidé Foulques de Montfort et Geoffroy de Sidon à se relever, à la fin de l'ordalie.*

Sur un signe du roi, son capitaine d'armes les fit saisir avant qu'ils n'aient eu le temps de revenir de leur stupeur.

Le roi Hugues se tourna alors vers nous et nous regarda longuement avant de nous demander :

« Or donc, messire Brachet et vous, messire de la Vigerie, m'expliquerez-vous à la parfin, par quel malheureux hasard vos cottes aux armes du baron de Beynac ont-elles pu se trouver dans la chambre de ma bien-aimée fille Échive ? »

Je n'avais personnellement aucune réponse à donner et me tournai vers Arnaud. Contre toute attente, il s'agenouilla aux pieds du roi, lui prit la main pour en baiser l'émeraude et avoua qu'il s'était costumé avec quelques pages et écuyers pour danser des espingales. La veille du jour où la princesse fut forcée.

Il reconnut tout chagrin, d'une voix blanche, avoir lui-même revêtu un surcot aux armes des Lusignan. L'estampie s'était achevée lorsqu'ils furent tous… à demi dévêtus. Arnaud admit avoir consommé, avec ses compains de beuverie, moult pintes de vin de la commanderie hospitalière. Quelques pintes de trop. Il s'était effondré à même le sol et avait oublié de récupérer nos surcots avant de regagner notre logis au petit matin.

Je fus à deux doigts de lui balancer une gifle. J'étais fol de rage. Mais la colère est mauvaise conseillère, m'avait toujours dit le baron de Beynac. Alors que j'hésitai à commettre ou non ce geste devant le roi de Chypre et de Jérusalem, ce dernier, le fixant droit dans les yeux, lui dit d'une voix calme et douce qui ne masquait pas son courroux :

« Messire de la Vigerie, avez-vous conscience qu'une cotte d'armes n'est pas un déguisement de frippes comme plaisent à s'en revêtirent les drolettes dans leur plus jeune âge ?

« Et buvez avec plus de modération notre vin de la commanderie hospitalière, aussi bon soit-il ! Évitez aussi, à l'avenir, de festoyer avec les plus mauvais de mes sujets. Pensez aux souffrances atroces que vous auriez pu endurer à la place de ces deux coquardeaux ? S'ils sont toutefois reconnus coupables de sodomie sur la personne de la princesse. *Mais, ils le seront, croyez-moi !* »

Je ne pouvais oublier avoir déjà entendu ce son de cloche. De la bouche du roi Hugues. Une semaine plus tôt. Le dimanche des Rameaux. La justice passe. Des innocents trépassent parfois. Et il arrive que des coupables courent toujours.

Le roi reprit, à l'adresse de celui qui tentait à présent de l'amadouer de ses beaux yeux fendus en amandes :

« Je vous conseille vivement d'aller de ce pas présenter quelque excuse au chevalier de Montfort. Il a risqué sa vie pour vous ! Reconnaissez votre faute ! Et sollicitez son pardon. »

Ainsi Arnaud avait agi de son propre chef, sans réfléchir aux conséquences mortelles que ses chatteries les plus stupides pouvaient entraîner.

J'en eus un frisson glacé dans le dos. Il partait du cul et me saisissait la gorge. Je craignais que les malheureux écuyers ne finissent empalés. Sur les sièges de la potence. S'ils étaient déclarés coupables de sodomie. À tort ou à raison. Mais pour l'exemple.

Car la justice a soif d'exemples. Et l'exemple, s'il sert les intérêts d'aucuns, ne se ferait-il pas trop souventes fois au détriment des innocents ? m'apparut-il ce jour-là, dans une sorte de fulgurance.

Saisi d'une soudaine envie de raquer, je dus prier le roi de m'excuser. Ce qu'il fit, non sans m'avoir rappelé qu'après une bonne nuit en son hôtellerie, nous étions conviés au somptueux banquet qu'il offrait le lendemain.

Et qu'il comptait sur la présence de tous ses invités. Nous en faisions bien évidemment partie. Enfin, si le chevalier de Montfort n'y voyait pas d'inconvénient, ajouta-t-il en lançant un regard appuyé à Arnaud qui baissa les yeux et prit une mine chafouine.

Je saluai, déglutis plusieurs fois une salive de plus en plus sèche, reculai poliment, puis me précipitai à l'écart. Mes yeux furent irrésistiblement attirés par les sièges du supplice, ces épouvantables sièges en forme de trône. À leur vue, je fus saisi d'un spasme violent et vomis de la bile.

J'évitai de revoir Arnaud avant le lendemain, le dimanche de Pâques. Mais le lendemain, j'appris par le père d'Aigrefeuille que le chevalier de Montfort l'avait prié de ne point quitter sa cellule dans le monastère où les frères mineurs nous avaient offerts l'hospitalité.

Il serait dorénavant placé sous la garde du frère portier. Un homme solide qui, sous sa robe de bure, cachait un corps d'athlète. Et un esprit obtus : il ne s'en laisserait pas conter facilement. L'écuyer Arnaud de la Vigerie n'était autorisé à quitter sa cellule que pour assister aux offices. À tous les offices qui ponctuaient les jours et les nuits des moines : matines, laudes, vêpres, complies... Sans qu'il ne lui soit servi la moindre pinte de vin. De la commanderie hospitalière ou d'ailleurs.

À la sortie de la messe pascale, célébrée en la cathédrale par monseigneur l'évêque de Nicosie et le père Louis-Jean d'Aigrefeuille, je m'approchai de Foulques de Montfort. Il avait le bras soutenu par un linge.

Je pris des nouvelles de ses navrures. Elles n'étaient que légères. Les mires du roi les avaient nettoyées et pansées. Elles n'étaient point purulentes. La blessure du chevalier de Sidon était plus grave, me dit-il. Il risquait bien de devenir borgne.

Sur l'heure, il souffrait le martyre. Malgré les élixirs, breuvages, potions, baumes électuaires et cataplasmes à base de plantes et d'herbes médicinales que lui administraient plusieurs fois par jour les mires.

Il me dit, en riant, que lorsqu'ils tentèrent de lui purger le sang avec une lancette, le chevalier de Sidon rua plus fort qu'une jument qui se refuse à un étalon, au point qu'ils durent s'y prendre à douze pour l'immobiliser !

« Messire Foulques, nous vous devons la vie !

— Vous ne me devez rien, messire Bertrand. Notre honneur est sauf.

— Messire, pourquoi avoir combattu en simple cotte de mailles ? lui demandai-je.

— Le harnois plain que le maître haubergier m'avait proposé était trop petit pour ma taille, et mal ajusté. Et d'ailleurs, le roi Louis, à l'époque, ne combattait-il pas en simple haubert, messire Bertrand ? Eu égard à la forte stature du chevalier de Sidon, je craignais en outre d'être désarçonné lors de la joute. Je savais dès lors pouvoir me redresser plus aisément.

— M'avez-vous ouï lorsque j'ai hurlé : “Les poulaines, messire Foulques ! Les poulaines !”

— Oh, oui ! Vous aviez compris quel parti magnifique on peut tirer d'un adversaire ainsi chaussé, lorsqu'il a vidé les arçons. Je n'ai pas laissé au chevalier de Sidon le temps de détacher ses poulaines de ses solerets. Mais, au risque de vous décevoir, j'y avais songé… Oui, j'attendais le moment propice.

— Dites-moi, messire : pourquoi avoir risqué votre vie pour nous ? D'autant plus qu'Arnaud n'était point en notre compagnie le jour où la princesse Échive a été forcée, si je ne me trompe ? »

Le chevalier me prit à l'écart et me demanda si j'étais capable de garder un secret. Un secret que je ne devrais révéler à quiquionques, ma vie durant.

« Même sous la torture, messire Foulques ? dis-je d'un air fétot.

— Ne faites point trait de risée sur ce sujet, messire Brachet. Personne ne résiste à la question. On parle ou on meurt, affirma-t-il tout à trac. Les plus robustes d'entre nous sont encore plus vulnérables. Le bourreau les ramène plus facilement à la vie que les êtres faibles.

« Nous résistons plus longtemps. Il poursuit sa triste besogne jusqu'à ce qu'on finisse par avouer ce que les tourmenteurs veulent entendre. Avouer n'importe quoi. Pour mettre un terme aux supplices endurés par le corps et par l'esprit. »

Surpris par le ton grave qu'il employait, je le priai de m'excuser, l'air un peu quinaud :

« Je reconnais que ma saillie était d'un goût douteux. Mais pardonnez cette question : messire, parliez-vous d'expérience en évoquant une soumise à la question ? »

Le chevalier se rembrunit et observa le ciel un long moment avant de me répondre :

« Non point, messire Bertrand. Dieu soit loué ! Je l'ai seulement ouï dire par quelque parent, qui le tenait lui-même d'aucuns de ses aïeux. Je ne puis en dire plus. Que Dieu ait leur âme ! » murmura-t-il, en faisant le signe de la Croix.

Je n'insistai pas. Il ne souhaitait pas s'étendre sur le sujet ; c'était clair. Pensait-il à l'un de ses ancêtres, Simon de Montfort, un chevalier de langue d'oïl, qui avait traqué avec une férocité impitoyable les *Parfaits* et remis aux inquisiteurs tous ceux qui étaient soupçonnés d'hérésie albigeoise ? Pour y être jugés selon les règles de la sainte Inquisition. Avant de finir sur le bûcher. Au début du siècle précédent.

Le chevalier ne m'ayant point fait de confidence :

« N'étiez-vous pas sur le point de me prier de jurer sur les Évangiles, quelque secret, messire Foulques ? Je suis prêt, mais à parler franc, sous la torture…

— Rassurez-vous, personne ne songera oncques à vous soumettre à la question. Je vous le souhaite de tout cœur. Sachez seulement tenir votre langue. »

Le chevalier de Montfort me présenta un petit crucifix qu'il portait sous sa chemise. Je jurai sur la Croix. Le chevalier me confia un secret.

Un secret d'une telle gravité que je ne puis l'évoquer. Il concernait Arnaud. Abasourdi, je n'en crus tout d'abord pas mes oreilles. Et pourtant, je commençais enfin à entrevoir les raisons secrètes de bien des choses.

Tout au moins le pensai-je en ces instants empreints d'une grande solennité dont j'étais alors incapable de mesurer les graves conséquences.

Ce fut pourtant ce jour que mes yeux se dessillèrent soudainement sur des évènements et sur des comportements dont je n'aurais pu saisir avant longtemps le sens profond. Sans ce surprenant et étonnant aveu.

J'en fus bouleversé. Il venait de m'apprendre quel homme était son père.

Le plus haut ordre avec l'épée
Que Dieu ait fait et commandé,
C'est l'ordre de chevalerie
Qui doit être sans vilenie.

Chrétien de Troyes « Le conte du Graal »

Chapitre 13

Entre Nicosie et Saint-Hilarion avant d'embarquer à Famagouste à l'automne de l'an de grâce MCCCXLVII[1].

Avant de nous rendre au festin royal auquel le roi Hugues nous avait conviés, le chevalier de Montfort me pria de l'accompagner en la chapelle de la Vierge, à l'intérieur de la cathédrale. Nous y brûlâmes trois cierges chacun. Nous récitâmes ensemble, à voix basse, plusieurs prières pour rendre grâce de nous avoir soutenus et secourus lors de la terrible épreuve que nous venions de subir.

Ayant fait le signe de la Croix sur ma poitrine, j'allais quitter la chapelle lorsque, ébahi, je crus voir, à la lumière dansante des cierges, les lèvres de la statue de la Vierge Marie s'ouvrirent tandis qu'une voix lointaine prononçait ces paroles émouvantes.

1. En l'an de grâce 1347

Seule ma conscience profonde pouvait me les avoir dictés pour avoir douté de Lui en ce sinistre jour du samedi saint :

Tu ne crois plus avoir le temps de L'aimer ?
Il prend le temps de te L'offrir.
Tu crois ne plus avoir le temps de Le pleurer ?
Il garde le temps de te sourire.

Tu crois ne plus avoir le temps de Le trouver ?
Il domine le temps pour te chercher.
Tu crois avoir le temps de Le suivre ?
Il n'a plus le temps de vivre.

Tu crois avoir le temps de Le supplier ?
Il n'a plus le temps d'écouter.
Tu crois avoir le temps de L'adorer ?
Il ne l'a plus. Ses jours sont comptés.

Tu crois que le temps t'échappe et fuit ?
Tu as tort. Il accuse ta propre lâcheté.
Tu crois pouvoir cheminer sans Lui ?
Tu as tort. Il ne t'a jamais abandonné.

Tu crois avoir le temps de Le renier ?
Tu as tort. Il n'a plus le temps de te pardonner.
Et pourtant, tu as raison, pauvre mortel.
Car Son amour pour toi est éternel.

À la fin du banquet, les joues un peu rosies par ce trop bon vin de la commanderie, je sollicitai du roi Hugues la permission de rendre une visite courtoise à la princesse Échive. Il m'en parut surpris, mais il envoya un page lui faire part de ma requête et me pria d'attendre sa réponse. Le page revint quelque temps plus tard. Il se pencha vers le roi et lui chuchota quelques mots, dans le creux de l'oreille.

Le roi me fit savoir que la princesse me recevrait avec plaisir, mais pas avant quinzaine. Elle était encore très lasse et trop affaiblie pour m'accueillir plus tôt. Je ne pus que comprendre et compatir. Je remerciai le roi et le saluai. En le priant de lui transmettre mes vœux et mes intentions de prière pour son prompt rétablissement.

Le lendemain matin, une fine nappe de givre recouvrait le sol. Elle fondit dès les premiers rayons du soleil. L'air, si doux la veille, était devenu vif et sec.

Pendant la nuit, j'avais revu Isabeau de Guirande. De pied en cap, mais en songe. Était-ce un heureux présage ? Je ne devais pas tarder à être fixé.

Deux semaines plus tard, je me rendis dans le quartier marchand de Nicosie pour recevoir la commande que j'avais passée à un orfèvre.

Le couvercle de la petite boîte ciselée d'or et d'argent était magnifique et le travail qu'il avait effectué était d'une finesse exquise. Le couvercle, lisse et brillant à l'origine, était recouvert d'émaux sertis et cloisonnés aux armes d'Isabeau de Guirande. J'avais remercié avec chaleur l'orfèvre pour la qualité de la composition et lui avais baillé le solde qu'il me restait lui devoir.

Aurais-je jamais l'occasion d'offrir ce présent à ma gente fée aux alumelles ? Et si je m'étais trompé sur ses armes, sur les champs ? Et si mes recherches avaient été vouées à l'échec, dès le départ, pour cette simple raison ? Un songe n'est qu'un songe, après tout. Je devais bien en convenir, s'il me restait un tant soit peu de raison. Mais mon cœur se révoltait à cette idée.

Perdu dans mes pensées et dans la contemplation du précieux objet, je ne vis pas un page s'approcher de moi :

« Messire Brachet de Born ?

— Oui ? dis-je en sursautant.

— Pardonnez-moi de troubler votre méditation. La princesse Échive m'a prié de vous faire savoir qu'elle était disposée à vous recevoir. Elle vous propose de la rejoindre demain matin, vers sexte, pour le dîner. Elle se repose actuellement en la résidence d'été du roi. J'aurais grand plaisir à vous y accompagner, messire. Si tel est toujours votre désir ? »

Le page avait un doux visage d'adolescent, un léger duvet sous le menton. Il arborait la livrée des serviteurs des rois de Chypre et de Jérusalem. Je le priai de porter mon salut respectueux à la princesse et de lui dire que j'avais accueilli son invitation avec joie et que je m'y rendrai avec grand plaisir.

La résidence d'été se trouvait à près de sept lieues du palais royal de Nicosie. Nous convînmes de nous donner rencontre au palais, avant de prendre ensemble le chemin de la forteresse de Saint-Hilarion, le page et moi.

Le soir même, le chevalier de Montfort m'informa avec dépit, qu'il venait d'apprendre par le mestre-capitaine d'une nef marchande qui faisait escale dans le port de Limassol, que la Santa Rosa avait été victime d'une terrible tempête en mer de Crimée. Deux autres nefs naviguaient de conserve avec elle, la Santa Elisa et la Santa Lucia. Les trois navires s'étaient violemment abordés, causant moult avaries.

Ils ne seraient pas de retour à Chypre avant les feux de la Saint-Jean, après avoir franchi le détroit du Bosphore, au large de Constantinople, en mer Noire.

Leurs mestres-capitaines faisaient actuellement procéder à des réparations de fortune en le port de Constantinople, mais à leur arrivée, ils devraient mettre les navires en cale sèche pour permettre aux maîtres charpentiers de procéder à des travaux de carénage. Les nefs ne pourraient donc probablement pas reprendre la mer avant le début des vendanges !

Lorsque je l'interrogeai sur l'éventuelle possibilité d'embarquer sur une autre nef, le chevalier me rappela qu'il avait baillé une forte somme pour assurer notre passage à bord et qu'il n'entendait pas armer une autre nef. Or donc, nous étions cloués sur l'île jusqu'à l'automne.

Après tout, nous pouvions profiter de la douceur du climat et aucune mie ni personne d'autre que le baron de Beynac ne nous attendaient en terre d'Aquitaine, me dit-il. Là, il se trompait en ce qui me concernait, mais je me gardai bien d'évoquer ma douce chimère, la fée inconnue de mon pays d'oc.

Quant à lui, je ne lui connaissais aucune compagne. Le chevalier de Montfort vivait comme un ascète. Il me sembla cependant fort contrarié par ce contretemps. Des raisons militaires, sans doute. Ou pécuniaires. Il devait avoir hâte de changer ses lettres pour se rédimer en bons écus d'or.

Je l'informai de l'invitation que la princesse Échive m'avait fait parvenir. Contrairement à toute attente, il me dit s'en réjouir. Il me pria toutefois de rester en grande vigilance. Il n'avait aucune envie de renouveler de sitôt son exploit lors d'une nouvelle ordalie. Et de jouter avec un autre chevalier de Sidon…

Je le rassurai sur mes intentions, on ne pouvait plus courtoises, et l'informait que le roi avait donné son accord. Il m'accorda quartier libre jusqu'à la fin de notre séjour. Arnaud assurerait, pendant ce temps, les menues corvées que son service exigerait. Sauf événement grave et imprévu. Je l'en remerciai vivement, tout en l'assurant de mon dévouement.

L'imposante forteresse de Saint-Hilarion dressait ses mâchicoulis et son donjon sur la chaîne de montagnes du Kendadhaktylou. Elle surplombait l'anse de Kyrenia, un site splendide, un véritable paradis terrestre.

Un fort émeuvement me saisit la gorge, lorsque je revis la princesse. Non que je fusse énamouré. La princesse Échive était d'une beauté brune, très levantine. Elle ressemblait plus à sa mère qu'à son père, sans en avoir la roide beauté. Mais son charme, sa douceur, son air altier et son léger accent du pays de Grèce me conquirent sur le champ.

Ses paroles étaient douces, ses yeux de jais savaient se montrer rieurs, ses gestes, délicats, ses sentiments agréablement discrets. Un parfum de jasmin et de roses sauvages flattait mes narines à chacun de ses mouvements et m'envoûtait plus sûrement que le vin de la commanderie hospitalière.

Je lui rendis des visites de plus en plus fréquentes, et retournais de moins en moins souvent dans ma cellule monacale. La princesse avait fait mettre à ma disposition deux pages qui me servaient dans une chambre somptueuse située dans l'une des tours de la forteresse, à trente pas de son propre logis.

Le chevalier de Montfort déplorait seulement que je ne prisse plus le temps de disputer quelque partie d'échecs avec lui. Je lui suggérai d'initier Arnaud à ce jeu. Pour adoucir sa réclusion.

La princesse et moi parlions des heures ensemble. Parfois de sujets sans importance, parfois de sujets graves. Sans jamais évoquer, bien sûr, l'acte ignominieux dont elle avait été victime.

Nous apprîmes à nous connaître, à livrer notre cœur d'une façon toujours courtoise. J'avoue ne jamais avoir tenté, ni même envisagé un geste déplacé contre son gré.

Nous évoquâmes la guerre qui sévissait en Aquitaine. Elle se montra fort curieuse de ses origines, des combats qui s'y déroulaient, des misères qui en résultaient pour le peuple de France.

Je lui narrai la seule bataille à laquelle j'avais participé. Je lui vantai la fougue du chevalier de Montfort qui tranchait les Godons en rondelles lors de l'assaut anglais dans les faubourgs de la Madeleine, près la ville de Bergerac.

Nous récitions des poèmes. Elle m'en apprit de forts beaux. Je lui en appris d'autres, que j'avais composés ou que j'avais retenus en écoutant les nombreux troubadours qui venaient souvent les chanter en pays d'oc et qui étaient toujours accueillis avec grand plaisir par le baron de Beynac.

Elle me posa moult questions sur mon maître, sur les chevaliers, les écuyers, les pages qui résidaient au château de Beynac (je ne les connaissais point, le baron ayant simplement évoqué son intention de les soudoyer après notre départ), sur les bonnes gens des villages de Pierregord. Sur le temps qu'il faisait en ces contrées, sur les us et coutumes locaux, sur notre façon de vivre en ces temps troublés par la folie des hommes.

Nos sujets préférés demeuraient les poèmes, la musique et les chansons courtoises. Il nous arrivait souvent de nous accompagner au luth, dont elle m'enseigna les rudiments, ou à la vielle. Il nous arrivait aussi d'esquisser quelques pas de danse, gente carole ou estampie endiablée.

Un beau jour, nous fîmes étalage de nos connaissances en matière de poésie courtoise. Je découvris, fort surpris, qu'elle connaissait le roman du Chevalier de la Charrette, de Chrétien de Troyes. Et toutes les œuvres de ce trouvère. Elle m'en récita plusieurs versets de mémoire. J'en fut fort surpris.

Je ne résistai pas à la tentation de lui décrire en quelles circonstances, à la suite de quelles *aventures*, le baron de Beynac l'avait porté à ma connaissance et m'avait encouragé à le lire. Elle fut très émue par mon récit. D'autres souvenirs récents voilèrent son regard et assombrirent son beau visage, d'un voile passager.

Nous disputâmes de nombreuses parties d'échecs dans la splendide librairie du château. De superbes psautiers, moult grimoires, des romans, des recueils de poèmes et de nombreux traités d'alchimie s'empilaient sur des étagères. À côté desquels ceux de la librairie du château de Beynac me parurent soudain bien ternes et bien chiches en enluminures.

Elle jouait parfaitement aux échecs. Elle m'apprit des débuts, des milieux et des fins de parties que j'ignorais, mais qu'elle avait elle-même disputés ou auxquels elle avait assisté, consignant sur un recueil de parchemins reliés entre eux, les déplacements des pièces, les erreurs commises, les traits de génie.

Elle était passée maîtresse en cet art. Mais je parvins à gagner peu à peu les parties que nous disputâmes. Sans qu'elle en montre la moindre contrariété. Bien au contraire, nous étudions les coups et discutions de la stratégie.

Elle m'initia aussi à certains jeux où nous avions dans la main plusieurs cartes aux figurines tantôt élégantes, tantôt grotesques, représentant des valets, des dames, des rois, de cœur, de carreau, de trèfle et de pique.

Lorsqu'elle fut complètement rétablie des sévices qu'elle avait subis, nous chevauchâmes pendant des heures, par tous les temps. Il est vrai que le temps était très clément et la pluie, peu fréquente.

À l'approche de la Saint-Jean, nous fûmes informés que les deux écuyers qui l'avaient forcée, avaient été convaincus de culpabilité par les jugeurs de la Haute Cour. Ils seraient empalés en place publique, le lendemain même. Nous étions conviés au supplice.

Elle refusa tout de gob d'y assister, ce que le roi comprit et accepta de bonne grâce. N'avait-elle pas déjà dû supporter la confrontation avec les inculpés devant les jugeurs de la Haute Cour, lors du procès en sodomie qui s'était déroulé à huis clos quelques jours plus tôt ?

Le comportement d'Échive changea soudain. Ses yeux se durcirent, ses lèvres se pincèrent, son enjouement s'évanouit. Elle souffrait dans son corps et dans son âme. En souvenir de ce qu'elle s'était vue infliger. Ou pour d'autres raisons que je n'osais espérer. Des raisons plus chastes et plus pieuses.

En revanche, et bien que j'eusse décidé depuis longtemps de ne point assister moi-même à cette triste exécution si elle devait avoir lieu, le chevalier de Montfort me fit prier de regagner le monastère.

Nous dûmes ainsi nous séparer quelques jours, avec grande tristesse. Elle me fit promettre de revenir aussi tôt que possible. Si le chevalier de Montfort me le permettait. Je la rassurai et lui déclarai que seul notre embarquement me retiendrait loin d'elle.

Mais l'embarquement n'était pas prévu avant la période des vendanges. Elle s'apazima et me posa un baiser furtif sur les lèvres avant de disparaître dans son logis.

Le chevalier de Montfort leva la consignation d'Arnaud, le jour du supplice des écuyers. Foulques exigea, non sans cruauté, qu'il assistât à leur empalement. Pour lui servir de leçon, lui dit-il, d'un ton sans réplique. Il m'en dispensa en revanche, si je ne souhaitais pas moi-même y assister.

Arnaud, à son retour, me parut désespérément joyeux. Il voulut me conter le supplice des deux malheureux écuyers, par le menu : le mécanisme qui permettait au treuil de libérer la descente des sièges, les cris effroyables que les suppliciés poussèrent lors de la pénétration des pieux dans leur cul, les hurlades de la foule en proie à une agitation collective, l'indifférence du bourreau...

Je l'interrompis séante tenante et le priai de s'accoiser. En lui précisant que j'avais déjà parfaitement imaginé, le jour de l'ordalie, toutes les horreurs dont il souhaitait faire étalage.

Je ne voulais pas ouïr plus avant les détails sordides et sanguinaires du supplice auquel nous avions échappé, grâce au courage du chevalier de Montfort. Arnaud en parut surpris et contrit. Redressant le chef, il me morgua de haut :

« Je te croyais plus fort et plus courageux face à l'adversité, me lança-t-il, narquois, en m'affrontant.

— Face à quelle adversité ? Face au supplice de deux gentilshommes dont je ne sais, au demeurant, s'ils étaient coupables de ce crime ? répliquai-je, tel un loup acculé.

— Tu sais bien qu'ils ont avoué !

— Sous la torture ! Oui, je le sais. Lorsqu'ils furent soumis à la question extraordinaire !

— Oui, bien sûr. Mais s'ils avaient été innocents, ils n'auraient point avoué !

— Arnaud, je te souhaite de ne jamais connaître les effets sur ta chair et sur ton esprit des instruments utilisés par les tourmenteurs !

— Ah ? Parce que toi, les connais-tu peut-être ?

— Je ne les connais pas. Pas plus que toi. Et pourtant, j'ai bien failli les connaître pour des crimes dont j'étais innocent.

— Il n'y a jamais de fumée sans feu. »

Je regardai Arnaud, interdit. Une telle réflexion de sa part me clouait au pilori. Je fus à deux doigts de lui balancer une claque. Je le fixai. Je crus qu'il regrettait ses paroles. Il n'en était rien :

« De toute manière, tu as fait preuve de faiblesse, ce jour d'hui. Je te souhaite de ne jamais commettre récréance, si la peur d'une issue fatale te saisit un jour, face à l'adv... »

Cette fois, il n'eut pas le temps d'achever sa phrase. Sa tête bascula sur le côté sous la violence de la gifle que je venais de lui administrer :

« Ne m'accuse plus jamais d'être capable de récréance ! » éructai-je, la bouche agitée par un tremblement nerveux.

Je bloquai son poignet, au moment où il s'apprêtait à me rendre la pareille. Il me fixa d'un regard noir et cruel, les yeux plissés en amandes, et glapit, le souffle court et haletant :

« Et toi, ne recommence jamais ! Sinon, sinon, je te… je te…

— Je te poignarde ? Je t'occis ? Aie au moins le courage d'achever tes phrases ! Distille ton venin, espèce de vipère ! »

Arnaud soutint mon regard un long moment. Puis il me tourna le dos et s'éloigna d'un pas décidé.

Lors du dîner, pris en compagnie des frères, Arnaud fit bonne ripaille - la mangeaille était abondante -, comme si de rien n'était, puis il regagna sa cellule, sans nous attendre. La parole n'était pas autorisée pendant les repas.

Le chevalier de Montfort me jeta un regard interrogateur. Je haussai les épaules avec une moue dubitative. Je touchai la nourriture qui nous fut servie, du bout des lèvres, sans parvenir à en avaler plus d'une bouchée. Décidément, la qualité de nos relations chauffait la main et la joue, mais se refroidissait de jour en jour. J'étais fortement troublé, mais ne savais comment y remédier. Une longue traversée nous attendait encore.

J'espérai profiter de cette occasion pour provoquer une explication et une réconciliation avec celui qui demeurait bien naturellement mon meilleur ami. Pour tenter de retrouver le chemin d'une amitié que je savais forte et inaltérable, quelle qu'ait été la violence de certains de nos propos. Quels que soient les accidents du parcours.

Le soir même, je regagnai la forteresse de Saint-Hilarion à brides avalées, jusqu'à ce que je fusse parvenu à l'approche des contreforts montagneux.

Durant tout l'été, la princesse Échive et moi, nous parcourûmes, au pas, au trot ou au galop, d'immenses champs où, après les fenaisons, le blé venait d'être moissonné. Nous ne nous quittâmes plus. Parfois, nous attachions nos chevaux pour nous promener à pied à travers les champs d'oliviers, la main dans la main.

Un beau jour, elle décida de m'apprendre à nager ! Je n'en crus pas mes oreilles : elle savait se mouvoir sur l'eau, sans couler à pic !

Nous nous rendîmes dans la baie de Kyrenia, où le sable était chaud et doré. Nous étions seuls, à l'abri de regards indiscrets. Elle se dévêtit sans aucune pudeur, et m'invita à en faire de même. Alors que j'hésitai, fort gêné, elle me rappela que tous les hommes et toutes les femmes étaient faits de la même manière par le Bon Dieu.

De la même manière, oui, enfin à quelques différences près tout de même… pensais-je *in petto*, en contemplant ses mamelles lourdes et charnues, ses fortes hanches, ses fesses callipyges, sa taille fine. Isabeau de Guirande serait-elle aussi belle ?

Ses cheveux, lorsqu'elle les dénoua, lui tombèrent jusqu'au bas du dos. Ses jambes, ses bras, ses poignets et ses chevilles, sans être d'une fragile finesse, étaient en parfaites proportions avec l'ensemble de son corps.

Mon regard découvrit avec fascination un discret triangle noir et soyeux qui fleurissait sous son nombril, au pli de ses cuisses.

J'avais déjà soupçonné l'existence d'une pilosité étonnante à cet endroit, lorsque je m'apprêtais à m'emmistoyer avec ma jolie Marguerite, ma petite lingère, sans avoir pu jouir pour autant par la vue, de cette particularité-là. Je découvris ce jour, qu'elle était d'un attrait terriblement charnel et excitant.

En constatant la spectaculaire montée en puissance de l'instrument que je portais naturellement entre mes jambes, je tentai incontinent de cacher cette vigueur juvénile et monstrueuse de mes mains. Je n'y parvins pas complètement.

Elle y jeta un coup d'œil distrait, puis s'esbouffa en disant que l'eau me rafraîchirait les esprits. Joignant le geste à la parole, elle me prit le bras, puis la main, m'obligeant à découvrir ainsi ce que je tentai désespérément de cacher. Et elle m'entraîna dans l'eau en courant.

Emporté par son élan, je trébuchai et m'étalais tout du long avec un "plouf !" magistral, en l'éclaboussant de toutes parts. Elle rit, battit des mains, rugit comme une lionne et m'entraîna plus avant, jusqu'au moment où l'eau me parvint à la hauteur du torse.

La mer était agréablement tiède comparée à mon corps en ébullition. Mais trop chaude pour dégonfler une ardeur incontrôlable et honteuse. Je bus la tasse. Six fois de suite. L'eau salée m'étouffa et me fit violemment toussir. Mon instrument se recroquevilla dès lors rapidement. Je tentais de me maintenir à la surface. Je battis des mains, des jambes, des bras, me débattis dans l'eau, coulai, toussis, crachai, retoussis, recrachai, récidivai. Elle riait à geule bec.

Avec un cri de joie, je réussis enfin à faire quelques brasses, sans couler. Elle m'apazima et me conseilla des mouvements plus lents. L'eau salée de la mer portait mieux le corps que l'eau de rivière, me dit-elle. Elle était non seulement belle. Elle était savante.

Elle m'apprit, à partir de ce jour, moult façons de se déplacer dans l'eau que j'ignorais : sur le ventre, sur le côté et sur le dos. Elle m'avoua se livrer à cet exercice, pendant les six mois de l'année. Lorsque la mer était calme et suffisamment chaude. Bien réchauffée par le sable et le soleil. L'eau purifiait le corps et l'esprit, me dit-elle, non sans malice.

De longs mois de calme et de bonheur s'écoulèrent ainsi pendant lesquels je jouissais de son corps dénudé et de son esprit délié, sans jamais effleurer l'un ou choquer l'autre, par quelque geste ou par quelque propos déplacé.

Je pensai au jour où, par la grâce de Dieu, il me serait permis de mignonner le corps d'Isabeau de Guirande. Après l'avoir longtemps muguettée. Avant de la marier.

Un beau soir d'été, au retour d'une après-midi que nous avions passée sur la plage de Kyrenia, nous bûmes, contrairement à nos habitudes, une demi-pinte de vin de la commanderie avant le souper.

L'esprit quelque peu échauffé, j'osai lui montrer le minuscule coffret que j'avais acquis et qu'un orfèvre de Nicosie avait finement ouvragé. Nous avions décidé d'utiliser le tutoiement, lorsque nous étions seuls. Et nous étions seuls, la plupart du temps.

« Ne trouves-tu pas que le travail de cet orfèvre est de belle tournure ? lui demandai-je, non sans inquiétude.

— Cette boîte est un petit chef-d'œuvre ; elle est admirablement ciselée et les émaux sont remarquablement champlevés et cloisonnés », me dit-elle après l'avoir prise entre ses doigts et l'avoir longuement et attentivement examinée sous tous les côtés.

« Tu as de la chance. Bien des artisans n'offrent que de la clicaille. Les chalands de passage à qui ils proposent leurs soi-disant chefs-d'œuvre ont rarement cette finesse et cette qualité. Ce sont plus souvent des objets en ferblanterie qu'ils cèdent à un prix exorbitant. À prix d'or. Tu es bien tombé. Ton jugement est sûr. »

Peu expert en orfèvrerie, je m'en réjouis vivement. Échive observait le couvercle avec grande attention, les sourcils froncés.

« De qui sont ces armes ? me demanda-t-elle, les sourcils froncés. Car il s'agit bien d'un blason armorié, n'est-il pas, Bertrand ?

— Tu as raison. Ce sont les armes d'Isabeau de Guirande, répondis-je, un peu gêné.

— Ces armes ne sont pas celles de ta famille, me déclara-t-elle avec malice, en me prenant la main et en montrant le sceau qui figurait sur ma bague. Seraient-ce les armes d'une mie que tu muguetterais en pays d'oc ?

— … …

— Veux-tu me parler d'icelle à qui tu destines un aussi beau présent ? Ou préfères-tu garder le silence ? Si tel est le cas, sache que je le comprendrais et le respecterais. Et ne t'en voudrais point, Bertrand. Nous avons tous quelques secrets enfouis au plus profond de notre jardin que nous ne souhaitons révéler à quiquionques.

— Oui, tu as raison. Ce sont les armes d'une gente damoiselle à qui je voue un grand amour. Isabeau de Guirande. »

Elle vit mon regard se voiler et mes traits se fermer. J'hésitai un instant, puis lui en livrai l'histoire.

Je lui racontai tout. Le songe que j'avais fait, en plein hiver, deux ans et demi plus tôt, mes recherches demeurées vaines, les quolibets d'Arnaud et bien d'autres choses que je croyais enfouis dans ma mémoire et qui se déversaient à présent comme un torrent boueux dans une rivière, en plein hiver, par temps de crue.

À la différence d'Arnaud, elle ne sourit pas, ne se moqua pas de mes chimères. Bien au contraire, elle m'écouta avec gravité, sans m'interrompre à aucun moment.

Lorsque j'eus achevé mon récit, à bout de souffle, la gorge sèche (il est vrai que je clabaudais comme un vrai moulin à paroles), elle me resservit elle-même un godet de vin, me prit la main et me posa la seule question d'importance :

« As-tu songé à interroger le héraut qui a présenté les chevaliers lors… lors de l'ordalie ? Il voyage parfois en pays d'oc. »

Je marquai le coup. Comment n'avais-je pas pu y penser ? Sur des terres si lointaines, l'idée ne m'était pas venue à l'esprit.

Surtout eu égard aux circonstances dans lesquelles j'avais fait la connaissance du héraut d'armes. Or donc, fallait-il que le service que je devais au chevalier de Montfort m'ait conduit en ces terres lointaines pour que je reçoive réponse à la question qui me hantait de façon lancinante, depuis plus de deux ans ? Alors qu'en la baronnie de mon maître, on ne n'avait opposé jusqu'alors, qu'arrogance, mépris ou simple mutisme dans le meilleur des cas ?

Échive connaissait peu de choses en matière de science des blasons. Elle requit de deux pages, portant la livrée du roi Hugues, qu'ils se rendent sans attendre à la commanderie hospitalière de Châtel-Rouge pour solliciter une audience auprès du héraut d'armes.

Dès le lendemain, les pages nous apprirent que le chevalier hospitalier, avec qui nous souhaitions prendre langue, avait présentement accompagné le commandeur pour se rendre près le nouveau grand maître de l'Ordre, en l'île de Rhodes. Ils ne seraient pas de retour avant trois bonnes semaines. Décidément, ces moines-soldats voyageaient beaucoup, pensai-je.

Un mois plus tard, le héraut d'armes, ce chevalier de l'Ordre de l'Hôpital de Saint-Jean de Jérusalem qui avait dirigé l'ordalie, était de retour à Châtel-Rouge en sa commanderie hospitalière. Il nous fit savoir par un chevaucheur qu'il nous recevrait bien volontiers le surlendemain, vers sexte, la princesse Échive et moi.

Le jour venu, je demandai à ma princière mie si elle ne verrait point ombrage à ce que je revêtisse mon surcot aux armes de mon maître, le baron de Beynac. Il n'était point dans nos usages de se présenter en simple pourpoint.

Je vis son visage se fermer au souvenir de ce que ces habits représentaient pour elle, dans le logis où elle avait été violentée. Ils avaient bien failli coûter la vie de trois innocents aussi.

Je lui affirmai avec tendresse que, si elle devait y voir quelque souffrance, je ne le revêtirais point. Son visage s'adoucit. Elle m'en remercia et me dit :

« Le chevalier de Montfort a arboré ses propres armes, le jour du jugement de Dieu. Et non celle de son suzerain. Arbore donc les tiennes !

— Mais, m'amie, je n'ai point de cotte à mes armes ! »

Échive s'éclipsa un instant, puis revint avec deux pièces de tissu dans les bras.

« En voici, mon doux ami : j'ai fait confectionner icelles par mes lingères, le mois dernier », me précisa-t-elle en dépliant et en me tendant deux surcots magnifiques. Mes armes étaient brodées avec d'élégants fils de soie sur une solide trame dans le caslin le plus pur, sobrement, sans fioriture, d'une couleur écarlate du plus bel effet.

J'en fus terriblement confus et ne sus comment la remercier. Je l'accolai. Elle me prit la tête dans les mains, se hissa sur la pointe des pieds et m'offrit un nouveau présent.

Nos lèvres se collèrent l'une à l'autre, sa bouche s'entrouvrit, son ventre se pressa contre le mien. Nous échangeâmes un tendre baiser pendant lequel nos langues s'effleurèrent un trop bref instant.

Lorsqu'elle sentit se roidir à son contact une partie intime de mon personnage, elle s'écarta aussitôt, me repoussa doucement et me pria de revêtir l'une des cottes d'armes qu'elle venait de m'offrir. Incontinent et devant elle. Sinon, elle se fâcherait, me dit-elle en riant.

Je m'exécutai, le geste gauche, fortement troublé. Sans savoir si mon trouble provenait du somptueux présent dont elle venait de me gratifier, du contact charnel de son corps souple, de la douceur de sa bouche ou de la fragrance entêtante de ce nouveau parfum de musc et d'Alep dont je humais les effluves. Ou des quatre à la fois.

« La mesure et la confection en sont parfaites, me confirma-t-elle en s'écartant pour admirer le travail de ses lingères. Le blason armorié est-il fidèle ?

— La copie en est parfaitement conforme. Comment as-tu pu en retenir les détails alors que tu m'avouas, il y a quelques jours, ne rien savoir de la science des blasons ?

— Je l'ai observé attentivement sur le sceau que tu portes à ton annulaire, mon doux ami.

— Mais, il est en or. Les couleurs n'y sont représentées que par des symboles d'héraldique. Comment as-tu réussi à faire reproduire d'aussi belles armes ?

— J'ai dû prendre quelques conseils auprès de mon entourage… avant d'ordonner ce travail de broderie.

— M'amie, ce travail est émerveillable. Mais je n'en suis pas digne. Sais-tu que seuls, les chevaliers peuvent arborer leurs armes sur leurs surcots ?

— Je me suis renseignée sur ce sujet aussi. Tu as tort. Bien des gentilshommes les portent, en Orient et en Occident, sans avoir été armés chevaliers. Certes, tu ne les porteras pas quand tu seras à nouveau au service de ton baron. Peu importe d'ailleurs, je sais que tu seras armé chevalier, me déclara-t-elle soudain, d'un ton péremptoire. Tu le seras avant cinq ans ! *Mais pas par qui tu crois.* »

Cette fois, je gloussai comme une oie bien gavée, puis ris à gueule bec :

« Comment peux-tu en être aussi sûre ?

— J'ai fait un songe dont je ne t'ai point parlé. Je lis souventes fois l'avenir. Ils se réalisent toujours. Ils sont parfois tristes. Icelui est heureux. Ne me pose pas d'autres questions, s'il plaît à toi. »

Armé chevalier avant cinq années ! Je n'en crus pas un mot, mais me gardais bien de le lui dire. Et pourtant, l'avenir devait lui donner raison.

Je serai armé chevalier avant cinq ans. Pour grande vaillance et grands faits d'armes. En présence de moult magnifiques chevaliers. Comment aurais-je pu imaginer ce jour ce qui n'arrivait qu'à d'aucuns écuyers ? Mes pensées s'assombrirent lorsque je songeai aux débours qu'un adoubement occasionnerait. Je n'étais qu'un pauvre gentilhomme sans fortune.

Les deux nuits qui précédèrent notre visite au héraut d'armes de la commanderie hospitalière, je ne pus trouver qu'un sommeil violemment agité. Je me tournai et me retournai entre mes draps de soie. Les chances de retrouver Isabeau tenaient à un fil. Un fil de soie. Un fil que j'avais été tenté de rompre à moult reprises. Sans y parvenir.

Je voyais en songe la princesse Échive de Lusignan me tendre la main pour me présenter à Isabeau de Guirande. Le chevalier Gilles de Sainte-Croix bénissait notre mariage, avant d'être lâchement occis par… par... Non, ce n'était point imaginable ! Un rêve peut aisément virer au cauchemar.

« Vous dites, messire Brachet : *d'argent et de sable, écartelé en sautoir, le chef et la pointe partis* ? N'avez-vous pas eu l'occasion d'interroger le baron de Beynac ? » me questionna le héraut de la commanderie.

Il fit preuve de délicatesse en semblant ne pas reconnaître, sous ma nouvelle cotte d'armes, le jeune écuyer dont l'allure était moins fière, un certain jour. Le samedi saint, veille du dimanche de Pâques.

« Non, messire, murmurai-je d'une voix mal assurée.

— Vous en êtes-vous ouvert au chevalier de Sainte-Croix ?

— Que nenni, messire. Au moment où j'envisageais de le faire, ce noble chevalier a été occis par traîtrise. En la chapelle de votre maison forte, à Cénac », avouai-je en me gardant bien de narrer les accusations qui pesaient sur moi lorsque je fus soupçonné d'avoir commis ce crime.

« Messire Brachet, je connais ces armes. Le baron de Beynac les connaît aussi, bien sûr. Il pourra vous renseigner lui-même. S'il le désire », trancha-t-il sèchement.

L'entretien était clos. Il s'était à peine mieux déroulé qu'au château de Castelnaud. Le chevalier nous servit lui-même de ce vin de la commanderie qu'un échanson venait d'apporter sur un plateau dans une aiguière de cristal au bec d'argent.

Je trempai le bout des lèvres dans la coupe qu'il m'avait tendue, bien qu'il fut d'une autre qualité que la pisse de chat dont j'avais gardé un sinistre souvenir. J'eus un malaise. Une sorte de d'étourdissement, de vertigine.

Le chevalier me pria de prendre place séant sur un faudesteuil à dossier haut. Échive m'aida à l'atteindre. Ainsi, le baron de Beynac, mon maître, savait à qui appartenaient ces armes. Il savait certainement aussi où résidait la famille d'Isabeau de Guirande.

Trente mois de recherches folles et infructueuses. Pour apprendre que les réponses à mes lancinantes questions étaient connues de la seule personne que je n'avais jamais osé questionner, messire Fulbert Pons de Beynac, mon compère !

Certaines paroles du baron de Beynac me revinrent en mémoire. Celles qu'il avait prononcées la veille de notre départ pour la bastide royale d' Aigues-Mortes : *"Un jour viendra où tu auras réponse aux questions que tu te poses... Un temps pour tout. L'heure n'est pas encore venue. Elle viendra bientôt. Probablement plus tôt que tu ne le penses. La patience est la fille de la sagesse, messire Brachet !"*

Le baron devait savoir qui je cherchais. Il devait savoir où résidait la Dame de cœur. Ma gente fée aux alumelles. Celle que j'avais vue apparaître dans un songe, par une nuit enneigée en plein hiver de l'an de grâce 1345, à cinq jours des ides, le 8 janvier.

Accepterait-il pour autant de m'apporter réponses ? Les réponses étaient là, debout, devant moi. Sous un surcot *à la croix de sable pattée,* symbole de l'Ordre de l'Hôpital de Saint-Jean de Jérusalem.

Mais le héraut d'armes s'accoisait. Il ne manifestait aucunement l'intention de me révéler sa science. Je devrai encore patienter de longs mois pour espérer des réponses qui ne me seraient certainement pas données.

Le chevalier Gilles de Sainte-Croix connaissait aussi la réponse. Sa vie aurait-elle été écourtée pour cette raison ? Qui donc aurait pu avoir si grand intérêt à occulter ce secret ? Au point de verser le sang ? Au point d'occire lâchement un aussi grand chevalier ? Un homme aussi bon ?

Une seule chose était sûre : ma fée aux alumelles prenait vie. Quelque part. Plus exactement, ses armoiries existaient bel et bien. Mais lui appartenaient-elles ? Étaient-elles portées par ma Dame de cœur ? Existait-elle en chair et en os ? Les idées se bousculaient dans ma tête.

La princesse de Lusignan s'approcha du chevalier hospitalier. Ils échangèrent des paroles à voix basse. Perdu dans mes pensées, je n'y prêtai qu'une attention distraite. Au bout de je ne sus combien de temps, quelqu'un s'adressa à moi. Je relevai le chef, surpris :

« Messire Brachet, la princesse Échive me prie de vous faire connaître la vérité. Elle m'a dit quel gentilhomme vous êtes. Par la grâce de son intervention en votre faveur, et pour lui être agréable, je puis seulement vous dire ceci : les armes de celle que vous recherchez avec une telle opiniâtreté, sont arborées par une des branches cadettes de la famille des Guirande. Une famille qui vient de l'Albigeois qui connut bien des malheurs. Ces armes sont portées par une orpheline, Isabeau de Guirande.

« Le chevalier de Sainte-Croix la connaissait bien. Malgré son jeune âge, elle l'a souvent accompagné dans les maladreries qu'il visitait, dans le service qu'il vouait aux lépreux. Au décès de ses parents, elle fut recueillie par sa tante, dame Éléonore de Guirande.

« Elles vivent, l'une et l'autre au château de Commarque, qui, ainsi que vous ne pouvez l'ignorer, est l'un des fiefs du baron de Beynac. Je vous prierai, messire, de ne jamais révéler à quiquionques de qui vous tenez ces informations. Votre parole d'écuyer me suffira », conclut-il.

Un coup de tonnerre éclata dans mon crâne. Je ne saurai décrire les sentiments que j'éprouvai alors, tant était grand mon émeuvement. Nous nous contentâmes de remercier le chevalier hospitalier pour la noblesse de son geste, lui promirent le secret et prirent congé, incontinent.

Ainsi, ma gente fée aux alumelles, Isabeau, existait en chair et en os. Elle logeait au château de Commarque ! À trois ou quatre lieux de la forteresse de Beynac ! Dans la vallée de la Beune ! Isabeau de Guirande était décrite comme étant, en outre, de grande vertu.

Je ne m'étais jamais rendu en ces lieux. Si ce n'était en songe, par une nuit d'hiver. Et lors des leçons que Marguerite m'avait données sur les pechs de la vallée de la Beune.

Nous étions parvenus à Saint-Hilarion, à la tombée du jour. Nous avions chevauché en silence. Des pensées contradictoires se bousculaient dans ma tête au point que je réalisai que je n'avais toujours pas remercié la princesse pour son intervention insistante auprès du chevalier hospitalier.

Sans elle, j'eus dû attendre encore longtemps pour connaître la vérité. Quelques fragments de vérité, essentiels à mes yeux. Je lui pris les mains avec affection, les serrai dans les miennes. Ses yeux brillaient d'un éclat inhabituel.

« Grâce à toi, je sais maintenant. Je sais que ma quête n'avait rien d'une chimère. Une fois de plus, je te dois tant, m'amie ! Pourquoi n'ai-je pas rêvé de toi, cette nuit-là ? Pourquoi mon cœur est-il pris par cette inconnue ? Tu es grande princesse et damoiselle émerveillable. Jamais de ma vie, je ne pourrais m'acquitter de mes dettes envers toi, m'amour.

— Chut, ne prononce pas ces mots et détrompe-toi. Le jour viendra où tu songeras à moi.

— Serait-ce le fruit d'un autre songe ? lui demandai-je, en souriant. Ne serais-tu point un peu fagilhère ?

— Un peu sorcière ? Est-ce bien là le sens de ce mot en votre langue d'oc ? J'opinai du chef. Peut-être, peut-être... Sait-on jamais ? insinua-t-elle, non sans équivoque. *Carpe diem.*

« Sache profiter de l'instant présent, comme moi. Ton parcours guerrier et courtois ne fait que commencer. Un temps pour tout. Réjouis-toi et ne te pose pas des questions si tu ne peux répondre à icelles. Tu as tout pour être heureux. Jouis de ton bonheur. »

Du bonheur, j'en avais plein la tête. Sans parvenir à en jouir. Le baron de Beynac permettrait-il que j'en jouisse un jour, dans quelques mois ? Ou y ferait-il obstacle ? Trop de doutes, trop d'incertitudes, trop d'impatience me hantaient pour que je fusse en état de crier ma joie.

✠

Le temps des vendanges approchait. L'heure du départ aussi. Je me laissai bercer par une douce mélancolie. Tantôt j'avais hâte de regagner ma terre natale, tantôt je redoutai le moment de notre séparation. Sans esprit de retour.

Le temps était plus doux, les soirées plus courtes, et les parfums qui se dégageaient de cette terre d'Orient, moins enivrants, plus délicats. Mais mon esprit vagabondait sur d'autres terres. Des terres aux senteurs inconnues.

« À quoi penses-tu, mon doux ami ?

— Au temps qui passe, m'amie. Au moment où je devrai te faire mes adieux. La mort dans l'âme.

— Je pensais t'avoir appris bien des choses. Viens et suis-moi avant que le jour ne tombe. Tu vas découvrir la baie de Kyrenia comme tu ne l'as encore jamais vue. »

Après avoir attaché nos montures, nous nous dirigeâmes vers la plage sablonneuse, lentement, par un raidillon très escarpé. Sans éviter pour autant les cailloux qui glissaient sous nos pieds.

Le soleil se coucherait bientôt. Il caressait le sable, d'or et de pourpre, découpait les cyprès et, plus haut, plus loin, la forêt de pins d'Alep qui surplombaient la baie. La mer était d'huile. Pas une vaguelette ne léchait notre plage. Le temps avait suspendu son vol.

Nous nous dévêtîmes avant de nous avancer dans l'eau. Elle était un peu fraîche, ce soir. Nous fîmes quelques brasses vigoureuses, puis Échive me prit la main et me guida vers une petite anfractuosité dans le rocher.

Le sol était recouvert d'une épaisse couche d'un sable très fin. Les abords de la grotte étaient illuminés de tous les feux du soleil couchant. Une légère odeur d'herbes séchées s'en dégageait.

Seuls, quelques oiseaux chantaient. Le reste n'était que silence. Pas même le bruit d'un ressac. Cette fois enfin, je jouissais pleinement de l'instant présent. Je sentais ma respiration soulever ma poitrine de plus en plus régulièrement, de plus en plus calmement.

En peu de mots, la princesse Échive m'invita à m'allonger sur le dos. Je fermai les yeux, m'étirai pour mieux sentir le sable étonnamment chaud mouler mon corps dénudé et mouillé. J'ouvris les yeux.

« Garde les yeux fermés ! » m'ordonna-t-elle. Je lui obéis. Quelques grains de sable se collèrent sur mes jambes.

« N'ouvre point les yeux pour l'amour de moi et du Ciel, me chuchota-t-elle. Promets-le-moi ! Laisse-moi bercer ton cœur. » Je lui souris, paupières closes. Elle me prit les mains dans ses paumes encore fraîches et les appliqua tout à plat contre ma tête.

« Ne bouge plus à présent. Surtout, ne bouge plus, mon doux ami. »

Une onde de chaleur envahit mon corps lorsqu'elle se pencha sur ma poitrine pour me mordiller doucement le lobe de l'oreille et déposer de petits baisers sur mes lèvres, sur mon col, sur mon torse, puis, plus bas, sur mon ventre dont tous les muscles se bandèrent incontinent.

Tel un ruban de soie caressé par la brise, je respirai son souffle sur moi, doux, chaud et terriblement charnel.

Sans les voir, je sentais les pointes humides et dures de ses tétines, tantôt effleurer et glisser sur ma poitrine, tantôt s'y abandonner, tandis que ses genoux s'enfonçaient dans le sable de part et d'autre de mes hanches. Le contact de ses jambes le long de mes cuisses, le toucher de sa peau satinée, enflammèrent mes sens à la vitesse de la foudre.

Ma respiration s'accéléra. Mon cœur battit de plus en plus fort. J'ouvris la bouche, les yeux toujours fermés. Je sentais à présent ma poitrine se soulever et se relâcher en un mouvement de plus en plus rapide.

Elle m'étreignit les mains, les serrant de plus en plus fort. Elle se pencha pour me rappeler ma promesse de ne pas ouvrir les yeux avant qu'elle ne me l'ordonnât. Je hochai la tête en signe d'acquiescement. Elle posa sur mes lèvres un nouveau baiser. Pour me remercier du plaisir immense qu'elle me donnait.

Puis, je sentis, à la pression de ses mains, qu'elle s'était redressée au-dessus de moi. Son corps m'effleurait à peine. Il ondulait à présent, me caressait avec lenteur, exacerbait mes sens, embrasait mon esprit.

Des vagues de plaisir me submergeaient de la tête aux pieds. Cloué au sol, je planai dans l'air, plus sûrement que sous l'effet de quelque plante hallucinogène que le barbier de Beynac savait administrer à ses sujets les moins calmes. Je n'avais pas encore eu le triste privilège de bénéficier de sa farmacie, mais j'éprouvais, céans, une bouleversante jouissance.

Sous mes paupières toujours closes, je devinais par un jeu d'ombres et de lumières, ses tétines se balancer au rythme d'une danse étrange et envoûtante. Le feu dévorait mon corps sans que je ressentisse la moindre morsure. Ma douleur était d'une tout autre nature.

Ses cheveux, qu'elle avait dû rejeter en arrière après qu'elle m'eût ordonné de clore les yeux, effleuraient à nouveau ma poitrine plus délicatement qu'un duvet d'oie.

Ma tête oscillait de tous côtés. Je commençais à haleter.

Après un long moment, qui n'en finissait pas et qui me parut pourtant trop court, l'une de ses mains abandonna la mienne. Ses doigts glissèrent sur mon corps avec lenteur, de plus en plus bas, avant de se refermer sur ma virilité pour me guider en elle avec douceur et précision.

Au contact de la partie la plus intime et la plus douce d'elle-même, je me raidis aussi violemment que si j'avais été frappé par la foudre. Mes reins se soulevèrent puissamment pour tenter de pénétrer plus profondément ses chairs les plus douces.

Elle poussa un petit cri et me rappela d'une voix blanche et rauque que je ne devais ni agir ni ouvrir les yeux. Mais la laisser faire. Elle dominait la situation et entendait en garder maîtrise pour notre plus grand plaisir.

Si je me cambrais trop rapidement, elle relevait légèrement son bassin, puis replongeait sur moi, lentement, très lentement. J'étais sur les rives d'une jouissance charnelle que je craignais de ne pouvoir maîtriser encore longtemps.

Par sa patience, elle sut ralentir mes pulsions, me calmer, réveiller mon ardeur, m'apazimer à nouveau pour me porter au bord du gouffre et m'entraîner toujours plus près d'un abîme de délices.

Jusqu'au moment où je sentis sa respiration s'accélérer, ses muscles intimes se contracter et se relâcher. Son bassin plongeait, remontait, plongeait, se retirait à nouveau, puis replongeait de plus en plus profondément, de plus en plus rapidement. Je l'entendais gémir et haleter.

À l'instant précis où son corps fut parcouru par une série de spasmes violents, un éclair éblouissant me déchira les reins, me traversa les yeux. Des étoiles scintillèrent, puis illuminèrent sous mes paupières. Je connus sur l'heure, les délices d'une petite mort.

Son corps s'arc-bouta contre le mien. Elle poussa un feulement rauque et prolongé. Je hurlai mon plaisir. Dès lors, nous ne fîmes plus qu'un, ococoulés l'un contre l'autre, l'un dans l'autre.

Nos corps ondulèrent encore longtemps à l'unisson. De plus en plus lentement. Lorsque j'ouvris les yeux à son invitation, ses cheveux inondaient ma poitrine. La princesse de Lusignan me souriait béatement.

Elle m'avait tout donné pour ne prendre que mon pucelage. Et de main de maître, si je puis dire. Je pensais pouvoir en dire autant : le petit cri qu'elle avait poussé lorsque j'avais déchiré ses chairs, le sable qui avait rougi sous mes fesses...

Je venais de découvrir ce jour-là ce qu'était le plaisir charnel. Et je pris conscience que, pour l'atteindre, certains êtres sans foi ni loi pouvaient être capables de se comporter comme des bêtes sauvages. Sans chercher à le partager.

« Tu ne seras pas venu à Chypre pour rien. Te rends-tu compte de tout ce que tu as vécu ? De tout ce que tu as appris ? Toutes ces expériences nouvelles devraient te servir. La dernière aussi : tu n'en seras que plus adroit avec Isabeau… me dit-elle, enjouée, en me fixant de ses yeux de jais aux pupilles dilatées. Il y a tellement de cuistres et des rustres en ce bas monde ! »

Le jour de notre séparation, le roi Hugues venait d'ordonner le banvin. Nous nous rendîmes dans les somptueuses écuries du château. De nombreux valets s'y affairaient.

Certains étrillaient des chevaux, plus racés les uns que les autres, d'aucuns remplissaient les abreuvoirs, d'autres encore changeaient la paille de leurs litières, leur apportaient de grandes brassées de foin ou remplissaient leurs mangeoires d'avoine.

Un palefrenier s'avança. Il tenait à la longe un superbe étalon noir. Un pur-sang arabe, me précisa-t-elle, avant de me chuchoter à l'oreille :

« Il est à vous, messire Bertrand. Je vous l'offre (nous étions convenus de nous vouvoyer en présence d'autres gens).

— M'amie, je ne puis accepter pareil cadeau. Vous m'avez déjà comblé. C'est là présent royal que je ne puisse recevoir.

— Ne soyez point chattemite, messire Bertrand. Refuser un présent princier serait commettre grande chatonie. Vous pourriez navrer votre donatrice et susciter son ire royale. N'avez-vous donc pas appris ce qu'il pouvait vous en coûter à l'affronter ?

— Vous êtes émerveillable, m'amie, mais vous m'emburlucoquez toujours ! Ne craignez-vous pas que le chevalier de Montfort ou le mestre-capitaine ne refusent de faire monter ce superbe étalon à bord ?

— Restez quiet, messire Bertrand. J'ai déjà réglé ces menus détails. Il sera emmené à bord avant votre embarquement. Prenez-en grand soin. Prenez garde toutefois. Il est haut à la main. Il n'a que deux ans et n'a guère été travaillé à la longe. Il n'est point débourré. Faites-lui servir de l'orge cuite et des graines de lin avant de le monter. Ce mélange de *fagilhère* rafraîchit les chevaux trop fougueux, me dit-elle, l'air fétot.

« Mais vous êtes un cavalier averti. J'ai pu en juger. En vérité, vous ne courrez qu'un risque : celui de susciter la jalousie de votre compain Arnaud. Je doute que la jeune Raïssa ne l'ait gratifié d'autre chose que de quelque maladie honteuse… »

Elle me sourit tendrement et me déclara tout de gob que l'affaire était entendue. Je lui posai une délicate patoune sur la joue et la priai instamment de me dire de quel présent pourrais-je la gratifier.

Elle éclata de rire : « Messire Brachet, je suis de sang royal, mais n'attends rien en retour. Je suis certes la fille de mon père, mais n'en partage pas toujours les exigences pour autant ! »

Le soir même, nous regagnâmes la librairie qui jouxtait son logis et je grattai moult parchemins pour lui offrir finalement le seul présent que ma bourse me permettait de bailler : le texte de tous les poèmes que je lui avais récités ou chantés pendant qu'elle m'accompagnait de son luth ou de sa vielle.

Après bien des hésitations, je ne lui en remis qu'un seul. Celui qui l'avait le plus émue, un certain soir :

Ô vous tous chevaliers des temps jadis,
Vos cœurs ne sont point froids, ils vivent encore.
D'outre-tombe, ramenez-nous le divin calice,
Quand vos bras se lèvent, le vent souffle plus fort.

Ô vous tous chevaliers des temps jadis,
Vous qui savez le silence du désert,
Dîtes-leur de se battre pour la lumière
Et que vivre sans amour est un supplice.

Ô vous tous chevaliers des temps jadis,
Dîtes nous si un homme peut vivre heureux,
Sans ces cercles de feu qui dansent dans vos yeux ?
En armure de chair, revenez seuls contre dix.

Ô vous tous chevaliers des temps jadis,
Vos châteaux sont ruines, mais l'esprit demeure
Dans ces temples intérieurs que sont nos cœurs.
En armure de chair, revenez seuls contre dix.

Elle s'approcha de moi et me posa sur les lèvres un baiser d'une exquise délicatesse.

« Bertrand, le cadeau que tu me fais céans est le plus beau cadeau que tu pouvais m'offrir. Un cadeau royal. Le cadeau que seul un Roi de cœur peut offrir à une Dame de trèfle.

« Tu es mon roi de cœur et mon troubadour préféré. J'ai grande estime pour toi et jamais ne t'oublierai. Si ton chemin te conduit un jour à nouveau sur nos terres d'Orient, tu y seras toujours le bienvenu et jouiras de ma protection pleine et entière. »

Quelques larmes perlèrent sur nos yeux que nous écrasâmes gauchement, riants et pleurant à la fois. Quelques hoquets s'étouffèrent dans nos gorges.

Nous nous accolâmes une dernière fois. Pendant notre étreinte, nos lèvres se collèrent violemment l'une à l'autre. Nos bouches s'ouvrirent, nos langues se caressèrent longuement et passionnément. Je la serrai très fort dans mes bras, par la taille. Trop fort.

Elle poussa un petit gémissement et je relâchai la pression de son corps contre le mien, une grosse boule dans la gorge. Elle tourna les talons, sans plus me jeter un regard, m'adressa un baiser de la main, de dos, sans se retourner et elle disparut.

Je pensais ne plus jamais la revoir. Il ne me restait d'elle, ce soir-là, que moult délicieux souvenirs et un évanescent parfum de bois de santal.

Le lendemain à la première heure, je galopai à brides retenues vers la ville de Nicosie. Il bruinait. Le sol était glissant, mon coursier trébucha à plusieurs reprises et je faillis bien verser cul par-dessus tête.

Parvenu au monastère, le chevalier de Montfort nous informa que nous levions le camp pour Famagouste, dès le lendemain. Le mestre-capitaine lui avait fait savoir que les deux nefs et la sienne, avec lesquelles nous devions naviguer de conserve, étaient radoubées et prêtes à appareiller dans les deux jours, après avoir embarqué de nouvelles cargaisons de produits d'Orient.

Nous prîmes congé des frères mineurs qui nous avaient accueillis si généreusement en leur monastère. Arnaud les remercia particulièrement et non sans hypocrisie, pour lui avoir apporté, dans des moments pénibles, paix et sérénité au cours de ces mois. Il les complimenta pour la qualité de leurs offices et de leurs chants. J'y vis toutefois là de belles dispositions pour me réconcilier prochainement avec lui, bien que je doutasse fortement de la sincérité de ses propos.

Foulques de Montfort leur bailla de généreuses aumônes pour leurs pauvres, dont ils le remercièrent avec chaleur, non sans nous avoir bénis en retour.

Pendant que le chevalier de Montfort s'affairait à régler les derniers préparatifs de notre embarquement qui avait été retardé de cinq jours, Arnaud vint vers moi. Il me mit le bras autour des épaules et m'entraîna à l'écart. Il resta un long moment silencieux. Il avait quelque chose à me dire.

« Pardonne-moi, Bertrand, je reconnais tout à trac avoir eu quelques paroles malheureuses à ton endroit. Au fond, j'avais mérité la gifle que tu m'as administrée. Bien qu'il m'en cuise encore. Me pardonnes-tu ?

— Oui, Arnaud, bien sûr. Mais reconnais qu'il me sera difficile d'oublier certains mots.

— Qui pardonne sans oublier, ne pardonne point.

— Je ferai tout pour les oublier, je te le promets. Laisse-moi un peu de temps. Tu sais bien que tu es mon seul ami et que je t'aime comme un frère. Comme un compain d'armes aussi. N'avons-nous pas combattu les Godons côte à côte dans les faubourgs de la Madeleine à Bergerac, puis à Auberoche ?

— Oui, et tu as fait preuve de grande vaillance, je le reconnais.

— Or donc, évitons dorénavant de lancer des traits qui blessent plus mortellement qu'un carreau d'arbalète, rétorquai-je, les muscles du col plus noués que les racines d'un vieux chêne.

« Même sous l'effet de la colère. La colère est une drolasse qu'il est difficile de maîtriser. Mais elle est toujours mauvaise conseillère.

— Les mois pendant lesquels Montfort m'a reclus m'ont paru durer une éternité. Je lui en veux beaucoup, une aussi longue punition, à mon âge ! Pour un déguisement ! Une espingale ! Une farcerie ! dit-il avec outrecuidance.

— Par Saint-Denis ! Une farcerie qui a bien failli nous coûter la vie à tous trois !

— La princesse Échive, ta mie, aurait bien fini par nous innocenter.

— Peut-être. Probablement trop tard.

— Oublions cette affaire sans intérêt.

— … …

— Les meilleurs souvenirs que je garderai de notre séjour sur cette île sont ceux de nos chevauchées, au printemps. T'en souviens-tu, Bertrand ? »

Ces mots me réchauffèrent le cœur que j'avais froid et sec. Le réchauffèrent, sans l'enflammer. Serait-ce parce que je doutais au fond de moi de l'amitié que me portait Arnaud ? De ce trop rapide changement d'attitude à mon égard ?

L'avenir le dirait. En vérité, je n'allais pas tarder à être fixé :

« Au fait, as-tu pris du bon temps avec Échive ? Une baise royale ! J'aurai bien aimé être à ta place…

— Ne parle pas en ces termes de la princesse, je te prie. C'est une gente damoiselle. Courtoise et savante.

— Moi, vois-tu, je n'ai pas eu besoin de mugueter Raïssa pendant des lustres pour la biscotter. Tiens, le jour où Montfort nous avait invités au supplice de ces deux coquardeaux d'écuyers, j'ai profité de mon après-midi de liberté, pour la paillarder.

« Elle était bien un peu réticente au départ, mais le temps pressait. Je lui ai fait avaler quelque élixir de jouvence sans qu'elle ne s'en rende compte ; pour qu'elle s'abandonne plus rapidement, sans me faire perdre un temps précieux.

« Elle s'en est trouvée plus détendue et plus avenante. Rassure-toi, elle était non seulement consentante, mais chaude et avenante, cette bagasse chypriote ! Ah, la fine garce, elle m'a épuisée !

— Arnaud, reste courtois, je te prie. Ne me conte pas tes fredaines avec les filles de cuisine. Un gentilhomme doit savoir garder ces choses-là secrètes et ne point faire étal de ses propres turpitudes. Même devant son meilleur ami. C'est contraire aux règles de la chevalerie.

— Tu me dis cela parce que tu n'as pas réussi à t'emmistoyer avec Échive. Tu as eu grand tort de ne pas en profiter. Elle avait pourtant de grosses mamelles. Après des mois passés en sa compagnie ! Moi, à ta place, je…

— Tu n'étais pas à ma place, Arnaud. »

Arnaud recommençait à me tabuster et à me porter sur les nerfs que j'avais derechef à fleur de peau. Pour lui geler le bec, je changeai de sujet de conversation et lui dis tout de gob :

« Ne t'es-tu pas souvent moqué de moi au sujet d'Isabeau de Guirande ?

— Ah non ! Bertrand, tu ne vas tout de même pas remettre cette chimère sur le plat ! Tu es capable de raison, que Diable ! Tu sais bien, si tu as encore quelque bon sens, que ce n'était qu'un rêve. Un rêve qui aurait pu tourner en cauchemar en nous éloignant l'un de l'autre.

— La chimère existe. En chair et en os.

— Décidément, tu as l'esprit plus dérangé que je ne le craignais, mon garçon !

— Je sais qui est Isabeau de Guirande. Je sais où elle vit. Elle séjourne depuis plusieurs années au château de Commarque. À quelques lieux de nous, à peine. À quelques pas de notre forteresse de Beynac, lâchai-je de plus en plus inconsidérément. Je me mordis aussitôt les lèvres de ne pas pas avoir su retenir ma langue. »

Arnaud s'arrêta de marcher et me regarda fixement. Il demeurait interdit, le visage décomposé. Je comprenais son émoi. Il avait tant douté de mon équilibre mental depuis plus de deux ans.

« C'est impossible ! Qui a osé te conter de pareilles sornettes ? Est-ce un nouveau fantasme de la Lusignan ?

— Non, je ne tiens pas l'existence d'Isabeau de Guirande de la princesse Échive. Et ce n'est pas un fantasme. Ni une nouvelle chimère. La personne qui m'en a parlé est digne de foi. Mais je ne puis révéler son nom. Elle m'a fait jurer le secret. Peux-tu comprendre mon silence ?

— En as-tu parlé à Montfort ? Ou à quelqu'un d'autre ?

— Non, bien sûr. À personne d'autre qu'à toi.

— Ne crains-tu pas, si cette... cette personne existe vraiment, qu'elle ne soit plus vile qu'un boudin ? Somme toute, tu ne l'as parée de moult qualités que dans ton rêve, dans tes fantasmes. Si ça se trouve, elle est biscornue, d'une laideur repoussante, les jambes arquées, boiteuse et possède un esprit plus revêche que celui d'un âne mal bâté !

— Elle m'a été décrite comme étant d'une grande beauté. Et de grande morale. Peu m'importe d'ailleurs. L'amour que je lui voue l'embellira et lui donnera un esprit plus fin et plus délié que le tien. Au fond, ne serait-ce pas plus facile et plus agréable que de t'instruire en l'éducation que ton père a tenté de te donner sans y parvenir, semble-t-il ?

— Tu es toujours aussi naïf, mon pauvre Bertrand ! Mon père a passé les pieds outre. Et si elle ne veut point d'époux ?

— Je n'en marierai point d'autre. Je resterai en célibat. Comme le chevalier de Montfort (il croyait son père défunt).

— Foulques ! Tu rêves encore, Bertrand. Ce n'est point un ermite. Je le soupçonne d'être bellement paillard. Quoi qu'il en soit, tu ferais bien de t'accoiser sur le sujet. On ne sait quelles pourraient être les réactions du baron de Beynac ou de Montfort, si tu t'en ouvrais à eux…

— … …

— Pour l'heure, gardons ce secret, me recommanda-t-il. Ce sera notre secret à tous deux. Que personne ne partagera.

— Je n'ai pas l'intention de le crier sur les toits. Enfin, pour l'instant…

— C'est inimaginable ! Alors, ta chimère existe vraiment ! C'est incroyable ! Tu as gagné. Enfin, presque. J'espère de tout cœur que tu pourras mener cette nouvelle bataille jusqu'au bout. Vois-tu, je regrette tellement d'avoir joué au turlupin avec toi. Tu as le caractère bien trempé. Sais-tu qu'à la parfin, je serais presque jaloux ? » suggéra-t-il avec audace.

Les yeux d'Arnaud s'étaient plissés en amande, ne laissant filtrer que deux éclats pétillants de malice. Son attitude à mon égard venait de changer du tout au tout.

Ce jour-là, mon corps était calme, mon esprit serein. Mais mon cœur était baigné d'une tristesse infinie. Je regardai, sans la voir, la baie de Famagouste s'éloigner, baignée par les rayons du soleil levant.

Le corps du père Louis-Jean d'Aigrefeuille, aumônier général de la Pignotte, reposait dans un cercueil, dans une chambre mortuaire improvisée, sous le pont. Il avait rendu son âme à Dieu. Dans mes bras.

Nous déportions sa dépouille en Avignon. Ses viscères et son cœur avaient été prélevés avant que son corps ne soit embaumé. Son cœur gisait dans une urne. Il serait remis à son frère, monseigneur Guillaume d'Aigrefeuille, dès notre retour en terre pontificale.

J'avais été le témoin passif des circonstances dans lesquelles l'aumônier général de la Pignotte avait été assassiné.

La veille de notre embarquement sur la Santa Rosa, le père Louis-Jean avait été mandé par le vicaire en la cathédrale de Famagouste pour donner le sacrement de l'absolution à quelques fidèles qui avaient entendu parler de sa présence dans la cité. Ils entendaient être confessés par icelui, et par icelui seulement. Le père Louis-Jean s'y était prêté de bonne grâce.

Nous avions profité de l'occasion pour passer à confesse. Je savais en avoir grand besoin. Arnaud aussi. Le chevalier de Montfort et Arnaud venaient de me précéder dans le confessionnal.

Arnaud devait réciter ses pénitences dans la chapelle de la Vierge, dont l'autel se trouvait du côté opposé au confessionnal, à l'autre bout du transept. Le chevalier de Montfort quittait la cathédrale par une travée latérale.

Lorsque vint mon tour, je m'étais présenté devant le confessionnal. Au moment où je m'apprêtais à me rendre dans l'espace réservé aux pénitents, la porte du confessionnal s'entrebâilla doucement. La moitié d'un corps chut à mes pieds. Une tête tonsurée, suivie d'une robe de bure blanche, maculée de sang. Sur le coup, j'en demeurais interdit, frappé de paralysie.

J'allais hurler au secours, lorsque le mourant leva la main vers moi et tenta de redresser sa tête. Elle retomba sur les marches.

Cédant à la supplique que m'adressait le père d'Aigrefeuille, paralysé par l'angoisse, effroyablement bouleversé, je m'étais agenouillé pour lui soutenir la tête.

Ses lèvres balbutièrent quelques mots dont je ne pus saisir le sens. Sa main grippa le revers de mon pourpoint pour m'attirer à lui. Je penchai mon oreille près de sa bouche. Dans un souffle, *in articulo mortis*, il prit le courage de me chuchoter ces quelques paroles :

« Messire Bertrand, il ne me reste que peu de temps. Inutile d'appeler à mon secours. Les mires ne peuvent plus rien pour mon enveloppe charnelle. Il est trop tard. Le bon Dieu m'ouvre les bras et me sourit.

« Lorsque vous serez rendu en Avignon, voyez mon frère Guillaume. Dîtes lui simplement : *“sustine et abstine”* ; il vous répondra : *“mors ultima ratio”*. Il saura que vous venez de ma part. C’est un homme puissant. Très écouté de notre Saint-Père… un futur cardinal. Si vous êtes un jour dans le besoin, il vous viendra toujours en aide… pour moi. »

Une bave sanguinolente sortit de sa bouche et coula sur sa lèvre. Il toussit, expulsant un nouveau flot de sang qui macula mon pourpoint. Sa vue se brouillait. Ses yeux devenaient vitreux. Ses doigts s’agrippèrent à moi. Il m’attira plus près de sa bouche et murmura de façon quelque peu décousue :

« Prenez ma boîte à malices… je vous en confie la garde. Celui qui m’a occis a volé une des fioles qu’elle contenait. Je crois que, dans sa précipitation, il n’a pas eu le temps de s’emparer du parchemin…. de la lettre pour l’aumônerie des pauvres. Je ne sais si ces fioles contiennent *l’eau et le sang du Christ*. Frère Joseph le prétendait. Je crains qu’elles ne referment qu’un terrible poison. Je redoute le pire… le pire des poisons, le Mal noir… la pestilence !

« Mais ce sont peut-être aussi les reliques les plus sacrées que nous ayons de Notre-Seigneur Jésus-Christ. Je ne sais. Je vous confie le tout. Prenez, prenez vite, messire Bertrand ! Et mettez-les en lieu sûr…

« … Ayez grande vigilance, messire Bertrand. Le diable rôde autour de nous. Je le sens. Soyez béni, mon fils. »

Dans un dernier effort, le père d’Aigrefeuille fit le signe de la Croix sur mon front, puis sa main retomba. Je lui secouai stupidement la tête :

« Père ! Père d’Aigrefeuille, ne partez pas. Tenez bon ! Les secours arrivent ! »

Un dernier spasme d’agonie secoua son corps, fit gicler un flot de sang. Les traits de son visage s’étaient relâchés. Un sourire de béatitude illuminait son visage.

Le père Louis-Jean d’Aigrefeuille avait atteint, dans la mort, la sublime beauté d’une âme en paix. Ses yeux me fixaient. Grands ouverts. Je les fermai. Mes larmes se mêlèrent à son sang.

Je défis avec difficulté la courroie qui reliait la boîte à messages à sa ceinture. La boîte portait des traces de sang. La clef en forme de croix papale était engagée dans le fermoir du couvercle et le couvercle entrouvert. La boîte du messager pontifical ne renfermait plus qu'un rouleau de parchemin et... deux fioles.

Je me saisis de l'ensemble lorsque j'entendis des bruits de pas marteler les dalles de la cathédrale. Arnaud accourait. Il se précipita vers moi, m'aida à extraire la partie du corps qui se trouvait encore dans le confessionnal et à l'étendre avec moult précautions sur le sol.

« Mon Dieu ! Qu'as-tu fait ? Que s'est-il passé, Bertrand ?

— Le père d'Aigrefeuille a été occis pendant qu'il entendait quelqu'un en confession. C'est tout ce que je peux te dire.

— T'a-t-il parlé avant de mourir ? Que t'a-t-il dit ? Parle !

— Il a eu juste le temps de me confier sa boîte à messages. En me recommandant d'en prendre grand soin. C'est tout. Ses lèvres s'agitaient, mais plus aucun son n'en sortait. Puis, il a rendu son dernier soupir », lui mentis-je.

— Ne t'a-t-il pas parlé d'icelui ou d'icelle qui l'aurait poignardé ? L'a-t-il vu ? L'a-t-il reconnu ? Tu n'aurais pas commis ce crime, dis-moi ?

— Comment veux-tu qu'il ait pu reconnaître son meurtrier ? À supposer même qu'il l'ait connu, il ne pouvait voir son visage à travers le moucharabieh qui sépare le pénitent de son confesseur. Et cesse de me soupçonner, je te prie ! Tu es fol, mon pauvre ami ! Je tenais le père d'Aigrefeuille en grande estime. »

Un sacristain se précipita vers nous en beuglant, lorsqu'il nous vit : “Mon Dieu ! mon Dieu !” Il enfilait une aube à la hâte. Alerté par ces bruits, le chevalier de Montfort accourut, l'épée à moitié desforée. Il devait nous avoir attendus sur le parvis de la cathédrale.

La justice avait besoin d'un coupable. Le sacristain fut arrêté incontinent par les gardes qu'Arnaud avait alertés. La justice ecclésiastique requérait un coupable. Son bras était roide. Le malheureux fut soumis à la question avant notre départ. Il s'était penché, comme moi, sur le corps du défunt. Son aube était couverte de sang. Comme mon pourpoint qui en était maculé. Mais mon vêtement n'était point blanc. Il était rouge. Depuis sa confection. D'un rouge couleur de sang...

Adossé au bastingage du château de proue de la Santa Rosa, je réalisai que le père d'Aigrefeuille avait été lâchement et mortellement poignardé en un lieu de prière. Un lieu sacré entre tous. Comme le comte Philippe de Montfort l'avait été en la cathédrale de Tyr, au siècle dernier. Comme le chevalier Gilles de Sainte-Croix, plus récemment, en la chapelle de la maison forte de l'Ordre de l'Hôpital, à Cénac.

Pourquoi avoir attenté à leur vie ? Pour quelles raisons ? Troublantes coïncidences. Étranges faits dûs au hasard ? Qui pouvait avoir eu intérêt à faire passer le père d'Aigrefeuille de vie à trépas ? Un sacristain ? Un serviteur qui avait eu la malchance de déambuler là où il n'aurait pas fallu ?

Pour faire main basse sur une lettre qui ne serait changée qu'en la cité papale d'Avignon par le trésorier général de la Cour pontificale, et après bien des litanies ? Pour se saisir d'une fiole dont seuls, le chevalier de Montfort et moi, pouvions soupçonner les effets mortels ? Ce n'était point imaginable.

La baie de Famagouste n'était plus qu'un mirage, loin, à l'horizon. Un cheval hennissait sous le pont de la nef. C'était sans doute la seule façon, pour le fier pur-sang arabe que la généreuse princesse Échive m'avait offert, de clamer sa détresse.

Son désarroi me toucha. Je sortis aussitôt de la méditation attristée qui m'avait envahie et m'apprêtais à lui rendre visite lorsqu'un mousse d'une douzaine d'années s'approcha de moi. Sans dire un mot, il me remit un parchemin enroulé autour d'un ruban de soie rouge. Je le remerciai et m'en saisis. Le sceau était celui des Lusignan. Je le brisai avec une impatience fébrile.

Mon doux Ami, mon étranger de simple passage.
Tu es mon Roi de cœur.
Mais un Roi de cœur ne peut marier qu'une Dame de cœur.
Je ne suis qu'une Dame de trèfle.
Mais sache que la Dame de trèfle t'a aimé au-delà de tout ce que tu peux imaginer et que jamais elle ne t'oubliera.
Porte nos armes, celles d'Isabeau de Guirande et les miennes.
Et n'oublie onques, que la Dame de cœur n'est pas toujours celle à laquelle pense le Roi de cœur et qu'il devra se garder de la Dame de pique et se défier de la Dame de carreau.
Adieu, m'amour.

À l'intérieur du parchemin, deux longues pièces de soie blanche. L'une portait les armes des Lusignan, l'autre, celle d'Isabeau de Guirande. À dextre, sur l'une, était brodée une dame de trèfle. Sur l'autre, une dame de cœur.

Je serrai dans la main les deux pièces de soie. A m'en rompre l'articulation des doigts. Sans bien saisir encore sur l'heure, la signification profonde de ce qui m'apparut comme une manière mystérieuse d'écrire. Un jeu subtil d'arcanes dont la princesse Échive de Lusignan avait le secret. Devais-je y voir une dernière prémonition de la Dame de trèfle ?

Un coup de vent aussi fort qu'inattendu, m'arracha le parchemin des doigts. Je lançai la main pour tenter de le rattraper. En vain.

Le parchemin vola, plana, virevolta, monta, descendit, revint vers moi, s'éloigna et se coucha tout doucement sur la crête écumeuse d'une vague. Avant de disparaître de ma vue. Il ressurgit un bref instant avant d'être englouti par les flots à tout jamais.

Je ne quittai pas des yeux ce point qui s'éloignait dans le sillage de la nef, dans le fol espoir de le voir ressurgir.

Ainsi s'envolait une tranche de vie. Une tranche qui resterait gravée dans les profondeurs de ma mémoire. À tout jamais.

Le Mal noir avait pris ses racines dans le cœur d'un homme. Dans le cœur d'une femme, aussi. Des racines profondes et sournoises.

Pour parvenir à leurs fins, ils seraient prêts à tout. À commettre le plus terrible des crimes sans en maîtriser les conséquences. Des conséquences dignes de l'Apocalyse.

Lorsque le Mal noir éclaterait au grand jour, les ténèbres envahiraient la terre, de l'Occident à l'Orient. Du Sud au Nord. Des terres d'Espagne à la lointaine Écosse. Du royaume de France aux confins du Saint Empire germanique. Au-delà même des rives des fleuves Danube et Volga. Le Mal faucherait près de la moitié des habitants de l'Occident en moins de deux ans.

L'Apocalypse de saint Jean. Le dernier Jugement de Dieu. Miserere nobis !

En partant à la quête d'Isabeau de Guirande, j'avais soulevé le couvercle de la boîte de Pandore. Sans le savoir. Sans le vouloir.

Seule restait au fond, invisible à mes yeux, l'Espérance.

Mors tua, vita mea

« La mort pour toi, la vie pour moi »

EPILOGUE

Abbaye d'Obazine, en l'an de grâce MCCCLXXXI, le jour des nones de janvier, jour de l'Épiphanie, entre vêpres et complies[1].

La main qui tenait la plume, dans la petite pièce attenante aux cuisines, s'immobilisa. Le pouce et l'index s'écartèrent légèrement et posèrent délicatement la plume sur le lutrin.

Dans la grande cheminée des cuisines, la flambée perdait de sa vigueur. Le courant d'air qui pénétrait par la porte entrebâillée devenait de plus en plus froid et humide.

De la grosse chandelle dorée à nids d'abeille fixée sur un haut candélabre en fer forgé à trois pieds, à la dextre du lutrin, se dégageait un délicat parfum de miel. Deux mains se levèrent à la hauteur d'un visage resté dans la pénombre d'un vaste capuchon de laine blanche.

1. Le 5 janvier 1381, entre 6 heures et 9 heures du soir

Elles se rapprochèrent, se frottèrent l'une contre l'autre, paumes à plat, puis s'étreignirent en un lent mouvement pour réchauffer des doigts engourdis par des heures passées à percer le mystère de ce récit rédigé de manière secrète, à l'aide de clefs multiples.

En ce jour-là, le loup se terrait pour ne pas entendre les gémissements de sa mère. Il pleurait, à sa manière, à la manière des loups. Ne manquait-il pas à son devoir filial ? Pouvait-il abandonner à son triste sort, la chair de sa chair ? Le sang de son sang ?

Brusquement, il se résolut à ressortir. En espérant ne plus rien entendre, ne plus entendre ce hurlement plaintif qui lui déchirait les entrailles. À cette heure, la louve avait certainement trépassé, à bout de force. À moins qu'elle n'ait été dévorée par un autre loup. Ou achevée par la main de l'homme.

Tout d'abord, il ne perçut que le silence. Un silence à peine troublé par le bruissement d'un souffle d'air sur le feuillage des arbres. Puis le frémissement des fougères, le craquement de la mousse qui se recroquevillait sous les premiers rayons du soleil levant. Un coq clama sa virilité en haut, du côté de l'abbaye. Le loup se pourlécha les babines et envisageait de s'en approcher lorsque la forte odeur d'un renard lui effleura les narines.

La chair du renard était plus forte, plus goûteuse que celles des coqs, des poules, des poulets et autres volailles. Aussi goûteuse que celle du mouton, mais plus difficile aussi à attraper. L'instinct de la chasse fut cependant le plus fort. Il renonça au coq et commençait à se diriger vers l'ouest, museau au ras du sol, lorsqu'un hurlement long et prolongé l'arrêta aussitôt, patte levée.

Elle n'était point morte. La louve, sa mère vivait encore. Décidément, la garce avait la vie dure. Mais, curieusement, l'appel ne provenait plus, cette fois, du côté où la mousse recouvrait le pied des chênes.

La plainte était plus lointaine, plus à l'ouest et plus au sud à la fois. Curieux, se dit-il. Serait-elle parvenue à se libérer du piège dans lequel elle était tombée ? Mais était-ce un piège ? N'aurait-elle pas été mordue par un chien de berger ? Non, les moutons se faisaient très rares ces temps-ci.

Le feu ravageait les campagnes. Des hordes hurlantes enlevaient le bétail, abandonnaient sur le terrain de la chair humaine ensanglantée, morte ou blessée. L'ordinaire des meutes. Des proies faciles, sans défense. Mais peu appétissantes.

La louve n'aurait-elle pas plutôt reçu un coup de fourche, ces terrifiants instruments qu'utilisaient les hommes des campagnes pour protéger leurs clapiers, leurs volaillers et leurs brebis ?

Devait-il suivre la piste du renard ou tenter de rejoindre sa génitrice ? Si elle pouvait encore se déplacer, il courait moins de risques de tomber dans un piège qu'il ne l'avait craint.

Il connaissait bien les appâts que l'homme utilisait pour attirer les loups : du sang de porc à proximité des pièges, de la bouse de vache, des crottes de mouton, autrefois. Avant que la guerre que les humains se livraient entre eux ne saccageât le pays.

S'il venait à sentir ne serait-ce que le soupçon de l'une de ces odeurs sur son parcours, il s'en écarterait prudemment, contournerait largement l'obstacle.

Il hésitait encore lorsqu'un nouvel appel aussi déchirant le décida. Après tout, il était sûr de lui : n'avait-il pas, dans le passé, déjoué bien des pièges tendus par les bêtes à deux pattes. Là où d'autres loups, moins futés, moins rusés, s'étaient trop souvent laissés prendre ?

Après une dernière hésitation, il abandonna finalement la trace du renard et décida de partir au secours de sa mère, quelque part vers le sud-ouest. L'appel du sang était le plus fort.

Le loup se dirigea droit vers son destin, vers les mâchoires du piège infernal qu'un autre loup, plus fort, plus rusé que lui, venait d'ouvrir sur son passage.

Un piège sans couleur. Un piège sans odeur.

Fin du tome I

Sommaire

Principaux Personnages et lieux-dits

AIGREFEUILLE (GUILLAUME D')

Futur cardinal et personnage historique. Fera partie du premier cercle des conseillers intimes du pape Urbain V (1362-1370).

AIGREFEUILLE (LOUIS-JEAN D')

Père dominicain, aumônier général de la Pignotte en la cour pontificale d'Avignon. Homme sage, économe, enjoué, rusé et rompu à la négociation. Il apprécie le bon vin et la bonne chère. Lorsqu'il est vêtu de bure, il porte ses habits de messager pontifical sous la bure et sur le ventre ; il laisse croire ainsi à un fort embonpoint. Envoyé en mission officielle pour récupérer les droits que fait valoir son aumônerie générale en aidant le chevalier Foulques de Montfort à récupérer le trésor qui lui revient de ses ancêtres.

AL-HÂKIM (FRÈRE JOSEPH JÉRUSALEM DE L'HÔPITAL)

Chrétien maronite, fut sauvé par le comte Philippe de Montfort, à Mansourah et guéri de sa blessure par la miresse Hersent, médecin de Saint-Louis. Fait prisonnier et rançonné avec son tuteur, il dut la vie sauve à la générosité de Saint-Louis. Après avoir refait fortune à Tyr, il achetera à un marchand syrien, des fioles, dont il croit qu'elles ont un pouvoir miraculeux (elles contiendraient, selon la légende, l'eau et le sang du Christ). Il tentera de les utiliser pour sauver Saint-Louis lors de la huitième croisade. Après avoir rejoint l'ordre de l'hôpital de Saint-Jean de Jérusalem, il fera don au comte de Montfort d'un trésor considérable, avant de mourir, vingt ans ans plus tard, en défendant la salle capitulaire de la commanderie de Saint-Jean d'Acre. Il est, sans le vouloir, à l'origine de "La Danse du Loup".

BEYNAC (BARON FULBERT PONS DE)

Un des quatre barons du Périgord ; sire de Commarque. Revendique le titre de premier baron du Périgord. Homme grand, rude, sévère, mais juste. Âgé d'une cinquantaine d'années, il ne pardonne ni la récréance, ni même la simple couardise. Cultivé et guerrier, il apprécie le chant et la poésie des troubadours. Tuteur de Bertrand Brachet de Born qu'il a recueilli et éduqué lorsque le père de ce dernier mourut dans ses bras, après lui avoir sauvé la vie lors de la bataille navale de l'Écluse (1340). A été marié (un grand secret entoure ce mariage), mais vit séparé de son épouse dont on ignore le nom et le lieu de résidence.

BRACHET DE BORN (BERTRAND)

Premier écuyer du baron de Beynac. Principal héros du roman. Âgé de dix-sept ans en 1345, blond, les yeux bleus, les cheveux en bataille, la nuque rasée de près, à la mode des chevaliers de l'Ordre de Sainte-Marie des Teutoniques. Naïf, de haute stature, le corps vigoureux, il a les traits taillés à la serpe. Instruit par le baron de Beynac, son tuteur (auquel il voue une admiration et une reconnaissance sans bornes), des arts et des sciences. Passionné par la lecture, il croit à l'esprit de chevalerie et à l'amour courtois. Jeune, fougueux, impétueux, mais clairvoyant, il parviendra, à mesure que les évènements se précipiteront, à contrôler ses pulsions, à faire preuve d'esprit d'analyse, de synthèse, de sens critique (et d'autocritique) et à porter sur les gens et sur les évènements, un jugement de plus en plus sûr. Il fera, grâce à la princesse Echive de Lusignan, la découverte de son corps et lui vouera une amitié sincère, profonde et fidèle.

CARSAC (RAYMOND DE)

Chevalier bachelier au service du baron de Beynac.

CASTELNAUD (DE BEYNAC)

Rival du baron de Beynac. Ne pas le confondre avec le baron de Beynac, bien qu'il tienne son nom de son alliance avec la Dame de Castelnaud de Beynac, apparentée à la famille du baron. Personnage arrogant, imbu de lui-même, jaloux de son voisin, le baron de Beynac. Soupçonné par Bertrand Brachet de l'assassinat (par personne interposée) du chevalier Gilles de Sainte-Croix, à Cénac. A la bataille de Bergerac, il est fait prisonnier par les Anglais et doit, pour obtenir sa liberté, s'engager à une stricte neutralité pendant le durée du conflit qui oppose le roi Edouard III d'Angleterre au roi Philippe VI de Valois. Mais ses sympathies l'inclinent très vite vers les léopards d'Angleterre.

CASTELNAUD (CHÂTEAU DE)

Entre Domme et Siorac, sur la route des Milandes, le château fort de Castelnaud offre un magnifique panorama sur la vallée de la Dordogne. Une très belle collection d'armes et d'armures du XIIIe au XVIIe siècles complète une visite guidée par des projections audiovisuelles. Des machines de guerre reconstituées en vraie grandeur (trébuchet, pierrières) font l'objet de démonstrations par les guides. Une visite à ne pas manquer à deux pas du charmant village de Cénac.

COMMARQUE (CHÂTEAU DE)

Proche du petit village de Sireuil, dans le Périgord, non loin des Eyzies, le château de Commarque devient, de façon attestée, propriété des Beynac à partir du XIIIe s. La famille des Commarque conserve cependant une tour de chevalier au sein de l'enceinte et ce, jusqu'à la fin du XVIe siècle. Cette coexistence - parfois difficile - entre plusieurs seigneurs sur un même site fortifié, souligne qu'un château fort n'est pas nécessairement réservé à un seul seigneur, aussi puissant soit-il.
Il se visite et des salles troglodytiques exceptionnelles viennent d'être découvertes en contre-bas que M. Hubert de Commarque se fera un plaisir de vous faire visiter sur rendez-vous.

DOURDONNE

La Dordogne.

DUÈZE (JACQUES)

Voir papes d'Avignon.

ÉDOUARD III PLANTAGENÊT

Roi d'Angleterre (1327-1377), de la dynastie des Plantagenêt. Fils d'Édouard II et d'Isabelle de France (fille de Philippe IV le Bel). Revendique comme petit-fils de Philippe IV le Bel, le trône capétien. Entreprend contre la France la guerre de Cent Ans. Vainqueur à Crécy (1346), prend Calais (1347 : affaire des Bourgeois de Calais), puis impose à Jean II le Bon le traité de Brétigny (1360). Institue l'Ordre de la Jarretière : Honni soit qui mal y pense.

ÉTIENNE (DESPARSSAC)

Maître des arbalétriers du baron de Beynac. Fin tireur, il se distingue par son sens tactique dans les faubourgs de la Madeleine, lors de la bataille de Bergerac. Personnage jovial, haut en couleur, il est prompt à s'esclaffer. Il prétend qu'un des membres de sa famille vit dans une léproserie près de Périgueux.
Il est soupçonné par Bertrand Brachet, de l'assassinat du chevalier Gilles de Sainte-Croix, à Cénac.

FAUCHEUX (JULES)

Premier clerc notaire du baron de Beynac. Il lit, durant l'office liturgique, l'acte qui innocente Bertrand Brachet de l'assassinat du chevalier Gilles de Sainte-Croix.

GEORGES (LAGUIONIE)

Maître des engins du baron de Beynac. Georges Laguionie est expert en artillerie névrobalistique ; il suit depuis 1340 les premiers balbutiements de l'artillerie à poudre, les bombardes souvent nommées alors "pot-à-feu".

GONTRAN (BOUYSSOU)

Chef du guet du baron de Beynac. Homme taciturne et peu enclin à la saillie, Gontran Bouyssou est surnommé Œil de Lynx, en raison de sa vue perçante.

GUIRANDE (ISABEAU DE)

La gente fée aux alumelles. La Dame de sa vie, que Bertrand Brachet a cru apercevoir dans un songe lors d'une nuit d'hiver, est-elle une simple chimère ou bien existe-t-elle en chair et en os ? Mais dans ce cas, où vit-elle ? La princesse Echive de Lusignan, fille du roi de Chypre, l'aidera de façon désintéressée dans sa quête.

JEANNE

Forte femme commise à la lingerie du château de Beynac.

LAUTREC (SIRE DE)

Précédent seigneur et maître de Castelnaud. Il a affranchi Auguste Taillefer, maître forgeron de son état, résidant au lieu-dit "Les Mirandes".

LOUIS IX (SAINT-LOUIS)

Roi de France (1226-1270), fils de Louis VIII et de Blanche de Castille. En 1248, il conduit la septième croisade vers l'Égypte, via Chypre. Battu à Mansourah, il est fait prisonnier (1250) lui et son armée. N'est libéré qu'en échange d'une lourde rançon. Passe quatre ans en Syrie à reconstruire et renforcer les défenses. En 1270, malgré l'opposition de son entourage, il entreprend la huitième (et dernière) croisade. Il meurt à Tunis à peine débarqué, probablement atteint de la peste ou de la dysenterie. Canonisé en 1297.

LUSIGNAN (ECHIVE DE)

Superbe beauté levantine d'une vingtaine d'années, rompue aux jeux de l'esprit, aux cartes et aux échecs. De culture gréco-latine, elle est bien instruite des arts et des sciences. Victime d'une sodomie que lui ont administrée deux écuyers. Complètera, à tout point de vue, l'éducation de Bertrand Brachet dont elle tombera amoureuse.

LUSIGNAN (HUGUES IV DE)

Roi de Chypre et de Jérusalem. Succède à son cousin, Henri II. Épouse Alix d'Ibelin, dont il a une fille, Echive, et trois fils : Pierre, futur Pierre 1er, roi de Chypre, Jean, futur prince d'Antioche et connétable de Chypre, et Jacques, futur connétable (virtuel) de Jérusalem.

MARGUERITE

Jolie lingère du château de Beynac que Bertrand Brachet mignonne un soir, lors de sa réclusion dans l'antichambre de la librairie du château de Beynac où il a été mis au secret par le seigneur des lieux.

MICHEL (DE FERREGAYE)

Capitaine d'armes du baron de Beynac. Gentilhomme de naissance, son nom est Michel de Ferregaye. Il n'est ni écuyer, ni chevalier. Homme de confiance du baron de Beynac, il est prêt à exécuter de sa main et sur ordre du baron de Beynac, son maître, toute personne qui manquerait à ses devoirs. Il ne manque cependant ni de malice, ni d'indulgence envers les personnes qu'il estime. Il le prouve à Bertrand Brachet lorsque ce dernier est retenu au secret dans l'antichambre de la librairie du château de Beynac.

MONT-DE-DOMME (DOMME)

Surplombant la vallée de la Dordogne, près des châteaux de Beynac et de Castelnaud, Domme devient bastide royale le 7 mars 1281, jour où le sénéchal Simon de Melun acquiert cette place forte naturelle au nom du roi de France Philippe III le Hardi. Les chevaliers et les frères de l'Ordre du Temple y possédaient une commanderie. Lors de leur arrestation par Philippe IV le Bel en 1307, ceux qui résidaient à Domme furent emprisonnés à la Porte des Tours ; pendant leur incarcération, ils gravèrent dans la pierre de nombreux témoignages de leur présence, toujours visibles de nos jours. Les rues de la bastide, au tracé étonnamment rectiligne pour l'époque, sont entourées d'impressionnantes murailles au sud, la falaise vertigineuse de la Barre de Domme constituant au nord une défense naturelle, jugée à l'époque, imprenable. Aujourd'hui, la citadelle de Campréal n'existe plus et lae château de Domme-Vieille est une propriété privée. Cette perle de l'architecture médiévale est à visiter par beau temps peu venteux de préférence.

MONTFORT (FOULQUES DE)

Chevalier banneret, vassal du baron de Beynac. Frère présumé de Jean de Montfort (personnage réel) qui s'illustra dans le camp anglais au début de la guerre de Cent Ans (décédé en 1345). Âgé d'un peu moins de quarante ans et de taille moyenne pour l'époque, il fera preuve d'un grand courage lors de la bataille contre les Anglais dans les faubourgs de la Madeleine, à Bergerac, et lors de l'ordalie qui l'opposera à Chypre, au champion du roi, le chevalier Geoffroy de Sidon. Embarque à Aigues-Mortes, accompagné des écuyers Bertrand Brachet et Arnaud de la Vigerie pour quérir un trésor que lui ont livré ses ancêtres. Croit disposer de ses biens à Tyr. N'y parviendra qu'à Chypre, après bien des péripéties et avec l'aide éclairée, mais intéressée du père Louis-Jean d'Aigrefeuille.

PAPES D'AVIGNON (ÉPOQUE DU ROMAN)

Jean XXII (1316-1334), cardinal Jacques Duèze, originaire de Cahors, dont il fut évêque ; Benoît XII (1334-1342) ; Clément VI (1342-1352) ; Innocent VI (1352-1362) ; Urbain V (1362-1370) ; Grégoire XI (1370-1378).

PIERREGUYS

Ville de Périgueux.

PHILIPPE VI DE VALOIS

Roi de France (1328-1350). Fils de Charles de Valois (frère de Philippe IV le Bel) et de Marguerite de Sicile, il succède au dernier capétien direct, Charles IV le Bel. Décède sans héritier mâle et devient roi au détriment d'Édouard III d'Angleterre, petit-fils de Philippe IV le Bel par sa mère. La confiscation de la Guyenne incite Édouard III à revendiquer la couronne de France. Philippe VI est vaincu sur mer lors de la bataille de l'Écluse (1340) et sur terre, à Crécy (1346). Il perd Calais en 1347, qui deviendra le principal point d'appui des Anglais avec Bordeaux.

RAÏSSA

Drolette chypriote (commise aux cuisines du roi en son palais), aventure de passage d'Arnaud de la Vigerie lors de son séjour sur l'île de Chypre.

ROC-AMADOUR (ROCAMADOUR)

Lieu de pèlerinage très célèbre au Moyen Age, situé dans le Quercy. La chapelle dite de la Vierge Noire, comporte toujours sur l'autel, une statue de bois, aujourd'hui noire (d'où son nom de Vierge Noire) souvent invoquée par les marins en détresse. Saint-Louis y fit deux pèlerinages et gravit chacune des 222 marches à genoux, en récitant un "Je vous salue, Marie" avant de franchir le degré supérieur.

ROYARD (MONSEIGNEUR ARNAUD DE)

Évêque de Sarlat.

SAINT-MAUR (GUILLAUME DE)

Chevalier banneret au service du baron de Beynac.

SAINTE-CROIX (CHEVALIER GILLES DE)

Chevalier de l'Ordre de l'Hôpital de Saint-Jean de Jérusalem, commandeur de l'Ordre pour l'Aquitaine, physicien instruit à l'université de Montpellier, homme généreux, lâchement occis à Cénac, par un inconnu, en la chapelle de sa maison forte.

SARLAT

La capitale du Périgord Noir est une ville d'une beauté et d'une richesse architecturale unique. La cité médiévale (à l'intérieur du secteur sauvegardé) recèle le plus grand nombre de monuments au km^2 inscrits à l'inventaire du patrimoine en Europe : la cathédrale, les hôtels particuliers, la lanterne des morts, la maison de la Boëtie, les ruelles pittoresques sont à sillonner de jour comme de nuit (magnifiques éclairages, le soir).

SIDON (GEOFFROY DE)

Champion du roi Hugues de Lusignan lors de l'ordalie qui l'oppose à Foulques de Montfort. Un géant, noiraud, sûr de lui, à l'épiderme poilu et très développé (dans le nez et dans les oreilles aussi). Fera plus preuve de force que d'adresse lors de l'ordalie. Devra racheter sa défaite en servant la cause du roi de France pendant la guerre qui l'oppose au roi d'Angleterre.

TAILLEFER (AUGUSTE)

Maître forgeron au lieu dit "Les Mirandes", personnage jovial, à la face rubiconde. Il devait innocenter Bertrand Brachet, accusé de l'assassinat du chevalier Gilles de Sainte-Croix. Sa triste fin demeure inexpliquée.

THUNES

Tunis (Carthage).

VIGERIE (ARNAUD DE LA)

Second écuyer du baron de Beynac. Même âge que Bertrand Brachet, châtain clair, les cheveux mi-longs et ondulés à la dernière mode.

Le meilleur ami de Bertrand Brachet de Born. Courtise assidûment, à l'en croire, Blanche, la fille d'un consul qui réside au Mont-de-Domme. Assez grand, très séduisant, des yeux en noisette qui font se pâmer ses conquêtes. Coquet, insolent, rusé, il prend la vie du bon côté, mais se fait régulièrement réprimander ou punir. Soupçonné, un temps, par Bertrand Brachet, de l'assassinat du chevalier hospitalier Gilles de Sainte-Croix, en la chapelle de sa maison forte, à Cénac. En fait, il préfère séduire et courtiser les filles avant de se livrer à un corps à corps sur un champ de bataille qui n'a rien de guerrier. Escortera avec Bertrand Brachet, le chevalier Foulques de Montfort lors de son expédition en Terre Sainte. Sera indirectement responsable de l'ordalie ordonnée par le roi de Chypre.

WOODSTOCK (ÉDOUARD DE, PRINCE DE GALLES)

Surnommé le Prince Noir (1330-1376) par les historiens, ultérieurement. Fils aîné d'Édouard III d'Angleterre, il conduit de terribles chevauchées notamment en Aquitaine (Guyenne) pendant le début de la guerre de Cent ans. Il aurait dit lui-même: *" nulles journées sans que de bonnes villes et forteresses ne fussent brûlées ou détruites..."*. Présent à la bataille de Crécy (à l'âge de seize ans), il y révèle ses talents militaires. Victorieux à Poitiers, il devient Prince de Guyenne en 1362. Il vainc Bertrand du Gesclin à la bataille de Najera (en Castille). Ruiné et malade à la suite de cette expédition, il est transporté en Angleterre où il meurt, pendant que les troupes anglaises sont, en Aquitaine, en pleine déroute.

Glossaire

A POT ET À FEU
Les couples vivent souvent ainsi, car le prêtre ne bénit pas encore tous les mariages (ne pas confondre avec le pot-à-feu, le canon).

ACAPRISSAT
Têtu (comme une chèvre).

ACCOISER (S')
Se taire, rester silencieux.

ACCOLER
Jeter les bras autour du cou pour embrasser.

ACCORT
Adroit.

ACONIT (OU ACONITUS)
Plante secrétant un poison mortel.

ACCUMULATION
Épargne, économies.

AFFOUER
Allumer un feu à l'aide d'une pierre à silex, d'une étoupe, et d'un peu de souffre.

AFFRONTER
Tenir tête, braver.

AIGUILLETTE
Cordon dont les extrémités peuvent être renforcées de métal et servant à attacher deux pièces de vêtement (le pourpoint aux chausses, la braguette aux chausses, par exemple). D'où l'expression : nouer les aiguillettes (jeter un sort qui rend impuissant).

ALUMELLES
Nécessaire pour allumer un feu (voir affouer). Le mot allumettes existait au Moyen Âge, mais il désignait des petites bûches utilisées pour démarrer un feu.

ALOI

Qualité d'une monnaie, d'une chose, d'un acte. Une monnaie de mauvais aloi est une monnaie dont le cours se dégrade au fil du temps dans les transactions entre les marchands-banquiers.

AMALIR (S')

Faire le méchant.

APAZIMER

Apaiser, calmer.

ARBALÈTE

Arc d'acier ou de bois, monté sur un fût (l'arbrier) qui sert à épauler. La corde, tressée en crin, s'accroche sur une noix en os ou en corne. Elle se bande verticalement à l'aide d'un ressort, d'abord à l'aide d'un crochet fixé à la ceinture, la base étant maintenue par le pied posé dans un étrier fixé à son extrémité (l'estrif). Puis, à partir du XIIIe s., à l'aide d'un levier ou d'un pied de biche. Son tir est plus tendu que celui de l'arc, mais elle nécessite la présence de plusieurs hommes d'armes afin de protéger l'arbalétrier qui est très vulnérable le temps qu'il recharge son arme (variantes : arbalète à cric, à levier, à tour).

ARBALÉTRIER

Soldat armé d'une arbalète. À partir du XIVe s., des mercenaires sont souvent recrutés. Ils forment une partie importante de l'infanterie, mais ils sont parfois montés (à cheval).

ARC

Arme formée d'une verge de bois courbée au moyen d'une corde de fils de lin, de chanvre ou de crin entrecroisés. Bandée, elle permet de décocher des flèches à une grande cadence (jusqu'à douze coups à la minute, en tir de barrage). On distingue les arcs bourguignons et sarrasins, plus courts et les arcs gallois, plus longs, encore appelés long bow. Ces derniers sont élaborés en if massif, la combinaison de l'aubier au dos et du cœur au centre, le rend plus solide. Sa forme transversale en D et sa grande taille lui permettent une grande allonge et, par voie de conséquence, une portée pouvant atteindre les 200 m. Au Moyen Âge, il est couramment tiré avec des puissances de 100 à 120 livres anglaises (45 à 54 kg). Meurtrier à moins de 200 m sur une cotte de mailles et à 100 m sur une armure de plates. Les flèches pouvaient mesurer jusqu'à 90 cm de long et leur poids variait entre 60 et 100 g.

ARCHER

Soldat équipé d'un arc. Il est monté ou démonté (à cheval ou à pied). Les archers anglais équipés de long bow, contribuèrent largement aux défaites françaises de Crécy (1346), Poitiers (1356) et Azincourt (1415).

ARCHÈRE

Embrasure de tir verticale à ébrasement intérieur pratiquée dans le mur d'une fortification pour faciliter le tir d'un archer ou d'un arbalétrier.

ARCHÈRE CRUCIFORME

Embrasure de tir verticale à double ou triple ébrasement intérieur en forme de croix, pour élargir la zone de couverture, faciliter la vision et le tir. La ou les croix de l'archère pouvaient servir de viseur en fonction de l'arme utilisée (arc ou arbalète). Elle présentait cependant l'inconvénient de réduire la résistance des murailles, lorsqu'elles étaient pilonnées par des engins d'artillerie (mangonneaux, pierrerières, trébuchets, couillards, etc.).

ARÇONS (VIDER LES)

Choir de son cheval (après avoir déchaussé ou vidé les étriers).

ARDER

Brûler de ses rayons (soleil).

ARMURE

Ensemble des défenses métalliques protégeant le corps des combattants (voir plates, mailles, cotte de mailles, haubert, harnois, heaume, bacinet et casque).

ARRÊT DE MAIN

Pièce conique située à l'avant de la poignée d'une lance, pour retenir la main et éviter qu'elle ne glisse lors de l'impact.

ASPERSOIR D'EAU BÉNITE

Voir fléau d'armes (Morgenstern, étoile du matin).

AUCUNS (D')

Certains (certaines personnes).

AUMÔNERIE (L')

L'Aumônerie des pauvres *(Elemosina pauperum)*, institution charitable, installée en Avignon, prend une extension considérable au XIVe s. sous l'impulsion du pape Jean XXII. Désormais connue sous le nom de Pignotte *(de l'italien pagnotta : petit pain)*, l'Aumônerie dispose d'un budget considérable, pouvant atteindre 20 % du budget pontifical. L'Aumônier général, le maître de la Pignotte, était secondé par deux frères aumôniers qui dirigeaient une vingtaine de serviteurs divers : cuisiniers, bouteillers, huissiers, manutentionnaires, etc.

AUMONIÈRE

Bourse pendant à la ceinture.

BACHELIER

Chevalier sans fief ni fortune. Qualifié pour cette raison de “ pauvre homme”. À distinguer d’un chevalier banneret, capable, comme le qualificatif l’indique, de lever une bannière, c’est-à-dire de rallier plusieurs autres chevaliers.

BACINET (OU BASSINET)

Heaume à visière mobile (mézail).

BAGASSE

Putain, prostituée, femme de mauvaise vie.

BAILLER
Payer un bien ou un service ; par extension, remettre, donner.

BALÈVRE
Balafre.

BALISTE
Sorte de très grosse arbalète fixe, fonctionnant sur le même principe (artillerie nevrobalistique).

BAN
Pouvoir de commandement dont bénéficient à partir du Xe siècle, les seigneuries “banales”. Il donne également lieu à des “banalités”, c’est-à-dire à des redevances perçues à l’occasion de la jouissance de certaines installations dont l’utilisation était soumise au paiement de droits, de taxes (moulin, four, pressoir, forge, etc.). À ne pas confondre avec le service d’ost dû gratuitement par les vassaux.

BANNERET
Voir bachelier.

BANNIÈRE
Pièce d'étoffe carrée attachée sur la hampe, près du fer d'une lance, susceptible de recevoir les armoiries d'un seigneur (ou d'un chevalier banneret). Signe de commandement et de reconnaissance au combat.

BARBACANE
Ouvrage connu dès l'antiquité, mais dont l'usage n'est réintroduit en Occident qu'au moment des croisades, la barbacane est un rempart avancé (le plus souvent de forme circulaire), parfois séparé de la place par un fossé, protégeant les accès principaux. Elle constitue un sas entre l'extérieur et le château, ainsi qu'un bouclier pour défendre la porte.

BARBIER
Artisan dont la profession est de raser et parer la barbe. Il est aussi chargé d'effectuer des opérations chirurgicales et des soins ordinaires (saignée).

BASSE-COUR
Espace ouvert réservé aux dépendances et au travail domestique, en opposition avec la cour d'honneur (ou haute-cour), cour de réception située près du logis seigneurial.

BATAILLE
Unité tactique d'une armée entre le XIIIe et le XIVe s. Composée de plusieurs échelons.

BATELLERIE
Imposture, charlatanerie.

BESANT (OU BEZANT)
Le mot comporte deux sens.
1. Monnaie byzantine d'or ou d'argent; puis toute monnaie orientale en or (besant sarrasinois) ou en argent (besant de Chypre, valant le 1/3 du précédent).

2. Figure d'héraldique où les meubles sont composés de cercles au centre du blason (exemple : de gueules à trois besants d'argent).

BISCOTTER
Peloter (un homme, une femme).

BISSAC
Besace. Long sac s'ouvrant en son milieu et dont les extrémités forment des poches.

BLASON
Armoiries (ou écu). Voir héraldique.

BLÈZE
Bégayant (e).

BLIAUD (OU BLIAUT)
Longue tunique de dessus portée par les hommes ou les femmes en laine ou en soie, aux manches très courtes, serrée à la taille par une ceinture. Souvent porté par-dessus l'armure ou le pourpoint.

BOMBARDE
Pot-à-feu, encore nommé bouche-à-feu. Artillerie à poudre du milieu du XIVe au XVIe.

BONNETTE
Voile supplémentaire.

BOUGRE
Hérétique, puis homosexuel à partir du XVIe siècle.

BOURDON
Long bâton de pèlerin terminé à sa partie supérieure par un ornement en forme de gourde ou de pomme.

BOURSE
Voir aumônière.

BOUTER
Chasser par la force, jeter hors d'une pièce, d'un territoire.

BRAIES
Pantalon ample, souvent fendu par-devant et retenu à la ceinture par une courroie ou par des aiguillettes.

BRAQUEMART
Épée courte à deux tranchants, en usage aux XIVe et XVe siècles.

BRANLE (PRENDRE LE)
Ordonner le branle-bas de combat.

BRASSE
À l'époque médiévale, elle valait 3,16 m. Aujourd'hui, elle vaut 1,66 m. Les marins anglais emploient encore de nos jours la brasse de 6 pieds (1,83 m).

Brassée
: Accolade.

Braverie
: Défier, provoquer (faire une braverie).

Brides (à brides avalées)
: À bride abattue : abattre les rênes pour laisser galoper le cheval à fond.

Broçailles
: Broussailles.

Bure
: Gros vêtement de laine brune ou drap grossier.

Calendes
: Premier jour du mois, selon le calendrier romain en vigueur au Moyen Âge (calendrier Julien).

Chainse
: Chemise.

Châler
: Importer.

Champart
: Part du produit des champs due par le paysan tenancier au seigneur possédant la terre.

Cape
: Long manteau souvent assorti d'une capuche (ou capuchon) dont on portait fréquemment les deux pans relevés et jetés de part et d'autre par-dessus les épaules.

Carême prenant
: Les trois jours précédant le carême.

Carreau
: Trait d'arbalète dont le fer, de section carrée ou triangulaire, est forgé de trois ou quatre faces et doté d'une grande force de pénétration (voir vireton).

Caslin
: Le lin, matière végétale très prisée au Moyen Âge.

Catapulte
: Engin de jet déjà utilisé par les Romains ; l'extrémité de la verge, tendue par torsion de fibres est constituée d'une sorte de demie sphère pouvant recevoir toute sorte de projectiles (artillerie névrobalistique).

Catarrhe
: Rhume.

Céans
: Ici (à ne pas confondre avec « séant », assis).

CEINTURE
Courroie vendue par les merciers ; demi-ceints ornés de laiton, de fer.

CHABROL
Rasade de vin versée dans un fond de soupe et bue à même l'écuelle.

CHACUN (EN SA CHACUNIÈRE)
Chacun en sa maison ; chacun chez soi.

CHAFFOURER
Barbouiller.

CHAINSE
Chemise.

CHALLER (PEU ME CHAUT)
Importer (peu m'importe).

CHÂLIT
Sorte de sommier destiné à recevoir une paillasse (matelas).

CHANCELLERIE
La Chancellerie apostolique complète la Chambre apostolique *(Camera apostolica)* de la curie avignonnaise. Sa tâche est considérable. A sa tête, un vice-chancelier, de rang cardinalice, recueille les demandes adressées au pape, ordonne l'expédition des lettres et examine les candidats au notariat apostolique. Quatre à six notaires apostoliques assistent le vice-chancelier. L'Etat-major de la Chancellerie comprend un correcteur, dont la fonction très importante consiste à vérifier la teneur des lettres rédigées par de simples rédacteurs *(scriptores papae)* et les secrétaires *(secretarii)* assermentés qui tenaient lieu de secrétaires particuliers du pontife. Deux bullateurs, choisis parmi des convers cisterciens illettrés (pour qu'ils ne puissent pas divulguer le contenu des lettres qu'ils authentifient) sont chargés de sceller les lettres et les minutes *(minuta : lettre minuscule)*, c'est-à-dire les originaux des lettres secrètes. La copie sur les registres est assurée par quelques dizaines d'abréviateurs et de grossoyeurs.

CHANFREIN
Partie antérieure de la tête du cheval de la base du front au nez.

CHAT
Machine de siège roulante constituée d'un tunnel de bois protégé par un toit à deux pentes souvent recouvert de peaux tannées ou détrempées (pour limiter son embrasement) permettant aux assaillants de s'abriter pour approcher les murs d'une fortification.

CHÂTELET
Ouvrage de défense avancé construit entre les lignes de contrevallation et de circonvallation pour appuyer les postes de défense principaux d'un château fort, par exemple.

CHATEMITE
Hypocrite.

CHATONIE
Friponnerie (voir chatterie).

CHATTERIE
Friponnerie (voir chatonie).

CHAUDE (À LA)
Dans le feu de l'action.

CHAUSSE(S)
Caleçon couvrant les jambes, de la ceinture jusqu'aux pieds.

CHEMIN DE RONDE
Passage à l'intérieur d'un mur d'enceinte, protégé par un parapet en principe crénelé, destiné à l'observation et à la défense.

CHEVAUCHÉE
Raid de chevaliers ayant pour but principal d'intimider l'adversaire en accroissant l'insécurité, de piller, de réaliser un butin et plus généralement de commettre des ravages (incendies de bâtiments et de récoltes, arrache d'oliviers, de vignes, etc). La guerre de Cent ans à connu un grand nombre de chevauchées particulièrement dévastatrices.

CHEVAUCHEUR
Messager chargé de transporter un pli.

CHIÉ CHANTÉ (C'EST)
C'est réussi !

CHILIDRE
Cylindre

CLABAUDER
Bavarder.

CLEPSYDRE
Horloge d'origine égyptienne, mesurant le temps par écoulement d'eau dans un récipient gradué.

CLIC ET CLAC (DE)
Complètement.

CODEX
Livre écrit sur des cahiers de papyrus, de parchemin ou de papier de coton maintenus ensemble par une couture dorsale et reliés. S'oppose aux rouleaux, pouvant être roulés en volumes reliés les uns aux autres.

COI
Silencieux.

COILLONS
Testicules (les couilles, en argot).

COL
Cou.

COLÉE
Geste rituel d'adoubement : tape de la paume de la main ou du plat de l'épée sur le cou par lequel un chevalier admet un écuyer à la chevalerie en les offrant des éperons en or.

COLOMBIN
Blanc, pur, innocent.

COMBE
Vallée étroite entre deux collines (par pechs et combes : par monts et par vaux).

COMMANDERIE
Structure de base dans l'organisation des ordres militaires. Elle se définit comme une circonscription regroupant des terres, des biens et des maisons, dont l'une est chef-lieu et dont les autres sont membres (Nommées *comenda* en Italie, *encomienda*, en Espagne et *Komtur* en Allemagne).

COMMODITÉ
Agrément ou lieu où l'on peut faire ses ablutions (sur le mariage : *la commodité est bien courte et le souci bien long...*).

COMPAIN
Compagnon, qui partage le pain avec quelqu'un.

COMPÈRE, COMMÈRE
Parrain, marraine de baptême.

CONSUL
Collège de magistrats (de 6 à 24 selon l'importance de la ville) qui assumait les responsabilités de la gestion dans les villes dites consulaires (Domme, Cahors, Sarlat, Périgueux, etc).

CONVERS (MOINE)
Religieux (moine, moniale ou membre d'un ordre) voué à des activités matérielles.

COQUARDEAU
Sot, vaniteux.

COQUART
Coquin (péjoratif).

COQUEFREDOUILLE
Sotte.

COQUILLE
Braguette (souvent renforcée, pour les hommes, par une protection de l'appareil génital en forme de coquille).

COTTE D'ARMES
Tunique souple portée sur l'armure sur laquelle figurent les armoiries du combattant.

COTTE DE MAILLES
Chemise composée de petits anneaux de fer finement entrelacés sur une à trois épaisseurs superposées (voir haubert).

COUDÉE
Envron 50 cm (distance entre les coudes).

COUILLARD
Machine de jet à contrepoids la plus perfectionnée (XIVe - XVe s). Ses deux huches (ou bourses) articulées facilitent la manutention de l'engin en divisant par deux les charges à manier. La construction s'en trouve simplifiée puisqu'un seul poteau suffit, solidement fixé dans le sol ou, plus souvent, sur un châssis en bois. Les contrepoids des premiers couillards sont de grands sacs en cuir remplis de terre. Puis, ils sont remplacés par des huches en bois et en fer riveté, remplies de métal. Leur poids varie de 1,5 à 3 tonnes.
1. Portée : jusqu'à 180 m
2. Boulets : de 35 à 80 kg
3. Cadence de tir : jusqu'à 10 coups/h
4. Servants : 4 à 8 personnes, outre les artisans (artillerie névrobalistique).

COURTINE
Comprend deux acceptions.
1. Sorte de rideaux pendus à l'intérieur des maisons, le long des murs ou autour d'un lit pour protéger du froid.
2. Mur compris entre deux tours d'enceinte fortifiée.

COUVRECHEF
De toile fine ou grossière : coiffure la plus répandue, portée de jour et de nuit par les femmes et les hommes.

CRÉNEAU
Partie ouverte d'un parapet au-dessus d'un rempart ou d'une tour (en opposition à merlon).

CROIX
Cousue sur l'épaule droite lors de la première croisade.

CUIR
Pourpoint de chamois ou de cuir.

DAME-JEANNE
Grosse bouteille de grès ou de verre, contenant de 20 à 50 litres, souvent clissée, utilisée pour le transport et le stockage d'un liquide.

DESCHARPIR
Déconfire, détruire, tailler en pièces.

DÉCOLER
Décapiter ; décolleter signifie dégager le cou (le col).

DÉDUIT
Jeu amoureux.

DÉMONTÉ
Cavalier ayant mis pied à terre, quel qu'il soit (s'emploie souvent à propos des gens d'armes), pour mieux combattre.

DENIER
Unité constituant avec la livre (tournois ou parisis), la base de tout le système monétaire. On taillait environ 240 deniers dans une livre d'argent.

DÉPORTER
Transporter un corps.

DÉPRIS (OU DÉPRISEMENT)
Mépris.

DÉROBER
Enlever sa robe à (quelqu'un).

DESFORER
Dégainer (il en vient le mot fourreau).

DÉVERGOGNÉ
Sans pudeur.

DEXTRE
Droit (à droite).

DISSENTERIE
Dysenterie.

DROLASSE
Mauvaise, méchante fille.

DROLETTE
Fille.

DROMON (OU DRÔMON)
Vaisseau de guerre à rames en usage en Méditerranée orientale jusqu'au XIIIe s.

ÉCHELONS
On parle aujourd'hui d'escadrons : fraction d'une troupe articulée en profondeur.

ÉCU
Le mot recouvre plusieurs sens.
1. Bouclier porté par les hommes d'armes. Au XIIIe s., il est de grande dimension (targe), constitué de planches de bois recouvertes de cuir et de bandes de fer. Durant la bataille, l'écu est tenu par l'intermédiaire d'énarmes disposées à l'intérieur du bouclier. Une courroie (guigue) permet de le suspendre au côté.
2. Support des armoiries, l'écu donne aussi son nom à la surface sur laquelle sont placés les métaux, les émaux, les fourrures, les meubles.
3. Monnaie d'or à l'écu de France et à la croix fleuronnée, frappée par

Saint Louis de 1263 à 1266, puis régulièrement émise dont le poids initial de 4,19 g varia à mesure du rognement. Au XIVe s., Philippe VI de Valois frappe une pièce d'or fin appelée écu à la chaise où le roi est assis sur son trône).

ÉCUYER
Jeune noble ou damoiseau qui exercent, auprès d'un chevalier qui le nourrit et qui l'héberge, des fonctions de domestique. Il doit s'occuper des chevaux (*à l'escurie*), porter l'écu de son seigneur, lors des chevauchées, le servir et apprendre à ses côtés le métier des armes. Il est appelé à devenir chevalier (dérivés : écuyer-tranchant : officier domestique chargé de la coupe des viandes).

EMBÉGUINÉE
Sotte.

EMBUFER
Contrarier, braver, rebuffer.

EMBURLUCOQUER
Embrouiller (emburlucoquer une embûche).

ÉMERVEILLABLE
Admirable, qui émeut.

ÉMEUVEMENT
Agitation, émoi.

EMMISTOYER (S')
Faire l'amour.

ÉMOTION
Émeute, tumulte.

ÉPÉE
Arme blanche, dont les types sont variés : épée longue et plate, à deux mains ou à une main et demie, plate, à dégorgeoir ou à profil en diamant, à deux tranchants forgée pour porter des coups de taille, par opposition à l'épée d'estoc, plus fine, à l'extrémité pointue et acérée, plus adaptée pour porter des coups de pointe susceptibles de traverser une cotte de mailles.

ÉPERON
Pièce de métal fixée au talon des cavaliers, terminée par une molette (petite roue à dents pointues) servant à aiguillonner un cheval en lui piquant les flancs. Argentés pour un écuyer, les éperons sont en or ou dorés lorsqu'ils sont portés par un chevalier. S'il venait à être *"dégradé"*, on lui couperait les éperons près du talon.

EPILENCE
Epilepsie.

EPYDEMIE
Epidémie.

ESBIGNER (S')
Disparaître, s'évanouir (filer à l'anglaise).

ESBOUFFER (S') À RIRE
Éclater de rire, s'esclaffer.

ESCAMBILLER (S')
Ouvrir voluptueusement les jambes.

ESCHALFAUD (OU ESCHALFAUT)
Échafaud.

ESCHAQUIER
Échiquier.

ESCUMER (S')
Transpirer.

ESCREMIR
Art de manier l'épée (escrime viendra de ce mot).

ESTAMPIE
Danse (souvent endiablée).

ESPINCHER
Lorgner.

ESTOC
Pointe d'une arme (voir épée).

ESTOURBIR
Détourner à son profit, dérober.

ÉTARQUER
Raidir, tendre une voile le long de sa draille, de sa vergue ou du mât.

ÉTENDARD
Enseigne ou bannière arborée pendant une bataille (voir aussi pennon).

ÉTOILE DU MATIN
Voir fléau d'armes.

FAGILHÈRE
Sorcière.

FARMACIE
Pharmacie, au sens de médicaments, potions, tisanes et électuaires.

FAUCRE (ARRÊT DE CUIRASSE)
Pièce de métal recourbée fixée, sous l'aisselle, sur le côté d'une armure et destinée à supporter le bois d'une lance lors d'une charge à cheval.

FÉLONIE
Insulte ou trahison commise par un vassal à l'encontre de son seigneur, ou inversement. Elle implique la rupture du lien vassalique qui les unit.

FENDANT (L'AIR ASSEZ)
Fier (l'air assez fier).

FERLER
Serrer pli sur pli une voile contre un espar (bôme, vergue) et l'y assujettir (par exemple, à l'aide de rabans encore appelés matafians en Méditerranée ou de garcettes).

FÉTOT
Espiègle.

FIERGE (OU FIERCE)
La Reine, aux échecs, se nommait ainsi au Moyen Âge.

FIEF
Tenure noble.

FIERTÉ (CONDAMNATION POUR MAUVAISE)
Condamnation par contumace.

FLÉAU D'ARMES
Arme offensive composée d'une grosse boule de fer incrustée de pointes métalliques retenue par une chaîne ou par une lanière de cuir, à l'extrémité d'un manche de bois.
Encore appelé étoile du matin ou aspersoir d'eau bénite (*Morgenstern en allemand*).

FLÊCHE
Trait propulsé par un arc. Carreau ou vireton, s'il s'agit d'une arbalète.

FLORIN
Nom d'une monnaie frappée à Florence à l'effigie de saint Jean-Baptiste et décorée de l'empreinte d'une fleur de lis ; contenant à l'origine 3, 54 g d'or. Elle est copiée à partir du XIIIe s. en Europe.

FOLIEUSE
Prostituée (putain, en argot).

FORCER
Violer ; imposer quelque chose à autre chose ou à quelqu'un.

GAMBESON (OU GAMBISON, GAMBAISON)
Pourpoint rembourré porté sous un haubert, du XIIIe au XIVe s. afin de protéger le cavalier du contact de la cotte de mailles.

GARCETTE
Lien utilisé en marine pour maintenir sérrée à la vergue, une voile carguée ou ferlée dans laquelle on a pris des ris pour en réduire la surface.

GELER LE BEC
Clouer le bec, avoir le dernier mot.

GENTILHOMME
Depuis le XIe s., homme de naissance noble (ou de naissance roturière lorsqu'il fait preuve de générosité et de noblesse dans ses sentiments).

GIBET
Branche fourchue ; par extension, potence ou pilori servant à l'exécution par pendaison.

GODON (OU GODDON)
Nom péjoratif donné par les Français aux Anglais pendant la guerre de Cent Ans, par allusion au cri qu'ils prononçaient, paraît-il (God'am ou god'dam !).

GORGERIN
Partie d'un haubert (cotte de mailles) recouvrant le cou, la gorge et tombant sur les épaules pour protéger un combattant.

GRABELER
Prêcher, tenter de convertir quelqu'un à une idée.

GRÉGEOIS (FEU)
Moyen pyrotechnique inventé par les Grecs et utilisé par les Arabes consistant à projeter à l'aide d'une catapulte ou d'une arme de trait, un liquide très inflammable à base de naphte, de résine (poix) et de soufre.

GUEULE BEC (BAISER À)
Embrasser à bouche que veux-tu.

GUEULE BEC (RIRE À)
Rire à gorge déployée.

GUEULE (ÊTRE BIEN FENDU DE LA)
Avoir la langue bien pendue.

HAQUENÉE
Monture particulièrement docile, trottant l'amble (palefroi).

HARNOIS (PLAIN, GRAND OU BLANC HARNOIS)
Armure plus ou moins complète formée de plates de fer articulées, couvrant le chevalier de pied en cap.

HAUBERGEON
Haubert court (voir haubert).

HAUBERGIER
Artisan fabricant des hauberts (cottes de mailles).

HAUBERT
Longue chemise en mailles de fer entrelacées munie de manches, d'un gorgerin et d'un capuchon que portaient les hommes d'armes au Moyen Âge.

HAUT À LA MAIN
Impétueux, impatient, impulsif.

HAUTE-COUR
Le mot comprend deux sens.
1. Intérieur de la dernière enceinte d'un château fort, avant le donjon.
2. Cour de justice souveraine (Haute Cour).

HEAUME

Véritable boîte enfermant l'ensemble de la tête. Peut être cylindrique, oblong (ou en "tonnelet" : la partie faciale est allongée pour laisser un espace entre le heaume et le nez) ou en "pain de sucre" (le sommet est coiffé d'un cimier héraldique ou non).

La visière mobile (ventail ou mézail), destinée à faciliter la vision et la respiration, se généralise au XIVe s.

HÉRAUT (D'ARMES)

Le héraut d'armes a pour fonctions la transmission des messages (défis, sommations, déclarations de guerre, etc.), les proclamations solennelles, l'ordonnance des cérémonies (fêtes publiques, tournois, ordalies, etc.). Dans les tournois, il annonce le nom des chevaliers d'après la connaissance et la description qu'il fait de leurs armoiries et il énumère leurs exploits passés. Spécialistes de la science héraldique, ils prennent une grande importance dans le monde de la chevalerie au Moyen Âge : ils sont chargés d'en surveiller l'usage et de contrôler la composition des nouveaux blasons, afin d'éviter des confusions.

HERSE

Grille de fermeture d'une porte d'accès d'un château-fort, en bois ou en fer, glissant dans des rainures verticales et manœuvrée au moyen d'un treuil ou d'un contrepoids.

HEUR (L')

Bonheur. Se dit aussi de l'heure de la journée.

HEUSE, HOSE, HOUSEAU

Botte, jambière.

HOUSSURE, HOUSSE

Caparaçon qui équipait et protégeait le corps d'un destrier de l'encolure à la croupe et arborait souvent les armes d'un chevalier, lors d'un tournoi ou d'une bataille.

HUCHER

Hurler.

HURLADE

Hurlement (épouvantable).

IDES

Division du mois qui tombait le 15 en mars, mai, juillet et octobre, et le 13 les autres mois. Notion de temps utilisée au Moyen âge, d'après le calendrier romain encore en vigueur (calendrier Julien). Dans certaines archives, les dates mentionnaient déjà le énième jour du mois.

IMMUTABLE

Fidèle, immuable.

INCONTINENT

Immédiatement.

INDIGO
Couleur bleu foncé, légèrement violacée.

JASER
Parler, bavarder.

JUGEUR
Juge.

LANCEGAYE
Petite lance, fine, souvent utilisée pour la chasse.

LANGUE (BIEN JOUER DU PLAT DE)
Avoir le verbe facile, la langue bien pendue.

LATTIS
Planches de menuiserie utilisées pour la fabrication des planchers.

LAUDES
Office liturgique matinal souvent chanté à l'aurore et composé principalement de psaumes. À ces psaumes s'est ajoutée au XIIe s. une antienne à la Vierge (entre 5h et 7h du matin, selon les usages de chaque communauté).

LIBRAIRIE
Bibliothèque qui regroupe un nombre parfois considérable d'ouvrages enluminés et de manuscrits.

LIEUE
Mesure de longueur variable : anciennement en marine, 3 milles (5,556 km) et terrestre (4,445 km).

LIVRE
Comporte deux acceptions.
1. Unité de poids d'origine romaine, la livre équivaut au Moyen âge, à 490 g en moyenne, soit 12 onces.
2. Monnaie de compte qui vaut 20 sous ou 240 deniers (livre tournois).

MAMELLE(S)
Les seins, la poitrine d'une femme.

MAMELUK (OU MAMELOUK)
A l'origine, les Mamelouks sont des esclaves turcs achetés pour former les principaux corps d'armée des sultans d'Égypte. Héritiers de Saladin, ils portèrent leurs chefs au pouvoir à partir de 1250 (pendant la septième croisade). Leurs dynasties régnèrent sur l'Égypte, la Syrie, la Palestine et l'Arabie jusqu'à leur éviction par les Turcs ottomans (1516-1517).

MANANT
Habitant d'une seigneurie et depuis le XIe s., paysan fixé sur une terre.

MANGONNEAU (À ROUES DE CARRIER)
Engin de jet à contrepoids fixe, et non articulé (par différence avec le

couillard ou le trébuchet) de plusieurs tonnes (XIIe - XVe s). Pour rabattre la verge, des efforts considérables doivent être déployés, nécessitant un treuil et un jeu de poulies entraînés par de grandes roues actionnées par des servants. La masse de terre ou de pierre contenue dans la huche du contrepoids finit toujours par se déplacer, provoquant des à-coups et des vibrations nuisibles à la puissance ou à la précision.
1. Portée : jusqu'à 150 m
2. Boulets : jusqu'à 100 kg
3. Cadence de tir : 2 coups/h
4. Servants : 12 personnes, outre les artisans (artillerie névrobalistique).

MANTEL
Manteau.

MANTELET
Cape de femme, à capuchon, en tissu léger, à pans longs devant et écourtée derrière.

MAROUFLE
Forte colle appliquée sur une toile peinte, un panneau de bois.

MASSE D'ARMES
Sorte de gourdin de bois renforcé à son extrémité par des pièces de métal grossièrement cloutées.

MATINES
Vers 3h du matin. Office liturgique du matin, premier office du bréviaire qui se chante ou se récite au milieu de la nuit entre 1h et 3h du matin, selon la période de l'année.

MAZELERIE
Boucherie (au sens figuré).

MISÉRICORDE
Le mot comprend deux acceptions :
1. À partir des XIIe - XIIIe s., poignard conçu pour percer les mailles d'un ennemi abattu, dans le but de le contraindre à demander “pitié”.
2. Console en bois fixée sur le siège relevable d'une stalle. Elle permet aux membres du clergé de s'y appuyer “par pitié” tout en donnant l'apparence d'être debout.

MÉZAIL
Visière mobile (voir heaume, bacinet).

MIGNARDER
Caresser (mignonner).

MIGNONNER
Caresser (mignarder).

MIRE
Praticien exerçant la médecine ou la chirurgie, mais dont la formation n'est pas universitaire. Souvent représenté scrutant le contenu d'un vase, *mirant* les urines d'un patient (on les *goûtait* souvent aussi), dont

l'examen est une des bases du diagnostic au Moyen Âge (à ne pas confondre avec le physicien, qui a suivi des études à l'université pour acquérir des connaissances théoriques).

MISÉRICORDE
Poignard à la lame particulièrement effilée. Tient son nom au cri que lançaient les combattants à terre pour implorer grâce (“merci”), lorsqu’un coutilier s’apprêtait à les achever au défaut de la cuirasse, soit sous le gorgerin, soit au pli de l’aisselle.

MORGENSTERN
Voir étoile du matin.

MORGUER
Le prendre de haut avec.

MUGUETER
Faire la cour à quelqu'un.

NACAIRE
Instrument de musique militaire, sorte de timbales.

NAVRURE
Blessure.

NEF
Navire marchand à un ou deux mâts en usage au XIVe s.

NIQUEDOUILLE
Sot, sotte.

NONE
Vers 15 h, l'après-midi, soit la neuvième heure de la journée. L'une des sept heures canoniales qui se chante ou se récite après sexte (midi). Parfois ramenée à 12 h au XIIIe s. (à ne pas confondre avec nones ou nonne).

NONES
Le 5 de chaque mois et le 7 des mois de mars, mai, juillet et octobre (à ne confondre, ni avec l'heure, ni avec les religieuses, les nonnes).

NOUES
Terres grasses et arables susceptibles d’être inondées.

OCCIRE
Tuer, navrer.

OCOCOULER (S')
Se blottir.

ONCE
Unité de poids valant 1/12e de livre. Variable selon les régions entre 22 et 33 g.

ONQUES
Jamais.

ORDALIE

Mode de jugement consistant, par exemple, en un duel judiciaire opposant deux champions. Si l'accusé sort indemne de l'épreuve, il est considéré comme sauvé par Dieu (jugement de Dieu). Bien que condamné par le concile de Latran IV en 1215, le duel judiciaire est parfois encore pratiqué au Moyen Âge.

OREILLES ÉTOURDIES (À)

À tue-tête.

ORIFLAMME

Bannière de couleur rouge et de forme carrée que le roi fait porter à l'avant de ses troupes aux côtés de son enseigne personnelle (fleurs de lis, en France, léopards et aux lis de France, en Angleterre).

ORINER

Uriner. Le mot *pisser* existait aussi au Moyen Âge, sans connotation vulgaire (les pissats).

OST

Armée féodale convoquée par l'autorité légitime par droit de ban. La durée de la présence gratuite que le vassal doit à son suzerain varie selon les époques et les lieux. Elle s'établit en général à 40 jours, entre le printemps et l'automne. Au-delà, le vassal peut rentrer chez lui ou rester, moyennant la perception d'une solde journalière versée par le suzerain.

OST (SERVICE D')

Assistance militaire constituant l'une des trois obligations vassaliques avec l'assistance financière (aide) et judiciaire (conseil).

OUTRECUIDÉ

Qui s'en croit trop, qui ne se prend pas pour rien.

OUTRÉE

Charge d'un groupe de chevaliers. Par extension, cri lancé et ordonnant la charge lance couchée.

PAGE

Très jeune noble, placé au service d'un seigneur, d'un homme d'armes ou d'une dame. Il aide son maître, comme l'écuyer, à revêtir une armure, à garder les chevaux de réserve pendant le combat. Il apprend le service des armes et le service d'honneur.

PAILLARDER

Faire l'amour (s'emmistoyer). Vient du craquement de la paille...

PAILLARDISE

Lubricité.

PALEFRENIER

Valet qui soigne les chevaux (de palefroi).

PALEFROI

Cheval de marche ou de parade.

PALIMPSESTE
Manuscrit gratté par un copiste afin de réutiliser le parchemin, fort coûteux à cette époque.

PAONNER (SE)
Se pavaner.

PASSAGE (OU GRAND PASSAGE, PÉLERINAGE DE LA CROIX, ETC.)
Terme utilisé pour les croisades pendant le Moyen Âge. Le terme de croisade ne sera employé qu'à partir de la seconde moitié du XVe s. (Grand Passage, Voyage de Jérusalem, Pélerinage de la Croix).

PASTISSER
Peloter.

PASTOUREAUX
Bande de fanatiques qui se réunirent vers 1251 sous la conduite d'un moine de Cîteaux (Jacob),dit le *« maître de Hongrie »*. Ils se présentaient comme envoyés de Dieu pour délivrer Saint-Louis lorsqu'il fut prisonnier après la bataille de Damiette, et se livrèrent à de nombreux pillages. Ils furent écrasés aux environs d'Aigues-Mortes. Des révoltes paysannes sont aussi connues sous le nom de “Jacqueries”.

PECH
Colline, parfois pierreuse (par opposition aux combes).

PÉCUNIEUX
Riche, aisé.

PENEAU
Coquelicot. Le mot coquelicot n'est apparu qu'au XVIe s.

PENON (OU PENNON, PENNE, PENONCEL)
Étendard triangulaire ou flamme, porté par un chevalier sur le haut de la hampe d'une lance lors d'un combat. Par extension, unité de combattants regroupée sous un penon.

PHYSICIEN
Médecin qui a suivi des études à l'université pour acquérir des connaissances théoriques (à ne pas confondre avec le chirurgien).

PIED
Mesure de longueur valant 12 pouces, soit 32,48 cm et 30,48 cm dans les pays anglo-saxons.

PIEDS (PASSER LES PIEDS OUTRE)
Trépasser, mourir.

PIGNOTTE (LA)
Voir Chancellerie.

PILE ET CROIX (À)
À pile ou face. La face présente une croix plutôt qu'un écu ou qu'une face de souverain.

PILORI
Voir gibet. Le pilori est exposé intra-muros, le gibet extra-muros.

PIMPLOCHER (SE)
Se farder.

PINTE
Ancienne mesure française de capacité pour les liquides. Elle valait 0,93 l à Paris. Actuellement la pinte vaut 0,568 l en Grande-Bretagne et 0,47 l aux États-Unis.

PIPERIE
Tromperie. L'expression vient de dés pipés.

PLAT DE LA LANGUE (JOUER DU)
Avoir la langue bien pendue, bien déliée.

PLATES
Complément d'armure. Les zones les plus exposées comme les articulations, les tibias ou la poitrine sont protégées, par-dessus la cotte de mailles, par des plaques de métal rigides, reliées entre elles par des lanières de cuir ou des rivets. Deviennent à partir du milieu du XIVe siècle, des armures de fer complètes (grand harnois, harnois plain).

POMMEAU (OU POMEL)
Poignée d'une épée.

PONT-LEVIS
Pont mobile en bois, qui se lève ou s'abaisse à volonté au-dessus d'un fossé. Initialement, simple pont à bascule, équilibré par un contrepoids, puis pont-levis à chaîne actionné par un treuil avant d'être construit avec flèches et contre-poids vers le milieu du XIVe s.

POUCE
27,07 mm et maintenant (inch) de 25,4 mm.

POULAINE (SOULIER À LA)
Soulier d'homme dont l'extrémité avant est très effilée ; elle apparaît vers le milieu du XIVe s. Sa longueur varie selon la richesse de celui qui les porte, de un à deux pieds de long (soit entre 30 et 60 cm).

POURPOINT
Veste ajustée, parfois matelassée, qui couvrait du cou à la ceinture, porté par les hommes sur la chemise.

POUTOUNE
Délicat baiser sur la joue.

PRENDRE SANS VERT
Prendre au dépourvu.

PRÉVÔT
Agent de l'organisation administrative et judiciaire, subordonné au sénéchal (ou au bailli dans le nord de la France).

QUIET
Tranquille, calme.

QUILLONS
Barre horizontale d'une épée protégeant le pommeau. Les quillons d'une épée peuvent être droits, trifoliés ou quadrifoliés, tombants ou incurvés, pour protéger la main et (ou) engager l'arme adverse dans un combat au corps à corps.

QUINAUD
Penaud.

QUINTAINE (POTEAU DE)
Mannequin de paille et de bois monté sur un pivot et formé de plusieurs pièces : casque, armure, bouclier et d'un bras horizontal auquel pende un fléau d'armes. Lorsqu'on le frappait maladroitement de sa lance, il tourne vivement sur son axe et assène un coup sur la tête ou dans le dos de celui qui l'a frappé. Il sert à l'entraînement des écuyers et des chevaliers.

QUIQUIONQUES
Quiconque (toujours employé au pluriel à l'époque).

RABAN (OU MATAFIAN)
Voir ferler.

RAQUER
Vomir.

REBELUTE (À)
À contrecœur.

RECONQUISTA
Reconquête de la péninsule ibérique par les chrétiens sur les musulmans ; entreprise au milieu du VIIIe siècle, dans les Asturies, elle progressa à la fin du XIe et s'intensifia au XIIIe après la victoire de Las Navas de Tolosa (1212). Elle s'acheva par la prise de Grenade (1492).

RÉCRÉANCE
Retraite d'un chevalier face au danger. Pouvait être considérée comme un acte de félonie.

RÉDIMER (SE)
Se refaire une santé sur le plan pécuniaire ; s'enrichir.

REMPARER
Fortifier.

REMOCHINER (SE)
Bouder.

REMUEMENTS
Manœuvres, intrigues.

REVERDIE
Le printemps, où tout reverdit.

RIBAUD
Se disait au Moyen Âge d'un vagabond, d'un soldat pilleur.

RIBAUDE
Putain, prostituée (bagasse, folieuse...).

ROTE (LA)
La Chambre apostolique, la Chancellerie et la Pénitencerie pouvaient s'ériger en tribunaux spéciaux, tout comme le consistoire et les commissions cardinalices. Des auditeurs sont chargés d'instruire les causes. Depuis 1336, les auditeurs, formant un corps hautement qualifié, sont réunis en un collège, le tribunal d'Audience des causes du sacré palais, nommé la Rote (rota : roue), en raison de la forme ronde du banc sur lequel siègeaient les auditeurs.
Chaque auditeur, après avoir instruit l'affaire dont il est chargé, consulte ses collègues pour avis et doit, dans un délai de douze jours, promulguer la sentence avec l'appui de la signature des autres auditeurs. Quarante à quarante-huit notaires publics transcrivent les actes.

ROUILLER (UN TREUIL)
Actionner dans le sens de tourner dans un sens ou dans l'autre.

ROUTIER
Les routiers sont des soldats mercenaires, organisés en bandes. Les compagnies de routiers sont surtout célèbres pour les pillages auxquels elles se livrent lorsqu'elles se trouvent désœuvrées à la fin d'une opération. Les routiers ne se sentent pas tenus de respecter les règles de la chevalerie et ils se font une très mauvaise réputation de pillards, de violeurs et d'incendiaires. Pendant la guerre de Cent Ans, les *« Grandes Compagnies »* sont célèbres pour leurs déprédations et la terreur qu'elles inspirent.

SABORD
Ouverture pratiquée dans le flanc d'un navire pour faciliter le chargement et le déchargement des cargaisons. Étanchéifiée par de l'étoupe et de la poix.

SAIGNÉE
Purge du sang. On mourrait souvent de leur répétition.

SAILLIE
Plaisanterie.

SAUF ALANT ET VENANT
Sauf-conduit.

SÉANT
Assis (ne pas confondre avec « céans », ici).

SÉNÉCHAL
Officier révocable, représentant le roi dans les seigneuries rattachées à la couronne (bailli dans le Nord de la France).

SÉNÉCHAUSSÉE
Cadre de l'organisation administrative, judiciaire et militaire (ancien

comté), donné à un membre de la moyenne noblesse, choisi par le roi (baillage, dans le Nord de la France).

SENESTRE
Gauche (à gauche).

SERGENT
Servant d'armes ou huissier (sergent à masse : huissier qui porte, probablement depuis Philippe IV le Bel, un bâton d'or ou d'argent lors de certaines cérémonies).

SEXTE
Midi environ (sixième partie de la journée). Une des heures canoniales.

SINTHOME
Symptôme.

SOL (OU SOU)
Monnaie de compte valant 1/20e de livre ou 12 deniers (1 shilling), frappée à nouveau sous Saint-Louis, à partir de 1266 et connue sous le nom de gros.

SOLERET
Chaussure composée de pièces de métal articulées, faisant partie de l'armure qui protège le pied. D'abord plats, les solerets ont, au XIVe s., leur pointe taillée en ogive puis en forme de poulaine pour mieux assurer le maintien des pieds du cavalier dans les étriers lors des combats.
Lorsque les chevaliers démontaient pour combattre à pied, ils devaient se défaire de leur extrémité (la poulaine) pour pouvoir se déplacer plus aisément. L'extrémité des solerets deviendra carrée à partir du règne de Charles VIII.

SOMMIER
Cheval de bât, cheval de charge.

SOURDRE
Monter (au sens figuré : la colère par exemple).

SURCOT
Robe avec ou sans manches, portée par les deux sexes sur les autres vêtements (pourpoint, chemise par exemple).

TABLIER
Plate-forme qui constitue le plancher du pont-levis.

TABUSTER
Chahuter.

TÉTINE(S)
Extrémité du sein d'une femme.

THUNES
Tunis (Tunisie).

TIERCE
Partie de l'office divin de la troisième heure, soit à 9 heures du matin.

TOISE
Mesure de longueur valant six pieds, soit environ 2 m.

TOURMENTEUR
Auxiliaire de justice chargé de faire avouer les présumés coupables lorsqu'ils sont soumis à la question.

TOURNOI
Mieux que l'exercice de la quintaine sur un mannequin, le tournoi permet aux chevaliers d'exercer leur adresse à la lance et à l'épée, de mettre au point leur tactique et d'assurer leur cohésion lors d'une bataille rangée. Subsitut à la guerre, il permet aux plus vaillants de vivre, en temps de paix, de leurs armes par les gains qu'ils peuvent réaliser (armures, chevaux, rançons) ; joutes individuelles à plaisance qui ont suivi les tournois-mélées et les joutes à outrance.

TOUSSIR
Tousser.

TOUT À PLAT (REFUSER)
Refuser, rejetter catégoriquement.

TOUT À TRAC
Tout à fait.

TOUT DE GOB
Tout de go.

TRAIT (DE RISÉE)
Plaisanterie (saillie).

TRÉBUCHET
Engin de jet (XIIe - XVIe s.) à contrepoids articulé *(de l'occitan trebuca, qui apporte les ennuis)*. Au cours d'essais récents, un trébuchet en charpente de chêne, muni d'une verge de 11,4 m et d'un contrepoids total de 5,6 tonnes, a projeté un boulet de 56 kg à 212 m et plusieurs projectiles ont atteint strictement le même point d'impact. Une autre reconstitution réalisée en 1998 a projeté des boulets de 125 kg à 170 m.
1. Portée : jusqu'à 220 m
2. Boulets : jusqu'à 125 kg (300 kg au château de la Saône, en Syrie)
3. Cadence de tir : 1 à 2 coups/h
4. Servants : 60 à 100 personnes (artillerie névrobalistique).
Par métonymie, un trébuchet est aussi une sorte de petite balance portative, utilisée pour peser la valeur des monnaies en leur poids (or ou argent).

TROUBADOUR
Poète de langue d'oc, s'adonnant à des formes lyriques : *la canso* (chanson), *le trobar plan* (poème simple), *le trobar ric* (riche de mots et de style), *le trobar clus* (initiatique, à clef). Se distingue du ttouvère (voir ce nom).

TROUVÈRE
Poète et jongleur de langue d'oil.

VALET D'ARMES
Simple soldat.

VANTERIE
Vantardise.

VAUDÉROUTE (METTRE À)
Mettre en déroute.

VAUNÉANT
Vaurien.

VENTAIL
Voir mézail.

VÊPRES (OU VESPRÉE)
Le soir, vers 18h environ, d'après l'office liturgique de la fin de l'après-midi, après nones et avant les complies.

VERTIGINE
Vertige.

VIRETON
Voir carreau (d'arbalète).

Petite bibliographie

ALBERNY (J.-C.) ET ALII
Guide des oiseaux, Paris 2003, Sélection du Reader's Digest.

ASTRUC (J.-G.) ET ALII
Lot, Paris 2000, Christine Bonneton.

BEFFEYTE (R.)
Les machines de guerre au Moyen Âge, Rennes 2000, Ouest-France.

BENNASSAR (B.)
Brève histoire de l'Inquisition (l'intolérance au service du pouvoir), Gavaudun 1999, Fragile, coll. A livre ouvert-Histoire.

BORDONOVE (G.)
Les Croisades et le royaume de Jérusalem, Paris 1992, Pygmalion/Gérard Watelet.

BORDONOVE (G.)
La vie quotidienne des Templiers au XIIIe siècle, Paris 1988, Hachette Littératures.

BOURASSIN (E.)
Les Chevaliers (splendeur et crépuscule), Paris 1995, Jules Tallandier.

CAVANAGGIO (P.)
Dictionnaire des superstitions et des croyances, Paris 1993, Dervy.

CHÉLINI (J.)
Histoire religieuse de l'Occident médiéval, Paris 1991, Hachette Littératures, coll. Pluriel

CLARI (R. DE), VILLEHARDOUIN, JOINVILLE, FROISSART ET ALII
Historiens et Chroniqueurs du Moyen Âge, Paris 1972, Gallimard, coll. Bibliothèque de la Pléiade.

CLAVERIE (L.), REGO (A.) ET RENAUD (M.)
Château de Castelnaud (Musée de la guerre au Moyen Âge), Gavaudun 1995, Fragile, coll. La mémoire des pierres.

COLIN (D.)
Dictionnaire des symboles, des mythes et des légendes, Paris 2000, Hachette.

CONTAMINE (P.)
La Guerre au Moyen Âge, Paris 1980, PUF, coll. Nouvelle Clio.

CORVISIER (A.)
Histoire militaire de la France (tome 1 : des origines à 1715), Paris 1992, PUF.

DAILLIEZ (L.)
Les Templiers et les règles de l'Ordre du Temple, Paris 1972, Pierre Belfond.

DELORT (R.)
Le Moyen Âge (Histoire illustrée de la vie quotidienne), Paris 1985, Seuil.

DELORT (R.)
La vie au Moyen Âge, Paris 1982, Seuil, coll. Points.

DEMURGER (A.)
Brève histoire des ordres religieux militaires, Gavaudun 1997, Fragile, coll. Brève histoire.

DICTIONNAIRE LAROUSSE 2001
Paris 2001, Larousse.

DUBY (G.)
Atlas historique, Paris 1992, Larousse.

DUBY (G.) ET LE GOFF (J.)
Histoire de la France urbaine (tome 2 : la ville médiévale), Paris1980, Seuil.

DUBY (G.) ET LE ROY LADURIE (E.)
Histoire de la France rurale (tome 2 :1340-1789), Paris 1975, Seuil.

DUBY (G.) ET PERROT (M.)
Histoire des femmes (tome 2 : le Moyen Âge), Paris 1991, Plon.

DUTOUR (T.)
La ville médiévale (Origines et triomphe de la vie urbaine), Paris 2003, Odile Jacob, coll. histoire.

ENGLEBERT (0.)
La fleur des Saints, Paris 2001, Albin Michel.

ESCANDE (J.-J.)
Histoire du Périgord, Marseille 1980, Laffitte Reprints.

FAURE (É.)
Histoire de l'art (l'art médiéval), Paris 1985, Denoël, coll. Folio Essais.

FAVIER (J.)
La guerre de Cent ans, Paris 1980, Librairie Arthème Fayard.

FAVIER (J.)
Philippe Le Bel, Paris 1978, Librairie Arthème Fayard.

FLORI (J.)
Brève histoire de la chevalerie (de l'histoire au mythe chevaleresque), Gavaudun 1999, Fragile, coll. A livre ouvert-Histoire.

FOURNIER (S.)
Brève histoire du Parchemin et de l'Enluminure, Gavaudun 1995, Fragile, coll. Brève histoire.

FULLER (J.F.C.)
Les batailles décisives du monde occidental (tome 1), Paris 1980, Bibliothèque Berger-Levrault.

GAUVARD (C.), LIBERA (A. DE) ET ZINCK (M.)
Dictionnaire du Moyen Âge, Paris 2002, Quadrige/PUF.

GRAVETT (C.)
Le temps des Chevaliers, Paris 2003, Gallimard, coll. les yeux de la découverte.

HARRIS (D.)
L'abc du calligraphe, Paris 2000, Dessain et Tolra.

HENRY-CLAUDE (M.) ET ALII
Principes et éléments de l'architecture religieuse médiévale, Gavaudun 1997, Fragile, coll. A livre ouvert-Architecture.

HENRY-CLAUDE (M.) ET SPIERCKEL (P.)
Château de Beynac (Forteresse féodale en Périgord), Gavaudun 1996, Fragile, coll. La mémoire des pierres.

HILDESHEIMER (F.)
Fléaux et société : de la Grande Peste au choléra (XIVe-XIXe siècle), Paris 1993, Hachette Supérieur.

HUISMAN (M. ET G.)
Contes et légendes du Moyen Âge français, Paris 1997, Nathan, coll. Pocket Junior.

JEURY (M. ET D.)
Contes et Légendes du Périgord, Paris 1998, Nathan, coll. Contes et légendes.

JOINVILLE (JEAN, SIRE DE)
Histoire de Saint Louis, Paris 1971, Jean de Bonnot.

LANGLEY (A.)
Vivre au Moyen Âge, Paris 2002, Gallimard, coll. les yeux de la découverte.

LE GOFF (J.)
L'homme médiéval, Paris 1989, Seuil, coll. Points.

LE GOFF (J.)
L'Europe est-elle née au Moyen Âge ? Paris, 2003, Seuil.

LEMOINE (C.)
Connaître la flore du Sud-Ouest, Rennes 1990, Sud-Ouest.

LÉVIS MIREPOIX (DUC DE)
La France féodale (tome 3 : 987-1515), Paris 1974, Jules Tallandier.

MAUROIS (A.)
Histoire d'Angleterre, Paris 1937, Librairie Arthème Fayard.

MÉRIENNE (P.)
Atlas mondial du Moyen Âge, Rennes 2000, Ouest-France.

MERLE (R.)
Fortune de France III, Paris ma bonne ville, Paris 1991, Éditions de Fallois

MOLLAT DU JOURDIN (M.)
La guerre de Cent Ans (vue par ceux qui l'ont vécue), Paris 1992, Seuil, coll. Points.

PASTOUREAU (M.)
Figures de l'héraldique, Paris 1996, Découvertes Gallimard Traditions.

PASTOUREAU (M.)
Traité d'héraldique, Paris 1997, Picard.

PERNOUD (R.)
La femme au temps des Croisades, Paris 1990, Stock/Laurence Pernoud.

PERTHUIS (B. DE)
Larousse du cheval, Paris 1998, Larousse-Bordas.

PIPONNIER (F.) ET MANNE (P.)
Se vêtir au Moyen Âge, Paris 1995, Adam Biro.

REGO (A.) ET RENAUD (M.)
Château de Bonaguil, Gavaudun 1994, Fragile, coll. La mémoire des pierres.

REGO (A.), RENAUD (M.) ET STEFANON (L.)
Brève histoire de la guerre de Cent Ans (1337-1453), Gavaudun 1998, Fragile, coll. Brève histoire.

REGO (A.), RENAUD (M.) ET STEFANON (L.)
Brève histoire des châteaux forts en France, Gavaudun 1994-1995, Fragile, coll. Brève histoire.

REY (A.)
Dictionnaire historique de la langue française (tomes 1 et 2), Paris 1992, Dictionnaires Le Robert.

RIPAULT (F.)
Le classique des nœuds, Rennes, 1998, Ouest-France.

SAQUET (J.-L.)
Dicodesîles, Tahiti 2003, Scoop.

SÉDILLOT (R.)
Histoire morale & immorale de la monnaie, Paris 1989, Bordas Cultures.

SÉNAC (P.)
L'Occident médiéval face à l'Islam (l'image de l'autre), Paris 2000, Flammarion.

SOYEZ (J.-M.)
Quand les Anglais vendangeaient la France (d'Aliénor à Jeanne d'Arc), Paris 1978, Librairie Arthème Fayard.

STEFANON (L.) ET RENAUD (M.)
Le Mont de Domme (Bastide royale en Périgord), Gavaudun 1994, Fragile, coll. La mémoire des pierres.

STRIBLEY (M.)
La calligraphie, Paris 1986, Dessain et Tolra.

TOUATI (F.-O.)
Vocabulaire historique du Moyen Âge, Paris 2000, La Boutique de l'histoire.

TOUSSAINT-SAMAT (M.)
Contes et légendes des Croisades, Paris 1961, Nathan.

TROYES (C. DE)
Le Chevalier de la Charette (ou le roman de Lancelot), Paris 1992, Librairie Générale Fraçaise, coll. Le livre de poche.

VERDON (J.)
Rire au Moyen Âge, Paris 2001, Perrin.

WENZLER (C.)
L'héraldique, Rennes 1997, Ouest-France.

WENZLER (C.)
Architecture du château fort, Rennes 1997, Edilarge/Ouest-France.

Remerciements

À Bréa mon épouse, pour avoir toujours su, dans les moments de doute, m'encourager avec patience, sagesse, calme, abnégation et amour, acceptant de saisir, de relire et de remettre en page les innombrables corrections qui ont jalonné la rédaction de cet ouvrage. Entre deux plats. Car elle est fort bonne cuisinière au demeurant.

À mon fils Benoît, dit Manfred, mon plus sûr et plus fidèle « coach », mon directeur de conscience épistolaire, dont le talent dans la palette riche en couleurs de l'écriture (les poèmes des pages 41, 185, 234, 270 et 343 sont de lui), du dessin et de la peinture, éclatera demain au grand jour. S'il surmonte quelque mésaventure de passage, celle de quelques cuistres ou autres jaloux.

À Catherine, son amour et son épouse, sans laquelle ce roman n'aurait pu voir le jour. Qu'elle en soit ici remerciée du fond du cœur.

Au Dr Michel Philippe, pour les conseils éclairés qu'il m'a donnés sur l'architecture et la navigation des nefs médiévales et sur l'utilisation des termes anciens de notre belle langue d'oc. Il sait cependant qu'il n'est pas responsable de mes interprétations romanesques.

Au Dr André Gilloux et à son épouse, sans qui rien n'aurait été possible au départ. A la croisée des chemins.

À mes filles Isabelle et Hélène, encore trop absorbées par leur maternité, leurs recherches académiques ou leur travail, pour avoir pu prendre le temps d'une escapade moyenâgeuse.

À tous mes amis, Claudie et Jacques-Antoine, Anne et Monique, Pierre et Jean-Louis, Jérôme et tant d'autres. Ils furent les premiers et les plus enthousiastes de mes lecteurs. Complaisance amicale ? Peut-être. Les connaissant, j'en doute cependant. Eu égard à leurs premières critiques. Elles furent rarement féroces, souvent bien fondées et parfois acceptées. Voire corrigées.

À vous tous, amis lecteurs, français, britanniques, allemands, italiens, espagnols ou tout simplement européens, qui partagez ce voyage dans notre histoire commune. En ce milieu du XIVe siècle, au cœur du Périgord et dans d'autres lieux de l'Occident et de l'Orient. Du Nord au Sud.

Achevé d'imprimer
par OUDIN Imprimeur
Poitiers (France)

Dépôt légal : N° 1806
Février 2006